BIRAND BINGÜL

RISKANTE MANÖVER

EIN FALL FÜR PR-AGENT
MATS HOLM

btb

Alle in diesem Roman geschilderten Handlungen
und Personen sind frei erfunden.

Sollte diese Publikation Links auf Webseiten Dritter enthalten,
so übernehmen wir für deren Inhalte keine Haftung,
da wir uns diese nicht zu eigen machen, sondern lediglich auf
deren Stand zum Zeitpunkt der Erstveröffentlichung verweisen.

FSC
www.fsc.org
MIX
Papier aus verantwortungsvollen Quellen
FSC® C014496

Verlagsgruppe Random House FSC® N001967

1. Auflage
Originalausgabe Mai 2018 btb Verlag
in der Verlagsgruppe Random House GmbH,
Neumarkter Straße 28, 81673 München

Umschlaggestaltung: semper smile, München
Umschlagmotiv: © plainpicture/Westend61/Michael Zwahlen;
Shutterstock/Maxplay photographer
Satz: Uhl + Massopust, Aalen
Druck und Bindung: GGP Media GmbH, Pößneck
MK · Herstellung: sc
Printed in Germany
ISBN 978-3-442-71638-8

www.btb-verlag.de
www.facebook.com/btbverlag

TAG EINS

15.59 Uhr

Leichenblass schlich Sophie, gestützt von ihrem Vater, in die Küche. Mein Gott, diese Augenränder, dachte Sylvie Liebig. Besorgt sah sie ihre Tochter an. Von Tag zu Tag, ja von Stunde zu Stunde, gruben sich diese Augenränder tiefer in das Gesicht ihrer sechsjährigen Tochter. Sie machten ihr Angst.

Erst Husten, dann Grippe, schließlich Bronchitis. Und die beruhigenden Worthülsen von Doktor Esslinger, Sophies Kinderarzt, konnten beim dritten Besuch in den vergangenen vier Tagen nicht mehr über seine Ratlosigkeit hinwegtäuschen. Sie waren bei einer Lungenentzündung angekommen. Hatten sie verschleppt. Sylvie Liebig machte sich Vorwürfe. Sie hätten früher eine zweite Meinung einholen sollen.

Strikte Bettruhe hatte Doktor Esslinger verordnet. Die Antibiotika schlügen bestimmt bald an. Es brauche leider etwas länger. »Gegen die Schmerzen wirkt Validolor exzellent, das können Sie bei Bedarf auch höher dosieren. Unsere Patienten sind begeistert davon.« Es habe praktisch keine Nebenwirkungen. Und sei extra für Kinder entwickelt worden. Dann hatte er sich zu Sophie gewandt: »Also, wird schon wieder. Such dir was Süßes aus der Dose aus, ja? Kopf hoch, mein tapferes Mädchen.«

Kopf hoch. Ihr Kopf, der immer mehr aus diesen Augenrändern bestand. Augenränder, die plötzlich ihre Hautfarbe verloren hatten, in ein stumpfes Hellbraun übergingen und schließlich bläulich schimmerten. Und heute fraß sich ein kaltes, lebloses Grau in Sophies hübsches Gesicht. Zwischen die lustigen Locken ihres Mädchens, dieses tollen, fröhlichen Kindes, das sich schon vor Frühlingsbeginn auf das erste Schuljahr freute, nach den

Sommerferien auf Mallorca, in denen sie sich mit Freunden eine hübsche Finca teilen wollten. Das Mädchen, das ihr Mann Johannes und sie über alles liebten. Für das sie beide so gekämpft hatten damals. Vor dem sie ihre Streits und Geldsorgen verbargen, so gut es ging. Das Mädchen mit dem Gesicht, das mittlerweile weißer schien als ihr Nachthemd. Gespenst, blitzte ein Wort in Sylvie Liebig auf, doch sie vertrieb es sofort aus ihren Gedanken. »Oh, Schätzchen!« Die Worte entwichen ihr mehr, als dass sie sie sagte. Sie nahm eine Hand von Sophie und wollte sie drücken. Aufmunternd und zuversichtlich. Doch es gab nichts zu drücken. Keinen Widerstand, keine Kraft, kein Leben. Sie spürte nur einen kalten, unangenehmen Schweißfilm auf der Haut ihrer Tochter. Bleib ruhig, Sylvie, sagte sie zu sich. Sei keine von diesen hysterischen Kühen! Kinder werden halt auch mal richtig krank. Du hast nichts falsch gemacht! Atme! Entspann dich! Sie sah auf und schaute ihrem Mann Johannes in die Augen. Jo. Er zog nur hilflos die Brauen hoch und bugsierte Sophie auf einen Stuhl.

»Schau mal«, sagte er sanft, »vorneweg eine Hühnerbrühe zur Stärkung. Ich habe deine Lieblingssalami besorgt. Ein gesundes Brötchen. Und hier steht dein Ei, vier Minuten, handgestoppt.« Sein Lachen verhallte in ihrem kleinen Reihenhaus in Berlin-Tegel.

Sophie hustete. Verzog das Gesicht vor Schmerzen.

»Ich geb ihr ein Validolor«, sagte Jo Liebig zu seiner Frau. Sie sah ihm an, dass er es nicht ertrug, seine Tochter so leiden zu sehen.

»Noch eins?«, fragte sie trotzdem.

»Sollen wir doch nach Bedarf machen. Und ich vergesse auch nicht den Strich auf dem Zettel am Kühlschrank.«

Sylvie Liebig zuckte mit den Schultern, und Jo griff nach der blau-weißen Schachtel, drückte eine weiße Tablette heraus und reichte sie mit einem Glas Wasser seiner Tochter. »Nimm das, dann tut es nicht mehr so weh«, flüsterte Jo. Sophie trank. Atmete durch. Es schien so, als sammelte das Mädchen seine Kräfte, damit es überhaupt etwas hinunterbekam. Sie spürte, wie Jo ihr im Vorbeigehen eine Hand auf die Schulter legte, und hörte, wie er den Wasserkocher anknipste. »Willst du auch einen Tee?«, fragte er sie. »Ja, warum nicht«, antwortete Sylvie Liebig und wandte sich ihm zu. Wie kamen sie nur aus der einen oder anderen Sackgasse, in der ihre Beziehung gelandet war, wieder heraus?

In dem Moment knallte und schepperte es, als schlüge jemand mit der Faust auf den Tisch. Erschrocken fuhr Sylvie Liebig herum. »Oh, mein Gott!«, schrie sie, als sie Sophie sah – und erstarrte. Ihr Mädchen lag mit dem Gesicht in der Suppenschüssel, die Haare in der Brühe. Ihr Mann sprang zum Tisch und riss Sophies Kopf aus der Suppe. »Sophie!«, schrie er. Sie reagierte nicht. Öffnete die Augen nicht, die ihr zugefallen waren. »Sophieee!«, brüllte er. Rüttelte an ihr. Schüttelte ihren Mädchenkörper, schmal und spannungslos.

»Sylvie, ruf einen Krankenwagen!«

Sie rührte sich nicht.

»Sylvie!«, schrie er, als säße sie am anderen Ende Berlins und nicht direkt vor ihm, »1-1-2! Schnell!!«

Sie reagierte nicht. Regte sich nicht. Saß nur da wie gelähmt.

Jo schnaubte wütend und legte Sophie auf den Küchenboden. »Ihre Beine sind kälter als die Fliesen«, rief er. Er rannte zu seinem Handy, das er immer auf die Kommode an der Haustür legte, wenn er aus der Schule kam.

Leise, ganz leise fragte seine Frau: »Atmet sie, Jo? Atmet sie überhaupt noch?«

16.13 Uhr

Der silberne Mercedes 300 SL stand mit aufgeklappten Flügeltüren auf dem Hof zwischen Scheune und Garage, direkt vor Werner Mühlens Fachwerkhaus. Seit einer ganzen Weile schraubte Mats Holm mit seinem alten Freund und Ziehvater an dem Oldtimer aus den Fünfzigerjahren. Holm hatte sein hellgraues Jackett ebenso lässig über den Zaun geworfen wie sein helles Hemd und seine dunkle, italienische Krawatte. Sein weißes T-Shirt betonte sein Gesicht. Wuchtiges Kinn, volle Lippen, präsente Nase. Dunkelbraune Augen, die schwarzen glatten Haare trug er kurz. Seine sportliche Figur lehnte über dem Motorraum. »Lass mal an«, rief er seinem Freund zu.

Der Motor stotterte und ging aus.

»Ist eine harte Nuss!«, rief Werner. Er klang nicht genervt, sondern erfreut.

Was wärst du ohne eine Herausforderung, ohne Spaß, ohne das echte Leben, mein Freund, dachte Holm lächelnd. Ich bete, dass ich mit 70 genauso bin wie du.

Werner stieg aus dem Wagen, strich über seinen gemütlichen Bauchansatz und fuhr sich durch die grauen Haare.

»Knacken wir schon noch«, antwortete Holm. »Schön, dass wir überhaupt mal wieder Zeit für so etwas haben.« Er wischte sich den Schweiß aus dem Gesicht.

»Ich war es nicht, der immer wieder die Verabredungen abgesagt hat«, erwiderte Werner.

»Man muss Prioritäten setzen, weißt du doch«, sagte Holm.

»Na, vielen Dank, dass ich auf deiner Prio-Liste ganz unten stehe.«

»Komm schon, Werner.«

»Noch unter deinen Affären, Holm!«

»Wer sagt, dass du überhaupt auf meiner Prioritätenliste stehst?«

»Schnösel«, sagte Werner, grinste jedoch dabei. Holm wusste, dass Werner seinen Humor und seine Schlagfertigkeit schon immer gemocht hatte. Ihn auch deshalb vor langer Zeit in seine PR-Agentur holte. Werner wischte sich die Hände ab, zog aus einem Holzeimer voll Eis zwei Bierflaschen und warf Holm eine zu.

»So nah an Berlin und doch so ruhig hier.« Holm blickte über Werners Hof und die Felder Richtung Sonnenuntergang. Sein Freund nickte und genoss den friedlichen Augenblick.

»Morgen früh machen wir das Schätzchen fertig und fahren eine Runde«, sagte Werner schließlich.

»Das kommt als Prio eins ganz oben auf meine Liste. Versprochen!« In dem Moment klingelte Holms Smartphone.

»Mal sehen, wie lange es dort bleibt«, murmelte Werner. Sein Zögling machte eine entschuldigende Geste.

»Holm. Guten Tag.«

»Hallo, Herr Holm! Öztürk mein Name. Ich bin Director Communications von Wenner Pharma. Schön, dass ich Sie direkt erwische.«

»Ich bin in einer wichtigen Besprechung«, antwortete Holm der Kommunikationschefin. Er prostete Werner still zu, während er schnell zusammensuchte, was ihm zu Wenner einfiel. Großkonzern, Medikamente, international aufgestellt, börsennotiert, forschend, Tausende Mitarbeiter allein in der Berliner Zentrale. Keine Skandale.

»Dann komme ich direkt zur Sache«, sagte die Frau mit einem kühlen Unterton. Da ist jemand aber angesäuert, bemerkte er. Das kannte er nur zu gut. Die PR- und Kommunikationsleute seiner Auftraggeber – ob Unternehmen, Ministerien oder Promis – hassten es, wenn die Bosse nach Holm riefen. Sie fühlten sich degradiert und übergangen. Einerseits konnte er das verstehen. Andererseits hatten die Bosse wohl einen Grund, ihn zu rufen. Nicht sein Problem, sondern sein Geschäft. Ein riskantes dazu.

»Unser CEO würde Sie sehr gerne kurzfristig in die Konzernzentrale einladen«, sagte Öztürk mit wenig Euphorie in der Stimme.

Kurzfristig hieß, dass es sich wohl kaum um einen Kennenlerntermin mit dem CEO handelte, dem Chief Executive Officer, sprich: dem obersten Boss. Haben sie also wieder so lange gewartet, schloss er, bis das Kind schon halb im Brunnen ist, und ich soll es mal eben wegzaubern.

»Wie kurzfristig?«, wollte er wissen.

»Ganz kurzfristig. Sofort, sozusagen.«

»Es gibt einen Anlass, nehme ich an?«, fragte Holm.

»Das erfahren Sie hier.«

»Wie heiß ist die Geschichte?«

»So heiß, dass die lebende Legende der Branche sich nicht gerade langweilen dürfte.« Da drückt sie bei mir die richtigen Knöpfe, gab er in Gedanken zu, das muss ich ihr lassen.

»Nun gut«, fuhr die Sprecherin von Wenner Pharma fort, »wir haben noch nicht zusammengearbeitet. Haben Sie Pharmaerfahrung?«

»Am Rande. Schon länger her«, antwortete Holm wahrheitsgemäß.

»Wir erwarten größte Diskretion. Darf ich fragen, was Ihre Konditionen sind?« Holm atmete tief durch und sah Werner an. Der verdrehte nur die Augen und zog seinen Finger über die Kehle. Holm zuckte mit den Schultern, als wolle er sagen: Was soll ich machen, mein Lieber?

»Erstens: Ich brauche von Ihrer Seite die Wahrheit. Zu jedem Zeitpunkt.«

»Ich meinte mehr die finan …«

»Zweitens: Ich lüge nicht für Sie.«

Sie schwieg.

»Drittens: Das Honorar liegt im Ermessen von Doktor Hansen. Am Ende des Jobs.« Holm war der Name des Topmannes von Wenner eingefallen, dem CEO: Doktor Torben E. Hansen.

Sie räusperte sich – um Zeit zu gewinnen, vermutete Holm –, ehe sie sagte: »Dann stimmt also, was man sich über Sie so erzählt.«

»Diese drei Punkte sind mein voller Ernst.«

»Na, kokettieren Sie nicht zu sehr mit ihrem Ruf, Herr Holm. Wir erwarten Sie in einer Stunde.«

»Da müssen Sie schon einen Hubschrauber schicken«, sagte Holm und zwinkerte Werner zu.

»Welche Adresse?«, konterte sie trocken.

»Zu viel der Ehre«, antwortete Holm lachend. »Geben Sie mir anderthalb Stunden, und ich rieche nicht nach Motoröl.«

»Ich kann nicht sagen, dass ich mich freue, aber ich bin gespannt auf Sie«, meinte Öztürk, bevor sie auflegte.

Wow, was war das denn für ein Abgang! Da hat jemand aber Temperament. Und Druck.

Werner wollte etwas sagen, aber Holm hatte bereits die Nummer von seiner Partnerin, Laura May, gewählt und das Smartphone am Ohr.

»Du störst«, meldete sie sich nach dem dritten Klingeln. Sie war schwer außer Atem.

»Ist es das, wonach es sich anhört?«, fragte Holm und zog eine Augenbraue hoch.

»Outdoor ... Functional ... Circuit«, antwortete Laura stoßweise.

»So was Ähnliches mache ich gerade mit Werner«, sagte Holm. »Grüß schön.«

»Du musst leider deine Freiluftgymnastik abbrechen. Wir haben ein Date.«

»Mit wem?«

»Wenner Pharma. Nimm ein Taxi. Scan den Laden auf der Fahrt. Du briefst mich dort. Vor deren Parkplatz. In einer Stunde.«

»Bin schon unterwegs«, sagte Laura und legte auf.

Holm strich über den eleganten Oldtimer. »Das Gute ist, dass du nicht wegläufst, mein Schätzchen.«

»Jaja, und ich alter Mann auch nicht.« Werner grinste, bis Holm ihn an sich drückte, dann zu seinem A8 ging, ein frisches weißes Hemd aus dem Kofferraum holte und sich auf den Weg zur Dusche machte.

16.34 Uhr

Als der Rettungswagen mit Sirenengeheul Richtung Krankenhaus schoss, konnte Sylvie Liebig nicht mehr an sich halten. Tränen strömten über ihre Wangen. Die Männer hatten Sophie, ihre Sophie, auf diese Pritsche gehievt, mit Suppennudeln in den feuchten Locken, und die Gurte mit einem Ruck und einem Ratsch festgezogen wie bei einem Möbeltransport. »Hey!«, wollte sie rufen. »Passen Sie doch auf! Sie ist erst sechs!« Aber sie bekam kein Wort heraus. Erst recht nicht mehr, als sie sah, wie Sophies Köpfchen in den Kurven hin und her geworfen wurde, wie eine Kugel, die an einem Faden hing. Dazu das eiskalte Neonlicht, der koffernde Funkverkehr und dieses unheilvolle *Taaa-tüüü Taaa-tüüü*, das monoton dröhnte, laut, unfassbar laut und direkt über ihr, in ihrem Kopf, zwischen allen Gedanken, die ohnehin ziellos rasten. Sie spürte Angst vor dem, was kam. Wie eine Hand an ihrem Hals, die langsam zudrückt, im Takt des Sirenengeheuls. Als Nächstes nahm sie wahr, dass sie betete. Oder besser gesagt: Gott bat, ihr Sophie nicht zu nehmen. Bitte nicht! Nicht so früh! Nicht so grausam früh.

Kein Amen. Nur Sirenengeheul, Augenränder und Tränen.

Und der eine Satz des Sanitäters, den er in ihrer Küche nach ein paar geübten Handgriffen gesagt hatte: »Wir müssen so schnell wie möglich ins Krankenhaus!« Er hatte es so gesagt, dass sich jede Nachfrage erübrigte.

Warum? Dieses Wort krallte sich in ihr fest. Hatten sie zu lange gewartet? Oder die falschen Medikamente verschrieben bekommen? Sie hatte sich sogar auf dieses neue Wundermittel eingelassen, extra für Kinder entwickelt, wie Doktor Esslinger stets versicherte, obwohl sie der Pharmabranche ebenso misstraute wie der Schulmedizin. Wie hieß das Zeug noch mal? Validolor! Allerdings hatte sie mit eigenen Augen gesehen, wie es Sophie zunächst besser gegangen war. Vor den Augenrändern.

Plötzlich bremste der Fahrer abrupt. »Mach schon!«, hörte sie Jo vorne rufen, mit etwas in der Stimme, das sie nicht an ihm kannte. »Zur Seite, du Arschloch!« Der Fahrer sagte nichts, hupte, riss den Hebel für das Fernlicht vor und zurück. Sie blieben fast stehen.

Nein, nicht jetzt!

Wir müssen so schnell wie möglich ins Krankenhaus!

Sie konnte nicht sehen, was vor ihnen auf der Straße los war. Behinderte sie nur ein Auto? War Stau? Ein Unfall? Sie blieben ganz stehen, während die Sirene immer weiter heulte. Ausgeliefert! Wir sind total ausgeliefert. Sophie. Ich kann nichts machen. Weder den Weg frei noch mein Kind gesund. Halbe Stoßgebete zählten nicht. »Endlich, du Wichser!«, hörte sie Jo brüllen. Sie nahmen wieder Fahrt auf. »Schreiben Sie das Kennzeichen auf«, wies ihn der Fahrer an. »Nur für den Fall, dass …« Sylvie Liebig durchzuckte es. Schnell hörte sie weg und überließ sich dem Sirenengeheul. Doch der Satz hatte es längst in ihr Gehirn geschafft und heftete sich in ihre Erinnerung. Für immer.

Nur für den Fall, dass …

Reiß dich zusammen, Sylvie! Du musst etwas tun. Jetzt!

Sophies Kopf kugelte hin und her und hin und her. Und sie, ihre Mutter, saß am Fußende, festgeschnallt. Sie riss den Gurt los, auch wenn der Sanitäter, der ihr gegenüber saß, es ihr strikt verboten hatte, und stürzte zum Kopfende. Als der junge Mann pflichtbewusst nach ihrem Arm griff, schlug sie nach ihm, einfach so, ungewollt hart, ohne hinzusehen, und er ließ sie gewähren. Sie hielt Sophies Kopf fest, streichelte ihn, küsste ihr Mädchen auf die Stirn und flüsterte ihr zu: »Wir schaffen das! Ich bin da! Papa ist da!« Sie wiederholte es, und obwohl sie nur flüsterte, hörte sie die Sirenen nicht mehr und zupfte Suppennudeln aus den Haaren ihres Mädchens. Sophies Brust hob und senkte sich wie in Zeitlupe. Sylvie Liebig hielt ihren Kopf fest, ganz fest. Auf einmal zog der Rettungssanitäter sie brutal fort. Sie wehrte sich, bis die Worte »Wir sind da, Frau Liebig!« zu ihr durchdrangen und die Hintertüren aufgerissen wurden.

17.25 Uhr

Holm konnte es kaum glauben, als Laura aus dem Taxi stieg und auf seinen Wagen zukam. Sie war nicht nur vor ihm am Gelände von Wenner Pharma angekommen, obwohl sie eben noch bei ihrem Functional Outdoor Blabla durch das Unterholz geturnt sein musste und zudem die weitere Anfahrt hatte. Sie sah darüber hinaus perfekt aus. Laura May, 38, ganz Geschäftsfrau. Sie trug einen hellen taillierten Hosenanzug, dezenten Schmuck, leichtes Make-up, das ihre hellblauen Augen und hohen Wangenknochen betonte. Ihre braunen Haare lagen so einwandfrei, als hätte sie im Kofferraum einen Friseur versteckt. Für Notfälle wie diesen. Ich lass mir gleich von dir den Kofferraum zeigen, witzelte er für sich und lächelte ihr entgegen.

Dass sie ihn jetzt knapp und auf den Punkt briefen würde, dessen war er sich sicher. Sie hatte ihn noch nie enttäuscht. Sie wusste, welche Art von Informationen ihn für den Erstkontakt mit einem Kunden interessierte. Sie stieg in den Wagen und gab ihm zur Begrüßung einen zarten Wangenkuss.

»Gib es zu, Laura, du hast genau so zu Hause gesessen und auf meinen Anruf gewartet.«

Sie lächelte ihn an und zog ihr rechtes Hosenbein bis zum Knie hoch. Darunter kamen sportliche Dreiviertel-Leggings zum Vorschein.

Holm musste lachen.

»Du bist echt in Lichtgeschwindigkeit unterwegs, Laura.«

»Frauen sind einfach nur praktische Wesen, was Männer immer wieder verblüfft«, konterte sie. »Aber vielen Dank für das Kompliment. Interessierst du dich nebenbei auch für ein paar Fakten über unsere Pillenfreunde?«

»Schieß los!«, sagte Holm.

Fünf Minuten später stiegen sie aus dem Wagen und gingen zur Empfangsschleuse. Sie kannten diese erhöhten Sicherheitsvorkehrungen gegen ungebetene Gäste seit Jahren. Gelassen ließen sie die Personenkontrolle über sich ergehen. Leyla Öztürk verschwendete keine Zeit mit Smalltalk. Kurze Begrüßung, gesenkte Stimme, schnelle Augen. Wenig Zeit bei viel Druck, schloss Holm. Er beobachtete die zierliche Unternehmenssprecherin von Wenner Pharma genau. Während Öztürk sie wortlos zum Fahrstuhl und dann zum Konferenzraum der Geschäftsleitung führte, merkte Holm, wie sein Radar anging. Auch wenn er schon unzählige Male am Empfang abgeholt worden war, um wenig später in ein dunkles Geheimnis oder in eine dramatische Situation eingeweiht zu werden, spürte er, wie alles in ihm wachsam wurde, extrem konzentriert und kampfbereit. Er liebte diesen Zustand: Wenn der Profi in ihm hochfuhr. Eine Schlacht auf ihn wartete. Der Anfang eines Rauschs.

Der Grund, warum ich immer weitermache. Nicht Geld, nicht Ruhm.

Du bist ein Krisen-Junkie, Holm, sagte eine andere Stimme. Erst im Ausnahmezustand fühlst du dich richtig lebendig.

Ich kann nicht anders, antwortete er.

Öztürk blieb vor einer massiven Tür stehen. Sie sah beide kurz an, setzte ein Lächeln auf und betrat den Raum. Als er über die Schwelle schritt, wusste Holm ganz genau, dass er in den nächsten Minuten punkten musste, Ruf hin oder her. Er hatte schon viele Konferenzräume der mächtigsten Firmen und Menschen im Land gesehen. Dieser hier war mehr ein Saal, geschmackvolle Einrichtung, in der zweiten Reihe standen für die Referenten Bauhaus-Ledersessel, die über 6000 Euro das Stück kosteten. In der ersten Reihe hatten fünf Männer, die sich im Stehen leise unterhielten, ihre Unterlagen auf dem lang gezogenen Konferenztisch abgelegt. »Meine Herren, darf ich vorstellen: Mats Holm und Laura May von Holm KPR.« Holm nickte den Männern zu, die alle zwischen Ende vierzig und Anfang sechzig waren. Er erkannte gleich den CEO, Hansen, dessen Foto ihm Laura auf dem Parkplatz gezeigt hatte. Tatsächlich Chefsache. Holm machte einen Scan: Edle Anzüge, gedeckte Krawatten und Manschettenknöpfe. Pluspunkt, dachte Holm. Er traf gerade auf Spitzenmanager mit astronomischen Gehältern, auf Erfolgsmenschen und Alphatiere. Sie fühlten sich gerne überlegen, auch was Statussymbole aller Art anging, das war Holms Erfahrung. Deshalb trug er nie Manschettenknöpfe.

»Herr Holm, ich darf Sie bekannt machen: Herbert Schneider von der *Eitsch Aar*«, Leyla Öztürk sprach es amerikanisch aus, Human Resources, kurz HR, auf gut Deutsch war Schneider der Personalchef. Holm würde sich nie an diese albernen Anglizismen gewöhnen. Der scheint für die Arbeit zu leben, hatte Laura zu ihm gesagt, ein Mann ohne Eigenschaften, kein Wort über sein Privatleben, nirgendwo. Unten in der Hackordnung, urteilte Holm, da Schneider ihm als Erster vorgestellt wurde. Holm nahm

Laura leicht an der Schulter und ließ sie zuerst Schneider begrüßen. Er sah genau hin: Schneiders Händedruck war sichtlich fest, selbst bei einer Frau. Männerwelt, alte Schule. Holm dosierte seinen Händedruck so, dass Schneider sich einen Tick kräftiger und männlicher fühlen konnte.

»Magnus Källström, Marketing, und Ron Steadham, Innovation.« Laura war Steadhams Karriere aufgefallen. Steil, aber sprunghaft, er wechselte Branchen und Arbeitgeber häufiger als andere ihre Unterhosen. Basketballer, Alba-Berlin-Fan. Einer ohne Angst. Einer, der voll auf Risiko ging. Wenn Holm in dieser Hinsicht einen Verbündeten brauchte – und das würde früher oder später der Fall sein –, dann war Steadham sein Mann. Zeit für eine Duftmarke. »Lief gestern nicht so bei Alba«, sagte Holm, als sie Hände schüttelten. Das zauberte ein Lächeln auf Steadhams Gesicht. »Taylor hat im letzten Viertel die Lichter ausgeschossen«, meinte er und zuckte mit den Schultern. Danke für die Vorlage, meine liebe Laura.

»Doktor Heiner von Granditz, *Dschiii Sii.*« Der General Counsel, GC, hatte üblicherweise die Rechtsabteilung unter sich und war oberster Berater der Firmenspitze. Ein Justiziar mit zahlreichen Sonderbefugnissen. Holm registrierte von Granditz' skeptischen Blick. Zusammengekniffene Augen. Striche statt Lippen. Der Einzige mit Dreiteiler. Und Taschenuhr. Keine Frage: Die graue Eminenz. Selbstgefällig. Nicht leicht zu überzeugen. Mit Vorsicht zu genießen. »Frau Öztürk sagt, man nennt Sie in der Branche den Master of Desaster. Ist das Hohn oder Ehre?« Reaktionstest. Die anderen lachten leise. Holm lächelte Laura entspannt an und antwortete: »Auf jeden Fall bin ich hier. Und einen englischen Titel habe ich auch zu bieten.« Er sagte es leicht, nicht allzu forsch, doch während alle anderen schmunzelten, sah er das winzige Zucken in von Granditz' Augenwinkeln.

Eigentor. Mist.

»Last but not least natürlich unser CEO und Chef der Pharmasparte, Doktor Torben E. Hansen.«

»Danke, Herr Holm, dass Sie so kurzfristig zur Verfügung stehen.«

»Gerne, wir waren in der Stadt«, erwiderte Holm und blickte Hansen in die stahlblauen Augen. Ein Überflieger. Schon immer gewesen. Abi mit sechzehn. Oxford. Erste Firma mit zweiundzwanzig. Und so weiter. Mit achtundvierzig war er der Jüngste in dieser Runde. Verheiratet, zwei Kinder, 16-Stunden-Tage, makelloser Ruf. So hatte Laura es ihm im Wagen berichtet. Hansen lud sie beide mit einer geübten Geste dazu ein, Platz zu nehmen.

»Herr Holm«, übernahm von Granditz die Gesprächsführung, bevor alle überhaupt saßen, »es geht um eine sehr heikle Angelegenheit. Je weniger davon wissen, desto wohler fühlen wir uns. Könnte Ihre Assistentin, verstehen Sie mich nicht falsch, vielleicht draußen warten?«

Holm nahm den Justiziar einen Augenblick lang ins Visier.

»Nein, Herr Doktor von Granditz, das kann sie nicht. Frau May ist nicht meine Assistentin, sondern meine Partnerin.« Natürlich weißt du das längst, schimpfte Holm innerlich, das sehe ich dir an.

»Uns gibt es also nur im Doppelpack!«, sagte Laura selbstbewusst.

Alle schwiegen.

Na dann, dachte Holm, war das ja ein kurzer Spaß.

Er wartete eine, zwei Sekunden, bevor er sich auf den Edelholztisch stützte, um gleich wieder aufzustehen. In dem Moment räusperte sich CEO Hansen, was genügte, um alle Blicke auf sich zu ziehen. »Ich teile die Sorgen von Herrn Doktor von Granditz«, begann er, »doch ich darf annehmen, dass Sie mit Frau May so eng zusammenarbeiten, dass sie es früher oder später sowieso erfahren wird.« Mehrere in der Runde nickten. Von Granditz biss sich auf die Lippen.

Holm setzte sich langsam und fragte: »Gut. Wie können *wir* Ihnen helfen?« Er genoss es, das *wir* zu betonen.

»Frau Öztürk, berichten Sie bitte die Key Facts«, spielte Hansen den Ball an seine Kommunikationschefin. Sie nickte und ratterte die Fakten herunter: »Es gibt eine Reihe von erkrankten Kindern. Zwei Dutzend, soweit wir wissen. Tendenz steigend. Die Krankheitsverläufe sind schwer. Und vor allem: Sie lassen sich nicht richtig zuordnen.«

»Was heißt das?«, fragte Holm.

»Die Ärzte finden keinen Zusammenhang zwischen Verlauf und Ursache. Und vermuten medikamentöse Nebenwirkungen.«

»Lässt sich das Problem räumlich eingrenzen?«, fragte Laura.

»Nein«, antwortete die Sprecherin schmallippig. Nach einer kurzen Pause gab Schneider, der Personalchef, sich einen Ruck und verriet: »Wie wir über informelle Kanäle bei der zuständigen Behörde erfahren haben, scheinen die Fälle einen gemeinsamen Nenner zu haben. Auf Basis von ärztlichen Erstbefragungen.«

»Die wir nicht für besonders zuverlässig halten«, merkte von Granditz an.

»Weil?«, hakte Laura nach.

»Die Ärzte oft übermüdet sind«, übernahm Öztürk wieder. »Die Eltern sind aufgeregt. Sie können sich mit den Namen der Medikamente vertun – oder welche vergessen. Es gibt keinen einheitlichen Fragenkatalog. Und so weiter.«

»Und trotzdem«, bemerkte Holm, »ist der gemeinsame Nenner eines Ihrer Medikamente, nehme ich an?«

»Exakt!«, sagte Hansen ohne Umschweife. »Sie schalten schnell, Herr Holm. Wir wissen nicht, was da dran ist. Wir können es nicht überprüfen. Wir müssen damit rechnen, dass der Name unseres Medikaments ziemlich schnell bei der Presse landet.«

»Und das ist absurd«, fand Steadham kopfschüttelnd. »Die meisten Medikamente, die Kinder verabreicht bekommen, sind gar nicht für sie zugelassen. Man nimmt die Medikamente für Erwachsene und senkt die Dosis. Das nennt sich Off-Label-Use. Die Politik will daran schon lange etwas ändern. Der medizinische Fortschritt soll den Kindern mehr zugutekommen. Wie edel! Und wir gehen mit Validolor gezielt in diesen Markt, entwickeln ein bahnbrechendes Schmerzmittel speziell für Kinder, mit einer langfristigen Strategie, während die anderen sich aufs ganz große Geld bei den onkologischen und kardiologischen Zielgruppen stürzen. Die Rückmeldungen der Ärzte und Patienten zu Validolor sind überwältigend. Die Verkaufszahlen top. Experten nennen es das beste Schmerzmittel für Kinder zwischen drei und zwölf Jahren – als Dankeschön dafür bekommen wir schlechte Presse, und alles steht in Frage.«

Källström, der Marketingchef, sagte: »Wir haben die Konkurrenz im Verdacht. Wir haben denen in den ersten zehn Monaten über dreißig Prozent Marktanteil in dem Segment abgejagt. Unsere mutige Strategie kostet die zu viel Geld. Da dreht jemand am Rädchen und will Validolor mit Schmutz bewerfen.«

»In unserer Branche wird mit besonders harten Bandagen gekämpft, Herr Holm«, erklärte Hansen.

»Kann man es falsch nehmen? Überdosieren?«, fragte Laura.

»Bisher ist kein solcher Fall bekannt«, antwortete Hansen.

»Und jetzt auf einmal so viele?«, schaltete sich von Granditz wieder ein. »Unsinn! Das Mittel ist juristisch unanfechtbar. Der Beipackzettel nimmt fast kein Ende, so detailliert steht da alles drin.«

Hansen nickte, ehe er sich Holm zuwandte. »Dürfen wir erfahren, wie Sie die Lage einschätzen?«

Da brauche ich nicht lange zu überlegen, dachte Holm. Er sah Hansen in die Augen und sagte: »Alarmstufe Rot!«

17.44 Uhr

Das Schlimmste war die Ungewissheit. Was war los? Was hatte Sophie? Würde sie wieder gesund werden? Sylvie Liebig wusste schon jetzt nicht mehr, wie sie diese ewigen Minuten im Wartestand totschlagen sollte. Immerhin kümmerte sich Caro um Sophie.

Sylvie Liebig war ein Stein vom Herzen gefallen, als sie auf der Intensivstation als Erstes Caro in die Arme gelaufen war. Sie kannten sich vom Sehen, aus dem Kindergarten, die Kinder waren beide in der Pinguingruppe. »Hallo, Sylvie! Warum seid ihr denn hier?«

»Hallo Caro, ich wusste gar nicht, dass du in diesem Krankenhaus arbeitest!«

Ungläubig las sie das Namensschild: Dr. Eichen.

»Ja doch, auf einer halben Stelle im Moment.«

»Sophie ist eben zusammengeklappt«, sagte Jo. »Und seit Wochen krank.«

»Ich sehe zu, dass ich sie betreue. Okay?«

»Großartig!«, antwortete Sylvie, die einfach nur froh war, dass Sophie nicht in der Anonymität der großen Klinik unterging.

In der Zwischenzeit hatte Doktor Carolin Eichen verschiedene Tests und Untersuchungen durchführen lassen sowie die Liebigs ausführlich zur Vorgeschichte befragt: Wie es angefangen hatte, wie oft sie bei welchem Arzt gewesen waren. Welche Untersuchungen der durchgeführt und welche Diagnosen er gestellt hatte. Ob sie jüngst verreist waren. Welche Medikamente sie seit wann in welcher Reihenfolge und Dosis gaben. Bei dem Namen Validolor schien Caro für einen Augenblick noch aufmerksamer zu werden, als sie ohnehin schon vor ihnen saß. Fast eine halbe Stunde dauerte das Fragespiel. Und die Ärztin schrieb sich alles ganz penibel auf. Das Ganze verunsicherte nicht nur

Sylvie, sondern merklich auch Jo. Am Ende hatte Doktor Carolin Eichen eine Hand auf Sylvies Schulter gelegt. »Ich weiß, dass das ein schrecklicher Abend für euch sein muss. Aber Sophie ist stabil. Und hier auf der Intensiv können wir sie bestens beobachten.« Sylvie war ihr einfach nur um den Hals gefallen und hatte sie fest gedrückt.

Sie zehrte von diesem Moment während der Warterei. Dieses Nichtstun – und Nichtstunkönnen – ist die reinste Folter für uns, dachte sie.

Sie zogen sich einen Automaten-Kaffee, den man bestenfalls gewöhnungsbedürftig nennen konnte. »Etwas Koffeinnachschub könnte ich auch gebrauchen«, sagte Caro lachend, als sie die beiden in der Wartezone antraf.

»Darf ich euch noch ein paar Fragen stellen?«

»Wenn es hilft«, sagte Jo. Es klang genervter, als es gemeint war, da war Sylvie sich sicher. Die Ärztin wusste damit umzugehen.

»Es geht noch einmal um dieses Validolor.«

»Was ist damit?«, fragte Sylvie aufmerksam. »Stimmt was mit dem Zeug nicht?«

»Im Moment sammle ich nur Informationen. Um Sophie zu helfen. Damit sie gesund wird. Okay?«

Sylvie nickte.

»Seid ihr euch sicher, dass ihr nie eine zu hohe Dosis gegeben habt?«

»Na ja, heute haben wir ihr mehr gegeben, weil unser Kinderarzt gesagt hat, wir sollen es nach Bedarf einsetzen. Ansonsten haben wir uns genau daran gehalten, weil ich – nimm das nicht persönlich – diesem ganzen Pharma-Schulmedizin-Ding nicht so richtig traue.«

»Das heißt, ihr habt euch die Verabreichung der Medikamente geteilt?«

»Ja, warum?«

»Kann es sein, dass ihr aus Versehen Sophie beide Validolor gegeben habt, weil ihr mit der Reihenfolge durcheinandergekommen seid oder so?«

»Auf keinen Fall. Wir haben sogar Buch geführt, auf einem Zettel am Kühlschrank.«

»Man kann ja mal vergessen, es einzutragen«, insistierte die Ärztin.

»Haben wir nicht«, antwortete Jo.

»Caro, bitte. Was ist denn los?«

Sophies Ärztin sah sie an, blickte dann über die Schulter und rückte näher zu ihnen.

»Ich darf euch das eigentlich gar nicht sagen. Aber wir haben noch ein Kind in der Klinik. Und wir finden nicht heraus, was es hat.«

»Oh, mein Gott!«, wisperte Sylvie. Jo nahm sie in den Arm.

»Deswegen die vielen Fragen. Wir haben versucht, eine Gemeinsamkeit herauszufinden.«

»Und keinen Erfolg gehabt?«, riet Jo ins Blaue.

Die Ärztin stockte. Rückte dann noch näher und sagte: »Das können wir noch nicht sagen. Es kann tausend Gründe geben. Allerdings …«

»Was denn, Caro? Ich bitte dich!«

»Allerdings haben wir bisher einen gemeinsamen Nenner gefunden.«

»Das Validolor«, flüsterte Jo.

Die Ärztin nickte.

»Bei zwei Kindern hat das doch wahrscheinlich wenig Aussagekraft«, meinte Jo, »es könnte sonst was sein. Eine Infektionskrankheit. Irgendwas aus den Tropen, das die Kinder über drei Ecken erwischt hat. Nicht wahr?«

Caro Eichen zögerte. Sie betrachtete ihre Hände, als würde sie jede Falte, jedes Äderchen dort zum ersten Mal in ihrem Leben sehen. »Ich glaube, ich mache jetzt einen Fehler. Aber ich kann euch nicht anlügen. Ich sehe die ganze Zeit Sophie mit meiner Emma im Kindergarten spielen … Also, nach unseren Befragungen mussten wir annehmen, dass am ehesten das Validolor der Auslöser der Komplikationen sein könnte, weil beide es genommen haben und wir keinen anderen Anhaltspunkt gefunden haben. In solchen Fällen müssen wir, da legt auch mein Chef Wert darauf, unverzüglich die zuständige Behörde informieren. Das Bundesinstitut für Arzneimittel und Medizinprodukte. Kurz BfArM. Die sitzen in Bonn, und ich habe denen die Vorkommnisse online gemeldet.«

»Ja, und?«

»Ich kenne jemanden, der da arbeitet, bin mit dem um die Häuser gezogen im Studium. Den habe ich angerufen, weil mir das alles so merkwürdig vorkam. Haltet euch fest: Die haben in den vergangenen 24 Stunden über zwei Dutzend Meldungen bekommen. Bundesweit. Fast alle haben die Verabreichung von Validolor gemeldet, manche allerdings noch nicht. Einige Kliniken machen jetzt Nachbefragungen. Auch zur Kombination von Medikamenten.«

»Wo sind wir da nur reingeraten?«, fragte Sylvie.

»Noch haben wir nichts Belastbares«, antwortete die Ärztin und verabschiedete sich.

Eine Weile saßen sie schweigend auf den Plastikstühlen, ehe Jo zu Sylvie sagte »Hauptsache, Sophie ist stabil.«

»Ich wollte ihr dieses verdammte Zeug nicht geben. Erinnerst du dich?« In ihrer Stimme schwang jetzt Wut mit. Viel Wut. Wut auf ihn.

»Der Esslinger hat gesagt, das wäre das beste Schmerzmittel für Kinder, das es gibt. Du warst doch dabei!«

»Und du konntest ihm nicht schnell genug beipflichten. Ich kam nicht mal mehr dazu, nach einer Alternative zu fragen. Geschweige denn nach homöopathischen Mitteln.«

»Und daran bin ich jetzt schuld?«

»Du hast dich mit ihm zusammengetan statt mit mir. Das ist bezeichnend für den Zustand unserer Beziehung.«

»Du willst jetzt nicht ernsthaft hier und anhand von Validolor den Zustand unserer Beziehung diskutieren?« Bei den letzten Worten, das merkte Sylvie, riss Jo sich sehr zusammen, um nicht laut zu werden. Er presste sie hervor, stand auf und ging zurück zu Sophie.

17.55 Uhr

»Alarmstufe rot?«, rief von Granditz. Führen durch Lautstärke, registrierte Holm gelassen. Diese Männermethode starb einfach nicht aus. Die Diskussion lief auf Hochtouren. »Die Schmierfinken haben nichts. Die Behörden haben ebenso nichts. Und tun uns im Zweifel auch nichts.«

»Ich meinte nur: Die PR-Krise rast auf Wenner zu«, ließ Holm den Wenner-Juristen an sich abtropfen.

Von Granditz sah jeden in der Runde an, um dann wieder souverän und abgeklärt fortzufahren; wenn dieser Ausbruch mal nicht kalkuliert gewesen war.

»Dass Sie als Spezialist für Krisen-PR auch eine Krise wittern, sei Ihnen unbenommen, Herr Holm. Bei Ihrem Geschäftsmodell ist das sicher unabdingbar. Ich hielte es nur für ratsam, das Augenmerk auf die Fakten zu richten.«

Der geht dich aber richtig an, stellte Holm fest. Bist du einfach nicht sein Typ – oder störst du ihn dabei, in seinem eigenen Saft zu schmoren?

»Und Validolor«, übernahm Steadham, »haben wir in der Entwicklung aufgekauft. Dann die klinischen Studien, Tests, die Zulassungsverfahren bei den Behörden. Alles nach Lehrbuch.«

»Sie sind sich also ganz sicher, dass Sie sich nichts vorzuwerfen haben? Ein dummer Zufall, der ihr Validolor ins Gerede bringt?«

Er sah aus dem Augenwinkel Laura an, die unmerklich eine Augenbraue hochzog. Pass auf, was du sagst, sollte das bedeuten. Holm hob beschwichtigend die Hände.

»Meine Herren, Frau Öztürk. Sie dürfen mich jetzt nicht falsch verstehen. Aber: Wann hatten Sie Ihre letzte große PR-Krise?«

»Lange her«, murmelte Schneider.

»Wir sind ein gut geführtes Unternehmen hier«, erklärte von Granditz voller Überzeugung.

»Wollen Sie sagen«, ging CEO Hansen dazwischen, »dass wir ohne Ihre Erfahrung, Herr Holm, auf dem Weg in die Katastrophe sind?«

Setz dein verständnisvolles Gesicht auf, befahl Holm sich. »Mir geht es nicht um einen Auftrag mehr oder weniger, Doktor Hansen. Und bis hierhin, Frau Öztürk, hat Ihr Bereich in der Tat gut gearbeitet.«

»Aber?«, hakte Hansen nach.

»Wenn Sie am Anfang einer PR-Krise die Weichen falsch stellen, fährt der Zug in die falsche Richtung.«

»Frau Öztürk hat als Ihre Kollegin eine klare Position genannt: sachlich dementieren und abwarten. Welche Linie empfehlen Sie uns?«

»Das kann ich Ihnen noch nicht sagen«, antwortete Holm.

»Na toll«, warf von Granditz ein. Holm entging nicht, dass Öztürk selbstzufrieden lächelte.

»Das kann ich Ihnen derzeit nicht sagen«, sprach er unbeirrt weiter, »weil Sie noch in der Wagenburgphase stecken«.

Laura atmete tief ein. Er wusste, dass sie seine gelegentlich konfrontative Art waghalsig fand. Er nannte diesen Moment den *Belastungstest*. Er zeigte dem Kunden seine Schwächen auf. Ein Moment, auf den Bosse sehr empfindlich reagierten. Da es jedoch früher oder später ohnehin darauf hinauslief, nutzte Holm lieber den Vorteil, den Zeitpunkt selbst zu bestimmen.

Bämm! Das saß. Jetzt schweigen sie alle, wie immer, dachte Holm. Und gleich gehen sie auf dich los.

Steadham wollte etwas sagen, ließ dann aber Hansen den Vortritt.

»Was meinen Sie mit Wagenburg?«

»Sie sehen das Problem nur aus Ihrer Sicht. Und sachlich.«

»Uns ist schon klar, dass kranke Kinder eine ziemliche Angriffsfläche bieten«, sagte Öztürk spitz.

»Genau«, sagte Holm und stand auf. »Kinder sind ein fieser Gegner in der PR. Da haben Sie von Anfang an verloren.« Er ging zu einem Flipchart und notierte in Großbuchstaben KINDER. »Sobald die Nachricht raus ist, werden die Eltern verunsichert. Bombardieren Ihre Hotline mit Fragen.« Er notierte auch ELTERN. »Und jetzt bitte ich Sie, die Sachebene für einen Moment zu verlassen. Ich weiß, dass Zahlen und Fakten Ihr gewohntes Terrain sind. Aber denken Sie alle für einen Moment in Bildern und Emotionen: Weinende Eltern, ratlose Ärzte. Dann springt der Funke über zu den Verbrauchern. Die bösen Pharmakonzerne. Big Pharma. Sie haben bei der breiten Masse wenig Freunde, auch wenn die alle Ihre Produkte schlucken wie die Weltmeister. Gemein, aber Tatsache. Das heißt: Die Leute sind bereit, eine negative Schlagzeile zu glauben.« Er schrieb ÄRZTE, VERBRAUCHER UND NEGATIV-IMAGE auf.

»Dann die kritische Öffentlichkeit: Auch wenn es kein Wenner-Watch gibt, soweit uns bekannt ist, werden sich Pharmakritiker auf das Thema stürzen.« KRITIKER. Holm spürte Schneiders bohrenden Blick. Dem schmeckt unser Erscheinen aber auch nicht, dachte Holm. Vielleicht hatte er den Personaler im ersten Moment unterschätzt. Ihm fiel ein, dass Laura im Auto berichtet hatte, dass Schneider und von Granditz seit über zwanzig Jahren für Wenner arbeiteten. Sich hochgedient hatten. Hochgekämpft haben mussten. Hochgeboxt. Bilden die beiden eine stille Achse in dieser Runde?, fragte er sich.

»Und natürlich die Medien«, fuhr Holm fort. »Maximale Zuspitzung. Ich sehe eine Schlagzeile, Seite eins in der BILD-Zeitung: *Wenner Pharma – Nebenwirkung Tod.*«

»Das ist eine unzulässige Behauptung!«

»Da schicke ich unsere Anwälte hin.«

»Warum überhaupt Tod?«, fragte Hansen irritiert.

Holm lächelte ihn an. »Wegen dem hier«, sagte er und tippte sich an die Stirn. »Kopfkino. Fantasie. Das Thema ist breit, vielschichtig, emotional. Es lässt sich kaum eindämmen.«

»Die können doch nicht einfach schreiben, was sie sich zusammenspinnen«, rief Steadham empört.

»Das stimmt«, antwortete Holm. »Es sei denn, sie machen ein Fragezeichen dahinter. *Wenner Pharma: Nebenwirkung Tod?* Schon können Sie Ihre Anwälte im Stall lassen. Nicht wahr, Herr von Granditz?«

»Ob mit oder ohne Fragezeichen«, fügte Laura hinzu, »bei den Leuten kommt dieselbe Botschaft an«.

»Und das wiederum heißt«, machte Holm weiter, »dass Sie mit reinem Faktendenken auf die Verliererstraße einbiegen. Es wird um Ihren Ruf gehen. Ihre Aktionäre werden bei den ersten Schlagzeilen nervös. Die Politik wird sich regen.« Er schrieb MEDIEN, AKTIONÄRE und POLITIK auf die Flipchart.

»Wir sind mit unseren Stakeholdern vertraut«, sagte Hansen ruhig, aber bestimmt. »Was wollen Sie uns sagen?«

Holm nahm sich einen Augenblick Zeit. Denn in wenigen Sekunden würde sich entscheiden, ob er die Wenner-Spitze überzeugen konnte oder nicht. *Missionierung*, hatte Laura diese Phase ironisch getauft. Das passte ganz gut, fand er.

»Es geht nur um Wahrnehmung und Emotion. Wahrnehmung!

Und Emotion! Damit arbeiten wir. Ich muss von Ihnen die Wahrheit wissen, aber nur, um nicht zu lügen. Lügen ist tödlich in PR-Krisen. Mich interessieren erst einmal allein die Fakten, die unsere Linie, unsere Wahrnehmung und unsere Emotion stützen. Insofern müssen Sie dringend entscheiden, für wie groß Sie Ihr Problem halten. Dann wissen Sie, ob ich der Richtige für Sie bin oder nicht. Und wenn Sie meiner Analyse folgen, empfehle ich Ihnen eine wesentlich offenere und offensivere Strategie. Sie sind menschlich. Bedauern die Situation der Kinder. Und Sie handeln. Sie tragen zur Aufklärung bei, was möglich ist. Sind selbstkritisch. Diese Richtung.«

Holm schrieb WENNER in die Mitte der anderen Begriffe und zeichnete dicke Pfeile, die alle bedrohlich auf den Konzernnamen zeigten. Er ging langsam zurück und setzte sich auf seinen Platz.

»Ich bin klar für Dementi«, sagte von Granditz unbeeindruckt. »Je weniger wir herausgeben, desto weniger Angriffsfläche bieten wir.«

»Ich glaube auch, dass uns Offenheit nicht viel nutzen wird«, sagte Källström. »Genau aus dem Grund, den Sie genannt haben, Herr Holm: Wir können machen, was wir wollen, wir werden nie so beliebt sein wie Günther Jauch.«

Mit Öztürk machte das bereits drei Gegenstimmen.

Sag nichts. Du hast deinen Fall dargelegt. Und egal, ob mit oder ohne dich, Wenner Pharma muss sich verdammt beeilen, um auf den Orkan vorbereitet zu sein.

Er spielte mit der Sanduhr in seiner Hosentasche, die er immer bei sich trug.

»Zeit ist in der Krisen-PR die härteste Währung.« So hatte es Werner gesagt, als er Holm an seinem 60. Geburtstag die Agentur anvertraut hatte. Zehn Jahre war das her.

Hansen schaute noch auf Holms Skizze und überlegte. Dann wandte er sich der Runde zu. »Ich möchte am Ende unserer Beratungen einen Mittelweg vorschlagen: Frau Öztürk bereitet das Dementi und alles Weitere vor. Und ich würde mich sehr freuen, Herr Holm, wenn Frau May und Sie sich in den nächsten Tagen trotzdem für uns bereit hielten. Gegen Honorar, versteht sich.«

Holm schaute kurz Laura an, als wolle er den großzügigen Kompromissvorschlag mit ihr rückkoppeln. Doch er brauchte keine Sekunde über das Angebot nachzudenken. Ohne Hansen aus den Augen zu verlieren, stand Holm auf und streckte dem CEO souverän lächelnd die Hand entgegen.

»Ich danke für Ihre Einladung und Ihr Angebot. Aber wir konnten offensichtlich weder eine überzeugende Schnellanalyse vorlegen noch Ihr Vertrauen gewinnen. Ohne das geht es leider nicht. Ich wünsche Ihnen viel Erfolg. Und Ihnen auch, Frau Öztürk.«

18.11 Uhr

Heiner von Granditz zupfte seine Manschettenknöpfe zurecht. Dieser Holm würde also allen Ernstes den Auftrag eines Pharmakonzerns wie Wenner sausen lassen? Um so eine Referenz zu bekommen, würden andere betteln. Schleimen. Bezahlen.

War das konsequent von Holm? Oder selbstverliebt? Von Granditz brauchte nicht zweimal zu überlegen.

Er rümpfte kurz die Nase.

So einen konnten sie bei Wenner gerade gar nicht gebrauchen. Deshalb hatte er Hansens Plan, Holm zu engagieren, torpediert.

Holm streckte Hansen immer noch die Hand entgegen. Der griff schließlich zu: »Bei Ihnen weiß man auf jeden Fall sehr schnell, woran man ist.«

Genau, an einem eitlen Fatzken!

Hansen schüttelte Holms Hand immer weiter, hielt sie ganz fest, das sah von Granditz, ehe sein CEO sich auf einmal in seinen Stuhl fallen ließ und Holm so zwang, sich auch wieder hinzusetzen.

Was soll das, Hansen? Der große Meister hat doch schon beim ersten Gegenwind die Flinte ins Korn geworfen.

»Herr Holm, Frau May, Sie beide sind aus dem richtigen Holz geschnitzt. Wir möchten eine Anzahlung machen. Auf das Vertrauenskonto.« Hansen nickte Schneider zu.

Von Granditz hätte schreien können. Ließ sich aber natürlich nichts anmerken. Hansen zog es einfach durch. Was für eine Arroganz.

Schneider, der Personalchef, räusperte sich kurz, ehe er sprach.

»Herr Källström hat eben schon erwähnt, dass wir die Konkurrenz in Verdacht haben, Validolor zu attackieren. Das nicht ohne Grund. Seit 48 Stunden ist eine Mitarbeiterin von uns verschwunden. Sandra Schönbaum. Abteilungssekretärin bei unserem Forschungsleiter mit Zugang zu sensiblen Dokumenten. Beruflich hat sie bei uns immer nur Bestnoten bekommen, privat ist sie allerdings etwas, sagen wir: unstet. Wir nehmen an, dass sie geheime Papiere an die Konkurrenz verkauft hat und nun untergetaucht ist.«

Von Granditz beobachtete, wie Holms Augen sich weiteten. Natürlich sprang er darauf an. Und natürlich war es ein Fehler, Externe in diesem Stadium in diese Interna von Wenner einzuweihen.

»Haben Sie denn schmutzige Wäsche«, fragte Holm geradeheraus, »die Ihre Konkurrenz so sehr interessieren könnte?«

»Wissen Sie«, antwortete Steadham, »bei uns wird viel Papier produziert. Gerade bei der Entwicklung von einem Medikament wie Validolor finden Sie immer einen kritischen Zwischenstand, Streit unter Experten oder ein paar missverständliche Sätze.«

»Dürfte Rimson & Pryce nicht allzu schwerfallen«, fuhr Hansen fort, »Dinge aus dem Zusammenhang zu reißen oder Versatzstücke und halb gare Informationen so lange zusammenzurühren, bis wir ganz schlecht aussehen.«

Holm sagte: »Das kann ich mir lebhaft vorstellen. Allein schon von Berufs wegen.« Die Runde lachte kurz über Holms selbstironische Bemerkung.

»Trotzdem ist Geheimnisverrat und Abtauchen ein schwerer Vorwurf gegen Frau Schönbaum«, merkte May an.

Aber wir können ja noch nachlegen, dachte von Granditz.

Hansen nickte Öztürk zu, die direkt aufstand und die schwere Tür des Konferenzzimmers aufzog.

Der Justiziar beobachtete Holm genau. Der angebliche PR-Gott scannte neugierig den Mann, der mit fließenden Bewegungen den Raum betrat. Groß gewachsen war, schlank, im glatt rasierten Gesicht beinahe hager. Ausdauersport machte, wie von Granditz wusste.

»Doktor Bernd Otto«, stellte Öztürk ihn vor. »Head of Research. Unser Forschungsleiter. Der Chef von Frau Schönbaum. Und das sind Frau May und Herr Holm von Holm KPR.«

In der Hand hielt Otto eine schmale Mappe.

Die Mappe, die meine Jungs befüllt haben.

»Bitte berichten Sie, Doktor Otto«, sagte Hansen.

»Frau Schönbaum hat sich in letzter Zeit etwas … auffällig verhalten.«

»Inwiefern?«, fragte Laura dazwischen.

»Unaufmerksamkeiten. Ungenauigkeiten. Leistungsabfall. Natürlich konnte das immer noch mit dem Tod ihrer Mutter zu tun haben, der ihr nachhing. Außerdem wollte sie ein Darlehen von uns, was wir abgelehnt haben.«

»Sie hatte also Geldsorgen. Und weiter?«, wollte Holm wissen.

»Da persönliche Ansprache erfolglos blieb, habe ich im Rahmen meiner Fürsorgepflicht einen Spezialisten konsultiert.«

»Sie haben sie ausspioniert?« Da konnte Frau May ihre Empörung aber schwer verbergen, stellte von Granditz fest. Mitarbeiterüberwachung sah er nicht als sein Lieblingsinstrument an. Aber wenn es sein musste, kam es zum Einsatz.

»Nur das Nötigste«, antwortete Otto Laura May. »Frau Schönbaum arbeitet an einer sehr sensiblen Stelle, verstehen Sie. Wenn es da ein Leck gibt, müssen wir das wissen. Da hängen Tausende Arbeitsplätze dran.«

»Sie müssen sich nicht rechtfertigen«, sagte Holm beschwichtigend. »Was hat der Spezialist herausgefunden?«

»Vor allen Dingen konnte die Detektei feststellen, dass sie Kontakt zu Bob Reina hat. Hatte. Reina ist dummerweise der stellvertretende Vertriebschef für Europa von Rimson & Pryce Pharmaceuticals. Standorte Brüssel und Berlin.«

Da zog der Master of Desaster die Augenbrauen hoch. Jaha, werter Herr Holm, vielleicht geht gerade ein amerikanischer Pharmariese gegen uns in Stellung.

»Wollen die Wenner plattmachen? Feindliche Übernahme? Oder was?«, fragte Laura May in die Runde.

»Nur über meine Leiche«, sagte von Granditz. »Die wollen sich die Marktanteile wieder holen, die wir ihnen mit Validolor abgejagt haben. Da zahlen sie einer Frau Schönbaum sicher gerne etwas aus der Portokasse. Und machen uns klar, wer der Herr im Ring ist.«

Otto zog einen großen Abzug aus der Mappe und reichte ihn Holm.

»Hier ein Beweisfoto, das unser Mann von den beiden schießen konnte.«

May schob sich an Holm heran. Gemeinsam schauten sie sich das Bild an.

Genau so habe ich auch davor gesessen, erinnerte sich von Granditz. Schönbaums hellwacher Blick. Ein paar Pfunde zu viel hatte sie vielleicht, insgesamt fand er sie anziehend. Ihr Kostüm stand ihr, kam aber sicherlich nicht aus einer Edelboutique. Ansonsten wirkte sie nett, ganz normal, eine Frau von nebenan. Schönbaum neigte den Kopf zur Seite und hörte ihrem Gegenüber zu. Weißes Hemd. Grauer Anzug. Sein Teint war gebräunt, seine Haare leicht gegelt. Reina hatte freundliche Züge. Von Granditz kannte ihn. Ein Profi, keine Frage. Tough cookie. Vor solchen Leuten hatte er Respekt.

»Wie haben ausgerechnet die beiden zueinandergefunden?«

Otto senkte den Kopf.

»Ich habe Frau Schönbaum vor zwei Monaten als Incentive zu einem Kongress in Miami mitgenommen. Da schwirrte Reina auch herum.«

»Also«, sagte Holm, »Schönbaum ist verzweifelt. Die Schulden machen sie fertig. Da lernt sie Reina kennen. Ihren einfühlsamen Retter. Er hat Verständnis für sie. Und Geld. Kauft sie, hilft ihr unterzutauchen, und zwei Tage später gerät Validolor unter Druck.« Holm zog die Stirn in Falten. »Zufall sieht anders aus.«

»Vielleicht sind die beiden trotz allem nur ein Paar?« Laura sah von Granditz an.

»Ich neige nur nicht dazu, das zu glauben«, antwortete er. Schneider und Steadham stimmten zu.

»Haben Sie Frau Schönbaum bei der Polizei als vermisst gemeldet?«, fragte Laura.

»Bedaure«, antwortete Schneider, »als Arbeitgeber sind wir da sehr zurückhaltend und behutsam. Und wenn ich die jüngsten Entwicklungen sehe, bin ich auch froh drum. Sonst wären wir jetzt schon in den Schlagzeilen.«

»Dauert denn Ihre Fürsorgepflicht an?«, wollte Holm wissen.

»Sie ist wie vom Erdboden verschluckt«, übernahm von Granditz die Antwort, »wahrscheinlich über alle Berge.«

»Das heißt, Ihr Detektiv ist in einer Sackgasse gelandet«, bohrte Holm nach.

Ja, du Schlaumeier, genau das heißt es.

Von Granditz antwortete: »Aber machen Sie sich keine Sorgen: Wir haben ein fähiges Team zur Hand.«

Otto räusperte sich: »Wenn ich noch eines ergänzen darf: Falls Frau Schönbaum uns hintergangen haben sollte, dann vielleicht auch, weil sie irgendwie unter Druck gesetzt wurde. Das möchte ich zu ihrer Ehrenrettung sagen.«

»Wie nett von Ihnen«, kommentierte von Granditz.

»Ich hoffe«, übernahm Hansen das Wort mit diesem präsidialen Ton, der von Granditz zunehmend nervte, »Sie verstehen jetzt besser, dass wir uns in einer komplexen Situation befinden. Würde diese ein Standby Ihrerseits rechtfertigen?«

Holm lächelte in die Runde.

»Bei dem Vertrauensvorschuss bleibt uns kaum etwas anderes übrig. Wir nehmen uns drei Tage nichts vor. Einverstanden?«

»Deal«, sagte Hansen, und die beiden Männer schüttelten sich erneut die Hände. Dieses Mal ließ der CEO Holm auch los.

»Die Mappe ist für uns, nehme ich an?«, fragte Holm den Forschungsleiter bestimmt. Otto zögerte, doch als Hansen ihm zunickte, übergab er sie. Von Granditz wollte etwas sagen, Holm war schneller.

»Streng vertraulich. Ist klar.«

Na immerhin. Standby ist nichts Halbes und nichts Ganzes. Haben wir Hansen an der Front schon mal ausgebremst. Wenn ich nur sicher sein könnte, dass Öztürk liefert, würde ich mir weniger Sorgen um Wenner machen.

18.23 Uhr

Holm verabschiedete sich ebenso wie Laura von jedem persönlich. Leyla Öztürk machte Anstalten, sie zurück zum Empfang zu begleiten. Er sagte nur knapp: »Wir finden alleine hinaus, danke. Und Sie haben jetzt einen Sack voll Arbeit.«

»Danke für Ihr Verständnis«, erwiderte Öztürk und lief in die andere Richtung. Im Gehen wandte Holm sich an Laura. Er zeigte auf seinen Besucherausweis, den er in einer harten Plastikhülle an einem Wenner-Pharma-Schlüsselband um den Hals trug. »Die behalten wir.«

Danach schwiegen sie im Fahrstuhl und auf dem Weg aus dem Hauptgebäude. Eine alte Angewohnheit von ihnen. Man konnte seine Gedanken ordnen. Sich nicht verplappern. Nicht belauscht werden.

Als sie im Auto saßen, meinte Laura: »Die arme Öztürk wird sich die Finger verbrennen.«

»Mindestens«, antwortete Holm und zuckte mit den Schultern. »Also, legen wir los. Die Krise ist im Anmarsch.«

Während Laura die Mappe zu Sandra Schönbaum aufklappte, tippte Holm auf Werners Kontakt.

»Wie lief es?«, fragte sein Mentor ohne Vorrede. Holm erzählte es ihm in knappen Sätzen – und schloss mit einer Bitte: »Ich bräuchte mal eine Tiefenbohrung zu Wenner.«

Holm hörte Werner am anderen Ende erfreut schnauben.

»Habe schon meine Fühler ausgestreckt.«

»Und ich wüsste gern, welche Querverbindungen es zu Rimson & Pryce gibt. Umkämpfte Märkte, Rivalitäten, Portfolio.«

»Der Fall wird ja immer besser«, erwiderte Werner. Seine Neugierde war nicht zu überhören. Holm beließ es dabei.

Was ist Werner für ein Pfundskerl, sagte sich Holm. Was für ein Glück ich habe, so einem Menschen begegnet zu sein, ausgerechnet in dieser Branche. Ihn meinen Freund nennen zu dürfen. Der wird immer ein Profi bleiben. Selbst wenn er eines Tages hundert Jahre auf dem Buckel hat.

»Danke! Kannst du mich noch heute schlauer machen?«

»Alles andere wäre eine Enttäuschung«, antwortete Werner und beendete das Gespräch.

Laura stieß Holm an, ohne von der Mappe aufzusehen.

»Was hältst du von einem Ausflug?«

»Ich dachte schon, du würdest nie fragen.«

Er ließ den Motor an und gab im Navi eine Adresse ein, die Laura ihm diktierte. Die Adresse von Sandra Schönbaum.

Als sie Schönbaums Straße erreichten, eine viel befahrene Durchgangsstraße, verfielen sie in gespanntes Schweigen. Die Laternen strahlten auf einen Asphalt, der mehrmals zusammengeflickt statt neu gemacht worden war. Links und rechts standen kleine Gebäude, mal Reihenhäuser, mal Doppelhaushälften, aus den fünfziger Jahren, mit langgezogenen Vorgärten. Ein Bäcker. Eine Wäscherei. Alte Hecken und einfache Zäune behinderten die Sicht auf die Häuser, die zurückgesetzt lagen.

»Aufnahmen von Sicherheitskameras können wir wohl vergessen«, sagte Holm.

»Sieht so aus«, murmelte Laura, die versuchte, die Hausnummern zu entziffern.

»Siebzehn, neunzehn – dann ist das die einundzwanzig, und daneben ist Schönbaums Häuschen.«

Es war ein Reiheneckhaus, das letzte, bevor Mauerwerk und ein mächtiger Zaun die Wohnstraße für beendet erklärten. Direkt an Schönbaums Haus, an ihre Zufahrt, grenzte der weitläufige Parkplatz eines neu eröffneten Baumarkts.

»Da sollte doch ein Plätzchen frei sein«, meinte Holm und bog ab. Ihm war es lieber, den Wagen nicht direkt vor das Haus zu stellen. Der A8 fiel zu sehr auf.

Sie liefen die paar Schritte zurück. Holm zündete sich im Gehen eine Zigarette an. Von der Parkplatzseite sah man es ganz deutlich: Gebüsch und Grün konnten die trübe Aussicht kaum kaschieren. Sobald Schönbaum aus ihrem Haus auf ihre Zufahrt trat, musste sie auf die Wand sehen, den Zaun, den Parkplatz dahinter. Noch der kleinste Raum in Großstädten wurde genutzt. Zugebaut, fand Holm, traf es besser.

»Ganz gemütlich eigentlich«, meinte Laura, »wenn der Baumarkt ihr nicht so dicht auf den Pelz gerückt wäre.«

Holm nickte. Sicherlich musste das Dach gemacht werden oder die Fassade erneuert, ansonsten hatte Laura Recht.

Sie erreichten die lang gezogene Zufahrt. Ganz hinten, direkt vor dem Hauseingang, stand ein Kleinwagen mit Berliner Kennzeichen. Laura zögerte keine Sekunde und betrat das Grundstück. Da kommt die alte Polizistin in ihr durch, dachte Holm lächelnd und folgte ihr.

Sie sahen durch die Seitenscheiben.

Auf dem Beifahrersitz lagen ein Halstuch, ein Lippenstift und Kaugummis.

»Hat sie alles stehen und liegen lassen?«, fragte Laura, »musste sie plötzlich weg? Warum?«

»Vielleicht hat sie eine Warnung von den Amis gekriegt«, mutmaßte Holm.

»Oder Panik«, spekulierte Laura.

»Womöglich soll es auch so aussehen.«

»Sehr raffiniert wirkte sie auf dem Foto nicht gerade.«

»Aber dieser Reina schon.«

»Hmm«, machte Laura und ging zur Haustür. Prüfte das Schloss fachmännisch.

»Keine Gewalteinwirkung.«

Holm guckte durch das Küchenfenster. Alles recht ordentlich. Nur ein Teller und ein Glas standen auf der Spüle. Vom letzten Abendessen, nahm Holm an.

»Entschuldigung, was machen Sie da?« Sie hatten nicht bemerkt, dass ihnen eine ältere Frau vom Bürgersteig aus, unten am Anfang der Auffahrt, zusah.

»Oh, guten Abend, entschuldigen Sie«, sagte Holm. »Wir sind Kollegen von Frau Schönbaum. Von Wenner Pharma.«

Holm streckte der Frau kurz den Besucherausweis entgegen. Laura hielt ebenfalls ihren Ausweis hin.

»Wir haben uns Sorgen um Sandy gemacht«, erklärte Laura. »Sie ist seit zwei Tagen nicht zur Arbeit gekommen. Geht an kein Telefon.«

»Ist das wahr?«

»Leider«, sagte Laura und ging langsam einige Schritte auf die Dame zu, die sich als Marlies Hoppe vorstellte.

»Wir dachten, wir kommen nach Feierabend mal vorbei.«

»Man denkt ja an die schlimmsten Dinge. Und dann wohnt sie hier allein.«

»Das ist sehr anständig von Ihnen«, lobte die Frau. Laura hat sie schon um den Finger gewickelt, freute sich Holm. Was sie überhaupt nicht gebrauchen konnten, waren nervöse Nachbarn, die die Polizei riefen. So einen Umstand hätte er Hansen sehr ungern erläutert.

»Kennen Sie sie denn?«, fragte Laura.

»Mit der Mutter hatten Günther und ich viel zu tun. Eine reizende Person. Nach ihrem Tod ist Sandra eingezogen. Sie ist ja nicht mehr ganz unsere Generation. Und war viel unterwegs. Hat viel gearbeitet.«

»Ist Ihnen denn in den letzten Tagen etwas aufgefallen?«

»Nein. Ich hab sie nicht gesehen. Aber das heißt nichts. Ich bin nicht mehr so gut zu Fuß.«

»Verstehe«, sagte Holm. Dieser Abstecher würde keine verwertbaren Informationen bringen, sagte sein Bauchgefühl. Er wollte weiter. Gut essen. Dann unbedingt zu Storch. Mit Werner telefonieren.

»Günther kann Ihnen beiden vielleicht mehr sagen. Der geht immer mit dem Hund. Und gibt zwei Abende die Woche Fußballtraining.«

»Das wäre toll«, rief Laura. »Wenn wir nichts herausfinden, überlegen wir, eine Vermisstenanzeige aufzugeben, wissen Sie.«

»Ach Gottchen!«, rief Marlies Hoppe. »Günther hat sein Handy nie an. Kommen Sie mit rüber, ich kann Ihnen nur Kaffee und Kekse anbieten, sehen Sie mir das bitte nach.«

»Das ist aber sehr zuvorkommend. Wir wollen keine Umstände machen«, flötete Laura.

Holm verdrehte nur die Augen. Das ist doch reine Zeitverschwendung, bei der netten alten Dame zu sitzen, während die Krise sich aufbaut.

Laura hakte sich bei ihm unter und drückte seinen Unterarm. Jaja, er würde schon freundlich bleiben.

Obwohl sie sichtlich schlecht auf den Beinen war, machte Marlies Hoppe sich die Mühe, ein weißes Porzellanservice mit Blütenmuster hervorzuholen und selbst gebackene Kekse anzubieten.

Was es doch für liebenswürdige Menschen gibt in dieser Welt, dachte Holm. Leider habe ich meistens mit Leuten anderen Kalibers zu tun.

»An diese Kekse könnte ich mich gewöhnen, Frau Hoppe«, sagte er.

»Ich hoffe, das Rezept ist nicht geheim?«, fragte Laura und lächelte die alte Dame an.

Langsam kostete es Holm dennoch Mühe, seine innere Unruhe zu verbergen. Der Sturm konnte jeden Moment losgehen. Zum Glück übernahm Laura den Löwenanteil vom Smalltalk.

Endlich kam Günther Hoppe nach Hause. Er war einen halben Kopf größer als Holm, für sein Alter in guter Form und ebenso freundlich wie seine Frau.

»Tja, was soll mir aufgefallen sein?«, fragte er, nachdem sie ihre Geschichte wiederholt hatten, und blies in die dampfende Kaffeetasse.

»Haben Sie vielleicht in letzter Zeit länger mit ihr gesprochen?«, wollte Laura wissen.

»Nicht wirklich.«

»Besuch, der Ihnen merkwürdig vorkam?«

»Da würden wir uns nie einmischen«, sagte der Nachbar kategorisch. »Wir wollen ja auch unsere Ruhe haben.« Das macht ihn mir doch sehr sympathisch, dachte Holm.

Laura gab nicht auf: »Haben Sie vielleicht Fahrzeuge gesehen, die hier nicht hingehörten?«

Erstmals überlegte der Mann einen Moment.

»Jetzt, wo Sie es sagen …« Augenblicklich hatte er Holms Aufmerksamkeit. Was kam jetzt?

»Neulich war alles so knapp. Ich kam vor dem Training nicht mit dem Hund vor die Tür. Ich gebe Jugendtraining, wissen Sie.«

Beide nickten anerkennend.

»Ja, erzählte ihre Frau. Das ist großartig.«

»Und dann?«

»Na ja, als es mir später einfiel, habe ich mich noch einmal aufgerafft. War so elf Uhr. Hab die Nachrichten zu Ende geguckt, deswegen weiß ich die Zeit.«

»Und?«, trieb Laura ihn an.

»Da stand so ein Wagen in Sandras Einfahrt. Weiter oben.«

»Welcher Tag war das?«, bohrte Holm nach. Er merkte selbst, dass er jetzt mehr wie ein Ermittler klang als ein besorgter Kollege. Laura stieß ihn unmerklich ans Knie.

»Ja, nach dem Training halt. Also vor drei Tagen.« Elf Uhr abends vor drei Tagen. Seit 48 Stunden war sie nicht zur Arbeit erschienen. Das passte zu den Angaben, die sie von Wenner bekommen hatten.

»Erinnern Sie sich genauer?«, fragte Laura beiläufig und tunkte einen Keks in ihren Kaffee.

»Puh, das war auf jeden Fall nicht ihr Auto, sondern ein großes. Ein Minibus. Oder einer von diesen neuen Kutschen. Größer als ein Kombi.«

»Ein Minivan? Oder ein SUV?«

»Genau. Ja. So in der Richtung auf jeden Fall. Es war stockfinster. Dichte Wolkendecke. Und die Lichter in der Auffahrt müsste Sandra seit Monaten reparieren lassen. Ich hab's ihr gesagt.«

»Die Farbe konnten Sie dann sicher auch nicht erkennen?«

»Auch dunkel, würde ich sagen.«

Laura sah Holm an. Der zuckte mit den Schultern.

»Vielleicht warten wir mit der Anzeige noch ein paar Tage«, sagte er zu ihr.

»Nicht dass sie verreist ist und nur ihren Urlaubsantrag vergessen hat. Oder?«

»Soll vorkommen«, stimmte Hoppe zu, rieb sich zufrieden seinen Bauchansatz und lehnte sich zurück.

»Wenn Ihnen noch etwas einfällt – das ist mein Handy«, sagte Laura und notierte die Nummer eines Geräts, das sie für solche und ähnliche Situationen bereithielten.

»Dann halten wir jetzt mal die Augen und Ohren offen«, sagte Marlies Hoppe auf dem Weg zur Tür.

»Hoffen wir das Beste«, meinte ihr Mann.

»Darf ich fragen, wie lange Sie verheiratet sind?«, fragte Laura zu Holms Überraschung.

Beide strahlten sich an.

»Siebenunddreißig Jahre!«, rief sie.

»Und meistens haben wir es nicht bereut«, sagte er.

Laura lächelte die beiden gerührt an.

»Sie sind ein süßes Paar. Ich hätte gerne so Nachbarn wie Sie beide!«

»Schau, ist sie nicht ein Herzchen?«, sagte Marlies Hoppe zu ihrem Mann. Er legte einen Arm um ihre Schulter und erwiderte: »Sie beide geben aber auch eine ganz gute Figur ab.«

Ich sehe Laura jetzt nicht an, entschied Holm, aber ich bin mir sicher, dass sie rot wird.

Sie verabschiedeten sich und gingen zurück zum Auto.

»Was sagt uns das alles?«, fragte Laura geschäftsmäßig.

»Nichts Genaues weiß man nicht«, antwortete Holm.

Und du selbst – bist du gerade auch rot?

19.17 Uhr

Von Granditz betrat das Vorzimmer von Hansen mit einem widerwilligen Zucken im Mundwinkel. Die vorderen Plätze der Assistentinnen waren verlassen, die Tischlampen dunkel. Nur der letzte Schreibtisch vor Hansens massiver Eichentür war besetzt. Die Büroleiterin des CEO, Alexa Klee, sah schnell über den Rand der beiden Monitore vor ihr.

Büroleiterin. Pah! Früher haben wir Chefsekretärin gesagt, aber heutzutage ist das ja gleich frauenfeindlich, wenn man das Kind beim Namen nennt.

»Aaah«, rief von Granditz mit überzogener Geste, »Frau Klee, die fleißigste Mitarbeiterin von Wenner Pharma!«

»Guten Abend, Herr von Granditz!«

»Der CEO wollte mich sprechen«, sagte er beiläufig.

»Bereits vor einer Dreiviertelstunde«, stellte Alexa Klee nüchtern fest. Beinahe mit einem frechen Unterton, wie von Granditz fand. Wahrscheinlich hatte ihr irgendjemand gesteckt, dass sie im Vorzimmer nur etwas zählte, wenn sie es mit dem Respekt gegenüber den Zwölfendern von Wenner Pharma nicht übertrieb.

Sonst ging sie als besseres Büromäuschen durch und nicht als Powerfrau mit 70-Stunden-Woche und 100 000 Euro Jahresgehalt, die den CEO mit Geschick und Fingerspitzengefühl durch randvolle Tage managte.

Würde mich nicht wundern, überlegte er, wenn Hansen selbst ihr diesen Tipp gegeben hat.

Äußerlich ließ von Granditz sich nichts anmerken. »War in einem sehr wichtigen Termin«, raunte er ihr im Vorbeigehen zu, klopfte an die Tür und trat direkt ein.

Hansen sah von seinem mächtigen Schreibtisch auf, erhob sich und wies von Granditz einen Platz an seiner Besprechungsinsel zu.

»Was kann ich für Sie tun, Herr Hansen?«

Der CEO setzte sich und sah seinem Justiziar in die Augen.

»Wollen Sie meine Autorität untergraben, Herr Doktor von Granditz?«, eröffnete er das Gespräch.

»Oh, wird das jetzt so ein Gespräch«, antwortete von Granditz betont gelassen. Gedanklich legte er sich seine Argumente zurecht. Seine Verteidigung.

»Sie wussten, dass ich Holm wollte!«, setzte Hansen nach.

»Er hat nicht überzeugt.«

»Wie können Sie das als Jurist beurteilen?«

Von Granditz gönnte sich eine Kunstpause, als würde er ernsthaft über Hansens Punkt nachdenken.

»Sie haben Recht. Als Jurist kann ich das nicht. Aufgrund meiner langjährigen Erfahrung im Vorstand erlaube ich mir aber durchaus, eine eigene Bewertung vorzunehmen. Holm ist sicherlich ein Virtuose der Worthülsen. Allerdings auch, was sich selbst angeht, fürchte ich.«

»Sie meinen, er ist ein Blender? Er hat die allerbesten Referenzen.«

»Mit Verlaub: Sie vertrauen möglicherweise auf Referenzen,

das verüble ich Ihnen keineswegs. Sofern Sie damit leben können, dass ich meiner Menschenkenntnis folge.«

»Nein, Herr Doktor von Granditz, Sie haben es von Anfang an torpediert. Was sollte das mit seiner Partnerin? Es stand glasklar im Profil, das Öztürk rumgeschickt hat, dass sie als Gespann arbeiten.«

»Muss ich überlesen haben«, antwortete von Granditz.

»Erstens verdienen Sie hier viel zu viel Geld, um Dinge zu überlesen.«

Von Granditz wollte etwas sagen, Hansen ließ ihn mit einer kurzen Geste verstummen.

»Zweitens beleidigen Sie meine Intelligenz mit Ihren Spielchen. Und drittens mag Ihre Arroganz auf manche einschüchternd wirken. Ich sehe gerne darüber hinweg, weil ich Sie mittlerweile kenne, aber im Moment hält uns das davon ab, Ergebnisse zu erzielen.«

Von Granditz ließ die Worte sacken. Im Eins-zu-eins darf ich ihn wirklich nicht unterschätzen, ermahnte er sich.

»Warum haben Sie dann kein Machtwort gesprochen?«, fragte er leise. »Haben sie Ihnen das nicht beigebracht in Cambridge?«

Von Granditz gönnte sich diese Spitze. Er war so gut verdrahtet im Aufsichtsrat, in der CDU, bei den Rotariern und im Club, dass Hansen ihm nichts anhaben konnte. Und er wusste, dass Hansen das wusste. So wie jeder bei Wenner.

»Oxford war es«, antwortete Hansen. »Haben Sie vielleicht überlesen.«

»Wenner braucht jetzt Führung.«

»Was Wenner braucht«, sagte Hansen ruhig, »ist Einigkeit an der Spitze.«

»Sie blieben unter Ihren Möglichkeiten, wenn Sie mich jetzt auf Teamspiel und all das einschwören wollten.« Von Granditz verzog die Mundwinkel.

»Ich weiß, dass Teamspiel nicht Ihre Kernkompetenz ist, Herr Doktor von Granditz. Aber bei Validolor sitzen wir alle in einem Boot.«

»Dann machen Sie doch Ansagen.«

»Dann rudern Sie erst einmal im Takt.«

»Ich wusste nicht, dass ich auf einer Galeere gelandet bin.«

»Wir müssen Validolor retten. Sonst gehen wir unter.«

»Sie gehen unter!«

»Und Sie müssen sich schon entscheiden«, versetzte Hansen.

»Wie meinen Sie?«, antwortete von Granditz, erstmals aus dem Konzept.

»Soll ich nun führen oder nicht?«

Hansen lächelte ihn giftig an. Das reicht, sagte von Granditz zu sich. Provokationen waren in Ordnung. Eine offene Auseinandersetzung würde zu diesem Zeitpunkt nichts bringen. Er zwang sich zu schweigen und kniff die Lippen zusammen. Überließ er Hansen halt das letzte Wort.

»Wenn Öztürk falschliegt mit ihrer Kommunikation und uns reinreitet«, setzte Hansen nach, »dann steht hier morgen Holm mit seiner Partnerin auf der Matte. Da habe ich doch sicherlich Ihre Unterstützung? Oder muss ich mir dann über zwei Personalien Gedanken machen?«

Von Granditz presste die ohnehin schmalen Lippen so fest aufeinander, dass sie ganz aus seinem Gesicht verschwanden. Sollte Hansen nur glauben, dass er ihn auf Kurs brachte.

»Aye aye, Captain, wie Sie wünschen«, sagte er monoton, erhob sich langsam und verließ Hansens Büro. Er rauschte an Alexa Klee vorbei, ohne die Büroleiterin eines Blickes zu würdigen.

19.39 Uhr

Sie saßen im Bocca di Bacco. In einem gediegenen Gründerzeithaus an der Friedrichstraße. Gedämpftes Licht, gesenkte Stimmen, hohe Preise. Edelitaliener. Holm mochte es hier. Und als Stammkunde erfuhr man Vorzugsbehandlung sowie einen exzellenten Service. Ihre Bestellung war sofort entgegengenommen worden.

»Was hat das Verschwinden von dieser Sandra bloß zu bedeuten? Ich komm einfach nicht dahinter«, Laura blickte Holm fragend an.

»Ich weiß nicht genau. Aber eines steht fest: Für uns ist sie der Schlüssel.«

»Finden wir sie, wissen wir, woher der Wind weht.«

Holm nickte. »Deswegen werde ich später bei Storch vorbeifahren und ihn auf sie ansetzen.«

»Sehr gut.«

»Schätze, spätestens ab morgen Nachmittag haben wir alle Hände voll zu tun.«

Die Vorspeise aßen sie schweigend und genießerisch. Nach Jakobsmuscheln mit pikantem Kürbis in Safransauce blieb Laura beim Fisch und gönnte sich einen Seeteufel im Lardo-Speck, Holm nahm flambiertes Rinderfilet.

»Ich musste bei der Geschichte heute an Tylenol denken«, kam Laura beim Hauptgang auf ihren Termin bei Wenner Pharma zurück.

Holm stutzte. 1982 starben in den USA sieben Menschen, die das weit verbreitete Schmerzmittel *Tylenol extra stark* nahmen. Die Kapseln waren mit Zyanid vergiftet worden. Er zog die Augenbrauen hoch. »Oho, jetzt holst du aber die ganz großen Vergleiche heraus!«

»Kam mir nur in den Sinn. Wegen der Kinder in den Krankenhäusern«, erwiderte Laura.

»Mary Kellerman«, sagte Holm. Die erste Tote. Sie war gerade mal 12 Jahre alt gewesen.

Laura nickte.

»Du meinst allen Ernstes, irgendein Irrer hat vielleicht Gift in die Validolor-Verpackungen geschmuggelt, um Kinder zu töten? Oder Rimson & Pryce hat das mit Hilfe von Sandra Schönbaum getan, um Wenner in die Knie zu zwingen?« Er zog die Augenbrauen irritiert zusammen.

»Holm!«, Laura blickte ihn mit funkelnden Augen an. Er spürte, dass er etwas zu scharf reagiert hatte.

»Na ja, wenn es so wäre, sähe es ja für Wenner nicht so schlecht aus«, schob er zwischen zwei Bissen Filet nach. »Externer Einfluss. Kriminelle Energie. Eingrenzbar.«

Laura lächelte ihn erleichtert an.

»Wobei die Linie von Frau Öztürk nicht gerade die von Johnson & Johnson ist«, sagte sie.

»Nicht ganz«, bestätigte Holm und lachte. Natürlich kannte er den Tylenol-Fall in- und auswendig. Kaum hatten die Ermittlungsbehörden damals den Zusammenhang zwischen den Toden und Tylenol festgestellt, hatte der amerikanische Pharmakonzern die Initiative ergriffen. Ohne einen blassen Schimmer zu haben, was überhaupt los war. Gesundheit über Profit. Das war die Marschroute ab Tag eins. Der erste Medikamentenrückruf in der Geschichte. Millionenschwere Informationskampagnen und Warnungen von Medizinern und Verbrauchern. All das ohne Internet. Mit Radio, Fernsehen, Telefon – und 500 000 Telegrammen. Fieberhafte Unterstützung der Behörden und Betroffenen. Der Konzern gab für all das eine halbe Milliarde Dollar aus. Um etwas Wertvolleres zu retten: sein Image. Ein Jahr später hatte Tylenol einen größeren Marktanteil als zuvor. Johnson & Johnson galt als ehrlich und verbraucherfreundlich wie kein anderes Pharmaunternehmen. Und wuchs.

Maximale Schadensbegrenzung.

Stärkung der Marke.

Perfekte PR.

Nur der Täter wurde nie gefasst.

»Nachtisch?« Holm wechselte das Thema. Werner Mühlen, sein Freund und Mentor, hatte ihnen immer eingebläut: Schaltet ab, wann immer ihr könnt. Sonst schaltet euch dieser Job aus. Holm hielt sich akribisch an diesen Ratschlag.

»Du hast Recht«, antwortete Laura und lächelte. »Konzentrieren wir uns erst mal aufs Wesentliche.«

Schön, dass Laura es ihm so leicht machte. Sonst würde er wohl kaum noch Freizeit mit seiner Partnerin verbringen. Es war einfach ein Kunststück, in ihrer Gegenwart einen langweiligen Abend zu verbringen. Sie lachte gern, hörte genau zu und erzählte geschickt. War geistreich. Sehr entspannt.

Sie ging vielleicht nicht als klassische Schönheit durch. Holm kannte auf jeden Fall Frauen, die hübscher waren als sie. Doch Laura verströmte eine Intensität und Lebensfreude, eine Aura, die sie sexy machte und andere Männer schnell auf sie aufmerksam werden ließ. Holm genoss die Seitenblicke auf sie wie auf ihn, den vermeintlichen Mann oder Liebhaber dieser tollen Frau.

»Was hältst du davon, wenn wir noch kurz in eine Bar gehen? Waren wir schon lange nicht mehr.«

»Sei mir nicht böse, aber ich bin sehr müde. Demnächst vielleicht mal wieder.«

»Dann lass uns aber gleich noch ein paar Schritte gehen. Einfach so.« Sie lächelte entspannt. Manchmal, ganz selten, konnte er sie nicht deuten. Dies war so ein Moment.

»Okay«, willigte Holm ein.

Mit einer kleinen, geschmeidigen Bewegung winkte Holm den Kellner heran. Er gab zehn Prozent Trinkgeld, wie immer, und half Laura in den Mantel. Der Geschäftsführer verabschiedete sie mit Handschlag, während er ihnen die Tür aufhielt.

Holm war nicht gerade der Typ, der Spaziergängen besonders viel abgewinnen konnte. Doch einige Schritte durch das nächtliche, funkelnde Berlin, die Friedrichstraße, das hatte schon etwas, das musste er zugeben. Trotz der empfindlichen Kälte, die Anfang März noch herrschte. Dazu eine Frau wie Laura an seiner Seite, die es ihm nicht übelnahm, wenn er einfach nur seinen Gedanken nachhing. Außerdem fing er damit auf, dass er Lauras Wunsch glatt abgelehnt hatte.

Keine Bar. Kein Club.

Er hoffte, dass seine Reaktion glaubwürdig war, nicht schroff – oder sogar ängstlich. Wobei Angst es am besten traf. Angst vor Kontrollverlust. Angst vor sich selbst. Bei ihrem letzten gemeinsamen Abend hatten sie viel zu viel getrunken. Warum auch nicht mal über die Stränge schlagen? Sie hatten einen heiklen Auftrag abgeschlossen. Und ihren Erfolg gefeiert. Vollkommen ungeplant schwebten sie durch diese Nacht. Sieben Moscow Mule und diverse Biere hinterließen allerdings selbst bei Holm ihre Spuren. Um vier Uhr morgens hatten sie eng umschlungen getanzt. Er wusste nicht mehr, ob er zuerst sie an sich gezogen oder sie ihn irgendwann umarmt hatte. Ihr Körper war stark und weiblich zugleich.

Er spürte sie noch immer an den Innenflächen seiner Hände. Es hatte ihn, wenn er ehrlich mit sich war, einige Mühe gekostet, sie da zu lassen, wo sie hingehörten. In der neutralen Zone.

Ob es ihr genauso schwerfiel, hatte er an dem Abend nicht feststellen können. Sie hatte gelächelt. Ihren Kopf an seine Schulter gelehnt. Nichts unternommen. Wahrscheinlich wich einfach nur jede Menge Druck von ihr. Und sie brauchte nicht mehr und nicht weniger, als sie sich holte. Laura war in Männerfragen sehr … undurchsichtig. Immer schon gewesen.

In dem Moment unterbrach Laura seinen Gedankenstrom, indem sie sich wortlos bei ihm unterhakte. Innerlich durchzuckte es ihn, äußerlich hob er seinen Arm leicht an, wie es sich für einen Gentleman gehörte. Er spürte ihre Finger auf seinem Unterarm. Ihre Brust in seiner Seite.

»Es ist kühl geworden«, sagte sie leise.

Er nickte stumm.

Laura May. Helenas ältere Schwester. Zwei Jahre Unterschied. Helena war die hübschere, die weichere, die ruhigere von den beiden. Die Schwächere. Die Betörendere. Sie hatten sich geliebt, bedingungslos geliebt. Und dann … Allein schon deswegen musst du die Finger von Laura lassen, ermahnte er sich. Das bist du Helena schuldig. Für immer.

Damals, nachdem es passiert war, hatte Laura ihm geholfen, wieder Fuß zu fassen. War zu ihrem Chef in der PR-Agentur gegangen, Werner Mühlen. Mühlen habe etwas übrig für Quereinsteiger, hatte sie gesagt, schließlich habe er sie direkt von der Polizei in die Agentur übernommen. Werner hatte Holm in der »Firma«, wie er immer sagte, herumgeführt und allen vorgestellt. Ein junger Journalist, der die Seiten wechselte. Der einen Neuanfang suchte. Einen Neuanfang brauchte nach dem Tod seiner Frau.

»Eine vorzügliche Rechercheurin, Ihre Schwägerin«, hatte Werner gesagt. »Gibt nichts, was sie nicht herausfindet.« Wozu brauchten sie so jemanden für PR-Arbeit? Holm war skeptisch gewesen. Bis zum ersten gemeinsamen Job. Er hatte damals schon dieses besondere Feeling für die Situation, den richtigen Zeitpunkt, die treffende Botschaft. Sie beherrschte das Zwischenmenschliche, eine Antenne für Stimmungen, fing manche Härte Holms auf. Und besorgte die entscheidenden Fakten. Sie machte ihn besser. Und er sie. Sie ergänzten sich perfekt.

»Lass uns zum Auto«, sagte er heiser.

»Ja«, antwortete Laura. Ein freundliches, angemessenes Ja. Er konnte nichts heraushören. Keine Enttäuschung. Keinen Vorwurf. Umso besser.

Holm beschleunigte seinen Schritt und ließ den Arm sinken, bei dem sich Laura untergehakt hatte. Sie zog sich mit einer leichten Bewegung zurück und nahm mühelos sein Tempo auf.

20.26 Uhr

Leyla Öztürk hielt es nicht mehr auf ihrem Bürostuhl. Sie sprang auf und schlug mit der flachen Hand so heftig auf den Tisch, dass ihr Stellvertreter, Andy Noll, zusammenzuckte. Sie spürte, wie seine kleinen blaugrauen Augen unter dem dunkelblonden Scheitel auf ihr ruhten. Er war ein stattlicher Mann, um die 1 Meter 85, ein leichter Bauchansatz ließ ihn väterlich wirken, tatsächlich hatte er zwei Kinder. Und beste Beziehungen im ganzen Unternehmen.

»Ich könnte diesen Kerl umbringen!«, rief Öztürk. Ihre Assistentin schaute erschrocken zur Bürotür herein. »Soll ich Ihnen etwas zu essen besorgen?«, fragte sie vorsichtig. »Eine Kanne Kaffee!«, rief Öztürk, ohne sie anzusehen. Ihre Assistentin nickte und zog die Tür diskret zu.

Essen! Wegen Validolor brannte hier jeden Moment der Baum, und zwar lichterloh, und die kam ihr mit Nahrungsaufnahme. Öztürk hatte keine Pause. Keinen Hunger. Nicht mal Zeit für ein Gutenachtküsschen für ihre Tochter, verdammt.

»Reg dich nicht auf, Leyla! Du kennst doch Otto.«

Doktor Bernd Otto. Head of Research, Leiter der Forschungsabteilung. Seine Kompetenz war unstrittig. Ebenso wie die sozialen Entwicklungspotenziale. So würden sie es in Führungscoachings von Wenner umschreiben. Viele hier meinten dasselbe, wenn sie hinter vorgehaltener Hand vom *Eitsch of Arsch* sprachen.

»Der lässt mich doch extra warten! Nur so. Zeigen, dass er den Längeren hat.«

»Natürlich hält er den Abstimmungsprozess auf«, sagte ihr Stellvertreter ruhig. »Aber was sollen wir machen? Ein paar Kopfgeldjäger zu ihm nach Hause schicken? Oder in sein Lieblingsrestaurant?«

Sie lächelte nur bitter. Wobei sie Nolls besonnene Art zu schätzen wusste. Er kam aus dem Marketing von Wenner, was in Sachen Druck und Nervenstärke ein Stahlbad war. Er hatte sich als Produktmanager einen Namen gemacht und zum Erfolg mehrerer Medikamente beigetragen, ehe er vor anderthalb Jahren zum Head of Product Media Relations aufstieg, zum Chef der Produktkommunikation und damit auch zu ihrem Stellvertreter. Sein Team hatte die Markteinführung von Validolor eng begleitet.

»Die News kann jede Minute rausgehen. Und über diese verdammten Social Media macht die Story in null Komma nichts die Runde. Aber Wenner hat Zeit. Da mahlen die Mühlen halt noch etwas langsamer. Ganz zu schweigen davon, dass von Granditz und Hansen das Statement auch noch freigeben müssen.«

»Ich habe mit ihren Büros gesprochen. Beide sind da. Beide haben keine Termine. Das geht fix, Leyla.«

Öztürk setzte sich wieder hin und lehnte sich über ihr Telefon, als wolle sie es hypnotisieren. »Ruf schon an, du Arsch!«

»Leyla, unser Team ist am Ball. Du hast alle perfekt gebrieft. Wir haben den Onlineradar an, und eine Kollegin macht gerade nichts anderes, als jede winzige Regung im Netz, in der das Wort Validolor fällt, auszuwerten.«

Öztürk sprang wieder auf.

»Chefin, wir haben schon ein paar Feuer ausgetreten. Aber … Weißt du mehr? Stimmt mit Validolor wirklich etwas nicht?«

Öztürk starrte in seine treuherzigen Augen.

Sie stemmte ihre Hände in die Hüften.

»Keine Ahnung. Das wüsste ich ja gerne von Otto!«

»Du bist noch nie so steil gegangen, Leyla«, bohrte ihr Stellvertreter nach. Sie hielt inne. Sah ihm tief in die Augen.

»Holm war heute hier. Bei Hansen und Co.«

»Holm? *Der* Holm? Der Master of Desaster?«

»Ja, Mann.« Sie rollte mit den Augen. »Mats Holm.«

»Wow! Und wie war er so?«

»Ein eingebildeter Gockel. Kam nicht an. Sie haben meiner Linie zugestimmt und ihn wieder nach Hause geschickt. Er ist nur auf Standby.«

Andy Noll setzte sich auf. »Du hast Holm ausgestochen? Krass!«

Öztürk nickte. Die Anerkennung tat ihr gut. Für einen kleinen Moment wenigstens.

»Das erklärt einiges«, fuhr ihr Kollege fort.

»Je höher du steigst, desto tiefer kannst du fallen«, sagte sie leise, wie zu sich selbst.

Endlich klingelte ihr Telefon. Kaum hatte sie den Hörer abgenommen, begann Doktor Bernd Otto zu reden.

»Sie können die internationale Fahndung stoppen. Ich stelle mich.«

»Und ich stelle laut. Bei mir ist noch Herr Noll. Wir sind extrem unter Zeitdruck wegen Validolor und …«

»Kein Grund, meine Frau tyrannisieren zu lassen. Und meine Mailbox alle zehn Minuten anzurufen. «

Noll grinste seine Chefin an und trommelte sich leicht auf die Brust.

»Ich melde mich im dringenden Auftrag von Herrn Doktor Hansen«, sagte sie kühl.

»Und wenn Sie im Auftrag von Gott hinter mir her wären, ich

habe hier echte Arbeit für Wenner zu leisten und nicht ein paar schöne Sätze zu dichten.«

Öztürk holte schon tief Luft, als sie sah, wie Noll mit beiden Händen eine beruhigende Geste machte. Und sie begriff: Bei Otto liegen die Nerven blank. Er will nicht, dass seine Arbeit im stillen Kämmerlein an die Öffentlichkeit gezerrt wird. Sie musste herausfinden, ob er etwas zu verbergen hat – oder einfach aus Prinzip ein Problem mit Medienarbeit.

»Vielen Dank für die Wertschätzung«, sagte sie. »Es eilt trotzdem sehr.« Das brachte ihr zwei nach oben gereckte Daumen ihres Stellvertreters ein.

»Als ob Sie die Schreiberlinge davon abhalten könnten, uns mit Dreck zu bewerfen! Aber wenn Sie schon hektische Flecken kriegen, Frau Öztürk, nur weil Sie etwas warten müssen, dann ist das Ihr Problem.«

»Und wenn wir, Herr Doktor Otto, uns einen Shitstorm einfangen, weil Sie Ihre Prioritäten nicht nach dem Wohl von Wenner, sondern dem Ihrer kleinen Abteilung setzen, dann haben Sie ein Problem! Dann dichte ich nämlich ein Minutenprotokoll für Hansen. Und da steht drin, dass Sie mich seit einer halben Ewigkeit aufhalten!« Noll lehnte sich mit erhobenen Händen vor und zurück, als würde er eine Gottheit anbeten.

Otto schwieg.

»Also, wie weit können wir in der Kommunikation gehen, ohne uns die Finger an Validolor zu verbrennen?«

»Validolor ist ein Topmedikament. Alles sauber. Alles dokumentiert. Noll weiß das doch alles aus der Kommunikation zum Product Launch«, antwortete Otto mürrisch.

»Fehlt irgendeine Info auf dem Beipackzettel?«, fragte Öztürk.

Noll hielt die Luft an. Als ehemaliger Produktmanager verstand er natürlich sofort, worauf Öztürk mit ihrer Frage abzielte.

»Was meinen Sie?«

»Sie wissen, was ich meine.«

Otto reagierte nicht.

»Herr Doktor Otto«, sagte sie gedehnt, »wenn wir etwas herausgeben, was angreifbar ist, schaden wir Wenner. Wir schaden Validolor. Und Ihrer Abteilung.«

Er atmete hörbar ein und aus.

»Für Validolor lege ich meine Hand ins Feuer. Beide Hände. Was auch immer mit diesen Kindern los ist: Es hat nichts mit Validolor zu tun.«

»Das heißt, unser Textentwurf ist absolut belastbar?«

»Ja, verdammt.«

»Ich danke für Ihre kollegiale Auskunftsfreude«, sagte Öztürk und legte auf.

Andy Noll prustete und musste laut loslachen. Öztürks Assistentin hatte an ihrer Anlage gesehen, dass ihre Chefin auflegte, und brachte eine Kanne Kaffee herein.

»Kollegiale Auskunftsfreude? Herzlichen Glückwunsch, Leyla! In knapp fünf Minuten einen Feind mehr.«

»Viel Feind', viel Ehr'!«, sagte sie gelassen. »Und jetzt guck noch mal mit auf den Text, bevor ich ihn an von Granditz schicke.«

Öztürk und Noll überflogen die Zeilen, die sie selbst formuliert hatten:

Wenner Pharma weist die öffentlich gewordenen Gerüchte auf das Schärfste zurück. Die Gesundheit unserer Kunden steht für uns seit Jahrzehnten an erster Stelle. Dieser Verantwortung stellen wir uns durch sorgfältige Entwicklung und ausführliche Tests. Zahlreiche Studien belegen die Wirksamkeit unserer Medikamente. Namhafte Experten haben das Mittel in Fachpublikationen als bahnbrechend bezeichnet. Wir bitten um Verständnis, dass wir uns zu diesen Gerüchten nicht weiter äußern möchten.

Noll nickte.

»Eine klare Reaktion. Natürlich kein Wort von erkrankten Kindern. Die Journalisten würden es sofort aus dem Zusammenhang reißen und gegen uns benutzen. Wir gehen nicht ins Detail. Sprechen nicht über Validolor, was aus Marken- und Produktsicht genau das Richtige ist. Sondern über das große Ganze: über das Traditionsunternehmen, über Verantwortung, die Qualität der Produkte. Und zum Schluss schwere Geschütze mit Studien und Experten.«

»Dagegen sollten diese merkwürdigen Gerüchte doch unglaubwürdig wirken«, meinte Öztürk und schickte den Text an von Granditz. Sie schenkte sich einen Kaffee ein und trank.

»Wenn es bei den Chefs durch ist, schick das Wording an den engsten Kreis im Krisenteam. Das reicht für heute Nacht. Und schreib es noch mal rein, damit nichts schiefgeht: Wir blasen es *nicht* raus! Wir warten darauf, dass das Thema aufpoppt. Wir sehen uns an, wie es aufpoppt und wo. Nur reaktiv. Die CvDs im Newsroom dürfen es nicht vermasseln!«

»Ich schreibe es fett dazu und gehe auf dem Weg nach Hause noch einmal vorbei«, beruhigte Noll sie.

Der Newsroom war die Schaltzentrale von Öztürks Abteilung, an dem sogenannte CvDs, Chefs vom Dienst, das Tagesgeschäft managten. Presseanfragen beantworteten. Kommunikationsstrategien für Produkte entwarfen. Agenturen steuerten. Sprechzettel schrieben. Kritische Themen im Auge behielten. Und so weiter.

Jetzt hieß es abwarten.

Beobachten.

Die Ruhe vor dem Sturm.

Der Moment, in dem alles stillzustehen scheint.

Der eine Augenblick vor der Schlacht.

20.47 Uhr

Holm und Laura sprachen nicht mehr viel auf der Fahrt zu ihrer Wohnung. Sie gab Holm einen Kuss auf die Wange, sagte »Grüß Storch lieb von mir« und stieg aus.

Er fuhr den A8 um die nächste Straßenecke und hielt bei laufendem Motor. Holm drehte den Rückspiegel so, dass er sich selbst in die Augen sehen konnte, und starrte sich eine Weile an. Wie einen Fremden. Schließlich stieg er aus in den Berliner Abend und zündete sich mit seinem silbernen Zippo eine Zigarette an. Er rauchte in aller Ruhe. Dann wendete er den Wagen auf der Straße und fuhr zu einem noblen Hotel, in dem gerne Geschäftsleute abstiegen. Er lockerte seine Krawatte, nickte den Rezeptionisten zu und ging direkt in die Hotelbar. Lounge-Stil, an den Wänden hingen großflächige bunte Bilder, ein Barpianist klimperte lässig getragene Popsongs. Der Geruch von Leder und kostspieligem Parfüm hing in der Luft. Mit einem Blick, der geübter war, als Holm sich je eingestanden hätte, scannte er die Lage und wurde schnell fündig. Ohne Zögern setzte er sich an die Bar, neben eine Frau Mitte, Ende dreißig. Olivfarbenes Kostüm, schlank, gepflegt, auffallend attraktives Gesicht.

»Sind Sie sicher, dass der Platz nicht schon besetzt ist?«, fragte die Frau.

»Anscheinend hat sich bis jetzt keiner getraut, sich neben Sie zu setzen«, antwortete Holm und lächelte den Barkeeper an. »Moscow Mule. Ohne Gurke.«

Ich spüre, dass du mich beobachtest, Lady, sagte seine innere Stimme. Dann lass uns das Spiel spielen.

»Vielleicht bin ich ja verabredet und Sie belästigen mich«, sagte sie. Jetzt sah Holm sie an und lächelte selbstbewusst.

»Sie trinken Weißweinschorle.«

»Ja, und?«, fragte sie.

»Trinken Sie alkoholfrei, müssen Sie morgen früh fit sein. Mit einem schönen Rotwein lassen Sie zufrieden den Tag ausklingen. Trinken Sie hochprozentig, wollen Sie den Tag vergessen. Ihre Schorle ist ein Wartegetränk. Sie sind keine Frau, die länger als einen Drink auf eine Verabredung wartet. Auf Ihrem Deckel sind aber drei Striche. Also warten Sie auf niemand Bestimmten. Und hier bin ich!«

Sie zog die Augenbrauen anerkennend hoch.

Holm bekam seinen Mule und nippte am Glas.

»In welcher Branche muss man unterwegs sein, um mich so einfach zu durchschauen?«

»Kommunikation«, antwortete Holm. »Und Sie?«

»Da haben wir beide ja Jobs, bei denen man sich fragt, ob man am nächsten Morgen noch gerne in den Spiegel schaut.«

Holm machte ein fragendes Gesicht.

»Unternehmensberatung«, erklärte sie und schenkte ihm ein Lächeln.

»Wissen Sie«, sagte Holm, »im Spiegel sieht man sowieso nur, was man sehen will«.

Sie sah ihn zwei, drei Sekunden lang prüfend an.

»Sie sind gut aussehend, selbstbewusst und intelligent. Was suchen Sie hier?«

»Können wir die Ausreden der Einsamen überspringen?«, fragte er plötzlich. Er war selbst überrascht, seine Stimme zu hören. Sie klang auf einmal ernst, nicht mehr flirtend, beinahe zerbrechlich. Als sie den Kopf überrascht zu ihm umwandte, fragte er sich, wen sie wohl vor sich sah. Einen versierten Draufgänger, der auch die leisen Töne beherrschte, um sie rumzukriegen? Oder hatte sie eine gewisse Verletzlichkeit herausgehört, obwohl sie sich kaum kannten?

Sie musste lachen. »Das ist die zielstrebigste Hotelbar-Anmache, die ich je erlebt habe, Herr-wie-heißen-Sie-noch-einmal?«

»Namen werden überbewertet«, sagte er sanft. Sie musterte ihn wieder. Dann lehnte sie sich zu ihm vor und flüsterte: »Dann bin ich mal gespannt, ob du auch hältst, was du versprichst. Drei-Null-Neun.«

21.15 Uhr

Sandra Schönbaum schreckte auf und riss ihren Kopf hoch, der zum tausendsten Mal nach vorne gesunken war. Wie bei jemandem, der im Flugzeug immer wieder einnickte. Aber sie war nicht im Flugzeug. Sie war … irgendwo.

Schlagartig war sie wach. Sie schüttelte wild den Kopf, um die Augenbinde loszuwerden. Ohne Erfolg. Die Kabelbinder ließen weder ihre Hände noch ihre Füße frei. Im Gegenteil. Sie schnitten noch tiefer in die brennenden, kaum verkrusteten Wunden, die sie sich bei all ihren Befreiungsversuchen selbst zugefügt hatte. Schnitten und schmirgelten durch ihr Fleisch auf ihre Gelenkknochen zu. All das wäre Sandra Schönbaum inzwischen egal gewesen, wenn sie endlich diesen Stofffetzen, der nach Staub, Urin und Putzmittel schmeckte, aus dem Mund bekäme.

Das Schlimmste war, dass sie bei jedem Besuch genau ein Glas Wasser bekam. Wie gerne hätte sie damit einfach durchgespült und alles ausgespuckt. Nur hatte er ihr von Anfang an klargemacht, dass sie jedes Mal genau ein Glas bekommen würde. Und Schönbaum war sich sicher, dass er es ernst meinte.

Dehydrieren durfte sie auf keinen Fall. Verlor sie die Kontrolle und das Bewusstsein, traute sie diesem widerlich freundlichen Typen alles zu. Nein, sie hatte keine Wahl. Sie musste dieses Wasser mit Stofffetzen-Geschmack trinken. Schluck für Schluck. Unweigerlich zog sich ihr Magen zusammen.

Sie spürte, wie ihr ein Schweißtropfen den Nacken hinunterlief, vorbei an ihrem Kragen, zwischen die Schulterblätter. Sie schüttelte sich. Angstschweiß. Sie wusste, wie sie roch. Zu Hause hätte sie mehrere Parfums zur Auswahl, um frisch und elegant zu duften. So wie sie es gewohnt war, wenn sie zur Arbeit bei Wenner ging. Gewohnt gewesen war. Doch ihr eigener Geruch ließ nicht zu, dass sie ihre Angst verdrängte. Ihre Todesangst.

Dieser Mann hatte einfach an der Tür geklingelt. Paketdienst. Dann war alles so schnell gegangen. Ein Griff von ihm, und sie konnte sich nicht mehr rühren. Ein Lappen im Gesicht. Das musste Chloroform gewesen sein.

Er hat dich entführt. Einfach so. Vom Fleck weg. Unfassbar.

Hier war sie aufgewacht. Der Irre hielt sie gefangen. Auf einem unbequemen Hocker. Keine Rückenlehne. War er da, schlich er hinter ihr herum. Verschwand auf einmal stundenlang. Kam wieder und wisperte ihr die immer gleichen Fragen ins Ohr. Noch ein Geruch, den sie nicht aus der Nase bekam: der von ihm. Ein merkwürdig steriler, sauberer, unnahbarer Geruch. Die Härchen auf ihren Armen stellten sich auf. Für einige Minuten überdeckte sein Geruch sogar ihren Angstschweiß. Oh, mein Gott, steh mir bei!

Sandra Schönbaum zitterte bei dem Gedanken an ihren Entführer. Ihr Atem ging schneller.

Stopp! Du musst das aushalten. Wenn der Typ wollte, hätte er dich längst kaltgemacht.

Es sei denn, flüsterte eine düstere Stimme in ihr, er ist ein gottverdammter Sadist, dem das Ganze hier Spaß bereitet.

Quatsch! Du bist am Leben. Das ist das Einzige, was zählt! Und je länger du aushältst, desto besser sind deine Chancen, gefunden zu werden.

Von wem denn?, fragte die düstere Stimme.

Sie wusste keine Antwort.

Obwohl sie durch die Augenbinde nichts sehen konnte, wandte sie den Kopf von der einen zur anderen Seite. Wo war sie hier bloß? Ob Zeit oder Raum, sie hatte überhaupt keine Orientierung. Keine Ruhe. Die Gedanken blinkten nur kurz auf in ihrem Kopf. Die Angst lähmte alles.

Die Schlüssel im Schloss ließen sie zusammenfahren. Seine Schritte. Da war er wieder. Was mochte das für ein Boden sein? Doch sein Geruch löschte die Frage aus. Sie wartete nur auf seine Stimme, eine tiefe, maskuline, etwas ältere Stimme. Eine Stimme, die mal überfreundlich säuselte, mal schlangenhaft zischte.

»Na, Sandra, wie geht es uns?« Er legte dabei von hinten eine Hand auf ihre Schulter. Oh, Gott! Er fasste sie das erste Mal an. Und es war diese Berührung, in diesem Moment, die ihr – tatsächlich erst jetzt – klarmachte, dass sie vollkommen schutzlos war. Er konnte jede Grenze nach Belieben überschreiten. Jede …

Sie würgte ein Geräusch in den Stofffetzen in ihrem Mund. Zerrte sinnlos an den Fesseln, ehe sie aufgab. Still hielt. Wartete.

Er nahm seine Hand von ihrer Schulter und zog ihr vorsichtig den Stoff aus dem Mund.

Sie wollte schreien.

Sie konnte nicht.

21.46 Uhr

Holm musste kurz, aber tief eingeschlafen sein. Er erinnerte sich bruchstückhaft an einen verstörenden Traum, in dem Validolor vorkam. Und von Granditz. Vor allem er, der Justiziar von Wenner Pharma. Ein Alphatier mehr, mit dem er sich anlegte. So etwas hing ihm selten nach. Heute schon.

Holm brauchte einen Moment, erkannte dann das Hotelzimmer, die Frau von der Bar, die neben ihm nackt im Bett lag und ihn versonnen anlächelte. Er musste nach dem Sex eingeschlafen sein. Er fühlte sich mies.

Es liegt nicht an ihr, das wusste er. Es liegt an mir.

Mondlicht fiel durch die bodentiefen Hotelfenster.

»Entschuldigung«, murmelte er.

Die Frau schmiegte sich an ihn. »Das war schön«, sagte sie leise. Er bestätigte das mit einem kleinen Brummen. Dann flüsterte er: »Heute sollte ich einem Kunden helfen, dessen Medikament vielleicht Kinder tötet.«

»Hast du den Auftrag angenommen?«

»Künstlerische Differenzen«, antwortete Holm.

»Sei froh«, sagte sie und küsste seinen Nacken.

»Und verrätst du mir, was das für Narben auf deinem Rücken sind?« Sie ließ ihre Hand über die drei Stellen wandern, an der die glatte Haut Holms Dellen hatte und blass-violett schimmerte. Er schwieg.

»Eine zu wilde Liebhaberin?« Sie lachte in die Stille des Raums. Sie lachte allein. Und biss sich auf die Zunge, als sie merkte, dass sie in ein Fettnäpfchen getreten war. Dann wollte sie ihm die Zeit geben, die er brauchte. Ließ ihn lange schweigen. Wenn er eines ganz sicher nicht wollte, dann reden. Er stand schließlich abrupt auf und begann, sich anzuziehen.

»Ist nicht deine Schuld«, sagte er zu ihr. Er hauchte einen Kuss auf ihre Schulter, stieg in seine Schuhe und verließ das Hotelzimmer.

Die Narben! Diese elenden Narben. Die Narben erinnerten ihn an jemanden. An den einen Menschen, an den er am liebsten nie wieder erinnert worden wäre.

An seinen Vater.

Er trat aus dem Hotel und atmete tief durch. Wolken hatten

sich wie ein dichter Flickenteppich über Mond und Sterne gelegt. Holm zündete sich eine Zigarette an. Der Himmel schien nah, in Schwarz getaucht wie ein riesiger Trauerflor.

Er wollte diese Gedanken nicht denken. Die Bilder nicht sehen. Er musste das alles loswerden. Während er einen tiefen bedächtigen Zug nahm, zog Holm einhändig das Smartphone aus der Innentasche seines Sakkos. Er rief bei Werner an.

»Ah, das nenne ich Timing, mein Lieber!«, sein Mentor war bestens gelaunt und ließ ihn gar nicht erst zu Wort kommen. »Ich habe gerade das entscheidende Telefonat geführt. Bei Wenner Pharma ist einiges los, sage ich dir.« Holm hatte fast vergessen, dass er seinen Freund um einen Tiefenscan der Firma gebeten hatte.

»Na, erzähl schon, was du herausgefunden hast«, sagte Holm kurz angebunden.

»Also, Wenner ist mitten in einem Strategiewechsel. Initiiert von Hansen.«

»Ein schlauer Typ.«

»Das mag sein. Aber seine Linie ist umstritten. Er meint, die großen Märkte seien dicht, umkämpft und riskant. Herzmittel. Krebsbekämpfung. Dort will er die Anteile verteidigen.«

»Das finden einige zu defensiv?«

»Jein. Er verfolgt eine Strategie der kleinen Märkte. Dafür mit massivem globalem Marketing.«

»Das haben sie angedeutet. Und zu dieser Strategie gehören vermutlich auch Medikamente für Kinder?«

»Ganz genau. An Validolor hängt für ihn sehr viel. Wenn nicht alles. Um an Validolor zu kommen, hat Wenner ein Start-up in den USA erworben. Inklusive Patent.«

»Ja, das wurde am Rande erwähnt. Was kostet so eine Firma?«

»Ein paar Milliarden? Keine Ahnung.«

Holm pfiff durch die Zähne.

»Damit hat Wenner sich viel Entwicklungszeit gespart und ein sicheres Ergebnis eingekauft. Nur die letzte Entwicklungsphase haben sie selbst verantwortet.«

»Dafür hat er heute einen ziemlich coolen Auftritt hingelegt.«

»Für ihn ist das der Anfang der Wenner-Zukunft.«

»Und für andere der Anfang vom Ende?«, schloss Holm.

»Genau, mein kluger Freund.«

Holm ordnete die Informationen in seinem Kopf.

»Und wusste dein Kumpel auch, auf welcher Seite der Justiziar steht, von Granditz?«

»So genau nicht. Aber von Granditz ist schon lange die graue Eminenz bei Wenner.«

»Wir sind heute ziemlich aneinandergeraten«, sagte Holm.

»Das wundert mich nicht.«

»Kennst du ihn?«

»Ich kenne jemanden, der ihn kennt«, sagte Werner mit einem Schmunzeln in der Stimme.

»Wen kennst du nicht in dieser Stadt, Werner?«

»Ach, es geht so schnell. Alles verfliegt.« Werner machte es zu schaffen, dass er langsam zum alten Eisen zählte. Leider konnte Holm ihm da kaum weiterhelfen. So lief das Spiel. Ein immerwährendes Kommen und Gehen, ein Ein- und Aussteigen, ein Auf- und Abtauchen.

»Granditz kämpft mit harten Bandagen. Ich habe auch gehört, dass er sich auf beiden Seiten der Legalität auskennt. Trotz weißer Weste.«

Holm machte einen verächtlichen Laut.

»Außerdem hat seine Frau ihn mal angezeigt. Ist lange her. Wegen häuslicher Gewalt.«

»Und?«, fragte Holm neugierig.

»Sie ließ die Klage fallen.«

»Soso.«

»Einen brauchbaren Insider zu Rimson & Pryce zu finden wird noch etwas dauern.«

»Kein Problem.«

»Was Neues über die verschwundene Kollegin?«

»Bei ihr zu Hause haben wir nichts gefunden.«

»Der Schwierigkeitsgrad wird ja immer reizvoller.«

»Ich setze gleich noch Storch auf sie an.«

»Tu das. Und schlaf gut. Wenn sie dich lassen.«

Als er aufgelegt hatte, fühlte Holm sich besser.

So einen wie Werner gibt es nur ein Mal. Ich mag diesen ewig jungen, lebenshungrigen alten Mann. Schon immer. Ich mag ihn sehr.

Wie einen Vater.

Wie einen richtigen Vater, der den Namen auch verdient.

21.59 Uhr

Der Schlüssel krachte ins Schloss. Das Bund klimperte humorlos. Sandra Schönbaum schreckte aus dem Halbschlaf auf. Sie hatte sich vorgenommen, seine Schritte bis zu ihr zu zählen. Vielleicht konnte sie die Größe des Raums abschätzen. Ein Gefühl für ihre Umgebung bekommen. Details herausfinden, die später – wenn sie das Ganze irgendwie überlebte – halfen, diesen Typen dingfest zu machen.

Sie spürte einen leichten Luftzug im Nacken. Eins, zwei, drei. Hörte nur Stille jenseits ihrer Folterkammer. Kein Radio, kein Küchengeklapper, kein Verkehrslärm. Vier, fünf, sechs. Sein Geruch kroch ihr bereits in die Nase, obwohl er noch gar nicht in ihrer Nähe war. Sieben, acht. Er ging etwas tapsig. Wie ein Bär, der keine Eile hat. Neun, zehn, elf, zwölf. Vor ihrem geistigen Auge entstand das Bild eines großen, massigen Kerls. Dreizehn, vierzehn. Stopp.

»Hallo, Sandra.«

Nicht anfassen. Bitte nicht anfassen.

Erst kontrollierte er die Kabelbinder. Zog die Augenbinde fester. Öffnete schließlich den Knebel und riss den stinkenden Stofffetzen aus ihrem Mund.

Sie schnappte nach Luft. Ignorierte die komischen Geräusche, die dabei entstanden. Sog die Luft so tief ein, wie sie nur konnte. Gierte nach jedem Atemzug. Ihre Zunge klebte am Gaumen, völlig ausgetrocknet. Sie ließ sie kreisen. Drückte sie an die Wangen und an den Mundboden, um Speichel zu produzieren. Um alles in der Welt wollte sie diesen ekelerregenden Geschmack aus ihrem Mund bekommen.

»Ich habe eine gute und eine schlechte Nachricht, Sandra. Welche wollen Sie zuerst hören?«

Sie presste die Lippen zusammen. Schniefte die Luft jetzt durch die Nase. Schluckte. Bewegte die Zunge weiter. Sie brauchte mehr Speichel.

»Die gute Nachricht ist, dass ich die Geduld mit Ihnen nicht verliere. Obwohl Sie zugeben müssen, wenig kooperativ zu sein. Bisher jedenfalls.« Sie schluckte wieder. Rieb die Zunge am Gaumen.

»Und die schlechte Nachricht lautet: Wir müssen zu Ergebnissen kommen. Ich habe Ihnen Zeit gegeben, sich an Ihre neuen Lebensumstände zu gewöhnen. Nicht wahr?«

Sie hätte gerne genickt. Ihn milde gestimmt. Sie konnte nicht.

»Nun werden wir also die Daumenschrauben fester anziehen.«

Bei dem Wort *Daumenschrauben* durchzuckte es sie.

Er lachte leise. Verlegen fast. Verströmte noch mehr von seinem klinisch sauberen, leblosen Geruch.

»Oh, keine Sorge, Sandra. Das mit den Daumenschrauben war

nicht wörtlich gemeint. Ich bohre nicht an Ihren Zahnnerven. Und Wasser werde ich auch nicht auf Ihre Stirn tropfen lassen.«

Er sprach die Sätze so grausam ruhig aus, dass es sie schüttelte.

»Wussten Sie übrigens, dass der Mensch etwa 210 Knochen hat. Die Hälfte davon in Händen und Füßen. Ich habe von einem Knochenbrecher gehört, der seit geraumer Zeit herauszufinden versucht, wie viele Knochenbrüche ein Mensch maximal verkraftet. An welchen Stellen. In welcher Reihenfolge.«

Sie wollte ihn beherrschen, doch ihr Körper gehorchte ihr nicht mehr. Jagte Angstschweiß aus ihren Poren. Bebte. Überall.

»Dieses Vorgehen erscheint mir allerdings unsinnig«, räsonierte der Mann weiter. »Schließlich werde ich ja dafür bezahlt, eine Information aus jemandem herauszubekommen. Und nicht für die Menge an Schmerzen. Es bedarf also meines Erachtens einer gewissen Zuspitzung.«

Was faselte er da, dieser Irre?

»Wie auch immer, ich hoffe, Sie ersparen sich das, Sandra.« Er legte eine Hand auf ihre Schulter.

»Also, sagen Sie mir, was ich wissen will, und alles wird gut.«

Von weit weg wisperte ihr eine Stimme zu: Gib auf. Sag ihm, was er hören will. Tu *irgendetwas*! Doch etwas viel Stärkeres, Unaussprechliches, Pures in ihr ließ sie wild den Kopf schütteln.

»Was haben Sie wem verraten? Was haben Sie wem verkauft?«

Sie lehnte sich vor, als wolle sie seinen Worten ausweichen, schüttelte den Kopf. Schweiß tropfte von ihrer Nasenspitze. Speichel füllte ihren Mund. Sie schaffte es nicht, ihn hinunterzuschlucken. Nichts und niemand würde sie diesem Kerl verraten.

»Ich wiederhole mich sehr ungerne, wissen Sie. Es langweilt mich. Sie vermutlich auch. Also: Reden Sie, Sandra. Jetzt!«

Sie presste die zitternden Kiefer so fest zusammen, dass sie das Knirschen und Malmen in ihrem Kopf hören konnte.

»Oder ich muss tun, was ich tun muss.«

O Gott, nein! Was kommt jetzt? Blufft er? Wie viel halte ich aus? Wie lange noch? Was habe ich davon?

Er blufft!

Und wenn nicht?

Ich kann ihn nicht verraten. Ich darf nicht.

Der Mann bewegte sich um sie herum, nahm sie an den Schultern, hockte sich vor ihr hin, ein Kniegelenk knackte. Sein Gesicht musste genau vor ihrem sein. Er nahm vorsichtig, aber bestimmt ihr Kinn und schob es nach oben. Seine Finger – das war keine Haut. O Gott, er trug Gummihandschuhe! Seine Stimme klang so nah wie noch nie.

»Bitte, Sandra. Wir kennen beide das Ergebnis. Über den Weg entscheiden Sie.«

Er war vielleicht eine Handbreit vor ihr. Sie spürte seinen Atem in ihrem Gesicht. Sein Geruch umhüllte sie.

Sie kniff die Augen zusammen – trotz der Augenbinde. Schüttelte den Kopf. Ließ die Kiefer malmen. Und spuckte plötzlich den ganzen Speichel aus, der sich in ihrem Mund gesammelt hatte. Direkt in sein Gesicht. Da war sie sich sicher.

Stille.

Was hast du getan? Der bringt dich um!

Das macht er sowieso. Wenigstens habe ich mich gewehrt.

Du Idiotin!

Er stand auf. Das Knie knirschte. Er ging einige Schritte fort. Hantierte. Wischte sich vermutlich ihre Spucke ab. Dann kam er zurück.

Sie rechnete mit einem Schlag. Mit der Faust? Oder einem Gegenstand? Auf den Kopf? Den Rücken?

Und dann … pikste es. Oberhalb der Schulter. Sie spürte etwas Druck. Begriff plötzlich, als alles weich und schwammig wurde. Als die angestrengten Muskeln erschlafften.

Schwarz.

22.07 Uhr

Holm steuerte seine Limousine aus den Vorzeigevierteln Berlins hinaus. Die Straßen verloren an Prunk und Glanz. Holms Wagen glitt durch eine Gegend, die viele Problemkiez nannten. Vor Spielhöllen standen junge Männer mit düsteren Gesichtern und dunklen Kapuzenpullis. Männer, die einem Auto, wie Holm es fuhr, hinterherguckten. Halb sehnsüchtig, halb wütend. Holm bog in eine Nebenstraße ab und parkte den Wagen wenig später vor einem verwitterten Gebäude. Irgendetwas zwischen Fabrik und Warenlager. Der Backstein: irgendetwas zwischen Rot und Schwarz. Tätowiert mit Graffitis. Oben eine demolierte Fensterreihe, wie eingeschlagene Zähne.

Über einer schmalen Stahltür baumelte eine Schwarzlichtlampe. Holm ging auf die Tür zu und zog sie mühsam auf. Sie war schwer. Endlich stand er vor einem dunklen Stoff, der nicht allen Lärm und Rauch schluckte. Holm griff in den Vorhang und trat durch auf die andere Seite. Dort blieb er stehen und sah sich suchend um. Er schaute zur Bar, zu den Billardspielern und hinüber zu den Tischen, von denen Pokerfreunde in dieser Sekunde das Bargeld verschwinden ließen. Seine Schuhe klebten an dem versifften Boden. Bässe wummerten durch seinen Anzug. Mit jedem Atemzug stiegen Männerschweiß, billiges Parfüm und undefinierbare Ausdünstungen in seine Nase.

Zwei junge Typen kamen auf ihn zu. Halsketten, enge Shirts, dicke Turnschuhe. Einer drahtig, einer muskelbepackt.

»Ey Holm, man. Endlich mal n bisschen Klasse in dem Puff hier.« Der Drahtige zupfte an Holms Krawatte und erntete ein breites Grinsen.

»Hassan, mein Freund. Dachte schon, ich hätte mich im Dresscode geirrt. Na, Freigang oder schon resozialisiert?«

»Was geht, Holm?«, sagte der Muskelmann.

»Wollte mal sehen, ob ihr meine letzte Spende in Bier oder Bodenreinigung gesteckt habt.«

Die Jungs lachten dreckig. Holm zog sie an sich und klopfte ihnen auf die Schultern. »Gut, euch zu sehen, Jungs.«

»Je später der Abend!«, hörte er Storch rufen. Prompt schob sein Freund sich an einigen Jungs vorbei in sein Blickfeld und drückte Holm an sich.

»Du kommst ohne Vorwarnung in der Kluft? Dann muss es ja ernst sein.« Holm erwiderte die Umarmung.

Als sie sich voneinander lösten, antwortete er: »Ich wollte mich mal über den Stand der Integration informieren.«

»Laber nicht«, sagte Storch bloß und zog Holm zu einem Tisch. Storch hieß eigentlich Felix Orth. Zopf, Kinnbart, Augen wie Scanner: ruhig, gründlich und tief. Seine langen, staksigen Beine, die Holm vor vielen Jahren auf den Spitznamen gebracht hatten, steckten in einer Jeans, die oberhalb der Knie so zerschlissen war, dass Holm nicht sagen konnte, ob das Mode war oder Abnutzung.

Seine Besuche bei Storch machten Holm oft nostalgisch. Sie waren so jung und hungrig gewesen, damals, mit Anfang zwanzig. Fanden einen Redaktionsleiter, der ihr Talent erkannte. Schmissen das Studium, weil sie es nicht mehr abwarten konnten. Zwei Journalisten, ein Gespann. Holm hatte die Energie, die Überzeugungskraft, den Riecher. Storch war damals schon auf dem Weg zum versierten Hacker und Mitglied im Computer Chaos Club. Er sah sie beide vor sich, in diesen furchtbaren Klamotten. Wie sie gemeinsam im Dreck gewühlt hatten. Einige Schweinereien aufdeckten. Gute Storys. Wichtige Storys. Bis eine ihrer investigativen Recherchen in die Hose ging. Die wichtigste von allen … Danach mussten sie sich beide neu erfinden.

»Willst du was trinken?«

»Endlich kommen wir zum Wesentlichen«, sagte Holm, lockerte seine Krawatte und öffnete den obersten Knopf.

»Liebe Grüße von Laura.« Ihr Name entlockte Storch ein erfreutes Grinsen.

»Wann verkuppelst du mich endlich mit ihr?«

»Ihr passt gut zusammen«, sagte Holm ironisch.

»Gegensätze ziehen sich an.«

»Fünf Euro ins Phrasenschwein, Storch.«

»Wenn ich die hätte, mein Freund.«

Holm taxierte Storch genau. Der wich irgendwann seinem Blick aus, und Holm begriff, dass sein Freund es ernst gemeint hatte.

»Wenn du schon kein Geld von mir nimmst, dann nimm es von anderen. Ich kann dir Kunden besorgen. Unter der Hand.«

»Danke, mein Lieber, aber du weißt, dass ich das nicht mehr will.«

Holm kniff die Lippen zusammen, nickte aber schließlich unwillig.

»Also, schieß los, Holm. Was kann ich für dich tun?«

Er erzählte ihm alles über Wenner und Sandra Schönbaum, was Storch wissen musste. Sein Freund hörte genau zu. Notizen machte er sich keine. Hatte er früher schon nicht.

Storch wog seinen Kopf.

»Ich will dein soziales Gewissen ja nicht überstrapazieren, Holm, aber ein Kühlschrank ist platt. Und hinten sind Fenster zu Bruch gegangen.«

»Geht in Ordnung«, sagte Holm. »Und lass die vorne gleich mitmachen. Die oben.«

»Wie sieht es aus mit Spesen und Schmiergeld?«, wollte Storch wissen.

Holm zog einen Umschlag aus seiner Innentasche und überreichte ihn beiläufig.

Neugierig sah er sich das Treiben in dem Jugendzentrum an. Storch folgte seinem Blick.

»Wie läuft es hier?«, fragte Holm.

»Das ewige Auf und Ab. Einem redest du was aus, da hat der Nächste viel größeren Bockmist verzapft.«

»Jeder Einzelne, dem du was ausredest, ist die Sache hier wert, Storch. Und ich wüsste keinen besseren als dich.«

»Danke, Holm. Der Job gibt mir viel, nach wie vor.«

»Ja. Ich weiß.«

Holm sah Storch in die Augen und legte ihm eine Hand auf die Schulter.

»Wenn ihr hier noch etwas anderes braucht, sagst du Bescheid. Klar?«

Storch drückte ihn zurück.

»Danke, Mann. Du bist mein Held.«

»Und du meiner, wenn wir gleich einen ersten Blick darauf werfen könnten, was bei dieser Schönbaum im Stock liegt.«

»Kein Problem.«

Sie verließen den Barbereich. Storch schloss eine mit Aufklebern übersäte Tür auf und knipste die Glühbirne an, die von der Decke baumelte. Kaum hatte Holm das winzige Büro betreten, schloss Storch hinter ihm ab. Er ging zu einem Safe, gab einen Code ein und zog zwei identische Laptops hervor. Er schob alle Papiere und Ordner auf seinem Schreibtisch einfach zur Seite und setzte sich an die Rechner. Über die Schulter reichte ihm Holm die Mappe zu Schönbaum, die er Wenners Forschungsleiter abgeknöpft hatte, und blätterte durch die wenigen Seiten.

»Wow. Alles, was das Hackerherz begehrt. Krankenversicherung, Bankverbindung, Telefonnummern. Selbst alte Bewerbungsunterlagen. Aktuelle Anrufliste Büronummer und Anrufliste Diensthandy.«

»Wenn ich abtauchen wollte, würde ich nicht gerade mein Diensthandy benutzen.«

»Dann checken wir doch mal das Privathandy.«

»Du liest mir meine Wünsche von den Augen ab, ohne mich anzusehen.«

»Sag das meiner Ex«, meinte Storch.

»Du brauchst bestimmt eine Zigarettenlänge, oder?«

»Die bescheidene Raucherlounge steht dir zur Verfügung«, Storch zeigte, ohne vom Bildschirm aufzusehen, auf einen schmalen Austritt. Dann trommelten seine Fingerkuppen bereits auf der Tastatur. Seine Augen huschten über den Schirm. Holm ließ ihn machen.

Er rauchte langsam. Wälzte die bisherigen Fakten dieses undurchsichtigen Falles. Hoffentlich erholen sich die Kinder in den Krankenhäusern, das wünsche ich mir beruflich und menschlich. Die armen Kleinen. Waren vielleicht nur Spielbälle der Mächtigen geworden.

Als Storch nach ihm rief, drückte er das letzte Drittel seiner Zigarette an der Brüstung aus und trat wieder in das Büro.

»Ich hab die letzte Nummer, die sie angerufen hat. Vorvorgestern. Kurz vor halb elf abends.«

»Das passt zeitlich zum Verschwinden bei Wenner und zu dem, was die Nachbarn gesagt haben.«

»Seitdem hat sie es nicht mehr benutzt.«

»Auf Prepaid gewechselt?«

Storch zuckte mit den Schultern.

»Ich besorge gerade noch die Kontaktdaten zu der Nummer.« Holm hielt den Atem an.

»Zum Glück derselbe Anbieter«, murmelte Storch. Und wenig später: »Voilà! Die Dame heißt Marie Kersten.«

»Klasse!«, rief Holm.

»Wohnhaft in Lübeck. Puh, das dauert jetzt länger, wenn ich ihr ganzes Umfeld unter die Lupe nehmen muss, um den Link zu finden.«

»Moment mal«, ging Holm dazwischen, »zeig mir noch mal die Bewerbungsunterlagen von der Schönbaum«.

Storch blätterte durch die Papiere.

»Geburtsort: Lübeck. Gutes Auge, Herr Holm.«

»Also eine alte Freundin. Eine Jugendfreundin.«

»Genau die würde ich anrufen, wenn mir das Wasser bis zum Hals steht.«

Storch sah erstmals wieder zu Holm auf, der hinter ihm stand.

»Du bist der Beste! Morgen früh klingeln wir mal bei der guten Marie durch.«

Sein Freund notierte die Nummer und reichte Holm das kleine Notizblatt. »Und ich bleibe am Ball.«

»Perfekt«, antwortete Holm, der für einen Moment überlegte, jetzt noch direkt in die Hansestadt zu fahren. Vielleicht war Schönbaum dort untergeschlüpft? Er sah auf die Uhr. Schwachsinn. Und wenn sie wirklich mit diesem Reina von Rimson & Pryce unter einer Decke steckte, hätte der mit Sicherheit dafür gesorgt, dass sie irgendwo weit weg in der Sonne saß und einen turmhohen Cocktail schlürfte.

Am Wagen umarmten die beiden Freunde sich noch einmal. Holm stieg ein, startete den Motor, winkte Storch zu. Er bewunderte diesen Kerl. Mit diesen Jungs zu arbeiten, das wäre nichts für ihn. Aber Storch erfüllte es. Bis heute. Wie auch immer, Zu Hause würde er sich noch ein bisschen diese Marie Kersten angucken. Mehr konnte er für Wenner gerade nicht machen. Außer zur Stelle sein, wenn es krachte.

22.56 Uhr

Liv Holm warf das Lehrbuch mit dem Titel *Öffentliches Recht* zu. »Lass uns aufhören, Joe, bevor mir die Paragrafen wieder aus dem Hirn suppen!« Außerdem, dachte sie, brauchte sie dringend noch Zeit mit ihrer besten Freundin für etwas anderes.

»Okay, mein Kurzzeitgedächtnis streikt schon seit einer halben Stunde«, antwortete Johanna, die alle nur Joe nannten. »Ich hoffe, das reicht für morgen«, sagte sie mit wenig Überzeugung, stand vom Stuhl an ihrem Küchentisch auf und streckte sich.

»Jetzt können wir eh nichts mehr dran ändern«, meinte Liv.

»Ein paar Stunden Schönheitsschlaf sollen auch helfen«, antwortete Joe.

Liv blieb sitzen. Wie sollte sie nur anfangen?

»Willst du noch schnell einen Absacker vor dem Heimweg?«, fragte Joe.

Liv sah eine Weile auf die Tischplatte. Endlich blickte sie auf, lächelte verlegen und sagte: »Ich habe mit Ben Schluss gemacht.«

»Was! Und das sagst du mir jetzt erst?«

»Sonst hätten wir ja gar nicht gelernt«, antwortete Liv entschuldigend.

»Wann? Wo? Wie? Ich will alles wissen. Darauf ein Pikkolöchen?«

»Hast du nicht immer Averna da?«

»Kommt sofort«, rief Joe und griff zielsicher in die Flaschensammlung auf ihrem Küchenschrank.

Sie stießen an, schütteten das süße Zeug hinunter, und Joe schenkte nach.

Da Liv nicht anfing, erklärte Joe: »Ich mochte ihn ja, ehrlich gesagt. Sieht cool aus. Witzig. Schlagzeuger.«

»Ja.«

»Aber er hat zu sehr genervt, was?«

»Oh, Mann«, platzte es aus Liv heraus, »ich habe die ganzen Marotten einfach nicht mehr ausgehalten.«

Sie musste lachen. Joe schenkte nach, und sie tranken.

»Als er am Anfang erzählt hat, dass er nur für die Musik lebt, fand ich das noch aufregend. Und romantisch.«

»Die Band ist gut.«

»Ja, aber für ihn heißt das, dass er ansonsten nichts macht.«

»Außer seinen Blutdruck messen«, sagte Joe grinsend.

»Und in der Luft Schlagzeug spielen.« Liv machte ihn nach.

»Ich erinnere mich. Auf der Tanzfläche.« Joe zog eine Augenbraue hoch.

»Als er es jetzt auch noch im Blumenladen gemacht hat, habe ich mich echt fremdgeschämt.«

»Vielleicht wollte er den Tulpen Luft zufächeln?«

Die beiden giggelten. Und tranken noch einen Likör. Genau darauf hatte Liv gehofft: Etwas Verständnis. Etwas Leichtigkeit. Viel Alkohol.

»Und Joe, ich meine, seine Büchersammlung besteht aus Lucky Luke, Manga-Pornos und Kicker!«

»Na komm, das hast du nicht erst gestern entdeckt!«

»Ja, am Anfang ist das alles auch noch irgendwie süß. Nur mit der Zeit kommt echt was zusammen. Ich meine: Der Typ redet mit seiner Schokolade!«

»Aber nur mit der teuren.« Joe musste Tränen lachen.

»Kein Geld für nichts, aber eine Tafel Schokolade für fünf Euro.« Liv schüttelte den Kopf. »Und, Joe, seit Neustem portioniert er seine Lieblingsschokolade. Und wiegt das Zeug stundenlang auf der Küchenwaage. Für jeden Wochentag 14,3 Gramm.«

»Was?«, rief ihre Freundin, die einen Lachanfall bekam. Liv nickte bitter. Wie war sie nur an diesen strangen Typen geraten?

»Dann packt er alles in Alufolie.« Sie verstellte ihre Stimme: »So, ihr Lieben, da habt ihr ein neues Zuhause.«

Die beiden sahen sich an und prusteten gemeinsam los.

»So oft kann er gar nicht auftreten, um die Miesen wieder gutzumachen.«

»Nee, wirklich nicht, tut mir leid.«

»Du konntest Ben nicht mehr ernstnehmen«, schlussfolgerte Joe. Liv überlegte, ob es das traf.

»Er will einfach nicht erwachsen werden. Und ich das genaue Gegenteil«, sagte sie schließlich und nickte ihren Worten hinterher.

»Und was hat er gesagt?«

»Ach, er hat einen auf Dramaqueen gemacht. Dass ich es bereuen werde. Dass ich nie wieder bei ihm anzukommen brauche.«

Joe nahm Liv in den Arm.

»Willkommen zurück in der Single-Welt, Liv Holm!«, sagte sie.

»Willkommen zurück im Haifischbecken, meinst du wohl.« Sie lachten ein letztes Mal zusammen, ehe Mats Holms Tochter sich auf den Heimweg machte.

So weit, so gut. Allerdings hatte sie ihrer Freundin nicht die ganze Geschichte erzählt. Hatte eine Sache für sich behalten. Und das war richtig so, fand Liv noch immer. Zumindest so lange, bis sie sich ganz sicher sein konnte.

23.03 Uhr

Holm wohnte in Mitte, zwischen Regierungsviertel und Pergamonmuseum, die Spree nur einen Steinwurf entfernt. Er parkte in der Tiefgarage, nahm den Fahrstuhl in sein Loft im obersten Stock, ging den Flur hinunter, über Dielen aus geräucherter Eiche, zog sich im Dunkeln Sakko, Krawatte, Schuhe und Strümpfe aus.

Viel Licht, hohe Decken und Fußbodenheizung, das waren seine drei Bedingungen an die Maklerin gewesen – neben der Lage natürlich. Tatsächlich machten vier Doppelkastenfenster den Wohnraum tags schön hell. Reichen Ihnen 3 Meter 60 Deckenhöhe, hatte sie bei der ersten Besichtigung gefragt. Er hatte die Spitze überhört und den Mietvertrag direkt unterschrieben.

Er drehte am Porzellandimmer. Licht fiel auf das weiß gestrichene Mauerwerk und die farbenprächtigen, eleganten Bilder einiger Berliner Nachwuchskünstler. Er ging zum Kamin und berührte eine alte, leere Parfümflasche L'Air du Temps. Sie hatte seiner Mutter gehört. Ein Erinnerungsstück. *Das* Erinnerungsstück. Der einzige persönliche Gegenstand von ihr, den er vor seinem Vater hatte retten können. Damals.

Sein Vater.

Holm wollte jeden Gedanken an ihn verdrängen. Machte ruhige Loungemusik an und versuchte, sich einfach nur auf seinen Atem zu konzentrieren und den Rest der Welt auszublenden. Drei, vier Atemzüge lang schien es zu funktionieren, dann drängte ein Bild vor sein geistiges Auge. Ein Bild von ihm selbst. Als kleiner Junge. Er knipste es aus, indem er die Augen fest schloss und wieder öffnete. Holm ging ins Bad, wusch sein Gesicht und starrte in den Spiegel, während Wasser von seinem Kinn tropfte. Er sah sich selbst. Vor vielen, vielen Jahren. Dieser ängstliche Blick, den er nie vergessen würde. Der kleine schmale Mats in kurzen Hosen, mit blauen Flecken auf den Beinen, vom Fußballspielen, wovon sonst. Und die blauen Flecken unter seinem T-Shirt. Von seinem Vater. Manfred Holm. Seines Zeichens Metzgermeister, Spieler und Choleriker. Einer, der seinem eigenen Sohn keine glückliche Kindheit gönnte, weil er seine eigene im Krieg verloren hatte.

Erst jetzt merkte er, wie er bei den Gedanken an seinen Vater mit dem Kiefer mahlte. Fest. Sehr fest. Er nahm die Flasche L'Air du Temps in die Hand und schloss die Augen.

Mutter. Ich habe meine dunkelbraunen Augen von dir. Die vollen Lippen. Den Charme. Das Lächeln. Alles. Alles, was gut an mir ist.

Aber Manfred Holm hatte sie zu einer Trinkerin gemacht. Ihr

die Schuld an allem gegeben. Sie erniedrigt in jeder erdenklichen Weise. Physisch, psychisch, sexuell.

Holm stellte die Parfümflasche zurück und wandte sich um. Er ging im Raum auf und ab. So, als könne er vor seinen Gedanken weglaufen. Sie abschütteln. Er stoppte die Loungemusik und legte eine Schallplatte auf. Das *Weiße Album* der Beatles.

Holm war früh erwachsen geworden.

Zu früh.

Zu erwachsen.

Er schüttelte sich. Er hatte das Geschehene doch längst hinter sich gelassen. War klar. Sah nach vorn. Diese kurzen Aussetzer wie heute Abend nervten ihn, nicht mehr, aber auch nicht weniger. Hör dir die Beatles-Songs an. Oder denk an die Arbeit. Lenk dich ab.

Wenner. Validolor. Schönbaum und Kersten. Er nahm sich sein MacBook und gab *Marie Kersten Lübeck* ein und wählte den Suchfilter *Bilder* aus. Es gab mehrere Fotos von einer freundlich und echt lächelnden Frau, dunkle, rötlich gefärbte Locken. Kleine Augen, kein Schmuck, kein Make-up. Holm klickte weiter. Er kam auf die Seite *Blumenmarie*. Sie war also Floristin. Er schaute im Impressum nach. Der Laden gehörte ihr sogar. Und hatte eine Facebook-Präsenz. In kürzester Zeit fand er dort weitere nützliche Informationen. Verheiratet, zwei Kinder. Maries Mädchenname war Kolthoff. Den hatte sie bei Stayfriends mit angegeben. Ein Blick in die Schönbaum-Mappe verriet ihm, dass die beiden auf dasselbe Gymnasium gegangen und im selben Jahrgang gewesen waren. Schulfreundinnen, na also.

Ein Bezug von Marie Kersten zur Pharmabranche ließ sich nicht herstellen. Stattdessen ritt Marie Kersten aktiv in einem Verein. Eine Freundin des Pferdesports. Sehr schön. Das konnte helfen. Und das reicht auch, sagte Holm sich. Wir haben eine naturverbundene Frau, die Blumen und Pferde liebt, ein Familienmensch ist, in sich ruht und als kleine Unternehmerin mit beiden Beinen im Leben steht. Morgen werden wir sehen, wie das zu Schönbaum passt.

Er klappte das Laptop zu und schickte Laura per Smartphone eine Notiz: *Storch hat alte Freundin aufgetan. Letzter Anruf. Leider in Lübeck. Rufen sie morgen früh an.*

Lauras Antwort ließ keine dreißig Sekunden auf sich warten: ein Daumen-hoch-Emoji. Holm legte das Smartphone weg und streckte sich.

Schon waren seine Gedanken wieder bei Wenner. Dieser von Granditz hatte ihn ganz geschickt auf die Reservebank bugsiert. So getan, als sei er nur an der Sache und an Fakten interessiert, dabei war seine Antipathie vom ersten Augenblick an mit Händen zu greifen gewesen. Holm war zu erfahren, um das zwingend auf sich selbst zu beziehen. Wer weiß, welche Intrigen und Ränkespiele bei Wenner liefen. Er hätte am Nachmittag einfach nur nicht ans Telefon gehen sollen. Mit Werner gemütlich weiterschrauben. Und morgen eine schöne Spritztour machen mit diesem silbernen Kunstwerk von Auto.

Stattdessen die Bar. Frau Weißweinschorle. Die Narben.

Holm machte die Musik wieder aus.

Diese gottverdammten Familienerinnerungen.

Er hatte alles mit eigenen Augen gesehen. Mit seinen Kinderaugen. Die Streitereien gehört. Mit seinen Kinderohren. Den Suff gerochen. Wunden berührt. Schleichend war es schlimmer geworden. Erschreckend, an was sich ein Kind gewöhnen konnte. An was er sich – fast – gewöhnt hatte. Bis Schluss war.

Er war noch nicht einmal elf.

Damals.

23.11 Uhr

Im Onlineradar poppte ein Blogeintrag von Nina Rosenthal auf. Doktor Nina Rosenthal von Pharmawatch. *Stimmt was nicht mit Validolor?* Leyla Öztürk brauchte gar nicht weiterzulesen. »Ausgerechnet diese blöde Kuh hat es als Erste gesteckt bekommen!«, rief sie ihrem Stellvertreter Noll zu, der sein Büro jenseits des Vorzimmers hatte. Verdammt! Rosenthal bewarf die Pharmabranche seit Jahren mit Dreck. Gekonnt. Medienwirksam. Und ach so unbestechlich.

»Leider hat sie überall gute Kontakte«, rief Noll zurück. »Und einige Journalisten trauen ihr seit ihrem Bestseller blind.«

Ja, die *Pharma-Mafia* von der Rosenthal hatte es auf Platz 18 im Spiegel-Sachbuch gebracht. Alte Kamellen und aufgebauschte Details. Rasiermesserscharf formuliert, das muss man ihr lassen. Aber populärwissenschaftlich, ach was: populistisch, von der ersten bis zur letzten Silbe. Sie hatte die Rosenthal gefressen – mit ihren blonden Wallehaaren, dem gewinnenden Lächeln, dem mühelos durchgedrückten Rücken. Pah!

»Vielleicht hat Schönbaum sie angefüttert«, spekulierte Öztürk, »was meinst du?«

»Ich kann mir nicht vorstellen, dass Schönbaum mit einem Bauchladen herumgezogen ist und an jeder Ecke Interna von uns gestreut hat. Da kaufe ich eher die Nummer mit dem Ami.«

»Wie auch immer. Ab sofort Manndeckung für die schöne Nina, bitte.«

»Geht klar!«

Wenig später wurde der Blog erstmals auf Facebook geteilt. Und gleich noch einmal.

»Wenn wir jetzt schon das Dementi herausblasen«, meinte Noll, der in Öztürks Büro kam, »wirkt es zu sehr so, als hätten wir nur auf die Attacke gewartet, finde ich.«

Öztürk sah vom Monitor auf. »Wenner Pharma zuckt nicht, nur weil Frau Doktor Rosenthal einen Giftpfeil abschießt. Die Ehre werden wir ihr nicht erweisen. Wir warten noch.«

Zwanzig Minuten später meldete der Onlineradar zwei kurze Meldungen auf Fachportalen. Quelle: Rosenthal.

»Klar, sie klappert für ihre News«, rief Noll seiner Chefin zu.

»So mediengeil, wie die ist«, antwortete Öztürk.

Ihr Smartphone klingelte. Sie schaute aufs Display.

»Mist! Jacobs von der dpa.«

Sven Jacobs war Reporter der dpa und schrieb über Pharmathemen. Wenn die Deutsche Presse Agentur einstieg, gab es kein Halten mehr, das war Öztürk sofort klar. Die dpa wirkte wie ein Verstärker: Die Meldungen der Agentur poppten in Tausenden deutschen Redaktionen auf den Bildschirmen der Journalisten auf. Sie flossen zum Teil automatisiert auf die Webseiten der Medien.

»Guten Abend, Herr Jacobs«, rief sie fröhlich ins Telefon.

»Hallo, Frau Öztürk. Entschuldigen Sie, dass ich so spät störe. Vielleicht haben Sie schon gesehen, dass sich gerade eine News von Frau Rosenthal verbreitet? Kranke Kinder und Validolor.«

»Ich habe es ehrlich gesagt just vor mir. Ich würde es aber allenfalls ein Gerücht nennen, oder?«

»Kommt mir auch dünn vor. Aber wir wollen nichts verpassen. Geben Sie uns ein Statement?«

»Heute Abend noch?«, fragte Öztürk. Dass ihr Erstaunen gespielt war, wäre nicht einmal ihrer eigenen Mutter aufgefallen, fand sie.

»Ich soll spätestens in einer halben Stunde liefern.«

»Na ja, so aus der hohlen Hand würde ich sagen: Validolor wurde natürlich mit deutscher Gründlichkeit entwickelt und ausführlich getestet. Nach allen Bestimmungen. Und, ich meine: Wir sind Wenner! Uns geht es um die Gesundheit der Menschen. Gerade der Kinder, deswegen sind wir ja gezielt in diesen Markt gegangen. Die Ärzte loben Validolor. Die Fachleute. Sie verstehen, was ich meine.«

In lockerem Plauderton testete sie die Hauptbotschaften der vorbereiteten Mitteilung. Sie zwinkerte Noll zu. Er zwinkerte zurück.

»Klingt nachvollziehbar. Und wie gesagt, ich werde es nicht so hoch hängen. Okay? Können Sie mir das in etwa so schriftlich geben?«

Öztürk lächelte.

»Wie hoch Sie es hängen, ist natürlich Ihre Sache, aber die Medienblase wird immer hysterischer, scheint mir. Egal, wir machen beide einfach nur unseren Job. Ich schicke Ihnen, so schnell es geht, ein Zitat.«

»Klasse, vielen Dank, dass Sie sich so spät noch kümmern. Dann haben wir auch direkt etwas Eigenes.«

»Dafür sind wir da. Ich werde Ihnen etwas Vorsprung geben, aber dann werden wir auf unseren Kanälen nachziehen müssen, fürchte ich, sonst kriege ich morgen Ärger mit meinem Boss.«

»Das ist fair«, sagte der dpa-Mann.

»Bis gleich.«

Zehn Minuten später schickte sie ihm das abgestimmte Zitat. Zwanzig Minuten danach schalteten sie alle vorbereiteten Texte heiß und versandten ihre eigene Meldung an die entsprechenden Verteiler.

Parallel lief schon die dpa-Meldung über den Ticker. Kurz. Neutral. Mit Zitat von Leyla Öztürk. Kommunikationschefin von Wenner Pharma.

Ganz genau, das bin ich. Morgen ruft bestimmt Mama an und sagt mir, wie stolz sie auf mich ist. Und Baba brummelt irgendwas im Hintergrund.

»Er hält Wort«, sagte Noll.

»Lass uns noch die Spätnachrichten schauen.« Öztürk war schon beim nächsten Schritt.

»Die haben noch nie positiv über uns berichtet«, meinte Noll, schaltete aber den Fernseher an.

»Neutral würde mir voll und ganz reichen«, antwortete Öztürk. »Dann hätten wir zusammen mit der dpa-Meldung Ruhe in den Leitmedien. Und eine gute Ausgangsposition für morgen.«

Der Privatsender meldete tatsächlich »Mysteriöse Erkrankungen«, die Sprecherin hielt sich aber ansonsten fast wörtlich an die dpa-Nachricht. Inklusive Dementi von Wenner.

Öztürk und Noll gaben sich *high five*.

»Ich sage es vorsichtshalber, falls die Chefs es morgen vergessen sollten: Das ist dein Verdienst!«, sagte Noll feierlich.

Öztürk taxierte ihn genau. Sie war zu lange dabei, um überschwänglichen Lobhudeleien zu trauen. Konnte hinter all dieser Unterstützung und Zugewandtheit Kalkül stecken? Glaubte Noll, dass sie ins offene Messer lief? Ihr war klar, dass er Karriere machen wollte. An ihrer Seite. Vielleicht auch auf ihre Kosten?

»Abwarten«, meinte sie nüchtern. »Wenn die Rosenthal nicht nachlegen kann, halten wir die Sache klein. Und jemand muss morgen früh als Erstes mit der BfArM reden. Denen richtig Druck machen. Die sollen uns von mir aus kontrollieren, aber nicht Gerüchte in die Welt setzen.«

»Mit Betonung auf morgen früh«, sagte ihr Stellvertreter. »Ich bin gegen acht Uhr wieder da, ich habe Taxidienst für den Kindergarten.«

»Ich schlafe hier«, antwortete sie. »Dann mache ich mit dem Frühteam den Lagebericht.«

»Okay, würde ich mir auch nicht entgehen lassen. Gute Nacht!«

Öztürk schrieb noch einigen wohlgesinnten Journalisten eine kurze SMS. Wenn sie eine Geschichte zu Validolor schreiben wollten, sollten sie sie unbedingt kontaktieren. Wenner sei es wichtig, gehört zu werden. Dann legte sie das Smartphone weg, schob die Schuhe von den Füßen und streckte sich.

Sie fühlte sich großartig! Was hatte Holm noch mal vorgeschlagen? Menschlich und selbstkritisch sollte Wenner reagieren. Tja, da hatte sich der Master of Desaster wohl ausnahmsweise geirrt! Leyla Öztürk ballte die Fäuste, trommelte auf den Tisch, und schrie der Bürowand ein lautes, kehliges »Yeees!« entgegen – wie eine Tennisspielerin, die einen wichtigen Punkt gemacht hat.

0.41 Uhr

Holm ging in seine Küche und öffnete den Kühlschrank. Seine Haushälterin hatte alle Einkäufe erledigt und den Thunfischsalat, den er sich gewünscht hatte, mit Frischhaltefolie überzogen. Er mixte sich einen Mule mit viel Wodka, ging die Wendeltreppe hinauf, vorbei an der Doppelflügeltür zu seinem Schlafzimmer, hinaus auf die Dachterrasse. Er streckte sich auf einer geschwungenen Designerliege aus und nippte an seinem Drink. Die Lichter glitzerten und glänzten über dem Regierungsviertel. Reichstag. Kanzleramt. Er konnte sich an diesem Anblick nicht sattsehen.

Irgendwann schaute er gewohnheitsmäßig auf sein Smartphone. Nachricht von Laura.

Wenner läuft gerade in den Spätnachrichten und bei dpa, hatte sie vor einer Weile geschrieben.

Holm überlegte einen Moment, ob er wieder aufstehen und sein Laptop holen sollte. Er blieb liegen und tippte:

Mit Reax von Wenner?

Ja. Dementi. Scharf!, schrieb Laura umgehend zurück. Sie musste auf seine Antwort gewartet haben.

Und die Kommunikationschefin von Wenner war auf dem Posten. Hatte schnell gehandelt.

Tenor?, fragte er.

Neutrale Meldung.

Noch, tippte er.

Ich bleibe vorsichtshalber mal am Ball, schrieb Laura.

Ich bleibe im Bett, erwiderte Holm.

Ist das eine Einladung?

Er schickte ihr einen Smiley und legte sein Smartphone weg. Kurz vor eins. Erst. Er wusste nicht, wie es dazu gekommen war, aber seit einiger Zeit schlief er nachts selten länger als vier, vielleicht fünf Stunden. Wenn er die Zeit dazu hatte, machte er tags gerne einen halbstündigen Mittagsschlaf, das reichte. Er trank seinen Mule in einem Zug aus und ging ins Bad. Mit etwas Wasser spülte er seine tägliche Tablette hinunter, einen Cholesterinsenker, den ihm sein Arzt verschrieben hatte. Er zog sich aus, duschte heiß. Dann legte er sich nackt ins Bett.

Öztürk reitet Wenner Pharma gerade so richtig rein. Hoffentlich nicht zu tief. Wir werden es sehen, wir haben uns nichts vorwerfen. Vielleicht hilft uns diese Marie Kersten irgendwie weiter. Oder Storch kriegt etwas zu Schönbaum heraus. Das wäre ein echter Knüller.

Morgen würden die Dinge sich überschlagen. Die Chefs von Wenner ziemlich sicher Leyla Öztürk zum Sündenbock machen. Er konnte sich vorstellen, dass hinter dieser verbissenen Kommunikationschefin eine ganz sympathische Frau steckte. Überhaupt auf diesen Posten zu kommen, noch dazu als Frau, als Türkin, das war bestimmt kein Spaziergang gewesen. Und morgen: Karriereknick. Für einen Moment tat sie ihm leid. Dann war er eingeschlafen.

2.11 Uhr

Die Krankenschwester entwirrte den Notfall-Drücker und gab ihn Sylvie Liebig in die Hand. »Wenn irgendetwas ist, drücken Sie bitte einfach auf den roten Knopf oben und wir sind sofort da. Innerhalb von Sekunden. Wir lassen Sophie nicht allein. Okay? Versuchen Sie, doch noch etwas zu schlafen.« Sylvie durchschaute ihre Gedanken: Vielleicht würde das die besorgte Mutter wenigstens etwas beruhigen. Sie nickte unmerklich und schwieg, bis die Schwester die Tür leise hinter sich zuzog.

Sylvie saß auf dem harten Stuhl am Bett von Sophie, ohne den Rücken anzulehnen, hielt den Drücker in Händen und wartete auf das Ende dieses Albtraums. Jo schnarchte. Er hatte sich irgendwie auf dem Sessel in der Ecke von Sophies Zimmer eingerichtet. Die Glieder verdreht, den Kopf weit im Nacken. Dazu dieses Scharren und Gurgeln inmitten des regelmäßigen Piepens der Geräte, zwischen denen Sophie begraben lag. Sylvie hasste das Schnarchen ihres Mannes. Sie hasste es schon, wenn er es zu Hause tat. Dass er jetzt und hier seelenruhig schlafen konnte und schnarchte, während Sophie so dalag: weiß, zerbrechlich und ganz weit weg, dazu diese angsteinflößenden Augenränder. Seine Ruhe fand sie nur noch abartig. Sylvie selbst hätte nicht einmal ein Auge zu bekommen, wenn sie Schlafmittel genommen hätte. Die Hilflosigkeit der Ärzte erschreckte sie. Hielt sie wach. Caro, Doktor Carolin Eichen, hatte bis zuletzt keine genaue Diagnose stellen können. Sie war nach Dienstschluss noch eine halbe Stunde länger geblieben, um Sylvie Gesellschaft zu leisten, sie aufzumuntern, abzulenken. Was auch immer ihre Absicht war, es funktionierte nicht.

Sylvies Körper war in Alarmbereitschaft. Die Muskeln angespannt. Die Gesichtszüge hart. Der Atem flach. Ihre Hände schwitzten pausenlos. Sie wischte sie an der Hose ab und nahm den Drücker wieder fest in beide Hände. Zuckte Sophie im Schlaf oder gab einen winzigen Laut von sich, bekam Sylvie Gänsehaut. Wie spät war es mittlerweile? Sie schaute auf die Uhr, ohne den Drücker loszulassen. Nicht mal halb drei. Diese Nacht hatte etwas von einer gottverdammten Schnecke. Sie kam einfach nicht vom Fleck.

Es klopfte zweimal leise, und ein Arzt trat ein. Doktor Ries. Oberarzt. Grau melierte Haare, Hornbrille, ein Lächeln, das gütige Falten um seine müden Augen legte. Caro hatte ihn in den höchsten Tönen gelobt, bevor sie gegangen war.

Sie konnte gehen. Nach Hause. Zu ihrer Frieda.

Sylvie schluckte.

Doktor Ries nickte ihr zu und hockte sich neben sie.

»Sie schläft«, sagte Sylvie leise.

»Das ist gut«, antwortete er. »Ich wollte schon früher zu Ihnen kommen, Frau Liebig, aber ein anderer Patient hatte etwas dagegen.« Er lächelte sie an.

»Was gibt es denn?«, fragte Sylvie, setzte sich schnell auf und presste den Drücker mit beiden Händen zusammen.

»Vielleicht haben Sie es bereits mitbekommen: Leider hat irgendjemand der Presse gesteckt, dass Kinder erkrankt sind. Dass viele von ihnen Validolor genommen haben. Alles, was wir wissen, kam vorhin in den Spätnachrichten.«

»Oh, mein Gott!«, sagte Sylvie. »Und was bedeutet das?«

»Deswegen bin ich hier, Frau Liebig. Ich denke, dass die Medien ab morgen früh Jagd machen werden nach betroffenen Familien. Mit ihnen sprechen wollen. Die Kinder fotografieren, filmen, was weiß ich.«

Sylvie starrte ins Leere, dann zu Sophie, dann in die müden Augen des Arztes.

»Wie sollen die das denn herausbekommen?«, sagte sie tonlos.

»Die bekommen das raus. Davon müssen Sie ausgehen.«

»Ich hätte einiges zu Validolor zu sagen«, flüsterte Sylvie bitter. »Und was es mit meinem Mädchen gemacht hat!«

Doktor Ries legte eine Hand auf ihren Unterarm, ganz leicht.

»Überlegen Sie sich das gut. Es ist aus meiner Sicht zu früh für öffentliche Anschuldigungen. Das kann zum Bumerang werden. Und sehr teuer, wenn es einen anderen Grund für alles gibt und Wenner Pharma wegen Verleumdung und Rufschädigung aktiv wird.«

Sylvie dachte darüber nach.

»Die haben eine Armee von Anwälten. Schlafen Sie eine Nacht drüber. Und machen Sie am besten Ihr Handy aus. Die Krankenschwestern wissen Bescheid. Wir hatten mal einen Journalisten hier, der hat sich als Verwandter ausgegeben, mit Blumen und allem.«

Sylvie nickte langsam.

»Ich wollte, dass Sie das wissen. Aber seien Sie jetzt einfach für Sophie da.«

Sylvie nickte wieder, dieses Mal etwas überzeugter.

In dem Moment durchzuckte es ihre Tochter. Der ganze Körper bebte. Sie würgte, ohne die Augen zu öffnen. Der Arzt sprang auf, sah schnell auf die Anzeigen der Geräte und rief: »Drücken Sie den Knopf, Frau Liebig!«

Sylvie sah nur, wie Sophies Körper sich verselbständigte. Geschüttelt und gerüttelt wurde von einer unsichtbaren Kraft.

Sylvie verharrte in Schockstarre, während Jo aufwachte.

»Drücken Sie!«, rief Doktor Ries streng.

Sylvie wollte.

Sie konnte nicht.

Nicht einen Finger rühren.

Der Arzt riss ihr den Drücker aus den Händen und betätigte den Knopf. Sprang dann ans Bett zurück und hielt Sophie fest.

»Oh, Gott, was ist los?!«, rief Jo verschlafen.

Sylvie überwand die Starre, erhob sich und machte auf tauben Beinen den einen Schritt an Sophies Bett. Streckte die Hand aus. Nach Sophie. Ihrem Mädchen. Diesem tollen, fröhlichen Mädchen, das sich auf die Schule freute.

Eine Krankenschwester riss die Tür auf, und als sie sah, was los war, schrie sie »Notfall!« in den Flur und rannte ans Bett.

»Fixieren!«, rief Doktor Ries.

In dem Augenblick warf es Sophie hoch, und sie erbrach Blut, der Sylvies Ärmel traf, ihre Hand, ihre Finger, das Bett, den Boden. Hellrot, voller Bläschen.

»Hämoptoe!«, rief der Arzt. »Obere Atemwege!«

Dann sackte Sophie zusammen.

Ein Piepton drang zu Sylvie durch.

Ein steter Ton.

»Bewusstlos!«, sagte die Krankenschwester laut.

Der Arzt lehnte sich über Sophie. »Atemstillstand! Herzdruckmassage! Defi bereit machen!«

Zwei weitere Krankenschwestern stürmten in das Zimmer.

»Raus mit den Eltern!«, rief Doktor Ries. Die beiden zerrten sofort an Sylvie und Jo. Ihn hatte die eine Schwester schnell auf der Türschwelle. Sylvie aber ließ sich nicht vom Fleck bewegen.

Sie sah, wie der Arzt Sophies Nachthemd – das mit den Engeln und Sternen – aufriss und seine Handballen auf ihren Brustkorb platzierte. Sylvie konnte die bleistiftschmalen Rippchen ihrer Tochter sehen, die sie beim Onkel-Doktor-Spielen so oft abgezählt hatte. Mit den Fingerspitzen, die die Rippchen wie eine Leiter hinaufkletterten. Mit den Fingerspitzen, die jetzt voller Blut waren. Ruckartig drückte der Arzt brutal auf Sophies Brustkorb und ließ ab, drückte und ließ ab. »Raus mit der Mutter!«, schrie der Arzt über die Schulter – und zwei Schwestern drängten sie endlich aus dem Zimmer. Jo rief auf dem Flur nach Sophie. Sylvie sah noch einmal den Rücken des Arztes auf- und abpumpen. Dann Sophies Gesicht.

Unbeteiligt.

Entspannt.

Leer.

Bis der Arzt sich schnell über sie lehnte, Mund zu Mund beatmete, den Defibrillator ansetzte. Sie konnte Sophie nicht mehr sehen. Hörte das Fiepen, das sie nur aus Arztserien kannte. Dann knallte die Tür vor ihrer Nase zu. Jo zog jetzt auch an ihr und brüllte: »Lass sie arbeiten, stör sie nicht, wir müssen aus dem Weg!« Die Krankenschwestern versuchten, sie zu beruhigen. Unbeirrt streckte Sylvie die Hand nach der Tür aus, wollte Sophie nicht allein lassen, nicht den Kontakt verlieren, die Verbindung zu ihrem Mädchen. Ihrer kleinen Freundin. Ihrem Ein und Alles.

Gegen den Widerstand der Schwestern erreichten ihre Fingerspitzen die Tür. Erst jetzt bemerkte sie, dass es ihre blutige Hand war. Sophies Blut. Und Sylvie hinterließ dunkelrote Fingerabdrücke an der Tür, fünf Stück, leicht verschmiert, ehe die Krankenschwestern und Jo sie mit einem Ruck in den Flur stießen, sie beinahe umwarfen, als plötzlich alle Kraft sie verließ und ihr die tauben Beine endgültig wegsackten.

Bitte, Gott, flehte ihre innere Stimme.

Bitte nicht! Tu mir das nicht an!

Kämpf, Sophie! Gib nicht auf, Mäuschen!

Halte durch!

TAG ZWEI

6.24 Uhr

Holm wachte von alleine auf. Für seine Verhältnisse hatte er gut und lange geschlafen. Wenn er einmal wach war, konnte er nicht mehr ruhen. Er hätte viel dafür gegeben, aber es war aussichtslos. Er hatte es aufgegeben, sich im Bett zu winden und zum Schlafen zu zwingen.

Um halb sieben hörte er die Nachrichten im Radio. Die Validolor-Meldung lief ganz am Schluss. Klar, die Redaktionen wussten nicht, wie sie die Sache einschätzen sollten. Einerseits. Andererseits hatte die Story zu viele Zutaten, um sie zu missachten. Er schwang sich aus dem Bett und duschte kalt. Er streifte seinen Bademantel über, schluffte in die Küche und nahm den Thunfischsalat aus dem Kühlschrank. Seine Haushälterin war sechsundfünfzig, eine echte Mamma aus Italien, die Zuverlässigkeit in Person – und eine empfindliche Köchin. Aß er nicht auf, was sie ihm zubereitete, schimpfte sie bei nächster Gelegenheit mit ihm. An ihren Kochkünsten konnte es nicht liegen, das war klar. Da ließ sie sich auf keine Diskussion ein. Also verzehrte Holm brav ihre Gerichte.

Er hatte jede Menge Zeit, trotzdem aß er wie üblich im Stehen. Storch hatte um vier Uhr früh einen Zwischenstand geschickt. Nichts Brauchbares zu Schönbaum. Noch nicht.

Holm las ein paar Nachrichten auf dem iPad. Dann machte er sein Morgenprogramm. Erst einige Dehnungsübungen. Dann Unterarmstütz, Vierfüßlerstand, herabschauender Hund. Dazu hundert Sit-ups und fünfzig Liegestütze. Als sein Smartphone klingelte, schaute er kurz auf das Display. Laura.

»Schon durch den Wald gerobbt?«, begrüßte er sie.

»Holm, mach sofort das Morgenmagazin an. Im Ersten. Guten Morgen.«

Er hörte an ihrer Stimme, dass sie es ernst meinte. »Es lohnt sich«, insistierte Laura, »in jeder Hinsicht.«

Sie wusste, wie sie ihn neugierig machen konnte, er musste lächeln, sagte »Einen Moment«, ging zur Fernbedienung und drückte die Eins. Er sah gerade noch die letzten Sekunden eines Filmberichts. Außeneinstellungen von Wenner Pharma. »Der Berliner Pharmakonzern Wenner weist jede Verbindung zu den Erkrankungen der Kinder vehement von sich«, waren die letzten Worte des Sprechers. Dann ging es zurück ins Fernsehstudio.

»Jetzt. Genieß es!«, sagte Laura und legte auf.

»Aus Berlin zugeschaltet ist Doktor Nina Rosenthal«, verkündete der Moderator, »Chefin von Pharmawatch und eine der profiliertesten Kritikerinnen der Branche in Deutschland. Guten Morgen, Frau Rosenthal.« Die Regie schnitt um. Nina Rosenthal. Als er die Schönheit sah, zog Holm die Augenbrauen hoch. Bei Pharmakritikerin kam ihm nicht gerade als Erstes ein Model in den Sinn. Ein Model mit gutem Geschmack. Und grünen Augen.

Sie lächelte souverän, legte den Kopf keck zur Seite und antwortete: »Guten Morgen!«

»Frau Rosenthal, wir haben es gerade gehört: Wenner Pharma weist jeden Zusammenhang von sich. Die Mitteilung ist kurz und deutlich. Ist es nicht zu früh für Anschuldigungen?«

»Ja, es ist zu früh!«, antwortete Rosenthal, und der Moderator machte ein erstauntes Gesicht.

»Es ist zu früh, um jeden Zusammenhang weit von sich zu weisen.«

Holm musste schmunzeln. Sie verstand etwas von Rhetorik.

»Insofern sind nicht kritische Fragen an Wenner Pharma unseriös, sondern die Reaktion des Konzerns. Sie ist typisch für diese Branche. Sie müssen sich klarmachen, dass zwei Dutzend Kinder – wenn nicht noch mehr – im Krankenhaus liegen. Das machen sie nicht zum Spaß.«

Geschickt zur Tränendrüse übergeleitet.

»Eltern machen sich gerade große Sorgen, was mit ihren Kindern los ist. Haben wahrscheinlich teilweise die Nacht im Krankenhaus verbracht. Haben mit ratlosen Ärzten gesprochen.« Jetzt arbeitest du die Emotionen der betroffenen Eltern heraus, analysierte Holm – um die Sympathien der Zuschauer auf deine Seite zu ziehen.

»Es gehört eigentlich nicht viel Empathie dazu, sich in die Betroffenen hineinzuversetzen. Aber Mitgefühl und Menschlichkeit gehen Pharmakonzernen allzu oft ab. Wenner Pharma ist da offensichtlich – und leider – keine Ausnahme.«

Viele Grüße an Frau Öztürk.

»Sie haben gestern Abend als Erste diese Nachricht in Ihrem Blog veröffentlicht. Wissen Sie mehr in dieser Sache?«

Jetzt wird es spannend.

»Ich weiß, dass die Geschichte der Pharmakonzerne in den vergangenen Jahrzehnten eine Geschichte der Profitgier und Skrupellosigkeit ist. Die Liste der Skandale ist so lang, dass man beim besten Willen nicht mehr an Zufall glauben kann. Die Gesundheit der Kunden steht nicht im Mittelpunkt. Sie ist ein netter Bestandteil der Marketingkampagne, sonst nichts.«

»Aber, Frau Rosenthal, Validolor gilt praktisch als Wundermittel – extra für Kinder, ohne Nebenwirkungen. Es hat alle Tests durchlaufen und müsste doch höchsten Standards entsprechen?«

»Das war bei dem Schmerzmittel Vioxx auch so. Inzwischen schätzt die amerikanische Zulassungsbehörde FDA, das Mittel könnte über 50 000 Menschen getötet haben. International anerkannte Experten gehen davon aus, dass das Antipsychotikum Zyprexa sogar 200 000 Menschen auf dem Gewissen hat. Unabhängige Studien haben gezeigt, dass weit verbreitete Antidepressiva wie Prozac die Selbstmordrate von Jugendlichen unter 18 verdoppeln. Solange die Konzerne ihre Mittel selbst testen, machen wir den Bock zum Gärtner. Wir brauchen dringend unabhängige Tests, wenn uns unsere Gesundheit und die unserer Kinder etwas bedeutet. Die Gesundheitspolitik muss runter vom Schoß der Konzerne und stattdessen ihren Job machen.«

»Werden solche Konzerne nicht bestraft?«

»GlaxoSmithKline, Eli Lilly oder Rimson & Pryce – diese Konzerne zahlen Milliarden! Wegen Betrug. Bestechung. Vermarktung nicht zugelassener Mittel. Geschädigte bekommen außergerichtlich Geld. Auch von deutschen Pharmariesen. Aber das scheint Big Pharma wenig auszumachen. Solange sie mit genau den Mitteln, die etliche Menschen umbringen, das Zehnfache verdienen, rechnet es sich einfach! Die Pharmaindustrie tötet mehr Menschen als die organisierte Kriminalität. Sie kommt öfter davon als die Mafia. Deshalb sage ich: Big Pharma ist schlimmer als die Mafia.«

»Der Einfluss von Pharmakonzernen ist unstrittig. Was kann ich denn als kleiner Verbraucher gegen sie ausrichten?«

»Öffentlichkeit! Das Einzige, was Pharmakonzerne wirklich fürchten, ist Öffentlichkeit. Die Fassade darf nicht bröckeln, das Image nicht leiden. Deshalb fordere ich alle engagierten Verbraucherinnen und Verbraucher auf, heute Vormittag um zehn Uhr vor der Konzernzentrale von Wenner Pharma hier in Berlin zu demonstrieren und mehr Informationen über Validolor zu verlangen!«

»Das war Doktor Nina Rosenthal von Pharmawatch. Vielen Dank.«

Rosenthal nickte freundlich.

Holm schaltete den Fernseher aus. Wow! Das war ein Auftritt wie aus dem Lehrbuch. Mit Protestaufruf zum Abschluss.

Call to action. Sie machte Druck, war glasklar und entspannt. Sie brauchte offensichtlich keinen PR-Berater.

Sein Smartphone klingelte.

»Und?«, fragte Laura.

»Scharf«, antwortete Holm.

»War mir klar, dass sie dir gefällt.«

»Ich meinte die Argumentation.«

»Ich auch«, erwiderte Laura trocken. »Wenner Pharma hat ein Problem.«

»Beziehungsweise: Noch ein Problem mehr.«

»Soll ich Frau Öztürk anrufen und hören, wie es so läuft?«, fragte Laura.

»Wenn, dann ruf bei von Großkotz an.«

»Es war ihr Vorschlag. Ihre Krisenkommunikation.«

»Sie versucht doch nur, den Nadelstreifen zu beweisen, dass sie es kann«, kommentierte Holm frei von Häme.

»Aber die Nadelstreifen können auch piksen«, konterte Laura.

»Das wiederum ist Teil ihrer Jobbeschreibung«, antwortete Holm. Kommunikationschefs saßen immer auf heißen Stühlen. Wer Angst hatte, sich zu verbrennen, sollte sich ein kühleres Plätzchen suchen.

»Wann rufen wir die Freundin von Schönbaum an?«

»Wenn wir bei Wenner sind. Aus dem Büro von Schönbaum. Wir geben uns als Personaler aus.«

»Gut. Hat Storch schon mehr zu ihr?«

»Ich habe nur ein Update aus der Nacht. Keine Vermisstenanzeige. Kein Flugticket auf ihren Namen. Keine Hotelbuchung über eines der gängigen Portale. Also praktisch nichts. Aber Werner hat ein paar interessante Insiderinfos zu unserem Kunden.« Er berichtete ihr von Hansens umstrittener Strategie, und sie verabredeten sich für halb neun bei Wenner.

Kaum hatte er sein Smartphone weggelegt, als es wieder klingelte. Mein Gott, so viel Gesprächsbedarf am frühen Morgen hätte er Laura gar nicht zugetraut. Er sah kurz auf das Display. Unterdrückte Nummer.

»Mats Holm. Sie rufen außerhalb der Geschäftszeiten an.«

Er hörte ein leichtes Schnauben. Jemand lächelte über seine Begrüßung. Dann ein kurzes Räuspern.

»Guten Morgen, Herr Holm. Entschuldigen Sie die Uhrzeit. Hier ist Hansen. Von Wenner.«

»Ich habe gerade Frau Rosenthal kennengelernt. Eindrucksvoll!«

»Das stimmt«, antwortete Hansen. »Können wir Sie aktivieren?«

Holm überlegte einen Augenblick. Das ging aber schnell. Sollte er es riskieren, Hansen in diesem Moment der Schwäche noch einmal auf den Zahn zu fühlen?

»Schauen wir doch auf meine andere Regel. Die Wahrheit. Was stimmt mit Validolor nicht?«

»Wir haben nicht die geringste Ahnung, was da los ist. Es gibt kein Medikament, von dem wir überzeugter wären.«

»Sie wissen, dass ich die Wahrheit nur brauche, um Sie vor dem Schlimmsten zu bewahren. Es geht mir nicht um Moral.«

»Ich verstehe, was Sie mir sagen wollen. Aber das ändert nichts an meiner Antwort. Was auch immer da gerade passiert, wer auch immer dahintersteckt, wir haben bei der Entwicklung und Einführung von Validolor unser Menschenmögliches getan. Allerdings …« Es verschlug Hansen die Sprache.

»Was ist denn los, Herr Hansen?«

Der flüsterte: »Die Hölle, Herr Holm! Die Hölle.«

»Ich verstehe nicht?«

»Eines der Kinder ist in der Nacht gestorben! Hier in Berlin.«

7.13 Uhr

Sylvie Liebig tauchte langsam, ganz langsam aus einem tiefen, leeren Schlaf auf. Sie konnte sich selbst dabei beobachten. Ihr Mund war trocken, die Glieder schwer und unbeweglich. Sie lag. Als sie mühsam ein Auge öffnete, blendete sie Licht. Deckenlicht.

»Sag Bescheid«, sagte eine Stimme leise. »Sie kommt wieder zu sich.« Schritte. Die Tür.

Wo bin ich?, fragte sich Sylvie.

Sie spürte eine Hand auf ihrer Schulter. Weich und freundlich. Sie schaffte es, die Augen zu öffnen. Sah eine Krankenschwester, leicht über sie gebeugt. Sie erkannte das Gesicht. Darin Sorgenfalten und ein untröstliches Lächeln.

Sie war im Krankenhaus.

Wegen Sophie, ihrer kranken Maus.

Sophie!

Das Blut.

Die Hoffnung, als ihr Herz doch wieder schlug.

Und dann …

Sylvie schrie. Sie schrie, als wäre es das Einzige, was ihr geblieben war.

Ihr Oberkörper wollte sich aufbäumen. Irgendetwas hielt sie grob zurück. Hektisch sah sie an sich herunter, während sie schrie. Riemen! Sie hatten sie fixiert.

Die Tür flog auf. Der Arzt aus der Nacht lief zu ihr ans Bett. Doktor Ries. Der mit ihr gesprochen hatte. Über die Medien und alles. Bevor es losging.

»Frau Liebig! Bitte! Beruhigen Sie sich«, sagte er. Er nahm sie fest an den Schultern und drückte sie sanft, aber bestimmt in die Kissen. »Ruhig, Frau Liebig.«

»Sophie!«, wimmerte sie. Alle Spannung wich aus ihrem Körper. Sie lag nur noch so da.

»Es tut mir so unendlich leid«, sagte er leise. Sie konnte ihn nicht ansehen. »Das ist ein Albtraum. Wir haben alles versucht. Wissen immer noch nicht... Ich habe keine Worte, um sie zu trösten. Noch mal mein herzliches Beileid.«

Sylvie starrte aus dem Fenster. Der Wind spielte mit den Baumwipfeln. Schob seelenruhig Wolken von links nach rechts. Die Welt stand nur für sie still. Und für Sophie. Ihre kleine Welt. Kaputt. Zerbrochen. Zerstört.

»Machen Sie sie bitte los«, sagte Doktor Ries. »Wir hatten nur Sorge um Sie, Frau Liebig. Deshalb... Ihrem Mann haben wir ebenfalls ein Beruhigungsmittel gegeben. Er schläft noch.«

Der Arzt half ihr auf. Sie rieb sich die Handgelenke.

»Ich will Sophie sehen«, flüsterte Sylvie.

»Frau Liebig, ich weiß nicht, ob das eine gute...«

»Sofort!«, zischte sie und griff nach seinem Kittel.

Er zögerte einen Moment, ehe er nachgab.

»Natürlich. Nehmen Sie Abschied.«

Er bat eine Krankenschwester, Sylvie in das Zimmer des Mädchens zu begleiten und bei ihr zu bleiben.

Bei jedem Schritt zu Sophie hatte sie Angst zusammenzubrechen. Dann die Tür. Der Raum. Sophie.

Sylvie hatte noch nie einen toten Menschen berührt.

Sophies Wange war kalt. Ihre Stirn kalt. Die Hände kalt.

Die Augenränder gehörten jetzt zu Sophie. Unabänderlich.

Das Gesicht wirkte einfach nur entspannt. Friedlich. Bis auf die dunklen Lippen. Bis auf die Leblosigkeit. Diese niedlichen Finger. Sie durften nicht weiter wachsen. Sylvie küsste sie einzeln. Die Augenlider würden sich nie wieder öffnen.

Die Kinderaugen sie nie wieder anstrahlen.

Sophies Mund würde sich nie wieder öffnen.

Er würde nie wieder »Du bist die liebste Mama auf der ganzen Welt!« rufen.

Nie wieder kleine, feuchte Lippen, die sich vorbehaltlos auf ihre Wangen drückten.

Nie wieder Sophies gackerndes, überschwängliches Lachen.

Nie wieder bohrende Fragen.

»Mama, warum ist das so und nicht anders?«

Nie wieder eine Familienumarmung mit Sophie, Jo und ihr.

Nie wieder.

N-I-E W-I-E-D-E-R!

Diese Worte. Sie dachte sie. Doch irgendwo in ihr prallten sie ab. Sie passten nicht zu ihren Gefühlen. Das alles war so unwirklich.

Nie mehr? Wirklich nie mehr?

Unvorstellbar. Schlichtweg unvorstellbar.

Wenn sie jetzt nur aufwachen würde aus diesem Albtraum. Ja! Aufwachte, ihr Mädchen weckte und ihr Frühstück machte.

Oh, Gott. Warum bloß? Einfach so?!

Die Leichtigkeit des Todes wog so unerträglich schwer.

Sylvie kamen die Tränen. Sie fühlte sich auf einmal verbunden mit allen Müttern, die ihre Kinder verloren. In Hamburg oder Köln. Afrika oder Asien. Durch Krankheiten. Krieg. Durch was auch immer. Wo auch immer. Sie weinte still.

Die Krankenschwester legte einen Arm um ihre Schulter und führte sie aus dem Zimmer. Sie gab ihr ein Glas Wasser. Ein Taschentuch.

»Oh, Sylvie«, hörte sie eine Stimme im Rücken. »Es tut mir so leid!«

Caro lief mit ausgestreckten Armen auf sie zu. Doktor Carolin Eichen. »Als ich die SMS von Doktor Ries gesehen habe, bin ich so schnell gekommen, wie ich nur konnte.« Die Ärztin hatte Tränen in den Augen. Sie wollte Sylvie umarmen, doch die stieß sie fest von sich.

»Sylvie, ich …!«

»Du hast gesagt, alles wird gut! Ich habe dir vertraut! Und jetzt ...« Sylvie versagte die Stimme.

»Es tut mir leid, Sylvie. Es tut mir so unendlich leid!«

»Du bist einfach nach Hause gegangen. Hast Sophie im Stich gelassen! Feierabend. Und tschüss. Dein toller Kollege macht das schon.«

»Sylvie, ich verstehe ...«

»Du verstehst gar nichts, Caro! Nichts!«, kreischte Sylvie. »Wir haben Sophie ins falsche Krankenhaus gebracht. Sophie hätte fähigere Ärzte gebraucht. Nicht dich! Nicht euch! Nicht dieses beschissene Validolor-Gift!«

Caro wollte etwas erwidern, aber die Schwester legte eine Hand auf ihren Arm. Eine andere kam zu ihnen und sagte: »Frau Liebig, Ihr Mann kommt zu sich.«

Ihr Mann kommt zu sich.

Jo.

Ihr Mann.

Was von ihrer Familie blieb.

Oh, Sophie! Ich bin mit dir gestorben. Und doch noch hier. Ganz allein.

7.58 Uhr

Holm streckte dem GC die Hand aus und drückte fest zu: »Herr Doktor von Granditz. Sie erinnern sich bestimmt an Frau May, meine Partnerin?« Er betonte *Partnerin* überdeutlich.

Er sah, wie die Wut durch von Granditz' Augen zuckte. Die Spitze hat gesessen, freute sich Holm, da sagt der Justiziar mal nichts und schüttelt uns brav die Hände.

Da waren sie wieder. Zurück im noblen Konferenzraum. Zurück bei Wenner. Zurück bei Validolor. Dieselben Menschen im selben Raum. Alle da. Hansen, von Granditz, Steadham, Källström, Schneider. Holm kannte die Atmosphäre aus unzähligen Fällen. Unter die Haut ging sie ihm immer wieder.

Er konnte es förmlich riechen. Diese Mischung aus Schock und Angst. Sie hatten begriffen, was sie nun waren. Gejagte.

Gejagt zu werden. Ein archaisches Gefühl, das tief in den Menschen steckte. Selbst in Topmanagern. Ein Gefühl, das lähmen konnte. Aggressiv machen. Hellwach.

Etwas abseits stand Öztürk. Die Schultern leicht hochgezogen. Zwei Falten auf der Stirn, registrierte Holm, die gestern nicht da waren.

»Vielen Dank, Frau Öztürk«, sagte Hansen. »Wir melden uns, wenn wir Sie brauchen.«

Von Granditz' Mundwinkel zuckten kurz. Ein einziges Mal.

»Okay, dann ...«, sagte sie und wandte sich der massiven Tür zu. Keiner sah ihr nach.

»Einen Moment!«, sagte Holm. »Herr Hansen, ich verstehe Ihre Enttäuschung. Das können Sie später auch regeln, wie Sie möchten. Aber was Validolor angeht: Das Dementi war die gemeinsame Entscheidung dieser Runde.«

»Sie dürfen Ihre Kommunikationsleute jetzt nicht aufspalten«, ergänzte Laura. »Sie müssen alle Kräfte bündeln.«

Hansen schien ganz leicht den Kopf zu schütteln.

Sie sahen in skeptische Gesichter.

»Ich brauche Frau Öztürk!«, erklärte Holm mit Nachdruck. »Und die Manpower. Den Apparat sowieso.«

Von Granditz starrte auf die Tischplatte.

»Na gut«, sagte Hansen leise. »Frau Öztürk.« Er wies ihr einen Platz am Ende des Tisches. Holm nickte ihm zu. Halb Dank, halb Bestätigung. Hansen räusperte sich.

»Wie Sie wissen, ist heute Nacht ein Mädchen in einer Berliner Klinik gestorben. Sophie. Eines der Kinder, die mit Validolor in Verbindung gebracht werden. Ich kann als Erstes nur meine Trauer und Bestürzung zum Ausdruck bringen. Unabhängig von unseren nächsten Schritten. In Gedanken sind wir bei den Eltern.«

»Furchtbar!«, sagte Schneider mit belegter Stimme.

»Wenn ich an meine eigenen Kinder denke«, fügte Steadham hinzu und schüttelte den Kopf.

Alle schwiegen einige Sekunden, ehe Hansen weitersprach.

»Die Lage ist Ihnen bekannt. Die bisher ergriffenen Maßnahmen auch.«

»So tragisch der Tod des Mädchens ist«, fiel Källström ihm ins Wort, »müssen wir wirklich die Linie wechseln? Ich höre, im Totenschein steht mit schwerer Lungenentzündung eine natürliche Todesursache.«

»Im Prinzip hat sich doch nichts geändert«, fügte Schneider hinzu. »Alles nur Verdächtigungen. Unsere Aussage ist und bleibt bis auf Weiteres korrekt!«

Laura zeigte auf ihr Smartphone. »Ihr Aktienkurs ist um acht Prozent gefallen. Vor Börseneröffnung in Frankfurt.«

»Und das Mädchen ist noch gar nicht in den Nachrichten«, fügte Holm hinzu.

Von Granditz setzte sich mit einem leichten Ächzen auf.

»Was meint der GC?«, fragte Hansen ihn.

Von Granditz knirschte mit dem Kiefer.

»Wie Sie sagen: Wir müssen umsteuern«, sagte er langsam. »Frau Öztürks Taktik hat uns in die Sackgasse geführt.«

»Wobei ja noch offen ist«, sprang Laura der Kommunikationschefin zur Seite, »ob Wenner ein Kommunikations- oder ein Produktproblem hat.«

Von Granditz schien Laura mit seinem Blick vierteilen zu wollen. Holm setzte bereits an, um ihn von Laura abzulenken. Doch er sah, wie sie dessen Blick standhielt, ohne mit der Wimper zu zucken. Endlich wandte der Jurist den Blick ab. Hut ab, taffe Lady. Holm verkniff sich ein Schmunzeln.

Öztürk selbst wollte auch etwas erwidern, aber Hansen verweigerte ihr mit einer Geste das Wort, während er Holm ansah.

»Und jetzt, Herr Holm?«

»Sie werden in den nächsten Stunden ins Auge eines Medien-Tsunamis geraten. Dazu wird der Aktienkurs richtig abrauschen. Die Stakeholder sind alarmiert. Die Politik wird Druck machen. NGOs wie Pharmawatch. Frau Rosenthal hatte schon einen beeindruckenden Auftritt im Frühstücksfernsehen. Besorgte Eltern werden anrufen. Der Todesfall wird schnell an die Presse durchsickern, die Auflösung des Rätsels wird hingegen auf sich warten lassen. Also haben wir Stand jetzt: Medikament tötet Kind. Big Pharma gegen schutzlose Familie. Kaltes Dementi gegen Tränen der Trauer. Und im Keller noch Sandra Schönbaum, die auch heute nicht zur Arbeit erscheinen dürfte.«

Niemand widersprach. Oder sagte überhaupt etwas.

»Wir haben übrigens mit etwas Glück eine alte Schulfreundin gegoogelt«, sagte Holm, das war der richtige Moment, es zu platzieren.

»Gegoogelt?«, ging von Granditz dazwischen. Ist mir schon klar, antwortete Holm still, dass das deine Detektive schlecht aussehen lässt. Soll es auch.

»Eine Marie Kersten aus Lübeck«, sagte er in die Runde, als habe er von Granditz gar nicht gehört. »Die würden wir gerne anrufen. Getarnt als fürsorgliche Personaler von Wenner, Ihr Einverständnis vorausgesetzt.«

»Jetzt ist nicht mehr der richtige Zeitpunkt für vornehme Zurückhaltung«, sagte Laura.

Hansen sah zu von Granditz.

»Überschneidet sich das mit der Arbeit von Ingendaay und Partner?«

Oh, dachte Holm, sie beschäftigen also eine der größten Wirtschaftsdetekteien weit und breit.

»Nein«, antwortete der Justiziar. Es war mehr das Knurren eines Hundes, dem man den Knochen streitig macht.

»In Anbetracht der Lage sollten wir jede Chance nutzen«, meinte Källström.

Hansen nickte ihm und Laura zu.

Okay, dachte Holm. Das wäre geklärt. Zeit, grundsätzlich zu werden. Das würde den Herren nicht schmecken. Tat es nie.

»Wir arbeiten seit Jahren erfolgreich mit Worst-Case-Szenarien. Wir nehmen das Schlimmste an. Und versuchen, so viel wie möglich davon zu verhindern. Okay?«

»Botschaft angekommen«, sagte Hansen. »Was genau schlagen Sie also vor?«

Holm spürte die erwartungsvollen Blicke der Wenner-Bosse auf sich.

»Ich schlage die Flucht nach vorn vor. Gehen Sie so schnell wie möglich, an die Öffentlichkeit, bevor Sie gefragt werden. Am besten Sie persönlich, Herr Hansen: Werden Sie aktiv. Steuern Sie das Thema. Den Rahmen, in dem es besprochen wird. Sonst wird Ihnen Validolor zerschossen, ehe überhaupt klar ist, was vor sich geht. Dann können Sie Ihr Medikament nur noch vom Markt nehmen.«

»Aber Sie haben doch gerade selbst gemeint, dass wir kaum etwas Belastbares sagen können?«, wandte Källström ein.

Holm lächelte ihn an. Dann schloss er die Augen und senkte den Kopf, als kehre er in sich. Als meditiere er. In dieser Position verharrte er und spann einen Text:

»Ich habe selbst Kinder. Ich weiß nicht, was ich tun würde, wenn ihnen etwas zustieße. Sie sehen mich menschlich betroffen und mitfühlend. Die Gedanken der Geschäftsleitung sind bei den Eltern des Mädchens. Kaum hatten wir die Nachricht, haben wir zusammengesessen. Eine solch traurige Stimmung habe ich noch nicht erlebt. Denn unser größtes Ziel ist es, Menschen zu helfen. Wir tun das mit vielen Medikamenten seit vielen Jahren für Millionen von Menschen. Wir sind von der Qualität unseres Medikaments überzeugt. Es ist seit Monaten sehr erfolgreich auf dem Markt. Doch darauf können wir uns angesichts dieser Tragödie nicht ausruhen. Ich habe unsere Fachabteilungen angewiesen, alles zur lückenlosen Aufklärung beizutragen und mit den Behörden in jeder Hinsicht und Form zu kooperieren. Darüber hinaus lassen wir zur Stunde den gesamten Produktionsprozess von Validolor überprüfen.«

Holm hob wieder den Kopf und öffnete die Augen.

»Verstehe«, sagte Hansen nach einem Moment der Stille.

»Ein Statement von Ihnen. Video, Radio, Print.«

»Ist das nicht wie ein Schuldeingeständnis?«, fragte Steadham.

»Kein Wort davon!«, antwortete Holm mit fester Stimme. »Sie gehen lediglich auf die Emotion und die Stimmung ein, weil das das Einzige ist, was wirkt. Und weil es das Einzige ist, womit wir gerade arbeiten können.«

»Werden wir nicht für den Kurswechsel an den Pranger gestellt?«

»Ja«, antwortete Holm. »Aber nur kurz, und das verspielt sich, solange wir nicht ständig den Kurs wechseln.«

Laura ergänzte: »In der Sache werden Sie nicht mehr gehört, sobald der Todesfall bekannt wird. Da müssen andere für Sie sprechen. Sie haben doch bestimmt ein paar verdiente Professoren auf der Payroll?«

Källström nickte.

»Und machen Sie Druck auf die BfArM. Die Gerüchte können nur dort durchgesickert sein.«

Guter Punkt, Laura!

»Wie sollen wir in dieser Situation Druck auf die Behörde machen, die uns kontrolliert?«

»Zwingen Sie sie zu einer Pressemitteilung. Sinngemäß: Wir prüfen noch. Sie haben was gut bei denen.«

»Was bringt das?«

»Zeit«, stieg Holm wieder in die Beratung ein. »Wenn Ihre Kontrollettis ein gutes Wort für Sie einlegen, dann ist das ein Punkt auf der Habenseite.«

Källström wirkte nachdenklich, nickte aber schließlich.

»Wir können die kritische Sicht auf Validolor im Moment nicht angreifen. Also bauen wir eine andere Deutung auf«, erklärte Holm weiter.

»Wir versuchen, die öffentliche Meinung zu spalten«, folgerte Hansen.

»Exakt.«

Hansen schlug auf den Tisch.

»Ich spreche mit dem Aufsichtsratsvorsitzenden.«

»Ich spreche mit der Politik«, verkündete von Granditz.

»Ich mit unseren Professoren und anderen Multiplikatoren«, meinte Källström.

»Kann was dauern, aber ich lasse die Produktion überprüfen«, versprach Steadham.

»Und ich kann mich gezielt an die Mitarbeiter wenden«, erklärte Schneider, der Personalchef.

»Wir haben gestern Abend erst an alle geschrieben«, sagte Öztürk.

»Dann jetzt halt wieder!«, befahl Hansen barsch. Leyla Öztürk sollte eine Weile den Kopf einziehen, fand Holm, Hansen war gar nicht gut auf sie zu sprechen.

»Neue Lage, neue Linie. Sobald das tote Mädchen in den Nachrichten ist.«

»Wie Sie wollen«, antwortete Öztürk kleinlaut. »Und wünschen Sie, Herr Holm, dass ich einen *War Room* einrichten lasse? Hier auf der Chefetage?«

»Nein«, sagte Holm, »ich bin kein Freund davon, sich in einen Raum einzupferchen und Locken auf der Glatze zu drehen. Ein guter und sicherer E-Mail-Verteiler und vierundzwanzig Stunden Erreichbarkeit von Krisenstab, Experten und Vorstand sind das Effektivste. Eine Handy-Liste reicht. Und vor allem: Holen Sie ein Kamerateam ran! Wir brauchen das Statement. Und wir brauchen es zuerst fürs Fernsehen!«

Öztürk notierte alles und lief hastig aus dem Raum, das Smartphone bereits am Ohr.

»Melden Sie sich einfach, wenn Sie wieder frei sind«, sagte Holm zu Hansen, der ihm die Hand schüttelte. »Wir warten hier.«

»Ich beeile mich mit den Telefonaten«, antwortete der CEO und verließ als Letzter den Raum.

Holm und Laura blieben zu zweit zurück auf ihren Plätzen.

»Mit Öztürk«, sagte Laura, »das war sehr anständig von dir.«

Holm zuckte mit den Schultern. »Werde mich nie daran gewöhnen, dass sie den Schwächsten hängen.«

»Ist die einfachste Lösung.«

»Wie auch immer. Es geht wieder los, Laura.«

Sie nickte. »Die machen jetzt mal brav ihre Hausaufgaben.«

»Die reichen mir aber nicht. Hab noch was im Köcher gelassen.«

»Woran denkst du, Mats?«

»Hansen kondoliert den Eltern. Persönlich.«

»Was???«

»Er muss«, sagte Holm. »Aber das mache ich unter vier Augen. Gleich, wenn wir das Statement aufnehmen.«

»Ziemlich riskant, oder?«

»Stell sofort den Kontakt her. Diskret. Es ist ihm ein menschliches Anliegen. Keine Begleiter. Nur er.«

»Und die Presse?!«

»Keine Presse.«

»Keine? Aber was haben wir dann davon?«

»Wart's ab!«, sagte Holm und lächelte.

Laura schüttelte den Kopf, zückte aber sofort ihr Handy. Sie würde die Familie finden. Und sie würde sie gewinnen. Da war Holm sich ganz sicher. Er zog die Sanduhr aus seiner Hosentasche, drehte sie in seinen Händen und stellte den Talisman schließlich vor sich auf den Tisch. Holm verschränkte die Arme hinter dem Kopf und schloss die Augen.

Der Sand rieselte und rieselte.

8.42 Uhr

Gleich würde er den Saftsack in die Mangel nehmen. Sein Wissen durchblicken lassen. Sein verräterisches Wissen. Und dann die Kohle verlangen. Vor ein paar Minuten hatte sein Smartphone die Eilmeldung angezeigt. Die Nachricht vom toten Mädchen. So leid ihm das kleine Ding auch tat, das war Timing! Markus Boldt erhöhte spontan den Betrag. Eine Viertelmillion würde er fordern. Weil er es konnte.

Und weil er es musste! Er hatte Tanja versprochen, mit den Affären aufzuhören. Neu anzufangen. Mit ihr. In einer anderen Stadt. Er war vor ihr auf die Knie gegangen, hatte ihre Hände genommen und gesagt: Gib mir vier Wochen! Sie hatte, ermüdet von leeren Versprechen und fruchtlosen Streitereien, sehr lange überlegt und erst dann genickt. »Keinen Tag länger, Markus, und keine Geheimnisse mehr«, hatte sie gesagt, die Worte hallten noch in seinen Ohren. »Lass mich bitte wieder in dein Leben!«, hatte er geantwortet. Seitdem waren fast drei Wochen vergangen. Er hatte noch acht Tage Galgenfrist – oder es war aus. Das würde er sich nie verzeihen. Das würde ihn brechen, das wusste er. Die Erpressung war der letzte Ausweg, den er sah.

Nina Rosenthal heizte Wenner so richtig ein. Er hätte ihr nicht von Validolor erzählen sollen. Nicht angeben sollen mit seinem Insiderwissen. Sie nicht heiß machen auf einen möglichen Skandal. Schon am Morgen hatte sie ständig angerufen. Markus Boldt hatte nicht abgehoben, sondern das Handy auf lautlos gestellt und zu Hause in seiner Schreibtischschublade verschwinden lassen. Zu spät, Lady. Mittlerweile hatte er es sich anders überlegt. Dieses Mal spielte Boldt auf eigene Rechnung.

Sein Opfer kam ins Büro. Der Herr hatte es eilig. Wie immer.

»Guten Morgen. Stress?«

»Guten Morgen, Markus. Ich freue mich, wenn Sie eine gute Nachricht haben.«

»Damit«, sagte er, »kann ich wohl eher nicht dienen.«

»Mein Pech!«, sagte das Opfer und ließ sich erschöpft in seinen Sessel sinken.

»Ich bin hier wegen Validolor«, sagte er.

»Hören Sie, das sind alles nur komische Gerüchte, mehr wissen wir einfach noch nicht.«

»Alles so, wie es im Intranet steht, was?«

»Genau«, antwortete das Opfer ungeduldig.

»Und jetzt noch das tote Mädchen!«

»Ja«, sagte das Opfer einsilbig.

»Was wollen Sie, gottverdammt? Ich habe einen Sack voll Arbeit. Und Sie hoffentlich auch!«

»Ich habe kritische Informationen. Über Validolor.«

»Aha?«, machte sein Gegenüber.

Er atmete noch einmal durch und gab sich einen Ruck:

»Nach meinen Informationen gab es bereits bei den klinischen Tests Unregelmäßigkeiten. Massive Nebenwirkungen von Validolor.«

»So?«, fragte sein Gegenüber.

Sie sahen sich an.

»Wo führt dieses Gespräch hin?«, fragte der Mann gereizt.

»Sie haben die Probleme weggezaubert. Das Ganze unter den Teppich gekehrt. Alles auf Hochglanz poliert. Die Öffentlichkeit getäuscht. Die Patienten.«

»Wie bitte?«

»Kommen Sie schon. Tun Sie nicht so. Validolor hätte so nie auf den Markt kommen dürfen!«

»Sie bewegen sich gerade auf sehr dünnem Eis.«

»*Sie* sind schon eingebrochen«, hielt er dagegen.

Sein Opfer stand auf.

»Sie wissen, dass Sie bereits eine Abmahnung haben, Markus.«

»Ich erinnere mich dunkel«, antwortete er spitz.

»Ohne mich wären Sie hier längst im hohen Bogen rausgeflogen!«

»Ich will 250 000 Euro. Sie haben vierundzwanzig Stunden. Ansonsten werde ich den Beweis öffentlich machen. Passt ja gerade in die Nachrichtenlage.«

»Sind Sie irre?«

»Vielleicht. Aber ich riskiere nicht die Gesundheit von Kunden. Von kleinen Kindern.«

»Ein Erpresser mit Moral. Das glaube ich Ihnen sofort, dass Sie sich so sehen. Da sind Sie aber auch der Einzige.«

»Das Mädchen war sechs Jahre alt!«

»Es tut mir auch leid. Aber Validolor hilft Zehntausenden, demnächst Hunderttausenden Kindern weltweit. Leute wie Sie wollen nur nicht wahrhaben, dass alles auch einen Preis hat.«

»So wie Verkehrstote und Verkehr, nicht wahr?«

»Ich habe meinen Job gemacht. Zum Wohle von Wenner. Nichts weiter.«

»Das darf ich wohl als Geständnis verstehen.«

»Ich breche Ihnen gleich die Knochen, Sie Ratte!«

»So gefallen Sie mir gut. So schön aufgebracht!«

Er stand auf und machte ein paar Schritte zur Tür.

»Wir haben übrigens sehr wirkungsvolle Beruhigungspillen. Werfen Sie ruhig was ein. Aber beschaffen Sie vor allem das Geld, Sie Arschloch!«

Ohne eine Antwort abzuwarten, zog er die Tür auf und lief den Flur hinunter, durch die langen Gänge, bis zu seinem Büro. Er schloss sich ein. Atmete durch. Zog die Schranktür auf und schaute in den Spiegel in der Innentür. Erst jetzt bemerkte er, dass er schwitzte. Eine Schweißperle lief ihm die Schläfe hinunter. Er sah auf seine Hände. Sie zitterten. Bebten. Er rieb sie aneinander. Schüttelte sie in der Luft. Dieses arme Mädchen. Diese Sophie. Sechs Jahre. Sie tat ihm so leid. So unendlich leid. Hätte er sie womöglich gerettet, wenn er das Dokument doch Rosenthal gegeben hätte? Vor ein paar Tagen schon, als sie sich getroffen hatten?

Wer nur einen Menschen rettet, rettet die Welt.

Hast du daran nicht immer geglaubt? Zu spät. Ich bin nur noch froh, wenn ich meine Ehe rette. Und ich bin auf dem besten Weg. Ich habe es in den Augen dieses Penners gesehen, als ich den Beweis erwähnt hab. Dieses kurze Flackern. Ich hab dich an den Eiern, du Dreckskerl!

9.01 Uhr

Neun Uhr war eine gute Zeit, um jemand Unbekannten anzurufen, den man nicht erschrecken wollte. Otto zeigte auf den Arbeitsplatz von Sandra Schönbaum. »Da hat sie gesessen. Also, da sitzt sie. Entschuldigung. Wenn Sie mich brauchen.« Otto zeigte nach nebenan, ging hinüber in sein Büro und schloss die

Tür. Die Sache nahm ihn offensichtlich mit. Seine Mitarbeiterin schien ihm am Herzen zu liegen.

Holm schaute vorsichtshalber noch einmal auf die Mail, die Laura von Öztürk bekommen hatte. Formal hatte sie brav die beiden Namen von Mitarbeitern der Personalabteilung geliefert, ihre Tarnung für den Anruf bei Schönbaums Freundin.

Öztürks Frust konnte er sich nur zu gut vorstellen. Die Wenner-Spitze hatte die Pferde blitzschnell gewechselt. Einfangen musste er die Kommunikationschefin später.

Laura zog ein paar Schubladen auf. Holm warf einen Blick hinein. Büroartikel. Locher. Hustenbonbons. Keine Fotos auf dem Tisch. Alles sehr ordentlich. Jemand, der strukturiert war. Planvoll vorging.

Holm setzte sich an Schönbaums Platz, zog Storchs Zettel mit der Nummer von Marie Kersten hervor und tippte sie ein.

»Moin, Marie Kersten hier.«

»Guten Tag, mein Name ist Querenburg. Entschuldigen Sie bitte die Störung. Ich bin von der Personalabteilung von Wenner Pharma. Bei mir ist meine Kollegin Mundt.«

»Guten Tag, Frau Kersten.«

»Ja?«

»Es geht um Sandra Schönbaum. Sie kennen sie?«

»Wir sind seit der Schule befreundet. Was ist denn los?«

»Also, ehrlich gesagt haben wir auf gut Glück angerufen. Heute ist der dritte Tag, an dem sie nicht zur Arbeit erschienen ist. Wir können sie nicht erreichen. Und das hier ist die letzte Nummer, die wir in ihrem Bürotelefon gefunden haben.«

»Sie sind bei ihr im Büro?«

»Ja, verstehen Sie das nicht falsch, wir dachten nur, bevor wir die große Welle machen, vielleicht die Polizei einschalten, probieren wir es mal so.«

»Ich rufe Sie zurück«, kündigte Marie Kersten an und legte auf.

»Na, ist da jemand etwa misstrauisch?«

»Sieht ganz so aus«, antwortete Holm. Da klingelte das Telefon.

»Zentrale hier. Eine Frau Kersten wollte auf diese Nummer durchgestellt werden.«

»Wunderbar«, sagte Holm.

»Querenburg«, meldete er sich.

»Sie sind wirklich an ihrem Platz«, sagte Marie Kersten. Sie klang nicht erfreut.

»Ich weiß, dass Ihnen das merkwürdig vorkommen muss.«

»Tut es auch«, warf sie schnell ein, mit diesem norddeutschen Nasal, der durchaus vorwurfsvoll klingen konnte. »Jetzt mal Butter bei die Fische: Spionieren Sie Sandra nach oder was?«

Laura verzog das Gesicht. Ja, dachte Holm, die ist eine harte Nuss, ich muss meinen Joker ausspielen.

»Ehrlich gesagt habe ich vorhin im Stall auch darüber nachgedacht, ob wir nicht zu weit gehen. Wenn Sie sich nicht wohl damit fühlen, würde ich das Gespräch gerne an der Stelle beenden. War wahrscheinlich eine Schnapsidee von uns.« Laura sah ihn fragend an und tat so, als würde sie Zügel in Händen halten. Er zwinkerte ihr zu.

»Im Stall?«, fragte Kersten nach, als habe sie nicht richtig gehört.

»Äh, ja, Entschuldigung, Reitstall. Ist mir nur so rausgerutscht.«

»Sind Sie Reiter?«

»Jaja, also, ich wollte wirklich nicht vom Thema abkommen. Sie merken, die Situation macht uns etwas unsicher.«

»Haben Sie ein eigenes Pferd?«, hakte Kersten nach.

»Ähm, ja, einen Schimmel, Cavallo.«

»Ich mag Schimmel. Meiner heißt Susewind.«

»Ach, Sie reiten also auch?«, fragte Holm scheinheilig. Laura verdrehte nur die Augen.

»Ist meine große Leidenschaft.«

Laura applaudierte Holm leise.

»Toll! Ich schaffe es einfach nur nicht so oft, wie ich gern würde«, fuhr er fort. »Heute früh habe ich mich mal vor der Arbeit aufgerafft.«

»Ja, das kenne ich.«

»Also, nichts für ungut. Entschuldigen Sie, dass wir sie gestört haben.«

»Ja ... ich ... Sie können ruhig fragen. Ich habe ihr gleich gesagt, dass dieser Typ nur Ärger bringt.«

»Entschuldigung. Dieser Typ?«

»Reina heißt der. So ein Pharmagockel.«

»Also, wegen einer Affäre muss sie ja nicht gleich verschwinden.«

»Wäre nicht das erste Mal. Wahrscheinlich hat er sie nach Hawaii eingeladen. Und fort ist sie.«

»Ohne Urlaubsantrag?«

»Kann man ja nachreichen.«

»Frau Schönbaum arbeitet bei uns tadellos«, merkte Laura an.

»Das kann schon sein. Aber der Tod ihrer Mutter hat sie aus der Bahn geworfen. Und dass sie eine Menge Schulden geerbt hat, auf das marode Haus, erst recht. Sie musste da ja auch noch einziehen, um ihre Kosten zu senken. Das hat ihr sehr viel Druck gemacht.«

»Darum ging es auch bei ihrem letzten Anruf?«

»Tja, sie hat irgendwie so rumgedruckst. Ist nicht raus mit der Sprache.«

»Darf ich fragen, ob sie sich in einem der Telefonate zuvor merkwürdig verhalten hat? Alles stehen und liegen lassen wollte?«

»Bei jedem zweiten Anruf«, sagte Kersten trocken. »Jetzt fragen Sie aber wirklich sehr intime Dinge.«

»Sie haben Recht«, ging Laura dazwischen, »wir wollen bloß

keinen falschen Alarm machen, das fällt am Ende nur auf Ihre Freundin zurück.«

»Verstehe ich ja. Aber ich muss jetzt auch. Kundschaft. Ich würde mir keine Sorgen machen. Schönen Tag noch.«

Kaum hatte sie aufgelegt, steckte Andy Noll seine Nase zur Tür herein, Öztürks Stellvertreter, der zugleich die Produktkommunikation leitete, eine vergleichsweise kleine, aber feine Einheit an der Schnittstelle zum Marketing, so hatte Holm es herausgehört. Außerdem hatte der Mann die Markteinführung von Validolor begleitet, was noch wertvoll werden konnte.

»Das Kamerateam ist endlich da!«, rief Noll ihnen zu.

Sie sprangen auf und liefen mit ihm im Eiltempo durch das Konzerngebäude.

»Konnte die Freundin uns weiterhelfen?«, fragte Noll im Gehen.

»Nicht wirklich«, antwortete Laura. »Sie hält ihre Freundin für sprunghaft. Macht sich keine Sorgen. Nichts Konkretes.«

»Schicken Sie das als Memo in die Runde?«, bat Holm, was Noll mit einem Nicken bestätigte. Sie begrüßten kurz Kameramann und Tontechniker. Holm schnappte sich das Stativ und beschleunigte seinen Schritt ein weiteres Mal. Die Männer kamen mit der schweren Ausrüstung kaum hinterher.

Hoffentlich funktioniert Hansen vor der Kamera. Bringt die Emotion rüber, die wir dringend brauchen. Sonst haben wir ein Problem mehr.

9.19 Uhr

Sandra Schönbaum wachte langsam auf. Fühlte sich völlig verkatert. Regte sich. Stieß vor eine Wand. Wollte sich in die andere Richtung strecken. Stieß wieder an. Sie riss die Augen auf. Würgte einen panischen Schrei in den Stofffetzen in ihrem Mund. Wo war sie?

Sie erinnerte sich an seine Fragen. Ihren Ungehorsam. Die Spritze, die er ihr verabreicht hatte.

Sie streckte benebelt die Hände nach oben aus, stieß jedoch nach wenigen Zentimetern an Holz. Zu den Seiten. Holz. Oben auch. Sie streckte die Fußspitzen. Berührte das Holz. »Aaaahh!« Der Knebel erstickte ihren Schrei fast gänzlich. Dieses Monster hatte sie in einen Holzkasten gesteckt!

Jetzt rasten ihre Gedanken noch schneller als ihr Puls. Schwirrten ziellos durch ihren Kopf. Ohne Anfang und Ende.

Wie weit würde dieses Monster noch gehen?

Bis zum Ende?

Nicht so weit.

Der will dich brechen. Und Informationen aus dir herauspressen.

Er will ein Geständnis. Weil du schuldig bist.

Ich konnte doch nicht anders.

Du hast sie verraten.

Sie wollten mir nicht helfen!

Von der einen auf die nächste Sekunde hyperventilierte sie. Der Stoff im Mund streifte bei jeder Regung leicht ihr Rachenzäpfchen und löste Brechreiz aus.

Halt still!, forderte sie von sich. Du hast keine Platzangst. Tu ihm nicht den Gefallen. Diesem Psycho. Sandra, du hast k-e-i-n-e Platzangst! Du bekommst auch keine.

Ihr Körper produzierte Schweiß. Angstschweiß.

Offensichtlich, bemerkte sie, hatte sie einen neuen Stofffetzen bekommen. Dieser schmeckte schwer nach Holzpolitur. Pfui Teufel!

Schmerz meldete sich von ihren Handgelenken. Die Kabelbinder war sie immerhin los. Ganz vorsichtig betastete sie die Wunden und Einschnitte.

Erst jetzt gewöhnten sich ihre Augen an das bisschen Licht, das punktuell in den Sarg fiel. Luftlöcher? Hektisch tastete sie mit den Fingern die Innenseiten des Kastens ab. Hier war ein Loch. Sie konnte den kleinen Finger hineinstecken. Da auch. Und weiter unten noch eines. Auf jeder Seite waren es drei. Insgesamt sechs. Gleich groß. Symmetrisch gebohrt, wenn sie sich nicht täuschte. Auf Hüfthöhe rechts fand sie das Innenleben eines Schlosses. Auf Kopfhöhe ein Scharnier. Industriell verschraubt. Sonst nichts. Nur glattes, massives Holz, das einen intensiven und unausweichlichen Eichengeruch verströmte. Sie atmete ihn mit jedem Atemzug ein.

Dann dämmerte es ihr.

Ein Sarg!

Sie lag in einem Sarg.

Ihr wurde übel.

Kein Entkommen.

Dann bete um Gnade.

Das hilft doch nichts.

Gib ihm endlich, was er will.

Das kann ich nicht.

Gib ihm ein bisschen.

Aber wie denn nur?

Konnte sie wenigstens durch die Luftlöcher hinaussehen? Sie wand sich im Sarg, stieß sich den Kopf, die Schulter. Ein Loch lag eigentlich günstig. Allerdings begriff sie erst jetzt, dass er die Löcher schräg in den Sarg gebohrt hatte, damit sie keinen Blick vom

Raum erhaschen konnte. Mit größter Mühe sah sie nichts als ein winziges Stück grauen Steinboden.

Hast du etwas zu verbergen, du Psycho?!

Sie fing an, gegen die Sargdecke zu boxen. Sie konnte kaum Schwung holen. Und wusste, dass es aussichtslos war. Trotzdem tat sie es. Aus Wut. Um sich zu spüren.

Mit kurzen, ruckartigen Bewegungen rammte sie ihre Knöchel gegen das Eichenholz. Und noch einmal. Abwechselnd. Links, rechts, links, rechts. Wieder und wieder. Bis die Knöchel schmerzten, die Haut aufriss, sie ihr eigenes Blut roch. Dann nahm sie die Ellbogen. Die Knie. Die Fußspitzen. Schwitzte. Roch nach Angst. Atmete Politur. Als sie nicht mehr konnte, nahm sie sogar die Stirn. Ein Kopfstoß, den die Eiche ignorierte. Schließlich kratzte sie mit den Fingernägeln am Holz. Ein Nagel brach ab. Ein anderer verselbständigte sich schmerzhaft im Nagelbett.

Sie hielt inne.

Sie würde gerne auf der Seite liegen. Es ging nicht.

Sie würde gerne aufstehen. Sie konnte nicht.

Sie musste aufs Klo. Sie wollte nicht.

Stattdessen fing sie an zu weinen.

Diese Enge. Die Ausweglosigkeit. Ihre Ohnmacht.

Ein Gedanke schwebte durch ihr Bewusstsein: Wenn sie das hier überlebte, würde sie ein Testament aufsetzen und festschreiben, dass sie nach ihrem Tod verbrannt wurde. Sie wollte nie wieder in so einem Holzkasten eingesperrt werden, selbst wenn sie tot war nicht. Das schwor sie sich. Und grunzte ein Lachen in den Knebel. Halb tapfer, halb irre. Gefolgt von heftigem Würgereiz, denn der Knebel touchierte wieder ihr Zäpfchen.

Sie musste so dringend. Und er kam und kam nicht.

Was blieb ihr übrig? Sie konnte Lärm machen. Das würde ihn hoffentlich anlocken. Wenn er überhaupt in der Nähe war.

Sie begann, gleichmäßig vor den Sarg treten. Erst linke Schuhspitze. Dann rechte. Linke. Rechte. Pock. Pock. Der hölzerne Klang verhallte ein ums andere Mal. Er ließ sie im Sarg schmoren, dieser kranke Typ!

Traute sie Wenner wirklich zu, ihr diesen Hurensohn auf den Hals zu hetzen? Oder gab es eine andere Möglichkeit? Wer ließ sie hier foltern?

Du kannst dich nicht mehr lange blöd stellen.

Wie viel Information würde denn reichen, um wieder aus dem Sarg herauszukommen? Und welche?

Flucht? Haha. Sie boxte gegen den Sargdeckel.

Er war ein Mann. Sie eine Frau. Wenn sie einen auf Stockholm-Syndrom machte. Sich gefügig gab. Ihn um den Finger wickelte. Ihn … an sich ranließ?

Ihr wurde noch übler.

Nein! Schweig weiter. Halt den Mund! Gibst du nur etwas nach, gestehst du, ihn wer weiß wie oft belogen zu haben.

Dieser Typ würde dir das nicht verzeihen, ermahnte sie sich.

Ja, das würde er nicht. Das spürte sie intuitiv.

Was wiederum nichts anderes bedeutete, als dass ihre Überlebenschancen mit jeder Minute sanken.

Sage ich dir doch: Bete um Gnade. Bete!

9.31 Uhr

Sie hetzten durch das Hauptgebäude von Wenner Pharma. Holm hatte noch keinen Spot entdeckt, der in Sachen Ambiente und Anmutung seinen Vorstellungen für das Statement von Hansen entsprach.

»Warum wirkt das hier alles so steril?«, fragte er.

»Pharmakonzern, schon vergessen?«, antwortete Laura.

»Wir brauchen für dieses Statement einen neutralen, aber wärmeren Spot. Ich will kein Kunstlicht setzen lassen. Dauert alles zu lange.«

»Vielleicht vor der Kantine?«, fiel Noll ein. »Gleich da vorn links!«

Sie bogen ab. Viel Glas. Das hieß viel Naturlicht. »Ja, das ist endlich mal etwas anderes. Das nehmen wir«, entschied Holm. Und die Wände der Kantine im Hintergrund waren in mediterranen Terracottafarben gestrichen. »Wir nehmen ihn nah auf«, wies Holm den Kameramann an, ehe der seine Kamera abstellen und durchatmen konnte, »dann geht es im Hintergrund in die Unschärfe, aber wir kriegen unsere warmen Farbtöne. Und leicht aufsichtig, bitte.«

»Aufsichtig?«, fragte der Kameramann.

»Ganz leicht nur.« Stand die Kamera höher als die Augen des Menschen vor ihr, wirkte der kleiner. Harmloser.

Der Kameramann nickte.

Noll rief seine Chefin Öztürk an. »Bring den CEO bitte zur Kantine.«

»Schon unterwegs«, gab er an Holm und Laura weiter. Sie nickten.

Nutze die Zeit, um dir noch etwas einfallen zu lassen. Den übernächsten Schritt. Etwas Gutes. Überraschendes. Was Schönbaum anging, machte Storch sich gerade wieder an die Arbeit. Mit Hochdruck, wie er Holm versprochen hatte.

»Der Aufsichtsrat ist im Bilde«, sagte Hansen, als Öztürk mit ihm wenig später an der Kantine ankam. »Gut«, antwortete Holm und musterte ihn von Kopf bis Fuß. »Erlauben Sie?«, fragte er und trat ganz nah an Hansen heran. »Ist alles zu perfekt.« Er nahm Hansen die Uhr ab. »Zu teuer.« Er musterte ihn weiter. »Machen Sie den obersten Knopf vom Hemd auf.« Er zog die Krawatte etwa schief. »Sie kommen gerade aus der schwierigsten Sitzung

Ihres Lebens. Da sieht man nicht wie aus dem Ei gepellt aus, nicht wahr?«

»Verstehe«, antwortete Hansen knapp.

Laura kam dazu und half Holm. »Begreifen Sie das jetzt nicht als sexuelle Belästigung.« Sie brachte seine Haare an den Seiten etwas durcheinander. »Sie haben gegrübelt. Sie hinterfragen Ihre Arbeit. Lassen Ihre Produktion überprüfen.« Hansen nickte, und Holm sagte: »Passt! Und eine Trockenprobe, Herr Hansen.«

Der sammelte sich einen Moment und fing an: »Ich habe selbst Kinder. Ich weiß nicht, was ich tun würde, wenn ihnen …«

»Herr Hansen, das können Sie besser! Sie verkünden nicht mittelmäßige Quartalszahlen!« Holm klopfte dem CEO aufmunternd auf die Schulter. »Ich weiß, dass Sie es sonst gewohnt sind, Emotionen zu verbergen. Das müssen Sie jetzt ablegen. Sofort!«

Hansen nickte wieder, aber die Unsicherheit stand ihm ins Gesicht geschrieben. Der steht unter Druck, merkte Holm. Alles geht sehr schnell. Du hast ihn zu scharf rangenommen. Lass Laura das auffangen. Ein Blick zu ihr, und sie begriff sofort.

»Herr Hansen«, sagte sie weich, »erzählen Sie es mal mir. Und stellen Sie sich vor, dass ich Ihre älteste, beste Freundin bin. Vielleicht waren wir mal etwas ineinander verknallt. Aber Sie wünschen sich nichts mehr, als dass ich Ihnen glaube.«

Hansen nickte kurz, schüttelte sich und setzte neu an. »Ich habe selbst Kinder …« Sie ließen ihn alles aufsagen.

»Das ist es, Herr Hansen! So wie am Ende«, rief Holm.

»Schauen Sie«, sagte Laura, »ich stelle mich neben die Kamera, wo sonst die Reporter stehen. Und wir lassen sie einfach mitlaufen.«

Hansen stellte sich vor die Kamera, Holm positionierte ihn noch etwas und ging zum Monitor, um die Aufnahme direkt im Bild zu sehen. Öztürk stellte sich schräg hinter ihn.

»Und läuft«, sagte der Kameramann.

Hansen legte direkt einen fehlerfreien Durchgang hin.

»War gut, oder?«, fragte Laura über die Schulter.

Holm sah Öztürk an. Sie nickte. Noll auch.

»Gekauft!«, rief Holm und klatschte in die Hände. »Sie kümmern sich um die Verbreitung, okay?«, sagte Holm zu Öztürk und Noll.

»Schon unterwegs. Die Journalisten rennen uns die Bude ein.« Noll lief los.

»Danke!«, sagte Holm aufrichtig zu Öztürk.

»Ich danke …«, setzte sie an.

»Später«, unterbrach Holm und strich ihr über den Oberarm. Öztürk zog mit dem Kamerateam ab.

Lauras Smartphone klingelte, und sie entfernte sich einige Schritte.

»Und jetzt?«, fragte Hansen.

»Jetzt haben wir einen Überfall auf Sie vor.«

»Ich habe es befürchtet«, antwortete Hansen, der nur gequält lächeln konnte.

»Ich will, dass Sie die Eltern des Mädchens treffen.«

»Wie bitte?«, fragte Hansen verblüfft.

»Wir laufen hinterher. Auch mit der neuen Botschaft. Wir müssen Boden gutmachen. Dringend!« Holm sah Hansen aus nächster Nähe in die Augen.

»Aber ich werde doch hier gebraucht!«

»Ihre Mannschaft arbeitet alle Aufträge ab.«

»Die Eltern wollen bestimmt nicht mit mir reden.«

»Der Vater schon. Um zwölf Uhr. Dank Laura. Frau May.«

»Ist das nicht heuchlerisch?«

»Finde ich nicht«, antwortete Holm.

»Und nicht zu nah an einem Schuldbekenntnis?«

»Es ist Ihnen einfach nur ein menschliches Bedürfnis, Anteil zu nehmen.«

»Das ist noch nicht einmal gelogen.«

»Ich weiß«, sagte Holm und lächelte. »Wenn Sie das nicht verkörpern würden, wäre ich gar nicht erst auf die Idee gekommen.«

Hansen sah Holm lange an.

»Und die Presse?«

»Keine Presse.«

Hansen sah ihn zweifelnd an.

»Vertrauen Sie mir einfach.«

»*Einfach* ist gut in der Situation.«

»Streichen Sie das *einfach*.«

Hansen sah einen Augenblick an Holm vorbei und überlegte.

»Na gut«, sagte er schließlich, »ich habe keine bessere Idee.«

Holm klopfte ihm leicht auf die Schulter. Mitarbeiter sprachen Hansen an, der ließ sich auf ein kurzes Gespräch ein, das Holm umgehend nutzte, um einen Anruf zu machen.

»Bei Rimson bin ich noch nicht so weit«, meldete Werner sich.

»Kein Problem, mein Lieber. Ich habe aber schon die nächste Bitte.«

»Schieß los.«

»Ich brauche jemanden mit einer Kamera. BILD-Leserreporter, diese Liga. Eine unauffällige Person, ein Amateur, zur richtigen Zeit am richtigen Ort. In Tegel. Die genauen Koordinaten gebe ich noch durch.«

»Läuft«, sagte Werner und legte auf.

Laura kam zu ihnen zurück und wusste gleich Bescheid, als Holm ihr zunickte. Hansen verabschiedete sich von seinen Mitarbeitern.

Laura sagte zu ihm: »Dann müssen wir wohl nur noch einen Weg finden, Sie hier unauffällig herauszubekommen, Herr Hansen. Vor dem Tor treffen bald die ersten Demonstranten von Frau Rosenthal ein. Und Fernsehteams. Das ganze Programm.«

»Ich habe schon eine Idee«, sagte Holm. »Bin ich für Sie als Chauffeur akzeptabel?«

»Wenn Sie nicht so waghalsig fahren, wie Sie Kommunikation machen«, verlangte Hansen.

»Sie kommen ohne Crash ans Ziel«, versicherte Holm.

Die beiden Männer lächelten sich an.

»Ach so«, sagte Laura, »zu dem Anruf gerade: Herr Doktor von Granditz will den Sicherheitsdienst verstärken und direkt am Eingang postieren. Zur Abschreckung.«

»Unser Standardprocedere. Zur frühen Deeskalation«, erklärte Hansen.

»Heute empfehle ich eher Abrüstung«, antwortete Laura.

Holm dachte einen Moment nach. Trat dann plötzlich an die Glasfront vor der Kantine und sah zum Himmel.

»Wir können den Sicherheitsdienst inklusive Verstärkung schon gebrauchen.«

»Ja?«, fragte Laura überrascht.

»Nur etwas anders!«

Holm grinste. Er liebte diese Momente, in denen ihm eine kreative Lösung einfiel. Er lebte für sie.

Laura kannte sein Repertoire besser als jeder andere Mensch, und wenn er selbst sie mit einer Idee überraschte, dann bedeutete das etwas.

Holm verspürte eine geradezu kindliche Freude. Wie früher, wenn er einen Weg fand, einen tolleren Staudamm zu bauen als alle anderen Jungs. Mit etwas Glück würde sein Plan aufgehen.

Hansen öffnete den Mund, um eine Frage zu stellen.

»Vergessen Sie es, Herr Hansen«, sagte Laura schnell, »wenn er so grinst, verrät er es nicht einmal mir.«

»Pluspunkte sammeln für Validolor, das ist der Plan«, sagte Holm wieder ernst. »Wir stellen Frau Rosenthal und Co einfach eine kleine Falle.«

Laura schüttelte nur den Kopf.

»Einverstanden, vor allem mit dem Resultat«, sagte Hansen kurz entschlossen. »Tun Sie, was nötig ist.«

»Gut! Und jetzt bereite ich Sie auf das Gespräch mit den Eltern vor, okay?«

»Ist das wirklich nötig?«

Holm zog die Augenbrauen hoch.

»Na ja, dieses Mal haben Sie nur einen einzigen Versuch«, sagte er so charmant er konnte. »Ihre Entscheidung.«

»Dann kommen Sie halt mit«, antwortete Hansen geduldig.

»Klasse«, sagte Holm – und an Laura gewandt: »Informierst du bitte noch von Granditz über den neuesten Stand?«

Seine Frage zauberte ein genüssliches Lächeln auf ihr Gesicht. Holm war sich sicher, dass der Anruf der vorläufige Höhepunkt ihres Tages werden würde: In von Großkotz' Vorzimmer zu deponieren, dass Hansen ihn in Sachen Sicherheitsdienst überstimmt hatte. Mit schönen Grüßen von Holms *Assistentin.*

Seine spontane Idee war auf ebenso spontane Zustimmung gestoßen. Er ging früh großes Risiko ein, um danach ruhiger arbeiten zu können. Auf dem Weg zu Hansens Büro meldeten sich leise Zweifel an. Würde Hansen wirklich dem Druck standhalten, den Eltern der toten Sophie in die Augen zu sehen und zu sagen, was er als Wenner-Boss sagen musste?

10.06 Uhr

Boldt hatte angebissen! Lief in die Falle. Wie erwartet. Wunderbar!

Er hatte ängstlich getan. Und diesem miesen kleinen Erpresser angeboten, noch vor Mittag 50 000 Euro zu übergeben. Damit

Boldt ja dichthielt und ihn nicht ans Messer lieferte. Und als Zeichen seines guten Willens natürlich. Denn den ganzen Betrag von 250 000 Euro konnte er in 24 Stunden einfach nicht parat haben. Was für eine Lügengeschichte.

Boldt schnappte nach dem Köder.Der dämliche Gierhals.

Der Fisch war am Haken!

Jetzt musste Boldt nur noch aus dem Wasser.

Er musste zugeben, er war etwas überrascht, dass die Attacke von Boldt kam. Er musste unbedingt herausfinden, welche Verbindung der Kerl zu Sandra Schönbaum hatte!

Seitdem er das Foto von Schönbaum und Reina beim Techtelmechtel gesehen hatte, rechnete er mit dem Schlimmsten. Bereitete sich auf verschiedene Szenarien vor. Eines davon kam jetzt zum Einsatz. Die Vorbereitung machte sich bezahlt. Er war handlungsfähig. Ohne Zeitverzug. Dafür musste er sich schon loben.

Jetzt konzentrierte er sich einzig und allein auf die vor ihm liegende Aufgabe, wie er es all die Jahre in seinem Job perfektioniert hatte. Ja, eine Aufgabe, als nichts anderes betrachtete er die Angelegenheit, auch wenn er sich über die Konsequenz und Tragweite vollkommen im Klaren war. Fokussiere dich völlig auf die Aufgabe, die Herausforderung und das richtige Ergebnis. Er wiederholte diese Worte wie ein Mantra. Aufgabe. Herausforderung. Ergebnis.

Ich lasse mich doch nicht von den Schönbaums, Reinas und Boldts dieser Welt vernichten! Die verstehen gar nichts von der Sache, wollen aber meinen Ruf und meine Ehre besudeln, ein für alle Mal.

Wer wäre er noch ohne seine Arbeit bei Wenner, das hatte er sich oft gefragt, ehe er beschlossen hatte, wie er vorgehen würde, wenn er angegriffen wurde. Die Antwort war ihm immer klarer geworden. Er wäre ein Nichts. Ein Niemand. Ein Verlierer. Öffentlich hingerichtet von den eigenen Kollegen.

Was für ein Schwachsinn, ich lasse mich doch nicht als Kindermörder hinstellen!

Das musste er verhindern.

Koste es, was es wolle.

Wenn er gleich, um kurz nach elf Uhr, Boldt unschädlich gemacht haben würde, kullerte der Ball in das Feld der Polizei. Es kribbelte – erst in seinem Bauch, dann hoch zum Nacken und hinunter zu den Fingerspitzen. Er forderte die Staatsgewalt heraus. Die Intelligenz der Ermittler. Die Fähigkeiten der Rechtsmediziner, Kriminaltechniker und aller anderen Beteiligten.

Er wusste ganz genau um die Bedeutung der ersten Stunden für jede polizeiliche Ermittlung. Wie er überhaupt viel über Polizeiarbeit wusste. Über Tatorte. Ermittlungstaktik. Verhörmethoden. Über Millionen Überstunden bei der Polizei. Die 280 Fälle, die ein Berliner Kommissar jährlich zu beackern hatte. Über die hohe Aufklärungsquote bei Mord und Totschlag: 95 Prozent. Was aber nur hieß, dass die Polizei einen Tatverdächtigen ermittelte. Ob der auch verurteilt wurde, stand auf einem anderen Blatt. Topanwälte konnten wahre Wunder bewirken. Den kleinsten Formfehler in Ermittlungen nutzen.

Er wusste das alles von Insidern – durch einen banalen Zufall. Er würde nie von Fügung sprechen, dafür war er viel zu rational. Nein, er wusste das alles aus dem Golfclub. Von Polizeioberrat Josef Bensch und Rainer-Maria Keim, einem der renommiertesten Strafrechtler Berlins. Ein Schnupperkurs für Späteinsteiger hatte sie zusammengebracht. Sie hatten sich angefreundet, sportlich auf einem Level eingependelt, und spielten mittlerweile seit Jahren sonntagsvormittags neun Loch, um dann in den schweren Ledersesseln bei einem zünftigen Clubsandwich über Fußball, Frauen und ihre Arbeit zu schwadronieren. Er hatte ihren wilden

Ermittlungs- und Prozessgeschichten immer gebannt zugehört. Und über die Jahre ein Wissen angehäuft, das er nun anwenden konnte. Und das tat er. Penibel sogar.

Er blickte auf sein Smartphone. Er würde es gleich auf dem Schreibtisch *vergessen* – rein aus Versehen natürlich, falls später jemand fragte. Denn sobald die Polizei die Leiche fand, würde sie überprüfen, welche Mobilgeräte sich zur mutmaßlichen Tatzeit in der Nähe befanden. Die Auswertung ergab einen potenziellen Täterkreis. Er hatte nicht vor, dazuzugehören.

Es war so weit. Er musste los. Alles vorbereiten. Für Boldts Abgang.

10.34 Uhr

Holm besorgte in der Cafeteria drei Kaffee, die er in ein Papptablett steckte, und lief zu Öztürks Büro. Dieser Hansen hat Klasse, gar keine Frage, freute er sich. Und neben seinen Fähigkeiten als CEO, die ich noch nicht beurteilen kann, hat der offensichtlich ein Gespür für Menschen. Für Public Relations. Das PR-Gen. Sehr schön! Und sehr hilfreich.

Dass Hansen dem Besuch der Eltern kurz entschlossen zugestimmt hatte, ohne sich bei seinen Kollegen abzusichern, gefiel ihm. Der Wenner-Boss ging in die Höhle des Löwen. Weil er Nutzen, Risiko und seine Fähigkeiten in Sekundenbruchteilen abgewogen hatte. All diese rationalen Feststellungen wirkten dem mulmigen Gefühl entgegen, das kurz in Holm aufgekommen war. Wird schon, sagte er sich, immer schön cool bleiben.

»Der hat Eier aus Stahl«, hatte Werner zu seiner aktiven Zeit über solche Leute wie Hansen voller Anerkennung gesagt. Holm hatte sicherlich einen etwas anderen Sprachgebrauch als sein Mentor und Ex-Chef, aber er konnte sich ein kleines Grinsen nicht verkneifen, während er die langen Wenner-Flure entlangeilte.

Allerdings, ermahnte Holm sich selbst, hast du hier einen ziemlich unübersichtlichen Fall. Ein totes Mädchen. Pass auf! Hansen ist vielleicht eine Waffe. Aber die Schlacht fängt erst an.

Holm lächelte den Damen im Vorzimmer der Kommunikationschefin zu und betrat Öztürks Büro, ohne anzuklopfen.

»Und, wie lief es mit Hansen?«, fragte Laura sofort.

»Er ist bereit«, antwortete er knapp.

»Bereit wofür?«, wollte Öztürk wissen.

»Eins nach dem anderen«, antwortete Holm.

Dass ich dich für meine Arbeit brauche, bedeutet nicht, dass ich dir vertraue. Je weniger du weißt, entschied er, umso besser. Bis auf weiteres.

»Wie ist die Aussicht?«, wechselte er das Thema und deutete durch die Scheibe zum Haupteingang von Wenner, an dem die Demonstration langsam anlaufen dürfte.

»Wenige Menschen, viele Kamerateams. Scharfe Transparente«, fasste Laura zusammen.

»Wie kommen wir in den Medien weg?«, fragte Holm an Öztürk gewandt.

»Das Statement läuft hoch und runter. Fernsehen und Hörfunk. Im Internet macht es auch die Runde. Vor dem Tor stehen ARD, ZDF und Sat.1, dann eine Crew, die für RTL, ntv und Vox unterwegs ist. Dazu noch Reuters. Teilweise schon mit Satellitenwagen. Jeden Moment dürften die Liveschalten losgehen. Und da Rosenthal da unten herumschwebt, wird sie früher oder später ihr hübsches Gesicht in eine der Kameras halten.«

»Wie kommt Hansen an?«, fragte er, auch wenn er sich ziemlich sicher war, wie die Antwort lauten würde.

»Relativ gut, glaube ich«, antwortete Öztürk. »Wenner hat verstanden. Und das ist gut so. Die Richtung.«

»Anfragen?«

»Massenhaft«, sagte Öztürk. »Wir haben ungefähr sämtliche aktuellen Medien auf den Füßen stehen. Die Nachrichtenagenturen, Fachpresse, die Berliner Medien, die bundesweiten Zeitungen und Zeitschriften. Die haben tausend Nachfragen, Interview-Wünsche, Talkshow-Anfragen – suchen Sie es sich aus.«

»Wer händelt das?«

»Meine zuverlässigste Mitarbeiterin.«

»Und wo steckt Ihr Stellvertreter?«

»Herr Noll?«, fragte Öztürk und errötete. »Der musste kurz weg.«

»An so einem Tag?«, fragte Laura fassungslos.

»Er wird schon nicht angeln sein«, sagte Öztürk kühl.

»Angeln?«, fragte Laura erstaunt.

»Er ist Sportangler. Aber das war nur ein Scherz. Er kommt bald wieder.«

Holm sah, wie Laura den Kopf schüttelte, doch sie hatten keine Zeit zu verlieren. Der Typ war nicht da. Und seine Chefin machte keine Anstalten, ihn herzuholen. Öztürks Problem. Nicht seins.

»Größtes Krisenpotenzial?«, nahm Holm den Faden wieder auf.

»Online. Da müssen wir viel einstecken. Und der vom Spiegel, den hatte ich direkt am Handy, der war sehr angespitzt.«

Holm nickte.

»Wir brauchen mehr Futter«, sagte Laura, »sonst heißt es in ein paar Stunden, Wenner versteckt sich hinter freundlichen Worten.«

Öztürk nickte. »Källström hat schon einen Prof gemeldet, der Validolor verteidigen würde.«

»Ich denke, wir haben erst einmal ein paar Stunden gewonnen«, antwortete Holm, »und das ist genau das Fenster, das wir brauchen.«

Er bemerkte, dass Laura ihn skeptisch ansah. Mehr an Kritik würde sie sich vor Dritten nie erlauben. Ihr Teamspiel war tadellos. Gingen bei ihr die Alarmglocken an, ließ sie es Holm dennoch wissen. Und er hatte gelernt, ihre Einschätzungen sehr ernst zu nehmen.

»Darf ich mal«, bat Holm, und Leyla Öztürk reichte ihm das Fernglas, das sie in Händen hielt. Am Haupteingang von Wenner Pharma sammelten sich gerade einmal zwei Dutzend Demonstranten. Mit ihren blonden Haaren hätte er Nina Rosenthal sogar mit bloßem Auge ausgemacht. Hellblauer Hosenanzug, weiße Bluse, schwarze Binde am Arm, für das tote Mädchen. So wie die anderen Demonstranten auch. Sie hatte Haltung. Ausstrahlung. Eine natürliche Anführerin. Und, stellte der Mann in Holm fest, noch mehr Sex-Appeal, als am Morgen im Fernsehen rübergekommen war. Aber das gehörte nicht hierher. Er räusperte sich.

»Pharmawatch hat ein Mobilisierungsproblem«, sagte Öztürk.

»Warten Sie ab«, antwortete Holm. »Demonstranten haben es nicht immer so mit der Pünktlichkeit.« Er gab Öztürk das Fernglas zurück und wandte sich von der Fensterfront ab. »Aber im Moment sind es wirklich mehr Medienleute als Pharmagegner.«

Jetzt spähte Öztürk durch das Fernglas.

»Oh, ist das unverschämt. Einer hat auf sein Transparent geschrieben: *Validolor gleich tote Kinder!*« Sie lachte bitter.

»Was halten Sie von: *Ist die Wahrheit verschreibungspflichtig?*«, fragte Laura.

Holm legte die Stirn in Falten. Und überlegte fieberhaft, ob Laura einen Punkt hatte. Verließ er sich zu sehr auf Hansens Hausbesuch? Sollten sie jetzt schon nachlegen? Diesen Professor in den Medien auftreten lassen? Verteidigung durch seriöse Dritte, immer ein probates Mittel. Sein Instinkt sagte ihm, dass sie diese Karte erst später spielen sollten.

Holm tauschte einen vielsagenden Blick mit Laura aus.

»Ach du Scheiße!«, entfuhr es in dem Augenblick Öztürk, die wieder das Fernglas auf den Haupteingang richtete.

Genau wie Laura trat Holm sofort ans Fenster. Zwei Busse fuhren vor. Voll besetzte Busse. Aus ihnen strömten haufenweise Demonstranten.

»Alle jung. Studenten wahrscheinlich«, sagte Öztürk.

»Pharmawatch ist besser organisiert als erwartet«, meinte Laura.

Holm atmete tief durch. Und verordnete dem Mann in ihm eine Sendepause. Denn Nina Rosenthal mauserte sich langsam, aber sicher zu einer gefährlichen Gegenspielerin.

10.47 Uhr

Die Kamerateams stürzten sich auf die Neuankömmlinge. Nina Rosenthal konnte sich ein Grinsen kaum verkneifen. Ihre Truppe bei Pharmawatch wurde immer besser. Regelrecht kampagnenfähig! Stolz sog sie den Moment in sich auf.

Rosenthal hatte sich mit überschaubaren Mitteln und wenigen Sponsoren einen exzellenten Ruf als Pharmakritikerin erworben. Und das im Alter von 36 Jahren. Dass sie selbst in der Pharmabranche ihre Laufbahn begonnen hatte, verlieh ihr inzwischen besondere Glaubwürdigkeit. Pharmawatch war gut in der Szene vernetzt und in konzernkritischen Kreisen gern gesehen. Doch sie machte den Unterschied. Das wusste sie. Die Medien liebten Doktor Nina Rosenthal.

Hier in kürzester Zeit zweihundert Demonstranten hinzustellen, das war aller Ehren wert. Und würde das bestimmende Bild für die nächsten Stunden sein. Neben den Außenaufnahmen des Krankenhauses, in dem das Mädchen gestorben war.

Als sie die Nachricht von Sophies Tod bekommen hatte, war sie persönlich für einen Moment froh, selbst noch keine Kinder zu haben. Wie schrecklich musste das für die Eltern sein? Unvorstellbar. Sie wusste, dass Marc sich nichts sehnlicher wünschte, während sie auf der Bremse stand. Ich will es ja auch, nur nicht jetzt. Gut, damit vertröstete sie Marc seit über zwei Jahren. Das muss er eben aushalten, wenn er mit dir leben will. Es läuft gerade so blendend.

Seit sie die Todesmeldung veröffentlicht hatte, stand ihr Handy nicht mehr still. Sie war schneller als alle großen Medien oder Fachdienste. Wusste mehr. Wäre nicht schlecht, wenn sie nochmals nachlegen könnte, bevor jemand daherkam und ihr die Meinungsführerschaft entriss. Oder sollte sie ein gewisses Risiko eingehen und den Verdacht, den sie zugespielt bekommen hatte, schon gleich im Fernsehen äußern? Sollte sie oder sollte sie nicht? Ohne Beleg in der Hinterhand war das ziemlich riskant. Zu riskant! Nichts überstürzen, sagte sie sich. Verlass dich besser auf die Stimmung hier. Und versuch weiter, die nächste Validolor-Geschichte hart zu kriegen.

»Frau Doktor Rosenthal, können wir sie jetzt verkabeln?«, fragte der Tontechniker vom Fernsehen. »Sie sind in fünf Minuten auf Sendung.«

»Natürlich, gern«, erwiderte sie gut gelaunt. Ihr entging nicht, dass der Kameramann seinem Tontechniker zuzwinkerte. Jaja, er durfte ganz nah an die heiße Braut ran. Das Mikro anstecken, den Sender an den Hosenbund. Wow. Sie gewährte ihm die Freude. Jeder, der gut über sie sprach, war ein Gewinn für die Sache. Und wenn sie es mit den billigsten Mitteln erreichte, was konnte sie dafür?

Vor sechs, sieben Jahren, ziemlich am Anfang, hatte sie das noch mächtig gestört. Sie sei »die hübscheste Pharmakritikerin im Lande mit den schärfsten Krallen«, hatte es in einem der ersten Porträts über sie in einer Boulevardzeitung geheißen. Sie hasste das! Sie wollte nicht auf ihr Aussehen reduziert oder als Blondchen vom Dienst behandelt werden.

Diese Sichtweise änderte sich erst, als ein Journalist, mit dem sie sich etwas angefreundet hatte, ihr klarmachte, dass Attraktivität neben Stärken wie Kompetenz, Kontakten und Aufrichtigkeit noch eine weitere Waffe war. Eine Waffe, die half, ihre Botschaften überhaupt rüberzubringen im großen Rauschen und Flimmern der Medien. Für das Wohl der Patienten. Wenn sie es ernst meinte, musste sie diese Waffe auch nutzen! Er hatte ihr den Kopf gewaschen. Ihr die Spielregeln der Medienwelt eingehämmert. Geradeaus und schonungslos. Wollte sie gehört werden, musste sie ihre Attraktivität einsetzen. Oder sich einen anderen Job suchen!

An diesem Abend hatte sie eine Fähigkeit an sich entdeckt, die ihr bis dahin nicht bewusst war: Sie erkannte eine Wahrheit, wenn sie sie hörte. Selbst wenn sie ihr erst einmal nicht schmeckte. Seitdem befolgte sie den Rat konsequent. Und dachte mittlerweile: dass sie sich das nicht schon viel früher zugestanden hatte.

Verrückte Welt!

Ein gut aussehender Mann mit Erfolg bekam Anerkennung. Bei einer gut aussehenden Frau mit Erfolg konnte etwas nicht stimmen.

Pah! Sie war mit Sicherheit keine waschechte Feministin, aber diese Klischees fand sie unerträglich. Nicht endlos diskutieren, machen! Das hielt sie in solchen Grundsatzfragen für das beste Mittel. So hatte sie sich auch in den Kampf mit den Pharmariesen gestürzt, den Verein in Schwung gebracht. Die Konzerne und Hersteller hatten sie zunächst nicht ernst genommen und erst viel später versucht, mit ihr ins Gespräch zu kommen – wie sie es nannten, wenn sie jemanden korrumpieren wollten.

Doch das wird nicht passieren. Im Gegenteil. Vielleicht wird ja Validolor im Mittelpunkt meiner nächsten Veröffentlichung stehen. Der Verlag wünscht sich unbedingt ein neues Buch. Einen neuen Bestseller …

Stopp! Du legst dich gerade mit Wenner Pharma an. Träum nicht, pass auf! Die warten nur auf einen einzigen Fehler von dir, um dich plattzumachen. Ohne Vorwarnung. Zack und weg. Einfach so. Du wärst nicht die Erste. Und mit Sicherheit nicht die Letzte.

»Wir sind gleich auf Sendung, Frau Rosenthal. Sind Sie bereit?«

»Natürlich. Gern.«

Konzentrier dich.

Genieß es.

Showtime.

10.56 Uhr

Als ntv in seiner Berichterstattung zu Wenner kam, schaltete Öztürk den Ton ihres Fernsehers an. Die Moderatorin leitete gerade zur Demo vor den Wenner-Toren über: »… ein tragischer Tod, eine undurchsichtige Lage. Einige Aktivisten sind der Meinung, den Schuldigen schon ausgemacht zu haben. Sie demonstrieren vor dem Hauptsitz von Wenner Pharma in Berlin. Dort ist unser Reporter Michael Kleineberg. Wie sieht der Protest aus?«

»Der Protest macht schon etwas her. Wie Sie hinter mir sehen können, haben sich schätzungsweise zweihundert Menschen eingefunden. Sie fordern von Wenner Antworten auf kritische Fragen zu Validolor, dem Medikament, das heute Vormittag die Schlagzeilen beherrscht. Wenner hat die Tore dicht gemacht. Weit und breit niemand zu sehen. Dialogbereitschaft sieht vermutlich anders aus. Bei mir ist die Organisatorin dieser Demonstration, Doktor Nina Rosenthal von Pharmawatch.« Sie kam aufs Stichwort mit ins Bild. »Was wollen Sie mit dieser Demonstration bewirken?«

»Wir wollen den Pharmabossen hinter diesen verschlossenen Toren zeigen, dass sie nicht machen können, was sie wollen. Sie sind Rechenschaft schuldig. Der Gesundheitssektor ist nicht irgendeine x-beliebige Branche. Wie der erschütternde Tod von Sophie deutlich macht, gibt es viele Fragen an Wenner.«

»Der Chef des Konzerns, Hansen, hat sich sehr mitfühlend geäußert und will die Produktion überprüfen lassen. Warum reicht Ihnen das nicht?«

»Weil er den entscheidenden Fragen ausweicht. Fragen, die ich habe. Die aber mit Sicherheit auch die Eltern von Sophie haben.«

»Vielen Dank, Nina Rosenthal von Pharmawatch. Und damit zurück ins Studio.«

Öztürk schaltete wieder auf lautlos.

»Diese Hexe!«, schimpfte sie.

»Sie erhöht den Druck«, sagte Laura.

Holm schwieg und bewertete die Lage. Rosenthal macht einen guten Job. Das lässt meinen schwerer werden. Doch wenn Hansens Besuch bei den Eltern fruchtet, genau bei den Eltern, für die Rosenthal zu sprechen glaubt, dann kann das ein guter Stich werden. Für Wenner!

Ein paar Momente hing Holm diesen Gedanken nach. Anschließend tauschte er einen Blick mit Laura aus. Sie wollte wissen, was in ihm vorging, das sah er ihr an. Doch vor Öztürk würde er immer nur das Nötigste seiner Pläne und Gedankenspiele Preis geben. Es würde noch genug Gelegenheiten geben, sich mit Laura zu synchronisieren.

Es fing an zu regnen. Erst leicht, binnen einer Minute wurde es stärker.

Holm sprang auf und klatschte in die Hände.

»Manchmal braucht man einfach ein Geschenk des Himmels!«,

rief er plötzlich gut gelaunt. Er zog die kleine Sanduhr aus der Hosentasche und ließ sie durch seine Finger gleiten.

»Sollen wir Regenschirme rausbringen. So auf der menschlichen Schiene?«, fragte Öztürk.

Holm lächelte sie an.

»Schon nicht schlecht. Ich denke aber eher an ein trojanisches Pferd! Nur irgendwie umgekehrt.«

»Was …?«, Öztürk zog die Stirn kraus.

»Noch fünf Minuten«, sagte Holm an. »Bis sie aufgeweicht sind. Dann lassen wir sie rein.«

»Auf unser Gelände?«, rief Öztürk.

»Nein. Direkt in Ihr riesiges Foyer! Da ist genug Platz für alle. Der Sicherheitsdienst verhält sich zurückhaltend, lässt aber niemanden im Haus oder auf dem Gelände herummarodieren. Und die Fernsehteams dürfen drehen.«

»Und kann Ihr Büro sich um Tee und Kekse kümmern?« Laura fragte Öztürk so, dass sie keinen Widerspruch zuließ.

»Dafür kriegen Sie nie grünes Licht!«, zweifelte Öztürk.

»Habe ich schon«, sagte Holm. »Vom CEO persönlich. Also, machen Sie schnell!«

»Ich bin mir nicht sicher, ob wir dasselbe trojanische Pferd meinen!«, erwiderte Öztürk ungläubig.

»Erst die Arbeit, dann das Vergnügen!«, rief Holm und lachte. Mal sehen, ob ich Rosenthal in meine Falle locken kann.

11.03 Uhr

So, Herr Boldt, dachte er entschlossen, es ist angerichtet, Freundchen. Er hatte einen olivgrünen Ganzkörper-Regenanzug übergestreift. Die rosafarbene Fitnessjacke, in die er sich gezwängt hatte, spannte an den Armen. War ja auch nicht annähernd seine Größe. Sondern ein Damen-Modell. Und gehörte Tanja Boldt. Der Frau seines Opfers.

Den Reißverschluss hatte er offen gelassen, genau wie die Schnürsenkel ihrer flachen Schuhe, die er vorne aufgeschnitten hatte, um hineinzupassen. Seine Ferse passte sich fest in den Schuh ein, die Zehen ragten vorne über, ganz so, als trage er viel zu kleine Sandalen. Die Küchenhandschuhe saßen hingegen wie angegossen. Und die Gasmaske würde ihn schützen.

Jetzt gleich. Es war so weit. Abrechnung.

Er postierte sich direkt hinter dem Eingang des Bootshauses und wartete. Das Geniale an seinem Plan war, dass Boldt ihm eine solche Tat im Leben nicht zutraute. Wie auch sonst niemand. Außerdem würde er keine Spuren hinterlassen. Keine eigenen jedenfalls. Und alles auf einen Sündenbock schieben: auf Boldts Frau. Sie hatte tausend Gründe, ihren untreuen Mann um die Ecke zu bringen. Alles würde nach einer Beziehungstat aussehen. Er wusste, dass sie selten das Haus verließ. Und gerade hielt sie zu Hause ihre heilige Yogastunde ab, auf einer Matte im Wohnzimmer. Jeden Tag um elf Uhr. Vor dem Mittagessen. Wie ein Uhrwerk, hatte der Detektiv ihm berichtet. Und das hieß: Kein Alibi.

Er trug die Handschuhe. Und unter dem Regenanzug Klamotten aus einem Sozialkaufhaus, die er noch nie getragen hatte und nie wieder tragen würde. In der einen Hand hielt er ein Pfefferspray. In der anderen ein Sushi-Messer. Er fand, das würde weiblich wirken. Und ziemlich wütend, bei einer Klinge von vierundzwanzig Zentimetern.

Die Maske war unangenehm, aber er hatte schon bei der Bundeswehr keine Probleme damit gehabt, sie lange aufzuhaben. Man musste einfach nur ruhig bleiben. Schwierig wurde es erst, wenn man mit der Gummifotze, wie sie beim Bund gesagt hatten, lange Strecken laufen musste, wenn Schweiß und Schnodder sich

zwangsläufig im Mundstück sammelten, man die ekelerregende Suppe mit jedem Atemzug einsog und ausspuckte.

Jetzt hörte er Schritte auf dem Kiesweg. Boldt! Der gierige Idiot spazierte in seine Falle. Er hob das Pfefferspray hoch und atmete, so flach es ging.

Jemand kam an die Tür. Klopfte. Schob sie langsam auf.

»Hallo?«, rief jemand vorsichtig.

Kaum sah er Markus Boldt einen Schritt in den Raum treten, schob er sich hinter ihn, um den Ausgang zu versperren, und schoss das Pfefferspray ab. Reichlich davon. Boldt wandte sich überrascht dem Geräusch zu, und das Zeug zischte ihm genau ins Gesicht. Er schrie auf. Fuchtelte mit den Armen in der Luft herum. Wankte.

Er ging auf Boldt los. Das Messer in der linken Hand. Boldts Frau war Linkshänderin. Er ging ein Stück in die Knie, um etwa ihre Körperhöhe zu haben: eins achtundsechzig. So. So kam es hin. Er hatte es geprobt. Dann hob er das Sushimesser. Und stach Boldt in den Hals. Boldt machte ein würgendes Geräusch. Gut! Schluss mit dem Geschrei! Als er das Messer herauszog, spritzte ein ganzer Blutstrahl durch die Luft. Er stieß es gleich in Boldts Brust. Nicht mit voller Kraft, darauf achtete er. Doch das scharfe Messer bahnte sich seinen Weg in die Lungen. Er riss das Messer wieder heraus, Blut spritzte ihm entgegen, es störte ihn nicht. Im Gegenteil: Er achtete darauf, dass er nicht gerade einstach. Er wollte keine Blutungen nach innen. Das Blut sollte spritzen. Eine irre Tat im Affekt.

Boldt versuchte jetzt, seine Arme schützend vor den Körper zu bringen. Und kam auf ihn zu. Was für ein jämmerlicher Versuch. Von einem jämmerlichen Typen! Er machte einen Ausfallschritt nach hinten, um jeden direkten Kontakt zu vermeiden. Zielte und erwischte einen Unterarm. Hieb das Messer durch Boldts rechte Hand. Machte dann langsamer, schließlich sollte hier eine Frau am Werk sein. Eine Frau, deren winzige Hautpartikel von der Jacke mit jedem Hieb auf das Opfer rieselten. Vielleicht ein Haar. Vielleicht auch noch die eine oder andere Faser der Jacke selbst. Kreuzspuren. Ein Fest für die Kriminaltechniker. Handfeste Sachbeweise.

Er nahm das Messer herunter und rammte es Boldt mit wenig Kraft in den Bauch. Die Klinge verschwand nur zur Hälfte in den Eingeweiden dieses elenden Erpressers. Boldt krachte auf den Boden. Er zuckte und zappelte. Panisch wie ein Fisch. Würgte. Blutete überall. Jetzt hackte er auf Boldt ein. Nicht zu feste, aber wieder und wieder. Er hörte die dumpfen Schläge. Das Sushimesser hatte eine wirklich formidable Klinge. Er rammte sie einmal in Boldts Unterleib. Sein Opfer regte sich nicht mehr. Doch er hieb weiter auf den Toten ein. Zweiunddreißig, dreiunddreißig und einen noch für Validolor: vierunddreißig.

Boldts ganzer Oberkörper war durchbohrt.

Blut quoll aus den Wunden. Mehr, als sein Hemd und das Sakko aufsaugen konnten. Sie schimmerten durchnässt und dunkelrot.

Er ließ von Boldt ab.

Stand auf. Behielt die Gasmaske auf. Jetzt musste er dafür sorgen, dass Boldt möglichst lange unentdeckt blieb.

Na ja: Das, was von Boldt übrig war.

11.59 Uhr

Holm fuhr Hansen wortlos nach Tegel. Der Boss von Wenner Pharma wirkte entspannt, aber fokussiert. Holm hatte Hansen vorhin nicht einfach schmeicheln wollen: Tatsächlich war es der CEO selbst gewesen, der ihn mit seiner Art auf diese Aktion gebracht hatte. Den Besuch bei den Eltern des toten Mädchens. Den Eltern von Sophie Liebig. Er traute es Hansen zu. Sonst keinem bei Wenner. Das hatte er ihm auch genau so gesagt, als er ihn kurz unter vier Augen auf diesen Besuch vorbereitet hatte. Das und: »Verstellen Sie sich nicht. Hören Sie zu. Bleiben Sie ehrlich.«

»Was anderes habe ich auch nicht vor«, hatte Hansen geantwortet. Er konnte eine Art Blick aufsetzen, der selbst einen sehr selbstbewussten Mann wie Holm in seine Grenzen wies.

Holm hielt die Limousine gut fünfzig Meter vor ihrem Ziel an. In der Straße war wenig los. Zwei Mütter standen mit ihren Kinderwagen auf dem Bürgersteig und unterhielten sich lebhaft. Ein Postbote war mit dem Fahrrad unterwegs. Parkende Autos. Wenig Gegenverkehr. Weiter unten ein Kiosk.

»Da vorne links ist es. Hausnummer 36.«

Hansen schaute durch die abgedunkelte Scheibe.

»Okay«, sagte er ruhig.

»Wie besprochen: Ich rufe Sie jetzt vom Autotelefon aus auf Ihrem Handy an. Sie stecken es einfach kopfüber in Ihr Jackett.«

Hansen sah ihn fragend an.

»Dann zeigt das Mikro nach oben, und ich habe hier besseren Ton. Einfach, aber funktioniert. Meistens.« Er zwinkerte Hansen zu. Der schüttelte den Kopf, diktierte Holm aber seine Nummer. Es klingelte einmal, Hansen hob ab und ließ das Gerät in sein Jackett gleiten. Holm stellte die Verbindung stumm, damit von seiner Seite kein Geräusch bei Hansen zu hören war. »Test, Test«, rief er, Hansens Gerät blieb still. Dann drehte er sich um zu Torben E. Hansen und sagte: »Toi toi toi.«

Der CEO von Wenner stieg aus und ging ohne Eile zum Haus mit der Nummer 36. Holm hörte dessen Schritte auf dem Bürgersteig, das leichte Reiben und Rauschen des Stoffes am Gerät störte kaum.

Hansen klingelte. Nichts passierte. Holm rutschte im Fahrersitz hin und her. Verdammt! Immer noch nichts. Die haben es sich doch nicht anders überlegt?, schoss es Holm durch den Kopf. Hansen sah über die Schulter zu ihm herüber. Hatte Rosenthal Kontakt zu ihnen aufgenommen? Sie umgedreht? Seinen Plan durchkreuzt?

Dann ging die Tür doch noch auf.

Puuuh, atmete Holm laut aus.

Er zog sein Smartphone hervor und tippte eine Nachricht an Laura: *Er ist drin.*

Sekunden später kam ihre Antwort: *Hab kein gutes Gefühl.*

Holm zog die Augenbrauen zusammen und legte sein Smartphone weg.

»Herr Hansen, kommen Sie durch«, hörte er einen Mann sagen. Das musste der Vater sein. Holm spürte, wie sein Magen verkrampfte.

»Meine Frau«, stellte Liebig vor. Mit eintöniger, leiser Stimme sagte Hansen: »Mein herzliches Beileid.« Das klang aufrichtig und mitfühlend, fand Holm. Doch er hörte keine Antwort.

»Die Schwester meiner Frau. Mein Schwager.«

Betretenes Schweigen. Sag was, rief Holms innere Stimme Hansen zu. Brich das Eis!

»Hier«, sagte eine der Frauen. Wahrscheinlich die Schwester.

»Ein süßes Mädchen«, sagte Hansen mit belegter Stimme. Sie musste ihm ein Foto gereicht haben.

»Und das hier war ihre Lieblingspuppe«, sagte die andere Frau, recht leise und ziellos. Das musste die Mutter sein. Holm sah auf Lauras Zettel. Sylvie Liebig. Also hatte sie etwas Vertrauen zu Hansen gefasst. Gut! Auch wenn er nicht viel sagte – mit seiner Mimik und Körpersprache schien er anzukommen.

»Sie hat sich so auf die Schule gefreut.«

Holm konnte nur flach atmen. Was tat er hier? Überschritt er eine Grenze?

»Sind Sie hier, weil Sie ein schlechtes Gewissen haben?«, fragte der Vater. Fast hätte Holm selbst geantwortet.

»Nein«, sagte Hansen schnell. »Mir war es nur ein Anliegen, Ihnen persönlich zu zeigen, dass ich Anteil nehme. Noch die geringste Wahrscheinlichkeit, dass … das alles mit einem unserer Medikamente zu tun haben *könnte*, lässt mich keine Sekunde ruhig schlafen. Wir tun seit einigen Stunden alles, um die Wahrheit herauszufinden.«

Holm spürte förmlich das Misstrauen und die Skepsis der Familie.

»Wir werden Anzeige erstatten«, sagte Liebig. »Gegen unbekannt, vorerst.«

Holm nickte verständnisvoll.

»Das würde ich auch tun«, antwortete Hansen, »wenn es um meine Tochter ginge.« Holm spürte einen Kloß im Hals. Trotz seines elitären Werdegangs, trotz des Millionenjobs als CEO, trotz eines Lebens ganz oben, war dieser Hansen Mensch geblieben. Das imponierte Holm, weil er es in diesen Kreisen sehr selten antraf.

»Wie alt ist Ihre Tochter, Herr Hansen?«, fragte die Mutter. Holm atmete tief aus. Hansen hatte es geschafft. Sie kamen ins Gespräch!

Pling, machte Holms Smartphone. Eine Nachricht von Storch.

Schönbaum weiter negativ. Bin dran.

Umso wichtiger, dass wir hier jetzt einen Treffer landen.

Er hörte Hansens behutsame Stimme von seiner Tochter sprechen, von seiner elfjährigen Tochter.

Plötzlich schwirrte Holm der Kopf. Ein Schreck fuhr ihm durch die Glieder. Er war peinlich berührt. Von sich selbst.

Was war er nur für ein furchtbarer Vater! Er hatte die ganze Zeit nicht ein einziges Mal an seine eigene Tochter gedacht. An Liv. Dabei lag es so nah. Er hatte den Tod des Mädchens, von Sophie, nicht einen Moment lang auf sich bezogen. Auf den Vater Holm.

Komm, hör auf, sagte eine Stimme in ihm, der Tag ging wild los, und dann hat sich alles überschlagen. Mach dir keine Vorwürfe.

Doch eine andere Stimme, mächtig und stark, rief dazwischen: Schäm dich, Mats Holm! Ich schäme mich auf jeden Fall für dich. Wie lange willst du noch verdrängen?

Holm riss sich von seinen zwiespältigen Gedanken los. Konzentrier dich jetzt auf den Job! Liv rufst du an, sobald Wenner aus der Schusslinie ist. Du triffst sie. Versprich es, forderte die zweite Stimme. Versprich es dir selbst, Mats Holm, hoch und heilig.

Dann lenkte er seine Gedanken auf das tote Mädchen. Sophie. Was zum Teufel war dem armen Kind mit den netten Eltern bloß zugestoßen?

Sie würden es bald wissen. Hoffentlich. Bis dahin machte er seine Arbeit, so gut er konnte.

Holm hielt noch einmal Ausschau. Scannte Häuser und Autos in der Straße. Werners Mann musste längst in Stellung sein. Nur wo? Entweder war der Typ richtig gut – oder gar nicht da. Holm tippte schnell eine Nachricht über einen sicheren Messenger an Werner. »Hast du einen verdammten Indianer geschickt? Keine Spur von dem Typen.«

Endlich hörte er wieder zu, was im Haus passierte.

»Wollen Sie … wollen Sie vielleicht kurz mit uns beten? Für Sophie?«, fragte Liebig.

Holm machte ein überraschtes Gesicht. Vorsicht, Hansen! Nicht übertreiben!

»Ich weiß nicht, ob …«, hörte er den CEO sagen.

In dem Moment antwortete Werner: *Indianerinnen.* Ein Smiley zwinkerte Holm zu. Die beiden Mütter mit den Kinderwagen! Mitten auf der Straße! Holm sah durch die Scheibe. Die Frau, die zur Häuserreihe der Liebigs stand, hatte tatsächlich ihr Smartphone in der Hand. Einfach trocken, Werner, dachte Holm beeindruckt.

Jetzt durchbrach Hansen endlich das Schweigen.

»Ich würde das gerne für Sie tun«, setzte er neu an. »Aber ich bin wirklich überhaupt nicht religiös. Ich käme mir vor wie ein Heuchler.«

Holm sog die Luft ein. Der alles entscheidende Augenblick.

Dann sagte der Vater langsam: »Sie sind anscheinend ein wirklich ehrlicher Mensch.«

Holm schlug vor Freude auf das Lenkrad und rief. »Genau so ist es!«

»Ich glaube, ich sollte jetzt langsam gehen«, erwiderte Hansen.

»Natürlich«, hörte Holm den Vater des Mädchens sagen.

Wenige Sekunden später ging die Tür auf. Holm zog sich am Lenkrad hoch und wartete gebannt auf Hansen. Der trat heraus, gab jemandem die Hand. »Melden Sie sich, wenn ich etwas für Sie tun kann«, sagte Hansen. Holm sah blitzschnell hinüber zu den Müttern mit den Kinderwagen. Die eine schien jetzt Handyfotos der anderen zu schießen, mit Baby auf dem Arm. Verdammt! Aus dem Winkel kommt der Vater gar nicht richtig aufs Bild. Komm noch heraus. Einen Schritt vor die Tür. Bitte! Die Männer beendeten die Verabschiedung. Hansen wandte sich schon ab. Nein!, dachte Holm, wir brauchen ein Foto! Ein einziges Foto! Da kam eine Frau. Sie sah fertig aus. Die Mutter wahrscheinlich. »Herr Hansen«, rief sie ihm schwach nach, Holm hörte es schlecht über das Handy, konnte aber ihre Lippen auf die Entfernung lesen. Kaum drehte Hansen sich um, umarmte sie ihn so plötzlich, dass er reflexartig die Hände auf ihre Schultern hob. Er berührte sie vielleicht einen Sekundenbruchteil lang, ehe sie abrupt von ihm abließ und zurück ins Haus lief. Das war der Moment! Der magische Moment! Hat die Frau im richtigen Moment abgedrückt?

Haben wir dieses Bild?, fragte Holm sich. Irgendeines haben sie bestimmt geschossen. Aber ich will genau dieses eine.

Die Tür fiel ins Schloss, und Hansen machte sich auf den Weg zum Wagen.

Holm wählte Lauras Nummer.

»Es hat geklappt.«

»Gott sei Dank! Ich fand es echt grenzwertig.«

»Ich weiß«, sagte er matt.

»Und hier war Chaos.«

»Ja?«, fragte er.

»Wir haben die Demonstranten reingeholt. Einige von denen sind auf vorbeigehende Wenner-Mitarbeiter losgegangen. Haben sie geschubst und beschimpft. Vor laufenden Kameras. Rosenthal ist dazwischen. Hab die Gute das erste Mal nervös gesehen.«

»Na so was«, sagte Holm.

»Seit wann haben wir so ein umgekehrtes trojanisches Pferd im Werkzeugkasten?«, fragte Laura spitz.

»Ich habe heute wohl meinen innovativen Tag«, antwortete er und sah Hansen auf das Auto zukommen.

»Eigenlob stinkt«, erwiderte Laura.

»Ich lasse das Fenster auf dem Rückweg unten«, sagte Holm und drückte sie weg.

Der Boss von Wenner stieg in den Wagen.

»Das war aber ein herzlicher Abschied!«, meinte Holm zufrieden.

Hansen stierte ihn kühl an. Blinzelte. Biss die Kiefer zusammen.

»Bringen Sie mich nie wieder in eine solche Situation!«, zischte er ihn schroff an.

Holm öffnete den Mund.

»Nie wieder, Holm!«, wiederholte der CEO.

Sie schwiegen die ganze Rückfahrt lang. Holm ließ das Radio aus.

12.43 Uhr

Schon wieder brannte Liv Holm eine saure, lauwarme Brühe den Hals hinauf. Hinauf bis in ihre Mundhöhle. Sie schloss die Augen und atmete in die Brust. Atmete das Zeug wieder herunter. Ganz kontrolliert. Zum dritten Mal.

Egal, konzentrier dich wieder! Die Zeit rennt. Sie wollte wenigstens einmal ganz durchkommen. Öffentliches Recht. Dieser abstrakte Stoff.

Sie sah zu Joe hinüber, die mit hochrotem Kopf über den Prüfungsbögen hing. Liv wollte weitermachen, sie senkte den Kopf, doch in dem Moment schoss das Zeug ihren Hals hinauf. Sie konnte gerade noch den Kopf wegdrehen, um nicht direkt auf ihre Klausur zu brechen. Ein Schwall klatschte auf die Fliesen. Verteilte sich. Kaum spürte Liv den sauren Geruch in der Nase, sprang sie auf und lief los. Vorbei an überraschten Kommilitonen, vorbei an der Dozentin, vorbei an Joe. Sie stieß die Tür auf und rannte durch das Unigebäude, bis sie draußen war.

Sie weinte. Schnappte nach Luft. Ignorierte die Blicke der anderen. Fuhr mit dem Ärmel über den Mund. Schlug die Arme eng um sich und machte sich im Gehen so klein sie konnte. So klein sie diese Welt werden ließ.

Plötzlich hakte sich jemand fest bei ihr unter. Es war Joe.

»Geh zurück. Deine Klausur. Mir geht's gut«, nuschelte Liv matt.

»Die darf ich sowieso noch einmal schreiben. Und red keinen Scheiß, ich sehe, wie es dir geht. Magen verdorben?«

Liv spürte, dass sie noch nicht alles losgeworden war. Sie würgte.

»Kommt noch mehr?«, fragte Joe.

Liv nickte, ohne aufzusehen.

Auf dem Weg zu Livs Wohnung musste Joe zweimal anhalten.

Dort angekommen, brachte sie ihre Freundin ins Bett, deckte sie zu und machte ihr einen Tee und eine Wärmflasche. Liv zitterte.

»Wird schon, Schätzchen, ruhig, ganz ruhig«, sagte Joe.

»Nichts wird!«, platzte es aus Liv heraus. Wütend sah sie Joe an. Sie musste es doch endlich mal kapieren.

»Ach du Schande!«, rief Joe. »Bist du …?«

»Ja!«

»Von ihm?«

»Ja, verdammt!«

»Wie konnte das denn …?«

»Interruptus«, sagte Liv schnell.

»Nicht die sicherste Methode.«

»Was du nicht sagst.«

Sie schwiegen eine Weile.

Leise sagte Liv: »Er hat so angegeben, dass er sich voll unter Kontrolle hat. Dass noch nie etwas passiert sei.«

»Und es fühlt sich halt besser an«, ergänzte Joe.

»Viel besser«, korrigierte Liv.

Zum ersten Mal lächelten sie sich an.

»Und jetzt?«, fragte Joe.

Liv zuckte mit den Schultern. Tränen schossen wieder in ihre Augen.

»Weiß Ben es?«

Liv schüttelte den Kopf.

»Dein Vater?«

Wieder schüttelte Liv den Kopf, bis Joe sie in den Arm nahm.

»Jetzt schlaf erst einmal. Beruhige dich. Du hast noch Zeit, um alles zu überlegen.«

Liv drückte sie, so gut sie konnte.

»Ich bin da, Schätzchen.« Joe stand auf und ging zur Tür.

»Danke«, sagte Liv kraftlos in den Raum.

»Da nicht für«, erwiderte Joe und griff nach dem Türknauf.

»Und, Joe …«

»Ja?«, fragte sie und drehte sich zu Liv um.

»Tu mir einen Gefallen und nenn mich nicht Schätzchen.«

Joe lachte laut auf.

»So gefällst du mir schon besser. Liv! Viel besser.«

Sie zog die Tür hinter sich zu und ließ ihre Freundin allein.

Liv starrte an die Decke. Und schimpfte mit sich. Wie konntest du Ben nur einfach machen lassen? Noch nie was von Freudentröpfchen gehört, Liv Holm? Von Biene und Blüte?

Ihre Gedanken schweiften ab. Landeten bei ihrem Vater. Will ich mit ihm sprechen? Oder lieber zuerst mit meinem Therapeuten?

Therapeut oder Papa?

Bernd Seeger oder Mats Holm? Wem vertraue ich mehr?

Geht es überhaupt um Vertrauen? Oder um die Reaktion, die du erwartest?

Wer besser zuhören wird, ist klar. Wer dir am Ende näher steht, auch.

Sie konnte sich nicht entscheiden.

Oder doch?

Der Termin bei Herrn Seeger stand am späten Nachmittag an.

13.18 Uhr

Von Granditz nahm Holm noch vor Öztürks Büro in Empfang. Der Wenner-Justiziar ging auf dem Flur auf und ab. Wie ein Wächter. Und blätterte in einem Ordner. Er gibt sich mit seiner Tarnung nicht viel Mühe, dachte Holm.

Als er nur noch ein paar Schritte entfernt war, checkte Holm von Granditz' Gesichtsausdruck und glich ihn mit dem ab, den er noch im Kopf hatte. Holm freute sich innerlich, das ohnehin verbissene Gesicht noch verbissener zu sehen. Wodurch entstand der Eindruck? Er brauchte einen Moment, bis er es entdeckte: Die Haut am Kinn war leicht gerunzelt. Der Schmollmuskel war aktiv. Also war von Granditz' stärkste emotionale Regung gerade Beleidigtsein. Dass Hansen ihn nicht eingeweiht hat, schloss Holm, macht ihm offensichtlich mehr aus als die Aktion an sich.

»Was kann ich für Sie tun, Doktor von Granditz?«

»Wie ich höre, haben Sie einen kleinen Ausflug gemacht?«

»Wir waren gerade mit dem Fernseh-Statement fertig, als das Go der Familie kam«, was nicht ganz der Wahrheit entsprach, sich aber auch schwer widerlegen ließ, »alles sehr kurzfristig, da die Familie eine Uhrzeit vorgegeben hatte. Ein winziges Window of Opportunity. Da hat ihr CEO zugegriffen.«

Von Granditz raunte ihm zu, er wolle ihn direkt vor dem 14-Uhr-Meeting sehen. In seinem Büro. Dazu sah er ihn streng an. Der Schmollmuskel hatte sich entspannt, dafür arbeitete es an anderer Stelle. Holm registrierte die gerunzelte Stirn. Er nickte von Granditz zu und ging zu Öztürks Büro, wo er Laura vermutete.

Von Granditz wird aus der Aktion nicht richtig schlau. Nein, er wird *aus mir* nicht richtig schlau, korrigierte Holm sich selbst. Der Gedanke gefiel ihm. Das konnte er nicht leugnen.

In Öztürks Büro traf er Laura allein an.

»Sie ist schnell etwas essen gegangen, mit ihrem Stellvertreter«, erklärte seine Partnerin.

»Umso besser«, antwortete Holm. »Ich erzähle dir alles.«

Laura hörte aufmerksam zu und unterbrach ihn nicht.

»Und, was meinst du?«, fragte er.

»Hansen ist eine coole Sau.«

»Kann man nicht anders sagen«, stimmte Holm zu.

»Wenn der seine Frau verlässt, stehe ich bereit.«

Holm lachte und drückte Laura an sich.

»Eigentlich wollte ich ja wissen, ob du glaubst, dass wir gepunktet haben.«

»Du verlässt dich sehr darauf, dass die bei der BILD die Story kaufen.«

»Selbst wenn sie eine halsbrecherische Charmeoffensive vermuten, werden sie der Macht der Bilder erliegen. Die Mutter springt Hansen um den Hals, nicht umgekehrt. Das sehen die. Und das werden sie aufpumpen.«

»Keine Zweifel?«

»90 zu 10, würde ich sagen.«

»Und wann rechnest du mit der Story?«

»In den nächsten zwei Stunden.« Er sah auf die Uhr. »So bis drei, halb vier wird sie online sein.«

»Hoffen wir mal auf den richtigen Dreh.«

In dem Moment kam Öztürk zurück.

»Wie mir Frau May erzählte, sind Sie gleich in die Vollen gegangen, Herr Holm«, sagte sie ohne Begrüßung, erwartete aber offensichtlich keine Antwort. Stattdessen winkte sie ihn an ihren Laptop.

»Sie sollten vor dem Meeting sehen, wie Rosenthals Jünger ins offene Messer gelaufen sind.«

»Natürlich gern«, antwortete er.

»ARD Mittagsmagazin«, kündigte Laura an. »Ist vor ein paar Minuten gelaufen. Kannst du stellvertretend für die meisten anderen nehmen, was den Tenor angeht. Läuft überall als B-Stück. Erst Validolor, dann die Pharmawatch-Demonstranten, die Wenners Gastfreundschaft mit Füßen treten. Auch bei der Süddeutschen, der FAZ und so weiter«, fügte Laura noch hinzu, ehe Öztürk den Film startete.

»An allem war nur der Regen schuld«, ging der Bericht mit Wolkenbildern los. Dann folgten Aufnahmen der Demonstration.

»Der setzte ein, als etwa 200 Menschen vor der Berliner Zentrale des Wenner-Konzerns demonstrierten«, fuhr der Sprecher fort. Anlass seien vermeintliche Ungereimtheiten bei dem Kinderschmerzmittel Validolor.

»Doch dann kam der große Regen.« Hier hatte es wolkenbruchartig geschüttet, in Tegel hingegen gar nicht, stellte Holm fest. Glück gehabt.

»Überraschend öffnete Wenner die bis dahin verschlossenen Tore und bat die durchnässten Demonstranten in das großzügige Foyer des Konzerns.« Leyla Öztürk kam ins Bild, wie sie die Kolonne ins Gebäude führt. Eine sichtlich verwunderte Nina Rosenthal schlüpfte an der Kamera vorbei.

Dann gab Öztürk ein Statement ab: »Natürlich sind wir in einer Auseinandersetzung, was die Sache betrifft. Das nehmen wir sehr ernst, und wir sind mit Hochdruck daran, alles zu überprüfen. Dazu kann ich im Moment nichts Neues sagen. Aber weil wir in der Sache streiten, müssen wir ja nicht Höflichkeit und Mitmenschlichkeit über Bord werfen.«

Öztürk kam gut vor der Kamera. Weicher. Weiblicher. Und sie platzierte das Stichwort Mitmenschlichkeit so beiläufig, dass sie die Wirkung erhöhte.

»Sehr gut, Frau Öztürk.« Holms Lob war aufrichtig. Solches Auftreten brachte Sympathien. Pluspunkte. Und darum ging es: Pluspunkte zu sammeln. Möglichst so viele, dass sie sämtliche Fragezeichen an das Unternehmen aufwogen.

»… boten Tee und Gebäck an. Dann eskalierte die Situation. Mehrere junge Demonstranten gingen auf vorbeigehende Wenner-Mitarbeiter los, schubsten und beschimpften sie.«

Die Aufnahmen waren aus nächster Nähe geschossen, so dass sie den Eindruck von Brutalität und Aggressivität noch verstärkten.

Rosenthal kam ins Bild. »Ich entschuldige mich in aller Form für das Fehlverhalten einiger weniger. Da lagen wohl die Nerven blank. Aber das darf nicht überschatten, dass hier viele Menschen berechtigte Fragen stellen. Wir von Pharmawatch wollen Antworten – und keinen lauwarmen Tee.«

Holm musste laut lachen.

»Sie ist einfach gut«, gab Laura zu.

»Dabei war der Tee heiß. Ich habe selbst einen getrunken«, verteidigte Öztürk pikiert die Bewirtung.

Zum Schluss kam der Aufsager des Korrespondenten, der direkt vor dem Werkstor von Wenner aufgenommen war.

»Am Ende dieser Demonstration bleiben zwei Eindrücke: Wenner arbeitet glaubhaft an Aufklärung in Sachen Validolor. Und ist derweil um Deeskalation bemüht. Der Protest hingegen wirkt überhitzt und kopflos.«

Holm applaudierte Laura und Öztürk anerkennend zu. »Wow! Volltreffer, meine Damen! Wenn wir mit dem Hausbesuch bei dieser Geschichte andocken, haben wir den Spin, den wir brauchen!«

Er sah auf die Uhr.

»Und jetzt, Laura, freue ich mich, wenn du mich zu einem kleinen Termin begleitest.«

»Bei wem?«

»Von Granditz. Feierlich einbestellt.«

Laura verzog das Gesicht.

»Wir kommen von dort direkt zum Meeting, Frau Öztürk.«

»Alles klar«, antwortete sie. »Ich bereite noch schnell den Lagebericht vor.«

Auf dem kurzen Weg zum Justiziar sagte Holm zu Laura: »Nicht überrascht sein – ich halte den Ball gleich flach.«

»Wenn du das kannst«, erwiderte Laura trocken.

Von Granditz empfing sie nicht allein. Ihm gegenüber saß auch Schneider, der Personalchef.

»Danke für Ihr Kommen«, sagte von Granditz förmlich und

bat sie mit einer knappen Geste in sein Büro. Keine Fotos, keine Urkunden, nichts Persönliches. Gediegene Möbel. Eine Récamiere. Klassischer Stil. Auf dem penibel aufgeräumten Tisch des Justiziars erkannte Holm einen Montblanc-Füller. Platinierte Beschläge. Rhodinierte Goldfeder. Ladenpreis: 1300 Euro, wenn er sich richtig erinnerte.

»Wie können wir helfen?«, fragte Holm.

»Genau die Frage stellen wir uns auch«, versetzte von Granditz. »Es mag sein, dass Sie Herrn Hansen kurzfristig beeinflussen können. Und Frau Öztürk um den Finger wickeln.«

»Das«, stieg Schneider in das Gespräch ein, »beeindruckt uns allerdings nur in überschaubarem Maße. Ebenso wie Ihre PR-Kabinettstückchen.«

»Es tut mir leid, dass wir Ihren Erwartungen bisher nicht gerecht werden. Was würden Sie sich wünschen?«

»Ganz einfach. Wir wünschen uns ein besseres Teamspiel. Immerhin haben wir einiges an Erfahrung und Expertise in die Waagschale zu werfen.«

»Keine Frage«, erwiderte Holm.

»Gut. Dann möchten wir klarstellen, dass unsere Detektive sich um Frau Schönbaum kümmern. Sie brauchen also nicht weiter zu googeln oder was Sie sonst hinter den Kulissen treiben.«

Von Granditz starrte ihn an.

»Außerdem dürfen wir davon ausgehen«, sagte Schneider, »dass Ihr Ausflug heute Mittag eine Ausnahme bleiben wird?«

Daher weht der Wind. Sie fühlen sich übergangen. Trauen dir nicht, Holm.

»Wir sind in jeder Hinsicht auf Kooperation angewiesen«, sagte er. Die beiden Männer schienen mit der Antwort zufrieden zu sein. Zufriedener, als ihm lieb war. »Wir können uns natürlich nicht über persönliche Entscheidungen des CEO hinwegsetzen, da bitte ich um Verständnis für unsere Rolle.«

Von Granditz blinzelte Holm an.

»Wir schicken unsere Leute wieder aufs Eis. Den ersten Sturm. Unauffällig und im Hintergrund, versteht sich.«

»Klingt fast wie eine Drohung«, meinte Holm.

»Im Gegenteil«, erklärte Schneider, »das gehört für uns zum Teamspiel. Wir wollten, dass Sie das aus erster Hand wissen. Und für sich behalten.«

Sie testen dich. Wollen dich in Loyalitätskonflikte verwickeln. Mit Hansen. Oder mit ihnen, wenn du gleich in dem Meeting nur ein falsches Wort verlierst. Was sie dir als Vertrauensvorschuss verkaufen, ist eher so etwas wie eine Fußfessel. Ihr alten ausgebufften Säcke wisst, wie es geht.

»Was zeichnet den ersten Sturm aus?«, hakte Laura nach.

Die Frage ließ von Granditz milde lächeln.

»Sie sind wie Mäuse. Kleine fleißige Wühlmäuse, die wir bei Reina aussetzen«, antwortete von Granditz. »Würde mich nicht wundern, wenn der uns zu Frau Schönbaum führt.«

Sie hatten beschlossen, aktiver zu werden. Offensiver. Gegenspionage. Reina beobachten zu lassen, barg etliche Risiken.

Holm wollte scharf erwidern, bremste sich aber im letzten Augenblick und sagte: »Ich darf das als flankierende Maßnahme verstehen, die wir zu gegebener Zeit synchronisieren werden?«

»Das dürfen Sie.«

»Dann viel Erfolg.«

»Bonne Chance Ihnen beiden«, wünschte von Granditz.

Als sie draußen waren, bemerkte Holm, dass er schwitzte. Das schafften nicht viele. Er zog die Sanduhr aus der Tasche und ließ sie wie einen Handschmeichler durch die Finger gleiten.

Der erste Sturm. Das muss der beste Trupp von Ingendaay und Partner sein, überlegte Holm. Das sind mit Sicherheit keine Amateure. Die kommen uns früher oder später in die Quere. Mist!

Die Lage war viel zu brenzlig für Komplikationen. Störfeuer

aus den eigenen Reihen konnte tödlich sein. Holm kniff die Augen zusammen, zog sein Smartphone hervor und rief Werner an.

»Hallo, wie läuft es bei euch?«

»Kompliziert«, antwortete Holm, »aber sag mal, bist du schon an Reina dran, Werner?«

Sein Mentor stöhnte.

»Rimson & Pryce macht mich verrückt. Man erfährt nirgendwo mehr, als sowieso schon über die veröffentlicht wurde. Das hilft euch nicht. Und genauso geht es mir bei Reina.«

»Dann lass gut sein. Von Großkotz lässt ihn in Manndeckung nehmen. Wäre schlecht, wenn sich unsere Wege allzu offensichtlich kreuzen.«

»In der Tat. Dann leg ich mich halt wieder auf meine Heizdecke. Oder was Rentner sonst so machen.«

»Danke, Werner«, sagte Holm und legte auf.

Die Gefahr war gebannt. Storch würde er auch noch bitten, bei der Schönbaum sehr umsichtig vorzugehen. Er dachte aber nicht daran, die Spezialrecherchen seines Freundes zu stoppen.

Trotzdem wurde es bei Wenner sehr ungemütlich. Von Granditz wollte, dass sie seinen Atem im Nacken spürten. Und Schneider gab sich mit seiner Anwesenheit zu erkennen: Er gehörte zu von Granditz' Mannschaft.

Dieser misstrauische alte Jurist. Der hat doch etwas zu verbergen. Diese ganzen Feindseligkeiten, von Anfang an, das kann nicht nur an meiner Nase liegen, die ihm nicht gefällt. Er glaubt, Hansen gibt uns zu viel Leine. Er will, dass wir nicht links und rechts vom Weg schauen. Nicht graben. Nichts finden! Aber da hatte von Granditz die Rechnung ohne Holm gemacht.

13.54 Uhr

Schwarz. Finsternis. Seine Fingernägel kratzten über den Boden des Bootshauses. Langsam. Ganz langsam. Er zwang sich dazu. Nein, *etwas* zwang ihn dazu. Irgendetwas in ihm löste diese Bewegung aus. Etwas tief in ihm. Etwas Animalisches. Triebhaftes. Ferngesteuertes.

Das Schaben.

Wieder und wieder.

Markus Boldt.

Es war kein klarer Gedanke mehr in ihm. Kein Gefühl. Keine Ahnung, ob er tot oder lebendig dalag, unter der Persenning, hinten im Bootshaus. Keine Vergangenheit, keine Zukunft. Er atmete mechanisch, flach und leise. Machte kaum hörbare Geräusche, irgendwo zwischen Röcheln und Würgen. Und kratzte. Und schabte. Kraftlos. Mit aller Kraft. In der Dunkelheit, die herrschte.

Nur ein Bild schwebte an ihm vorbei: Tanja. Seine Frau.

Keine Geliebte. Kein Freund. Nicht seine Eltern. Nur Tanja.

Dann ein Luftzug. Ein winziger Lichtkegel. Tanja? Er spürte etwas im Gesicht. Jemanden. Tanja! Er hörte eine Stimme. Nein, es war mehr ein Fiepen. Er sammelte alle Kräfte in sich und drehte seinen Kopf. Aus nächster Nähe sah ihn eine riesige Ratte mit bräunlichen, schiefen und erstaunlich großen Zähnen an. Düstere Rattenaugen. Das Vieh schnüffelte. Knirschte mit den Zähnen. Schnüffelte wieder. Stank nach Brackwasser und Kot, nach Fäulnis und Gedärm. Die Ratte stellte ihre Vorderbeine auf seine Schulter. Krabbelte über seine Brust. Durch das Blut. Über die Einstichwunden. Er spürte nichts. Plötzlich drehte die Ratte den Kopf. Die Barthaare streiften über Boldts Wange. Er spürte nichts. Der Gestank der Ratte legte sich ganz über Boldts Kopf. Trocknender Kanalschleim. Beißender Abflussurin. Kadaver. Dann streckte die Ratte sich nach seinem Ohrläppchen. Streckte sich noch etwas mehr. Öffnete die Kiefer und knabberte an seinem Ohrläppchen.

Erst zaghaft.

Dann mutiger.

14.03 Uhr

Holm und Laura, von Granditz, Schneider, Steadham und Källström sowie Leyla Öztürk warteten schweigend auf den CEO. Holm spürte eine andere Stimmung und Energie als zuvor. Sie waren Gejagte. Immer noch. Doch die Anwesenden hatten sich darauf eingestellt. Sie hätten nicht ihre hochdotierten Jobs, ließen sie sich allzu lange von unliebsamen Situationen beeindrucken. Verunsicherung war Kampfesmut gewichen. Holm erkannte neben einer gewissen Anspannung vor allem große Aufmerksamkeit. Wie würde es für Wenner und Validolor aussehen, wenn sie gleich die vorhandenen Puzzleteile zusammenlegten? Das fragten sich wohl alle. Er auch.

Endlich betrat Hansen den Sitzungsraum, nahm seinen Platz ein und bat ohne Umschweife Leyla Öztürk um ihren Lagebericht.

»Das Statement von Herrn Hansen konnten wir breit platzieren. Die Medien haben es insgesamt neutral aufgenommen, was ich als Erfolg einordnen würde. Es gibt aber natürlich auch Nachfragen. Am wichtigsten ist eine Einladung von *Klare Kante* für heute Abend. Sechzig Minuten Livetalk. Millionen Zuschauer. Und mit Jonas Bork ein taffer Moderator. Rosenthal hat natürlich schon zugesagt. Mein Team spielt derzeit unter Verweis auf unsere internen Nachforschungen auf Zeit.«

»Einverstanden«, sagte Hansen.

»Dann ist es uns durch einen geschickten Schachzug von Herrn Holm und Frau May gelungen, die Demonstranten richtig schlecht aussehen zu lassen, ich hatte Ihnen dazu schon kurz ein Memo geschrieben.«

»Was Besseres konnte uns nicht passieren«, meinte Marketingchef Källström. Und von Granditz ergänzte: »Da haben die werten Demonstranten in meinen Augen nur bewiesen, was sie sind: Rüpel und Gesindel.«

»Der Vorfall«, fuhr Öztürk fort, »findet in den Medien große Resonanz. Mit klarer Tendenz zu unseren Gunsten. Das hilft uns auch in den sozialen Netzwerken, die wir live auswerten und wo nötig mit dem vorhandenen Material bespielen. Dasselbe gilt für die Hotlines. Besorgte Eltern. Verunsicherte Verbraucher. Aber alles im Rahmen.«

»Well done«, sagte Steadham Richtung Holm. Der bedankte sich mit einem Nicken.

»Schließlich haben wir ein weiteres Eisen im Feuer«, erklärte Öztürk. »Es hat sich schon herumgesprochen; Herr Hansen hat die Eltern des verstorbenen Mädchens besucht. Herr Holm, möchten Sie dazu ausführen?«

»Das kann ich übernehmen«, ging Hansen dazwischen. Er berichtete präzise, wie es zu dieser Gelegenheit gekommen war, warum er sie kurz entschlossen genutzt hatte und wie der Besuch verlaufen war.

»Puuh!«, machte Steadham.

»Ziemlich riskantes Manöver, Herr Holm«, meinte Källström.

»Ich denke«, erwiderte Holm, »Sie kennen sich aus mit riskanten Manövern.«

»Aber wie soll das in den Medien landen, wenn die gar nicht dabei waren?«, hinterfragte Schneider.

Holm lächelte. »Geschäftsgeheimnis.«

»Es gibt Dinge, die wollen Sie gar nicht wissen«, erklärte Laura.

»Entscheidend ist, ob es fruchtet oder nicht. Und das werden wir sehen«, schloss Hansen das Thema ab.

»Doktor von Granditz, was haben Sie für uns?«

»Ich habe mit den Ministerien und den wichtigsten Parteien gesprochen. Das tote Mädchen erzeugt bei allen Druck, aber solange die Lage unübersichtlich ist, halten sie still. Mit den kleineren Spielern werden wir schon fertig. Und einige Lobbyisten bearbeiten engmaschig Brüssel.«

Kein Wort davon, dass er Reina beschatten ließ, bemerkte Holm. Sage ich jetzt ein Wort dazu, sägt von Granditz mich ab. Mir bleibt nichts anderes übrig, als mir auf die Zunge zu beißen.

»Sehr gut, danke«, sagte Hansen. »Mein Gespräch mit dem Aufsichtsratsvorsitzenden verlief im selben Korridor. Ebenso die Telefonate mit den wichtigsten Aktionärsvertretern.« Er nickte Steadham zu.

»Die Überprüfung der Produktion läuft noch, kann eigentlich nicht mehr lange dauern.«

»Wie lange?«, hakte von Granditz nach.

»Ich schreibe ein Memo, sobald ich mehr weiß. Dafür kann ich einen Erfolg vermelden. Ich habe eben noch mit dem BfArM gesprochen.«

»Und?«, fragte Schneider.

»Unsere geschätzte Kontrollbehörde geht dem aufgekommenen Verdacht nach, entschuldigt sich aber in aller Form für das Durchsickern von vagen Informationen.«

»Sagt wer?«, fragte Hansen.

»Ganz oben«, antwortete Steadham und lächelte.

»Sind sie bereit, das öffentlich richtigzustellen?«, fragte Holm.

Steadham nickte.

»Dazu habe ich sie bekommen, ja. Frau Öztürk, übernehmen Sie alles Weitere?«

Öztürk sah kurz zu Holm, der unmerklich nickte und sagte: »Sollte schnell raus. Vor Redaktionsschluss der großen Zeitungen.«

»Bin schon dran«, erwiderte Öztürk und tippte direkt eine Nachricht in ihr Smartphone. Vermutlich an ihren Stellvertreter, diesen Noll, nahm Holm an. Der war vor einer Weile wieder aufgetaucht. Einfach so. Und bestens gelaunt. Keine Entschuldigung. Kein Kommentar. Holm hatte nichts übrig für Leute, die sich verkrümelten, wenn die Post abging.

»Schauen Sie mit darauf, bevor es verschickt wird?«, fragte Hansen beiläufig.

»Wie Sie wünschen«, antwortete Holm. Der Chef von Wenner traute Öztürk nicht mehr über den Weg. Und er durfte den Wachhund spielen. Er suchte kurz Blickkontakt zu Laura, die ihn anzwinkerte und dabei den Kopf etwas zur Seite nahm. Wenn es nur das ist, sollte das heißen. Sie hatte Recht.

»Marketing?«, fragte Hansen.

»Börsenkurs minus zehn Prozent und Knick bei den Verkäufen«, stieg Källström in seinen Bericht ein. »Unser Außendienst kennt die Sprachregelung. Vor allem haben wir einige Fürsprecher in Stellung gebracht. Darunter ist eine Patientenorganisation, die wir sponsern. Das schwerste Geschütz ist aber Professor Guntram Steymann. Einige von Ihnen kennen ihn. Internist. Pharmakologe. Eine Koryphäe auf seinem Gebiet. Und gern gesehener Redner auf unseren Veranstaltungen.«

»Ist er fernsehtauglich?«, fragte Holm. »Ein Politiker wird sich in dieser Phase immer etwas bedeckt halten, selbst wenn er auf Ihrer Payroll steht. Ein Lobbyist wäre zu durchsichtig. Einer von Ihnen würde Rosenthal nur aufwerten und adeln. Ein Arzt, dieser Professor, wäre optimal, wenn er es draufhat.«

»Absolut! Steymann hat sich in diversen Diskussionen bewährt.«

»Ich hab ihn mal in einer Talkshow gesehen«, sagte Laura. »Eloquent. Schnell im Kopf. Nicht aus der Ruhe zu bringen. Der ist wirklich gut.«

»Gut genug für *Klare Kante*?«, wollte Holm wissen. Der Moderator, Bork, konnte Gäste mit chirurgischer Präzision zerlegen.

»Definitiv«, urteilte Laura.

»Irgendetwas Neues von Frau Schönbaum?«, fragte Hansen Schneider.

Schneider schüttelte den Kopf. »Schönbaums Freundin war keine große Hilfe.«

»Das macht mich langsam richtig nervös«, sagte Källström. »Können wir nicht mehr unternehmen?«

»Geht mir genauso«, meinte Steadham.

»Unsere Leute sind ja schon dran«, erklärte von Granditz.

»Können wir zusätzlich die Polizei einschalten?«, fragte Källström.

»Das sickert sofort durch«, meinte von Granditz, »und wir bekommen noch mehr unliebsame Schlagzeilen.«

»Sollen wir den Bock umstoßen und auf Rimson & Pryce zugehen? Vielleicht über einen Mittelsmann?« Hansen sah in die Runde.

»Und was sagen wir denen, bitte schön?« Während er sprach, sah Schneider von Granditz an. »Lass das, ich hass das?«

Alle schwiegen.

»Das Einverständnis der Runde vorausgesetzt«, sagte von Granditz, »bitte ich Ingendaay und Partner, den bisherigen Aufwand zu verdoppeln.«

Schneider und Källström nickten zustimmend.

»Einverstanden«, erklärte Hansen, »das scheint die beste unter den schlechten Lösungen zu sein.«

Damit hatte von Granditz seinen Alleingang mit dem ersten Sturm nachträglich absegnen lassen. Und vorher getestet, ob

Holm bei Hansen petzen würde. Alle Achtung, dachte er, das war geschickt.

Plötzlich schlug Steadham auf den Tisch, überflog eine Nachricht auf seinem Smartphone und rief: »Unsere Produktion ist sauber! Keine Kontamination. Kein Fremdeinwirken erkennbar.«

»Ist das verlässlich?«, fragte Hansen vorsichtig.

»Kommt direkt aus der Forschungsabteilung. Von Doktor Otto persönlich.«

»Das müssen wir sofort rausblasen!«, forderte von Granditz.

»Das bringt weitere Entlastung in der Öffentlichkeit«, stimmte Schneider zu. Die Wenner-Bosse sprachen eine Weile durcheinander, bis Holm sich entschied, seine Zurückhaltung in dieser Sitzung aufzugeben.

»Ich gieße ungerne Wasser in den Wein«, sagte er bestimmt – und Hansen bat seine Kollegen mit einer Handbewegung um Ruhe. »Ich empfehle Ihnen, diese gute Nachricht aufzuheben. Dann haben wir etwas in petto.«

»Wir sind börsennotiert, Herr Holm«, erwiderte von Granditz, »das ist eine wichtige Information, die nicht zuletzt unsere Aktionäre schnellstmöglich erfahren müssen.«

»Das verstehe ich. Sie könnten jedoch eine Nachprüfung anordnen, bevor Wenner an die Öffentlichkeit geht. Um in diesem hochsensiblen Fall ganz sicherzugehen. Das würde jeder Außenstehende nachvollziehen können.«

»Das sind harte Fakten, Herr Holm, und, mit Verlaub, keine mehr oder weniger raffinierten PR-Maßnahmen«, sagte Schneider.

»Aber, Herr Schneider«, sprang Laura ihrem Partner bei, »wir ziehen hier alle an einem Strang, das steht doch außer Frage. Und wenn wir in so unübersichtlicher Gemengelage etwas in der Hinterhand haben, dann ist das wie eine Versicherung. Wir sollten etwas Pulver trocken halten, wenn wir können.« Das war Laura.

Manchmal konnte sie besser ausdrücken, was er meinte. Besser hieß: so demütig und gewinnend, dass die Alphatiere sich nicht angegriffen fühlten.

»Klingt vernünftig«, bemerkte Källström.

»Wenn wir zum Beispiel die Talkshow mit Professor Steymann besetzen«, stieg Holm wieder ein, »dann hätte er etwas im Köcher. Und ich rate sehr, dass Sie sich nicht ganz wegducken. Sonst knüppelt Frau Rosenthal vor Millionenpublikum auf Wenner ein. Und sie ist gut darin.«

»Haben wir genug Munition für Steymann?«, fragte Hansen ihn.

Holm überlegte einen Moment.

»Bis heute Abend kann noch einiges passieren, aber selbst wenn nicht: Er kann ins medizinische Kleinklein gehen. Den Spieß umdrehen und vor Rosenthal warnen, die mit ihrem Alarmismus die Patienten verunsichert. Wir brauchen eine Diskussion wie einen Beipackzettel. Zäh, detailreich, unverständlich. Je mehr Rosenthal erklären oder rechtfertigen muss, umso weniger kann sie angreifen. Das nimmt Zeit von der Uhr. Und der Zuschauer steigt aus.«

»So einfach geht das also«, sagte von Granditz spöttisch.

»Nur wenn wir annehmen«, fuhr Holm unbeirrt fort, »dass Frau Rosenthal sich statisch verhält. Das wird sie ziemlich sicher nicht tun. Also muss unser Prof höllisch aufpassen. Ihm muss klar sein, dass er bei 0:1 anfängt. Und dass wir ein Ass im Ärmel haben, schließt nicht aus, dass sie auch eines hat.«

»Wir müssen ihn extrem gut briefen«, meinte Laura zu Källström.

Der grinste sie daraufhin breit an.

»Na, das können Sie gerne mal versuchen, Frau May.«

»Wenn ein normaler Arzt schon ein Halbgott in Weiß ist«, erklärte von Granditz, »dann ist Steymann Urvater eines ganzen Göttergeschlechts.«

Unbeeindruckt antwortete Holm: »Das Bessere ist der Feind des Guten. Selbst im Olymp. Wenn er ein echter Profi ist, wird er unseren Rat annehmen.«

Alle Blicke richteten sich auf Hansen. Der legte die Hände, Finger an Finger, vor dem Mund zusammen und nickte schließlich. Damit war die Sache entschieden.

»Ich biete an, Steymann anzurufen«, warf Öztürk ein, »und sein Ego zu massieren. Ich glaube, er mag mich.«

»So beschlossen«, entschied Hansen. »Wir bleiben bitte alle am Ball. Kontrollierte Offensive.«

Damit löste er das Meeting auf.

»Und schauen, was die Medien aus dem Hausbesuch machen«, fügte von Granditz im Gehen hinzu.

»Wir melden uns umgehend, wenn es so weit ist«, erklärte Laura.

Holm verließ den Sitzungsraum tief in Gedanken.

»Ich sehe Zweifel in deinem Gesicht«, flüsterte Laura und zog ihn von den anderen fort.

»Die Nachrichten sind wesentlich besser, als ich heute Vormittag angenommen hatte.«

»Das heißt, du bereust den Hausbesuch von Hansen?«

»Wenn die Meute ihn an den Pranger stellt, war der Schritt unnötig.«

»Komm schon, Mats, ich vertraue deinem Instinkt. Solltest du auch tun.«

Sie lächelte ihn aufmunternd an.

»Mir bleibt auch nichts anderes übrig«, erwiderte er. Sie gingen in die Cafeteria von Wenner. Holm trank einen Espresso doppio doppio, wie er es nannte, mit anderen Worten: eine große Kaffeetasse voll Espresso.

Vielleicht war es Erfahrung. Vielleicht sein Instinkt, den Laura ansprach. Ihn beschlich gerade ein ungutes Gefühl. So als ob der

Tag noch sehr lang werden würde. So als ob er noch einige Wendungen bereithalten könnte. Turbulenzen. So als ob sich noch Abgründe auftäten.

14.38 Uhr

Blutrausch? Er spürte nichts von einem Blutrausch. Beflügelt und leicht fühlte er sich durchaus. Das kam natürlich vom Adrenalin, sagte er sich. Nichts weiter. Keine Reue. Keine Scham. Kein Wolfsgeheul. Boldt war erledigt. Die Erpressung beendet. Zu seinen eigenen Konditionen. Wer viel wollte, konnte viel abkriegen. Basta.

Da war allerdings etwas ganz anderes in ihm. Er hatte eine Zeit gebraucht, bis er es benennen konnte. Aber während er im Büro saß und auf dem iPad seiner Frau auf den Nachrichtenseiten surfte – wenn ihn jemand fragen sollte, hatte er es fälschlicherweise eingesteckt –, wuchs dieses Etwas zu einem klaren Begriff: Vorfreude. Pure, beinahe kindliche Vorfreude. Auf das Katz-und-Maus-Spiel mit der Polizei.

Ich habe es begonnen. Sie provoziert. Mit meiner Tat. Der falschen Spur. Der unschuldigen Verdächtigen. Ich muss einfach nur cool bleiben und abwarten. Früher oder später wird die Polizei die blutgetränkten Überreste von Boldt schon aufstöbern.

Er hatte den Eingang des Bootshauses versperrt. Dann Boldt in die hinterste Ecke gezerrt. Mit gerade so viel Kraft, wie er dessen Frau zutraute. Er war perfekt in ihrer Rolle geblieben. Und in ihren Schuhen, auch wenn die ziemlich drückten. Die Tatortspezialisten würden die Schleifspuren untersuchen. Sie lesen. Und die Tat rekonstruieren.

Er hatte das Blut vom Boden gewischt. Wo nötig, Erde abgetragen. Kies und Schotter glatt gestrichen. Sollte ja nicht der erstbeste Segler die Leiche entdecken. Klägliche Vertuschungsversuche würden das für die Ermittler sein – die, wie er fand, zu einer Hausfrau wie Tanja Boldt passten. Er selbst hatte den ganzen Mord ohne jeden direkten Kontakt zum Opfer begangen. Berührungsfrei nannten sie das bei der Kripo. Das hieß, machte er sich zum wiederholten Male klar: Selbst, wenn sie den Beweisen nicht trauen und die Boldt für unschuldig halten, jagen sie in der Folge ein gottverdammtes Phantom!

Er konnte nicht anders, er musste grinsen. Zufrieden mit sich und der Welt. Vor allem mit sich.

Auf einer Plane hatte er mit größter Vorsicht die Gasmaske, Tanja Boldts Fitnessjacke, den Regenanzug und die Schuhe abgestreift. Selbst wenn dabei eine Schuppe oder ein Härchen auf dem Boden landete: Im Bootshaus hinterließen so viele Menschen Spuren, dass die Polizei unmöglich alle untersuchen konnte. Darüber hinaus würden sie seine keinem bekannten Straftäter zuordnen können. Die Datenbanken würden nicht anspringen. Und die Polizei wird wohl kaum der gesamten Wenner-Belegschaft DNA-Proben abnehmen, auch da hatte er sich doppelt abgesichert.

Auf dem Weg zurück ins Büro war er einen Umweg gefahren. Kurz auf die Autobahn, dann auf einen Parkplatz, rein in die Toilette, raus aus den Klamotten aus dem Sozialkaufhaus, rein in seine eigenen Sachen.

Wie den Regenanzug und die Tatwaffe hatte er die abgelegten Kleidungsstücke in blaue Müllsäcke gepackt, die er in zwei weitere Müllsäcke steckte. Sicher war sicher. Sein nächstes Ziel hatte am Rande einer leblosen Wohnsiedlung gelegen. Die Müllbehälter eines Eckhauses standen zum Waldrand, von allen Seiten uneinsehbar. Sie würden innerhalb der nächsten Stunden geleert werden.

Zum Glück hatte er sich frühzeitig auf alle Eventualitäten vorbereitet, nachdem das mit Schönbaum und Reina rauskam. Er hatte geahnt, was kommen könnte. Es antizipiert. Und daraufhin interessante Orte abgefahren. Routen ausgewählt, die Videokameras mieden.

Er blickte auf sein Smartphone. Kurz vor drei. Er hatte nicht einmal einen Anruf bekommen, als er es, wie geplant, hier in seinem Büro liegen gelassen hatte. Wenn zu Perfektion noch Glück kam, was sollte ihm dann passieren?

Er checkte seine Mails. Surfte im Internet. Einige Medien brachten ein Foto des toten Mädchens. Hatte ganz süß ausgesehen. Schade, gestand er sich ein, aber er hatte jetzt wirklich ganz andere Sorgen. Schließlich konnte die Hatz auf ihn jeden Augenblick beginnen.

15.27 Uhr

Sophies schwereloses Lächeln, die leicht auseinanderstehenden Zähne. Das neugierige Funkeln in den Augen und die lustigen Zöpfe. Das Foto des toten Mädchens ging Holm an die Nieren, seit er es vorhin auf Öztürks Monitor gesehen hatte.

Komm, mach deine Arbeit!, forderte er sich auf.

Er beobachtete Laura genau, während sie über die Schulter von Leyla Öztürk auf den Monitor starrte. Laura zog die Nase kraus. Einmal, zweimal. Als röche etwas schlecht. Holm kannte diesen winzigen Tick nur zu gut. So wie sie seine Marotten wohl besser kannte als jeder andere Mensch.

Laura fing an, nervös zu werden.

Diese Tatsache war insofern beunruhigend, als ihr sechster Sinn selten danebenlag.

»Immer noch nichts von Hansens Hausbesuch, Herr Holm!«, sagte Öztürk. »Weder bei der BILD ist etwas online. Noch sonst irgendwo.«

»Sicher?«, fragte Laura.

Öztürk wandte sich zu ihr um und sah sie fest an: »Zwei meiner besten Onlinerinnen machen nichts anderes, als den Radar mit Suchen zu füttern und die Treffer zu monitoren.«

»Schon gut, Frau Öztürk«, sagte Holm. »Der Artikel wird kommen. Dann prasseln Fragen auf uns ein. Können Sie den Besuch bestätigen? Warum war er bei der Familie? Wie ist es dazu gekommen? Und so weiter.«

»Antwort«, spielte Öztürk ihre Reaktion durch: »Der Besuch war ihm ein persönliches, menschliches Bedürfnis. Wir hatten gehofft, dass die Familie in diesen bitteren Stunden von den Medien in Ruhe gelassen wird. Ansonsten erfolgen die internen Untersuchungen so schnell wie möglich und so sorgfältig wie nötig. Sobald es einen neuen Kenntnisstand gibt, werden wir darüber informieren.«

»Genau so«, bestätigte Holm.

»Aber warum dauert das nur so lange?«, grübelte Öztürk.

Holm gab Laura ein Zeichen. Sie gingen hinaus auf den Flur. Er wollte in Ruhe nachdenken. Werner hatte ihm vor zwei Stunden gemeldet, dass das Paket zugestellt worden sei.

Verdammt! Was kann das bedeuten? Die BILD schießt schnell. Das Foto ist eindeutig. Der Sachverhalt simpel. Aus welchem Grund zögern die Redakteure? Graben sie tiefer? Haben die vielleicht sogar mehr Stoff zugespielt bekommen, von Rimson & Pryce? Haben sie irgendetwas gegen Validolor in der Hand?

Immer ruhig bleiben, ermahnte Holm sich und schüttelte den Kopf. »Die verrücktesten Gründe können für eine Zeitverzögerung sorgen«, antwortete er Laura. »Eine lange Mittagspause. Eine andere heiße Story, die jede Aufmerksamkeit auf sich zieht. Ein schwacher Text, der noch mal überarbeitet werden musst.«

»Was auch immer. Trotzdem.«

Er wusste sofort, was sie meinte. Ihm lag es genauso wenig wie ihr, die Hände in den Schoß zu legen und schicksalsergeben abzuwarten, was passierte. Was konnten sie machen? Jetzt sofort.

»Ich will auch nicht stillstehen. Irgendeine Idee?«, fragte Holm sie.

Laura nickte. »Ich denke mal laut, okay? Ich könnte einen Schritt weitergehen. Und einen guten alten Bekannten anrufen, der bei denen am Desk arbeitet.«

»Du kannst auf keinen Fall mit offenen Karten spielen. Wenn die hören, dass Wenner uns geholt hat, wissen sie sofort, dass die Nummer groß ist.«

»Ich kann mich auch auf keinen vertraulichen Austausch einlassen wie vielleicht bei anderen Journalisten.«

»Bluthunde bleiben Bluthunde«, bestätigte Holm. »Keine Freunde. Keine Deals.«

»Aber«, legte Laura sich einen Ausweg zurecht, »ich könnte im Smalltalk auf das tote Mädchen kommen, was für eine schlimme Geschichte das ist. Keinen Schritt weiter.«

»Ein Reaktionstest?«

»Vorsichtig auf den Busch klopfen.«

Holms Smartphone klingelte. Storch.

»Hallo, mein Freund, ich nehme gerade nur positive Nachrichten«, sagte er zur Begrüßung.

»Das trifft sich gut«, erwiderte Storch. »Ich habe was zu Schönbaum herausbekommen.«

»Aha?« Laura kam ganz nah an Holm heran und hörte mit.

»Ich habe ein Konto von ihr ausfindig gemacht. Wurde erst zwei Tage vor ihrem Verschwinden eröffnet.«

»Bingo«, flüsterte Laura.

»Es gibt einen einzigen Zahlungseingang. 50 000 Euro.«
»Von wem?«, wollte Holm wissen.
»Da bin ich noch dran. Könnte auf eine Briefkastenfirma hinauslaufen. Ich schicke euch einen Scan.«
»Das heißt, die Amis haben sie wirklich gekauft«, folgerte Laura.
»Auf jeden Fall ist sie tatsächlich der Schlüssel!«, sagte Holm. »Super Job, Storch! Jetzt müssen wir sie nur noch finden. Und wenn sie bei einem Naturvolk in Neuguinea untergeschlüpft ist!«
»Da suche ich als Erstes«, antwortete Storch und legte auf.
Laura strahlte Holm an. »Dann gehen wir mit der BILD wohl doch kein Risiko ein.«
»Bei allem Vertrauen in deinen Charme, Laura, besser nicht.«
Sie hörte das Kompliment natürlich heraus und lächelte ihn kurz an.
»Kein Wort hiervon zu irgendwem, Laura. Sonst haben wir von Granditz am Hals wegen Kompetenzüberschreitung.«
»Klar, Mats.«
»Und sobald ich hier wegkomme, fahre ich noch einmal zu ihrem Haus. Rede mit den Nachbarn.«
»Ein Schuss ins Blaue?«
»Wir waren noch nicht *im* Haus.«
Ging die Sache mit der BILD-Zeitung schief, war Schönbaum das einzige Ass, das Holm im Ärmel hatte. Wenn er sie fand.
»Und was mache ich so lange?«, maulte Laura.
»Du hältst hier die Stellung. Wenn jemand fragt, sag einfach, ich müsste etwas Dringendes erledigen, privater Natur. Von Granditz soll glauben, dass wir gehorsam sind und nicht in seinem Teich fischen.«
»Verstanden.«
»Und als Beschäftigungstherapie schlage ich vor, ein paar

Szenarien durchzudenken. Für den Fall, dass das Validolor doch etwas mit dem Tod des Mädchens zu tun hat.«

»Mit Öztürk? Und Noll?«

»Warum nicht?«, fragte Holm zurück.

Vielleicht hatten sie beim ersten Mal irgendetwas übersehen, das sie zu Sandra Schönbaum führen konnte. Eine Winzigkeit nur. Er glaubte an den Gott der kleinen Dinge. Was heißt *glaubte*? Er hatte so oft erlebt, dass Kleinigkeiten ausschlaggebend waren. Es hatte wohl mehr mit Erfahrung als mit Glauben zu tun. Wenn also diese Winzigkeit existierte, musste er sie ausfindig machen. Und zwar schleunigst.

16.15 Uhr

Nina Rosenthal hatte nach der Demonstration so viele auswärtige Termine gehabt, dass sie erst jetzt die bescheidenen Räumlichkeiten der Pharmawatch-Zentrale in Berlin-Mitte betrat. Eigentlich wollte sie so schnell wie möglich in ihr Büro ganz am Ende des Gangs, aber zu ihrer Überraschung lief sie in so etwas wie eine Party hinein. Der Flur war voll mit jungen Leuten, Rauch und lauter Musik. Es wurde getrunken und gelacht. Als sie sich an den ersten dieser Leute, die sie allesamt nicht kannte, vorbeischob, setzte Applaus ein. Hände klopften auf ihre Schulter. »Heiz denen weiter ein, Nina!«, grölte einer. »Super Auftritte!«, rief eine junge Frau. Auf einmal fand Rosenthal sich im größten, offen gestalteten Büro von Pharmawatch wieder.

Als Björn Leitheimer auf sie zukam, war sie regelrecht erleichtert. Endlich ein Gesicht, das sie kannte. Er war seit Stunde null bei Pharmawatch. Äußerlich war er vom Typ her Erdkundelehrer geblieben, doch sie hatte gelernt, ihn nach seinen Erfolgen zu beurteilen. Er sorgte für solide Finanzen, wachsende Spendenakquise und war als Mädchen für alles sowieso unersetzbar. Sie nahm ihn zur Begrüßung in den Arm. »Sag ein paar nette Worte zu ihnen«, flüsterte er ihr zu, »ich sehe einen Haufen potenzieller Neumitglieder.«

»Und deren Mitgliedsbeiträge«, frotzelte Rosenthal liebevoll, während ihr jemand eine Bierflasche in die Hand drückte.

»Der Feldzug für die gute Sache verlangt volle Kriegskassen«, flüsterte Leitheimer ihr ins Ohr. Sie klopfte ihm jovial auf die Schulter und hob dann die Hände, um die Masse zu beruhigen.

»Ich danke euch, liebe Freunde!«, rief sie dann. »Und ich freue mich sehr. Nicht nur über unsere gelungene Demo. Nicht nur über die Aufmerksamkeit in den Medien, die wir bekommen. Ich freue mich riesig, dass *ihr* hier seid!«

Schon hatte sie die Menge gepackt. Sie jubelte ihr zu.

»Das meine ich ganz ernst! Pharmakritik ist ein Knochenjob. Manchmal fühlen wir uns ehrlich gesagt auch schon ein bisschen alleingelassen.«

»Ooooohhh!«, machten die jungen Leute gut gelaunt.

»Jaja, spottet nur!« Rosenthal lachte mit ihnen. »Aber jetzt und hier so viele neue junge und engagierte Gesichter zu sehen, das beflügelt mich. Das beflügelt uns. Das zeigt, dass wir einen Unterschied machen können in dieser Gesellschaft. Dass unsere Botschaft gehört wird. Dass Konzerne wie Wenner nicht tun und lassen können, was sie wollen!« Mit jedem Satz steigerte sie das Tempo und die Lautstärke und spürte, wie sie an ihren Lippen hingen. »Bleibt hier. Feiert den Moment. Und vor allem: Kommt wieder! Wir brauchen euch. Eure Ideen. Euren Einsatz. Und ganz nebenbei erwähnt: Da vorne irgendwo hinter all den Menschen liegen Mitgliedsanträge. Ihr könnt Fördermitglied werden. Oder spenden. Ein paar Euro helfen uns schon weiter. Je lauter wir sein können, desto mehr werden wir gehört. Und damit: Prost!« Sie sah erhobene Bierflaschen und glänzende Augen, stieß im Vorbeigehen mit allen möglichen Leuten an, scherzte und schaffte es endlich, in ihr Büro zu schlüpfen.

Zu ihrer Freude schnitt die Tür einen Großteil des Lärms ab. Sie konnte in Ruhe telefonieren. Sofort zog sie ihr Smartphone aus der Tasche und wählte wieder die Mobilnummer, die Markus Boldt ihr gegeben hatte.

Ich muss ihn doch endlich einmal ans Telefon bekommen. Und wenn du, Markus, gerade lieber einen Bogen um mich machst, weil du kalte Füße bekommen hast oder warum auch immer, dann werde ich dich so lange mit Anrufen traktieren, bis du allein schon deswegen ans Telefon gehst, um endlich in Ruhe gelassen zu werden. Du hast offensichtlich keine Ahnung, wie zäh ich sein kann.

Sie ließ es lange läuten. Vierzehn-, fünfzehnmal. Er nahm nicht ab.

»Du Mistkerl«, fluchte sie leise, als Leitheimer seine Nase zu ihrer Tür hereinsteckte. »Nina, hast du einen Moment?« Er schob die Brille auf seine Nase und sah sie treuherzig an.

Sie hatte gerade Marc anrufen wollen, um seine Stimme zu hören, aber sie winkte Leitheimer in ihr Büro.

»Puh! Mann, Björn, wo kommen die denn alle her?«

»Die Busse sind von Wenner hierher zurückgefahren. Viele sind einfach mit hochgegangen.«

»Ich hoffe, du hast diejenigen eigenhändig erschossen, die bei Wenner Ärger gemacht haben.« Sie verzog das Gesicht. Diese Idioten waren ihr in die Parade gefahren und hatten damit Wenner einen Sympathiepunkt geschenkt. Egal. Passiert ist passiert. Dafür war sie inzwischen zu lange im Geschäft. Die Sache würde sich schon verspielen, wenn sie die schweren Geschütze auffuhr, was Validolor anging, dieses vermeintliche Wunderschmerzmittel ohne Nebenwirkungen.

»Und«, schob Leitheimer nach, »unsere Praktikantin hat auf

Facebook einen spontanen Aufruf gepostet. Solidarität feiern und so weiter«.

»Die Betonung lag wohl auf *feiern*?«

»Wie auch immer, es zieht.«

»Die Praktikantin muss ich mir wohl mal näher ansehen«, sagte Rosenthal anerkennend, warf ihre Tasche auf den überquellenden Schreibtisch und ließ sich in ihren Drehstuhl fallen.

Leitheimer räusperte sich.

»Schieß los, Björn. Ich bin ganz Ohr.«

Er machte einen ungelenken Schritt auf ihren Schreibtisch zu, kratzte sich kurz am Kopf, murmelte »Also« und verstummte wieder.

»Setz dich«, sagte Rosenthal. »So kenne ich dich ja gar nicht. Was hast du auf dem Herzen?« Sie legte den Kopf schief. Sie witterte etwas. Etwas Ungutes.

»Du weißt ja … wie du weißt, habe ich sehr viele Kontakte, wegen der Spendenakquise und so.«

»Natürlich. Was wären wir ohne dich?«, sagte sie heiter und fragte sich gleichzeitig, worauf er hinaus wollte.

»Einer dieser Kontakte hat mich vorhin angerufen Ich habe ihn kurzfristig getroffen.«

Rosenthal nickte ihm aufmunternd zu.

»Kurz gesagt … Er hat mir ein Angebot gemacht. Also, uns als Verein.«

»Interessant«, sagte Rosenthal vorsichtig.

»Es ist ein außergewöhnlich großzügiges Angebot.«

»Wie großzügig?«

Er überlegte kurz, schob dann die Brille wieder hoch auf die Nase.

»Die Unkosten von einem Jahr. Knapp.«

Sie pfiff durch die Zähne. 400 000 Euro. Das war ein schöner Batzen Geld.

»Aber vermutlich stecken dahinter nicht allein philanthropische Motive«, mutmaßte Rosenthal.

Er lächelte sie verlegen an.

»Nein. Nicht nur.«

»Sondern?«

»Unser Auftreten… genauer *dein* Auftreten in den Medien wird als etwas aggressiv wahrgenommen. Also, teilweise.«

»Teilweise etwas aggressiv?« Was ist denn hier los, fragte sich Rosenthal. Und zügelte sich mühsam.

»Im Sinne von schädlich für die Sache.«

»Soso«, sagte Rosenthal. »Und das fällt demjenigen an dem Tag ein, an dem in dieser Stadt ein Mädchen stirbt.«

»Jaja«, erwiderte Leitheimer, sofort in der Defensive.

Rosenthal lächelte ihn jetzt an, sie wusste, dass ihn das verlegen machte, und er nestelte schon wieder an seiner Brille herum. Dann lehnte sie sich dezent über den Tisch. »Du hast also auch den Eindruck, dass es da einen Zusammenhang geben könnte?«

»Ja, na klar.«

»Mit anderen Worten«, fuhr sie fort, so sanft sie konnte angesichts der Wut, die sich in ihrem Bauch anstaute, »die Pharmabranche will uns kaufen? Wenn nicht sogar Wenner direkt?«

Leitheimer zögerte.

»Oder habe ich heute früh vergessen, meine Pillen gegen Paranoia einzuwerfen?«, setzte sie nach.

»Schau mal, Nina, du machst eine… eine super Arbeit. Wenn du etwas weniger… hart am Wind segeln könntest, würde uns das ein ganzes Jahr absichern. Ein ganzes Jahr, Nina!«

»Du empfiehlst mir also, das Angebot anzunehmen?«

»Ich halte das Angebot für ziemlich attraktiv.«

Nina Rosenthal wog den Kopf und dachte über alles nach. Was tun? Pharmawatch absichern, mit allem, was daran hing. Jobs.

Familien. Und es etwas langsamer angehen lassen. Oder weiter David gegen Goliath spielen? Sie musste nicht lange überlegen.

Mit ruhiger Stimme sagte sie: »Du kannst dem edlen Spender mitteilen, dass wir uns für sein herzerwärmendes Angebot sehr bedanken – und aus tiefster Überzeugung ablehnen. Sag ihm, dass wir uns nicht kaufen lassen. Für keinen Preis der Welt!«

Leitheimer war bei ihren Worten ganz blass geworden und nickte langsam die Tischplatte an.

»Du machst einen strategischen Fehler«, meinte er leise.

»Wir werden sehen«, antwortete sie nüchtern. »Und sag ihm, er soll heute Abend *Klare Kante* einschalten, falls er meiner medialen Überpräsenz beiwohnen möchte.«

Leitheimer stand langsam auf, schob seine Brille zurecht und ging zur Tür. Es tat ihr leid. Er war ein guter Mann. Hatte sich einfach nur verleiten lassen. Er war sicherlich nicht der Erste in der Pharmageschichte. Aber, dachte Rosenthal, das ist gegen alle meine Überzeugungen. Dann auch noch mitten in der Validolor-Sache. Ich kann dir das nicht durchgehen lassen, sorry.

Er legte gerade die Hand auf die Türklinke, als sie sagte: »Dir ist klar, dass wir nicht weiter zusammenarbeiten können, oder?«

Er sah über die Schulter.

»Ich hatte geglaubt, ich kann dich überzeugen. Und du stellst dich vor deine Pharmawatcher. Vor deine Familie hier.«

»Tut mir leid, Björn«, antwortete sie mit schwacher Stimme.

»Viel Glück, Nina.«

Er biss die Zähne zusammen und verließ wortlos den Raum.

Ihr schlechtes Gewissen meldete sich. Musste das gleich auf die harte Tour sein, Nina? Er hat mich hintergangen, erwiderte ihre innere Stimme. Der fällt schon auf die Füße!

Diesen Teil ihres Jobs hasste sie definitiv. Es ging ihr einfach an die Nieren. Niemals könnte sie eine von denen sein, die dreihundert Leute an einem Tag in Einzelgesprächen entließen.

Hak es ab, Nina. Was passiert ist, ist passiert. Und in der Sache war das sehr aufschlussreich. Sie fanden sie also aggressiv. Fühlten sich auf den teuren Schlips getreten. Na, dann muss ich ja gerade den Finger genau in die Wunde legen.

Mach weiter. Immer weiter.

Sie probierte es noch einmal bei Markus Boldt.

16.49 Uhr

Holm steuerte seinen Wagen wieder auf den Parkplatz des Baumarktes neben Sandra Schönbaums Haus. Die lange Auffahrt nahm er mit schnellen Schritten. Das Auto stand unverändert vor der Haustür. Ein Blick in die Küche half auch nicht weiter. Kommste vorne nicht rein, geh hinten rum. Holm musste über Werners kleine Merksätze schmunzeln und machte sich auf den Weg. Er stieg über einen Zaun und schob sich zwischen zwei Büschen in einen winzigen Garten, der hinter dem Haus lag. Ein paar Schritte nur, und er stand auf der Terrasse. Er brauchte gar nicht ganz an die Fenster zu treten, um es zu sehen: Ach, du heilige Scheiße!, fluchte er, jemand hat das Wohnzimmer auf den Kopf gestellt! Sieht wie ein Einbruch aus. Oder soll wie einer aussehen. Das können von Granditz' Detektive gewesen sein. Oder Reina hat es zur Tarnung eingefädelt. Wie auch immer, ich muss …

»Hallo? Sie da! Halt! Oder ich rufe die Polizei.« Gleich neben ihm, keine zwei Meter von seinem Kopf entfernt, knallte etwas an die Hauswand. Holm hob schnell die Arme und drehte sich langsam um. »Entschuldigung. Ich bin ein Kollege von Sandy und …«

»Ach, Sie sind das!« Der nette Nachbar. Günther Hoppe. Mit einem Luftgewehr. Na, zum Glück hat er keine Schrotflinte!

»Nehmen Sie mir den Warnschuss nicht übel. Wir passen jetzt ein bisschen mehr auf, nicht wahr.«

Holm ging auf Hoppe zu, und sie gaben sich die Hand. Reden wollte er sowieso mit ihm.

»Langsam machen wir uns wirklich Sorgen, deshalb wollte ich noch einmal schauen«, erklärte er.

»Seit Sie hier waren, ist uns nichts aufgefallen.« Der Alte zuckte mit den Schultern.

»Auch nicht das hier?«, fragte Holm und zeigte auf das durchwühlte Wohnzimmer.

»Was ist denn da?«, fragte Hoppe. Er kniff die Augen zusammen. »Ach, das wird auch nicht mehr besser«, schimpfte er leise, »ich muss mich damit abfinden«. Er nestelte an seiner Jacke herum, zog endlich eine Brille hervor und setzte sie auf. »Ach, du heilige Scheiße!«

»Ganz genau.«

Hoppe zog die Brille von der Nase und musterte Holm aufmerksam.

»Sie sind nicht wirklich ein Freund von Sandra, oder?«

Holm schaute auf das Luftgewehr.

»Nein, bin ich nicht.«

»Dachte ich mir schon beim letzten Mal.«

Hoppe machte zwei, drei Schritte zurück und hob das Luftgewehr an, zielte aber nicht direkt auf Holm.

»Ich bin jemand, der ihr helfen will. Und Wenner. Die bezahlen mich.«

»Ein Detektiv?«

»So was in der Art.«

»Wie heißen Sie?«

»Holm.«

»Warum sollte ich Ihnen trauen?«

Tja, warum solltest du mir trauen. Komm, volles Risiko, sagte

Holm sich und griff schnell in die Innentasche seines Sakkos, was den Alten veranlasste, sein Luftgewehr hochzureißen.

»Stoppstoppstopp!«, rief Holm. »Ich hole nur mein Telefon heraus. Entschuldigung.« Zwischen zwei Fingern zog er in Zeitlupe sein Smartphone hervor.

»Frau Schönbaum ist in irgendetwas Übles hineingeraten«, sagte er langsam. »Vermutlich hat sie geheime Interna von Wenner verkauft.«

»Soso«, antwortete Hoppe und beäugte ihn misstrauisch.

»Sie hat ein geheimes Konto angelegt, und darauf sind 50 000 Euro eingegangen. Von einer Briefkastenfirma, soweit wir wissen.«

»Ich glaube, ich rufe jetzt die Polizei«, sagte Hoppe.

»Tun Sie das. Aber dann kommt alles heraus, und Sandra ist fällig.«

Hoppe zögerte.

»Ich zeige Ihnen den Beweis, den ich habe.«

Holm entsperrte das Gerät, rief Storchs Scan auf und ging – langsam und mit erhobenen Händen – zu dem Nachbarn.

»Oben links ist ihr Name.« Er scrollte hinunter. »Und hier der Betrag.«

Der Alte stöhnte hörbar und starrte in das Display.

»Oh, mein Kindchen«, murmelte er.

Holm witterte seine Chance und legte nach.

»Wenn Sie die Polizei rufen, kommt das hier zwangsläufig raus.«

»Und wenn nicht?«

»Geben Sie mir die Chance, das Ganze diskret zu regeln.«

Das brachte Hoppe ins Grübeln.

»Ihre Entscheidung«, flüsterte Holm.

Er sah, wie es in dem Mann arbeitete.

»Und der Wagen, den ich gesehen habe, damit ist sie abgehauen?«, wisperte er.

»Das herauszufinden könnte uns sehr helfen. Und Frau Schönbaum auch.«

»Ich Dämlack!«

»Kommen Sie, das bringt nichts«, sagte Holm und berührte Hoppe sanft an der Schulter. Der ließ es zu – und gab sich einen Ruck.

»Vielleicht haben wir etwas für Sie, Herr Holm, kommen Sie mit.«

Wie bitte?

Holm traute seinen Ohren nicht.

»Na, kommen Sie schon.«

Er lief Hoppe, der sich auf einmal erstaunlich zügig bewegte, hinterher.

»Was ... was haben Sie denn für eine Information?«

»Das verrät Ihnen meine Frau. Sie meint nämlich, dass ich an dem Abend noch mehr gesehen habe.«

Holm verstand kein Wort. Und Hoppe machte keine Anstalten, ihm auf die Sprünge zu helfen.

»Ach, Sie sind es«, begrüßte ihn Marlies Hoppe freundlich, »wo ist denn Ihre nette Begleitung?«

»Leider verhindert. Schön, Sie zu sehen.«

»Marlies, erzählst du Herrn Holm hier, was ich zu diesem komischen Auto noch gesagt haben soll?«

»Was ist denn los?«

»Erklär ich dir später.«

»Ja, also. Du meinst das mit dem Kennzeichen?«

»Genau.«

Holm hielt die Luft an.

»Ja, als Günther nach Hause gekommen ist, hat er mir von diesem großen Wagen erzählt. Mit einem Münchner Kennzeichen. *M irgendwas*, hat er gesagt.«

»München?«, fragte Holm überrascht. »Sicher?«

»Ganz sicher«, antwortete Marlies Hoppe und sah Holm fest in die Augen.

»Warum haben Sie das nicht gleich erzählt!«, rief er eine Spur zu hart.

Fragend, beinahe ängstlich sah sie ihren Mann an.

»Sag's ihm!«

»Naja, Günther hat angefangen … Dinge zu vergessen. Er will es nicht wahrhaben. Und behauptet, ich erfinde Sachen.«

»Was sie auch tut«, sagte Hoppe.

»Das meine ich. Aber ich will keinen Streit, verstehen Sie?«

Holm nickte ihr zu und legte beiden eine Hand an den Oberarm.

Leise fügte Marlies Hoppe hinzu: »Wir haben doch nur uns beide.«

Worauf Holm sagte: »Laura hat Recht. Sie sind ein ganz wunderbares Paar. Daran ändern auch kleine Schwächen nichts. Egal, wer sie hat.«

Die beiden lächelten ihn verlegen und dankbar an.

Er verabschiedete sich und überlegte auf dem Weg zum Auto, ob dieser dünne Hinweis ausreichte, um Storch darauf anzusetzen. Oder raubte das Kapazitäten, die er besser dafür einsetzte, mehr über den Absender der 50 000 Euro herauszufinden?

Keine Nachricht von Laura. Das hieß: Nichts Neues von der BILD-Zeitung. Verdammt, was lief da schief? Kaum saß er hinter dem Steuer, klingelte sein Smartphone. Storch rief an.

»Das muss Gedankenübertragung sein«, sagte Holm Richtung Freisprechanlage und fuhr los.

»Dann ist das die gute Nachricht«, antwortete Storch. »Die schlechte lautet: Ich komme nicht weiter. Ich lande bei dieser Briefkastenfirma und Schluss.«

»Brauchst du ein größeres Spesenkonto?«, fragte Holm.

»Nein, da ist einfach Sense. Nichts zu machen.«

Holm überlegte einen Augenblick.

»Wenn du nicht weiterkommst, sagt uns das zumindest, dass da ein Profi seine Spuren verwischt.«

»Darauf kannst du einen lassen, Holm.«

»Okay. Ich habe gerade noch einen Strang aufgetan. Zeit und Lust?«

»Scherzkeks. Schieß los!«

Holm wollte schon berichten, was die Hoppes ihm erzählt hatten. Da fiel ihm von Granditz ein. Der erste Sturm. Wer weiß, ob er nicht auch Laura und ihn ins Visier nehmen ließ.

Holm sagte: »Ich schreibe es dir. Über unseren Messenger.«

»Verstehe«, antwortete Storch und legte auf.

Holm tippte das Nötigste in sein Smartphone und schickte die Nachricht ab.

Den Rest der Fahrt jagte er in Gedanken einer einzigen Frage nach: München? Was zum Teufel ist Schönbaums Verbindung zu München? Was – oder wer?

17.16 Uhr

Regungslos lag Sandra Schönbaum im Sarg. Die Augen geschlossen. Der Atem flach. Stell dir vor, du liegst in einer Hängematte. Die Dunkelheit ist der Abend. Die Zugluft sanfter Wind. Würdest du aufstehen, sähest du die Lichter der Boote auf dem Meer. Nur willst du gar nicht aufstehen. Was für ein Luxus, liegen bleiben zu können. Den ganzen Tag. Entspannen. Faulenzen. Das ist doch gerade wie Urlaub, behauptete ihre innere Stimme.

Dann drängte sich der Geruch dazwischen. Sie konnte es nicht verhindern. Sie roch wieder das Holz des Sarges. Eiche. Eindringliche deutsche Eiche.

Kein Meer. Kein Luxus.

Schiete! Es klappte einfach nicht, sich die Situation schön zu träumen.

Sie döste weg.

Als Nächstes hörte sie die Schlüssel. Seine Schritte. Er zog einen Stuhl heran.

»Ich muss aufs Klo«, sagte sie, »dringend.« Beim Sprechen merkte sie, wie trocken ihr Mund war. Er musste den Stopfen irgendwann aus ihrem Mund entfernt haben. Offensichtlich war ihm der Sarg Schallschutz genug gegen ihre Rufe. Sie musste an einem abgelegenen Ort sein. Sie zuckte zusammen, als er unvermittelt auf den Sarg schlug.

»Ruhe!«, rief er barsch, »ich habe Sie bisher gut behandelt, oder nicht?«

So lächerlich die Frage war – sie steckte in einem gottverdammten Sarg! –, wusste sie, dass sie ihm nicht widersprechen durfte.

»Ja, schon«, sagte sie leise.

»Sie hingegen, Sandra, behandeln mich schlecht. Sie helfen mir nicht weiter. Und die Welt hier draußen steht nicht still. Dinge passieren. Die Zeit wird knapp.«

Was sollte das denn heißen?

»Wie kann ich Ihnen helfen?«, fragte sie scheinheilig zurück.

Er lachte heiser.

»Oh bitte! Stellen Sie sich nicht dumm. Ich mag keine Dummchen. Dummchen langweilen mich.«

Sie schwieg.

»Wissen Sie, Sandra, es ist am Ende recht einfach. Mein Auftraggeber fragt mich, ob ich glaube, dass Sie bald reden werden. Wenn ich Ja sage, leben Sie weiter. Sage ich aber Nein, dann hat niemand mehr eine Verwendung für Sie.«

Lass dich nicht manipulieren, rief sie sich zu. Der will dich nur weichklopfen. Hunde, die bellen, beißen nicht.

»Ich weiß allerdings nicht«, fuhr er fort, »wie lange ich Ihr galanter Retter sein kann.«

Galanter Retter? Sie würgte alle Schimpfwörter hinunter, die ihr auf die Zunge drängten.

»Kennen Sie Robert Reina? Oder nennen Sie ihn Bob?«

»Zum hundertsten Mal: Ja, ich kenne ihn. Wir haben uns in Miami kennengelernt. Fragen Sie meinen Chef, der kann Ihnen das bestätigen.«

»Hatten Sie nach Miami Kontakt zu Bobbyboy?«

»Nein!« Sie log. Zum hundertsten Mal. Sie musste lügen. Er würde zigmal nachbohren. Sie dabei bleiben. Und trotzdem: Sie musste auf der Hut sein. Durfte sich nicht verplappern. Musste aufrichtig und verzweifelt wirken, angesichts der Ungerechtigkeit, die ihr widerfuhr.

»Kennen Sie Markus Boldt?«, fragte er zu ihrer Überraschung.

»Wen?«

»Boldt. Markus.«

»Nein, keine Ahnung.«

Er schlug auf den Sarg.

»Das ist ein Kollege von Ihnen, Mann!«

»Wenner Pharma ist ein riesiger Konzern. Wie soll ich da jeden kennen?«

Wieder prügelte er auf den Sarg ein.

»Markus Boldt. Welche Informationen haben Sie ihm gegeben?«

»Was … was für Informationen überhaupt?«

»Ich habe hier ein Foto von Ihnen und Markus Boldt. Auf dem Sommerfest vergangenes Jahr.«

Sie schwieg. Versuchte, klar zu denken. Aber alles war so verwirrend.

»Sieht recht vertraut aus«, sagte er weiter.

»Ich weiß es nicht«, sagte sie müde. »Da trifft man Leute, redet, ein Fotograf kommt, knipst – und man wünscht sich einen schönen Tag.«

»War es bei ihnen beiden so?«

»Ich weiß nicht. Ich erinnere mich nicht einmal richtig an den.«

Jetzt schwieg der Mann eine Weile.

»Nina Rosenthal«, sagte er.

Was war jetzt los? Noch eine Person, nach der er gezielt fragte. Irgendetwas war im Busch. Da draußen. Nur was?

»Die blonde Tussi von Pharmawatch?«, antwortete sie matt.

»Ganz genau. Haben Sie auch mal zufällig neben der gestanden?«

»Nein, habe ich nicht.«

»Soso.«

Er glaubt dir nicht. Tu etwas! Schnell!

»Es … es tut mir wirklich leid«, stotterte sie. »Aber ich kann immer nur dasselbe sagen: Es muss ein Missverständnis vorliegen.«

»Tut es nicht«, erwiderte er.

»Warum glauben Sie mir denn nicht?« Sie schluchzte. Flehte.

»Weil ich ein Foto von Ihnen und Reina habe, Sandra, das keine vier Wochen alt ist.«

Sie hörte, dass er aufstand.

Die Schweine von Wenner hatten sie beschattet! Oh, nein.

Er verließ den Raum.

»Bitte nicht! Ich kann das erklären. Und ich muss ganz, ganz dringend aufs Klo. Bitte!«

Als der Schlüssel im Schloss knirschte, verlor sie die Kontrolle.

17.42 Uhr

Verdammt!, schimpfte Holm. Noch nichts von Storch in Sachen Schönbaum und München. Und immer noch nichts Neues von der BILD.

Er zog die Sanduhr aus der Hosentasche und warf sie Laura zu. Sie platzierte sie auf einem kleinen Beistelltisch. »Tick tack«, sagte er, verschränkte die Hände hinter dem Kopf und schloss die Augen. Noch fünf Minuten.

Es half nichts. Notgedrungen hatte er sich gedanklich auf Lauras Plan eingelassen. In fünf Minuten lief er an, der Plan B. Sie riefen Werner an. Der fand jemanden, der glaubwürdig war. Dem man abnahm, dass er einen Hansen überhaupt erkennen und einen Schnappschuss machen würde. Jemand, der in einer Apotheke arbeitete, vielleicht. Dessen Präsenz in Tegel an diesem Nachmittag plausibel war. Eine Person, die auf Facebook sein musste. Und genug aktive Freunde hatte, um die Sache authentisch in Schwung zu bringen. Für Reichweite zu sorgen. Shares. Likes. Das ganze Programm. Sie mussten die Story abfeuern.

»Noch zwei«, sagte Laura. Er öffnete die Augen, löste die Verschränkung seiner Hände am Hinterkopf und öffnete den Mund, um die nächsten Schritte mit Laura durchzugehen. In dem Moment klingelte ihr Smartphone.

»Öztürk!« Laura riss die Augen auf und schob sich elektrisiert auf die vordere Kante ihres Sessels. »Ist was im Radar aufgetaucht?«, fragte sie atemlos. Holm sah sie an. Na, das wäre ja Timing. Mehr Glück als Verstand.

»Nein?«, rief Laura enttäuscht, und ihr Körper verlor die Anspannung direkt wieder. »Natürlich haben Ihre Kolleginnen das im Griff«, sagte sie dann und rollte mit den Augen. »Ja, wir denken über eine Alternative nach und kommen gleich zu Ihnen.« Sie drückte Öztürk weg.

»Tja dann …«, sagte sie. In dem Moment klingelte ihr Smartphone noch einmal.

»Wahrscheinlich sollen wir ihr einen Kaffee mitbringen«, unkte Holm.

Laura sah auf ihr Display. »Mann, das ist der Vater!«, rief sie, »von dem toten Mädchen!«

Holm zog die Mundwinkel nach unten. Den konnten sie jetzt, bei allem Respekt, gar nicht gebrauchen.

Laura schien dasselbe zu denken, denn sie fragte: »Soll ich ihn wegdrücken?«

Holm musste an das Bild des toten Mädchens denken, an das unschuldige Lächeln dieser Sophie, und gab sich einen Ruck: »Geh dran! Sei nett zu ihm.«

»Krömer«, flötete sie in ihr Gerät und stellte auf laut. »Wenner Kommunikation.«

»Hier ist Jo Liebig noch einmal. Grüße Sie.«

»Herr Liebig, schön, von Ihnen zu hören. Ich hoffe, Sie bereuen die Begegnung mit Herrn Hansen nicht?« Direkt in der Sache, mitfühlend im Ton. Sei verdammt froh, dass diese Frau deine Partnerin ist, Holm!

»Ich bin mir nicht sicher«, antwortete Liebig zögerlich und leise, »deswegen rufe ich an«.

»Oh, aber ich habe gehört, dass das Treffen … angemessen verlaufen ist«, hakte sie behutsam nach.

Wieder dauerte es einen Moment, bis Liebig reagierte. »Ja, das ist es auch. Nur …« Sie hörten ihn schwer atmen. Laura wartete jetzt. Drängte ihn nicht.

»Ich glaube, ich habe einen Fehler gemacht!«

Mit dem Besuch von Hansen?

Laura strich eine Strähne aus der Stirn und schob die Augen zusammen. Verteidigungsbereit. Holm signalisierte ihr, sie solle ruhig bleiben.

»Was für einen Fehler?«, fragte Laura, die reine Fürsorge.

»Die hat mich überrumpelt. Ich bin eben einfach nur drangegangen. Und im nächsten Moment habe ich gehört, wie ich brav deren Fragen beantworte.«

Holm setzte sich auf.

»Wen meinen Sie mit *die*, Herr Liebig?«

»Die junge Frau. Von der Bild-Zeitung. Sie wollte wissen, wie es mit Herrn Hansen gelaufen ist. Zwei, drei Fragen. Es ging alles so schnell. Ich habe auch nur gesagt, wie es war. Dass uns diese Geste berührt hat.«

Holm ballte die Fäuste. Sehr gut!

»Tut mir wirklich sehr leid«, sagte Liebig, »ich weiß ja, wie wichtig es Herrn Hansen war, dass der Besuch unter uns bleibt.«

»Oh, Herr Liebig, was soll ich sagen. Es ist passiert. Und niemand kann Ihnen das verdenken. In der Situation.«

»Ja?«, sagte er schwach.

»Vielleicht machen Sie am besten einfach das Handy aus und kümmern sich um Ihre Frau. Und trauern ungestört. Alles andere ist zweitrangig. Wenn ich mehr weiß, melde ich mich bei Ihnen. Wie versprochen.«

»Ich danke Ihnen«, sagte er erleichtert. »Bitte sagen Sie auch Herrn Hansen, dass es mir leidtut.«

Kaum hatte Laura das Gespräch beendet, sprang Holm aus dem Sessel. »Volltreffer!«, rief er.

»Das Foto hat denen nicht gereicht«, stellte Laura tonlos fest.

»Wer hätte das gedacht? Sie wollten gleich größer einsteigen!«

Laura nahm die Sanduhr vom Tisch und warf sie Holm zu.

Sie lächelten sich kurz an.

»Schnell zu Öztürk«, befahl Holm. »Die schalten die Geschichte garantiert jeden Moment heiß.«

Kaum betraten die beiden voller Erwartung Öztürks Büro, zeigte sie auf ihren Bildschirm.

»Ist gerade aufgeploppt«, rief sie, »ich lese selbst noch.«

Mit schnellen Schritten standen sie hinter ihr und sahen auf den Monitor. Sie scrollte für sie nach oben.

In dicken Lettern stand da:

»Herz am rechten Fleck« – Beileid vom Wenner-Chef persönlich!

In einem Kasten, der in die Überschrift geklinkt war, stand *Voten Sie jetzt!*, darunter folgte der Artikel.

Von Larissa Münch

Dieser Schnappschuss ist der Hammer! Wirft ein völlig anderes Licht auf den Fall Sophie! Berlin-Tegel, 12.27 Uhr. Auf diesem Foto, das BILD exklusiv vorliegt, umarmt die Mutter der toten Sophie L. (†6) den Chef des Berliner Pillenriesen Wenner Pharma, Torben E. Hansen (48). Was war da los? Wie BILD exklusiv erfuhr: Der Konzernchef kondolierte heimlich Sophies Eltern. Auf eigenen Wunsch. Was für eine Geste. Was für eine Reaktion der Mutter. Schließlich steht der Verdacht im Raum, dass ein Medikament von Wenner Pharma am Morgen den Tod der süßen Sophie verursacht haben könnte. BILD fragte bei den Eltern nach. Vater Johannes L. (36) bestätigte: »Ja, er war bei uns. Er hat uns sein Beileid ausgesprochen. Und gesagt, er werde alles tun, um herauszufinden, was unserer Sophie passiert ist.« Hansen gestand keine Schuld ein. Trotzdem hat sein Besuch die Eltern berührt. »Der war ganz menschlich. Hat das Herz auf dem rechten Fleck.«

Hansen (4,4 Mio. Jahresgehalt plus Boni) hat selbst zwei Kinder. Der smarte Erfolgsmanager aus der knallharten Branche. Vielleicht erden ihn Julia (11) und Jonathan (8) ganz besonders.

Ein Foto. Eine Geschichte. Bei der einem warm ums Herz werden kann.

Was meinen Sie?

Werden wir, liebe BILD-Leserinnen und -Leser, Zeuge von echtem Mitgefühl? Oder ist der Besuch nur kühle Taktik? Stimmen Sie ab! Hier geht es zum großen BILD-Voting.

»Sehr gut!«, urteilte Laura.

»Aber wenn das Voting schlecht ausgeht?«, gab Öztürk zu bedenken.

»Das wird nicht passieren«, sagte Holm entschlossen. »Nicht bei dem Foto!«

»Das kommt aber schon so etwas komisch daher, dieses Voting«, meinte Noll.

»Was haben Sie erwartet?«, fragte Laura verärgert. »Wir haben keine Werbefläche geschaltet, wie Sie das vielleicht in der Produktkommunikation so machen. Glauben Sie, ein geschickter Schachzug, und die Welt da draußen wirft sämtliche Vorbehalte – und meinetwegen Vorurteile – gegen die Pharmabranche über Bord?«

Öztürk wollte etwas erwidern, aber Holm hob die Hände.

»Das Wichtigste für unsere Arbeit«, sagte er fokussiert, »ist der Grund für das Voting.«

»Und der wäre?«, fragte Noll schmallippig.

»Die Redaktion war sich nicht sicher, auf welche Seite sie sich stellen soll. Sie hat diskutiert. Ging vielleicht hoch bis zur Chefredaktion. Dann mussten sie die Eltern ausfindig machen. Darum hat es so lange gedauert.«

»BILD lässt das Volksgericht urteilen«, brachte Laura es auf den Punkt.

»Und geht dann mit der Mehrheit«, erklärte Holm. »So ist das Blatt immer auf der Seite der Massen.«

»Das Thema geht jetzt ab im Netz«, meinte Laura. »Haben Sie jemanden, der das in den Abend hinein verfolgen kann?«

»Ich kümmere mich«, sagte Noll und lief aus dem Büro. Plötzlich wirkte Öztürks Stellvertreter wieder voll engagiert. Was stimmte mit dem Kerl nicht? Holm brach den Gedankengang ab. Bleib beim Wesentlichen, ermahnte er sich.

»Wann können wir mit dem Prof telefonieren, für das Talkshow-Briefing?«, fragte er.

»Das braucht noch etwas Überzeugungsarbeit«, sagte Öztürk. »Ich schicke den Link in die Runde und rufe ihn noch mal an.«

»Dann ran an den Speck«, sagte Holm und lief aus dem Büro. Das war eng gewesen. Er atmete durch.

Ziellos lief er den Flur hinunter. Zog mechanisch seine Zigaretten aus der Innentasche. Vor seinem geistigen Auge erschien das Bild des Mädchens, der kleinen Sophie. Sein Magen krampfte sich zusammen. Zum Glück vibrierte sein Smartphone und lenkte ihn ab. Eine SMS: *Da hat der Master of Desaster ja wohl zugeschlagen. Kompliment! Hansen*

Der Mann hat einfach ein PR-Gen in sich, freute sich Holm, und wittert die Chance, Wenner aus der Schusslinie zu bekommen. Wenn er sich dabei noch persönlich profiliert, umso besser.

Für einen Moment ließ Holm etwas Erleichterung zu.

Doch das Bild von Sophie schwebte immer noch vor ihm.

Daran änderte Hansens Nachricht nichts.

Im Gegenteil.

18.54 Uhr

Liv hatte entschieden, mit wem sie zuerst über ihren *Unfall* sprechen wollte. Die Antwort lautete: Bernd Seeger. Der Therapeut, den sie seit drei Sitzungen heimlich aufsuchte.

Sie saß ihm gegenüber, aber ihre innere Stimme war lauter als seine. Alles war noch so neu. So verwirrend. So unglaublich. In ihr sollte jetzt ein Mensch wachsen. Aus ein paar Tröpfchen Unbeherrschtheit. Aus einer winzigen Pfütze. Ihre innere Stimme sagte: Es wird dein Leben auf den Kopf stellen. Für immer. Ihr Herz konnte das nicht fassen. Es war einfach nur unwirklich. Liv dachte an eine Schulfreundin, die es mit siebzehn erwischt hatte. Am liebsten hätte sie sie angerufen. Wäre da nicht ihr schlechtes Gewissen gewesen. Das Mädchen war ins Abseits gerutscht. Keine Partys, keine Jungs, langweilig. Liv war unmerklich auf Abstand gegangen. Eine Karte zur Geburt, das war es. Seitdem hatten sie sich nicht mehr gesehen. Vergiss den Anruf.

Wenn es einem selbst passierte, schien es plötzlich so absurd zu sein. Da war jetzt etwas in ihrem jungen Leben, das ab sofort immer da sein würde, Tag und Nacht, 24/7, wenn sie nicht … eingriff. Oh, Gott!

Joe hatte etwas ganz Wichtiges ausgesprochen: Liv hatte Zeit. Etwas Zeit. Trotz allem. Ein Tag mehr oder weniger spielte am Ende keine Rolle. Also konnte sie auch erst zu dem einfühlsamen Mann gehen, der ihr Innerstes zwar mit großer Präzision sezieren würde, allerdings ohne ihr Vorwürfe zu machen oder ihren Geisteszustand anzuzweifeln.

Was Papa wiederum definitiv tun wird, da brauche ich noch nicht mal mit mir selbst zu wetten, das weiß ich einfach. Nein, ein Gespräch mit Papa gebe ich mir erst, wenn mich irgendwer wieder halbwegs aufgebaut hat.

So wie Bernd Seeger gerade mit ihr sprach, ruhig und zugewandt, wie er sie ansah über seinen Brillenrand, warm und milde, bestätigte sie das in ihrer Entscheidung. Wobei es durchaus helfen konnte, nicht nur den eigenen Gedanken nachzuhängen, sondern dem Mann auch zuzuhören.

»… gilt es abzuwägen bei so einer weitreichenden Entscheidung. Aus dem Bauch heraus, Liv: Wie bewerten Sie diese

Schwangerschaft? Bedroht sie ausschließlich Ihr bisheriges Leben, Ihre Pläne? Oder können Sie auch eine Chance darin erkennen?«

«Was für eine Chance?«, fragte Liv tonlos zurück.

»Lenken Sie Ihre Fantasie einfach für einen Moment in diese Richtung«, forderte er sie auf.

Mann, wenn du etwas sagen willst, sag es, und spiel mir nicht die Bälle zurück. Dennoch atmete sie tief durch und ließ sich darauf ein.

»Mit dem Vater – oh, Gott, wie sich das anhört – bin ich nicht mehr zusammen. Jura ist mit Kind nicht zu schaffen. Nicht für mich. Ich muss aus der WG ausziehen. Meinen Vater anpumpen.« Tränen stiegen ihr in die Augen und in den Mund.

»Sie fühlen sich alleingelassen mit dieser Aufgabe.«

Beherrsch dich, du dumme Pute. Heul bloß nicht wie so eine kleine Tussi! Sie schluckte die Tränen hinunter und nickte Seeger zu.

Der Therapeut schlug seine Beine übereinander, schaute etwas in seinen Aufzeichnungen nach und fuhr dann fort: »Sie sind neunzehn Jahre jung und schwanger. Wenn ich es richtig sehe, war Ihre Mutter mit Ihnen genau in derselben Situation, Liv.«

Dieser Gedanke erwischte sie auf dem falschen Fuß. An ihre Mutter hatte sie noch gar nicht gedacht. Sie war viel zu sehr mit sich selbst beschäftigt gewesen. Mit diesem Ausnahmezustand. Sie überlegte kurz.

»Sie haben Recht«, sagte sie dann verblüfft.

Er nickte bedächtig.

»Und sie hat damals eine Entscheidung getroffen.«

»Das kann man doch gar nicht vergleichen!«, rief Liv.

»Vergleichen kann man alles und nichts«, antwortete er bedächtig. »Worauf ich aber eigentlich hinaus will: Sie haben mir vom Tod Ihrer Mutter berichtet, Sie waren damals sechs Jahre alt. Dass Ihr Vater so auf Distanz zu Ihnen geht, zehrt an Ihnen. Sie hängen da fest. Da sitzt Schmerz. Wir sind bisher nicht in diesen Schmerz gegangen. Was meinen Sie, sollten wir das tun?«

»Meinten Sie das mit Chance?«

Er lächelte sie nur ausdauernd an, bis sie den Kopf senkte. Ihr schwirrte der Kopf. Es war so viel auf einmal. So schwierig. Und jetzt noch Mama. Aber bist du nicht wegen ihr hier?, stellte sie sich zur Rede. Seeger machte sich Notizen, aber sie spürte, dass er eigentlich nur wartete und die Zeit, die sie brauchte, überspielte.

»Meine Mutter ist nicht nur früh gestorben«, sagte sie plötzlich wie aus der Pistole geschossen. »Sie hat sich umgebracht. Selbstmord.«

Seeger erstarrte für einen Moment.

»Ich habe noch nie mit jemandem darüber geredet. Mein Vater würde mich umbringen, wenn er von dem hier wüsste.«

Sie sah seinen Blick. Verwunderung. Mitleid. Aufmunterung.

»Ich habe sie gefunden«, brach es aus ihr heraus, und atemlos erzählte sie weiter: »In der Badewanne. Alles rot. Ihre Augen waren offen. Ich sehe immer Mamas Augen. Diesen leeren Blick.«

»Langsam, Liv, langsam«, flüsterte Seeger und legte seine Hand auf ihre, die sich, wie sie erst jetzt bemerkte, in den Sessel krallte. Sie stoppte, während ihre Pupillen zuckten, als sähe sie einen aufreibenden Film. Seeger reichte ihr ein Glas Wasser.

»Ich kriege diese Bilder nicht aus dem Kopf«, wisperte Liv. Sie sah Seeger direkt in die Augen. Er überlegte.

»Kann man solche Bilder überhaupt aus dem Kopf bekommen?«, fragte er dann.

»Aber es hört doch sonst nie auf«, antwortete Liv und drängte einen Schwall Tränen zurück.

»Ich verstehe Ihren Wunsch, Liv. Nur wenn Verdrängung bis heute nicht funktioniert hat, warum sollte sie künftig wirksam sein?«

»Sagen Sie es mir. Wie komme ich denn stattdessen da raus?«

»Mit viel Arbeit.«

»Was bringt das?«

»Im Idealfall können Sie das Ereignis und die Bilder anders in Ihr Leben einordnen.«

»Wie denn?«

»Wo hätten Sie sie denn gerne?«

»Unter erledigt.«

»Okay. Und was muss passieren, damit es erledigt ist.«

»Ich müsste es verstehen. Und meinen Vater.«

»Was noch?«

»Ich müsste diese … Schuldgefühle loswerden.«

»Verstehe ich richtig, dass Sie Schuldgefühle haben, weil Ihre Mutter Selbstmord beging, als Sie sechs Jahre alt waren?«

»Das habe ich doch gerade gesagt!«, sagte Liv schroff.

Seeger lächelte sie an. »Unsere Zeit ist gleich um. Ich danke Ihnen sehr, dass Sie sich mir anvertraut haben. Ich glaube, wir können das in den Griff bekommen.«

»Wie denn?«

»Wir erforschen Ihre Vergangenheit. Schauen uns Puzzlesteine und deren Bedeutung an. Dann überlegen wir, wie alles zusammenpassen könnte. Und wenn alles richtig sitzt, dann merken Sie es, ganz tief in sich. Und Sie spüren, wie die dort gebundene Energie frei wird. Und die Vergangenheit Sie regelrecht loslässt.«

»Und was soll ich jetzt mit dem …« Sie brachte das Wort Baby nicht über die Lippen. »Mit der Schwangerschaft machen?«

»Eins nach dem anderen. Liv, übernehmen Sie sich nicht. Wir sollten uns in nächster Zeit öfter sehen. Ich schicke Ihnen Terminvorschläge.«

Als er ihr die Hand reichte, zog sie ihn an sich, drückte ihn kurz, aber fest und rannte aus dem Raum.

19.38 Uhr

Holm stand in der Raucherkabine und blies Kringel an die Decke. Die Schritte, die in seinem Rücken auf ihn zukamen, hätte er auch im Schlaf erkannt.

»Klopfklopf«, sagte Laura, »darf ich dein neues Büro betreten?«

»Freie Platzwahl«, sagte Holm.

»Öztürk hat ihn becirct«, kam Laura direkt zur Sache, »gleich haben wir mit dem Herrn Professor eine Telko.«

»Persönlich ging nicht?«, fragte Holm, der Telefonkonferenzen anstrengend fand und den Leuten – speziell unter diesen Umständen – lieber in die Augen sah.

»Nicht genug Zeit zwischen Flug und Maske und überhaupt.«

»Na dann.«

»Öztürk wäre gern dabei.«

»Nichts dagegen«, sagte Holm.

»Okay. Wenn er Rosenthal in der Sendung im Schach hält, würde das den Tag abrunden«, meinte Laura.

»Fifity-fifty«, schätzte Holm. »Ich wäre schon froh, wenn es keine bösen Überraschungen gibt.«

»Wie meinst du?«, fragte Laura.

»Weiß nicht. Ein Gefühl. Oder mich macht diese Aussätzigen-Unterbringung hier depressiv.«

»Dann verbiete ich dir hiermit das Rauchen«, erklärte Laura und zwinkerte ihm zu.

Holms Smartphone klingelte. Er blies einen letzten Kringel an die Decke, drückte die Zigarette aus und sagte: »Nur Stress!«, bevor er dran ging. »Hey, Storch, gibt es was Neues?«

»Hallo, Holm. Nein, nicht wirklich. Sag mal, hast du Zeit und Lust, später noch an der Spree joggen zu gehen?«

Holm stutzte. Er sah Laura an und legte einen Zeigefinger auf die Lippen. Sie sah ihn beunruhigt an.

»Ich habe gleich noch einen wichtigen Termin.«

»Komm schon, Holm, du und deine Termine. Ist der so wichtig? Ich muss mich mal dringend wieder bewegen, aber brauche einen, der mir in den Hintern tritt«, erzählte Storch in launigem Plauderton.

»Tut mir leid, daraus wird nichts. Die Tage vielleicht, ja?«

»Na gut, meld dich.«

»Ciao«, verabschiedete sich Holm.

Sofort fragte Laura: »Stimmt etwas nicht?«

»Ich muss zu Storch. Sofort«, erklärte er kurz angebunden und startete Richtung Fahrstühle.

»Was ist denn los? Und das Briefing von Steymann?«

»Keine Zeit für Erklärungen. Steymann machst du. Spitz ihn richtig an. Rosenthal fühlt sich wohl in der Offensive. Er soll sie attackieren, wo er kann. Aber mit leichter Hand. Sie reizen. Vielleicht macht sie einen Fehler.«

»Wie besprochen.«

Er stieg in den Fahrstuhl und nickte Laura zu.

»Wir brauchen keinen Halbgott. Wir brauchen einen Gott in der Sendung.«

»Das wird er gerne hören«, sagte Laura trocken und wandte sich um.

Auf der Fahrt musste Holm sich sehr beherrschen, um sich an die Tempolimits zu halten. Zum Glück war vom Feierabendverkehr nicht mehr viel übrig, und er kam gut durch. Währenddessen jagten die Gedanken nur so durch seinen Kopf. Joggen an der Spree? Die Frage stammte aus ihren alten Zeiten, als die beiden hungrigen Reporter den Mächtigen vors Schienenbein treten wollten. Und traten. Je heißer die Geschichten wurden, desto wichtiger kamen sie sich vor. Spielten sich auf, gaben an, übermütig und jung. Die Joggingfrage hatte Storch sich ausgedacht. Bei einer Story hatten sie das Gefühl, ihre Telefone würden abgehört.

Die Joggingfrage diente als Alarmzeichen. Wer sie stellte, meinte in Wirklichkeit: Die Leitung ist nicht sicher. Wir müssen persönlich sprechen. So schnell es geht.

Wenn Storch an diesem Tag damit kommt, das war Holm klar, dann muss er etwas über das Münchner Kennzeichen herausgefunden haben. Über Sandra Schönbaum! Wahrscheinlich ist Storch selbst der Messenger nicht abhörsicher genug. Vielleicht, bremste Holm seine aufkommende Euphorie, ist er auch auf widersprüchliche Informationen gestoßen und will sich nur mit dir beraten. Wie auch immer. Gleich wirst du es erfahren.

Holm legte seine kleine Sanduhr, die er die ganze Zeit durch die Finger gleiten ließ, beiseite und trat das Gaspedal durch.

Storch wartete vor dem Jugendzentrum. Er stieg von einem staksigen Bein aufs andere. Selbst aus dem Wagen nahm Holm die Spannung in Storchs Körper wahr. Die Energie in den Augen. Das Funkeln. Jagdfieber.

Er hat was. Er hat wirklich was!

Als Holm den Motor ausstellte, hörte er sein Herz in der Brust pochen.

»Mann, du hast dir aber Zeit gelassen!«

»Mein Beamer war defekt, Storch«, antwortete er. Sie umarmten sich fest.

»Wir gehen hinten rum, ins Büro«, flüsterte sein Freund Holm ins Ohr. Auf dem Weg dorthin rauschte das Blut in Holms Ohren. Er hörte sein Herz hämmern. Aufgeregt. Fordernd. Laut.

Storch schloss die Tür hinter ihnen ab und hastete zu den Laptops, tippte kurz auf beiden und erklärte schließlich: »Jetzt sind wir ungestört.«

»Dann schieß los«, sagte Holm mit gepresster Stimme.

Storch rieb sich die Nase. Kniff die Augen zusammen. Holm kannte diese Bewegungen seit einer Ewigkeit.

»Ich bin der München-Spur nachgegangen. Ich habe Querverbindungen von Schönbaum nach Bayern abgegrast.«

»Und?«

»Und habe keine einzige gefunden.«

»Was?«, fragte Holm tonlos.

»Sie hat keinerlei Verbindung nach München. Wenn wir mal Verwandtschaft siebten Grades außen vor lassen.«

»Sicher?«, hakte Holm nach.

»Willst du mich beleidigen?«

Holm fixierte seinen Freund. Das konnte nicht alles sein. »Aber?«

Storch grinste.

»Ich hatte eine Idee« Er gönnte sich eine Kunstpause.

»Die ich aber erst genial nennen kann«, spielte Holm leicht genervt mit, »wenn du sie aussprichst.«

»Stimmt. Die Antwort lautet: Sixt!«

»Sixt?«

»Ein Leihwagen. Sixt meldet fast alle Fahrzeuge in München an!« Storch breitete die Arme aus, als müsse sein Freund ihm zujubeln.

»Aha«, machte Holm wenig überzeugt. Unbeirrt ratterte Storch jetzt seine Recherchen herunter: »Zu deiner Aufmunterung: Ich habe deren System einen Besuch abgestattet. Alle Wagen angeschaut, die an dem Abend verliehen waren, an dem die Nachbarn die große Karre gesehen haben. Diese Auswahl habe ich auf SUVs, Minivans und Kleinbusse eingeschränkt. Bei den Farben habe ich alles gelten lassen, was nicht gerade weiß oder quietschgelb ist. Dann habe ich die GPS-Daten zu jedem dieser Fahrzeuge aus dem System gemolken.«

Endlich begriff Holm!

Er merkte, dass sein Mund offen stand.

Es war ihm egal.

»Rechnet man sicherheitshalber etwas Fehlertoleranz ein«,

fuhr Storch im selben Tempo fort, »kommen drei Autos in Frage, die auf Schönbaums Grundstück, auf dem Parkplatz vom Baumarkt nebenan oder vor Kopf an der Straße gestanden haben. Mindestens ein paar Minuten lang.«

»Genial, Storch!«, sagte Holm mit aufrichtiger Bewunderung in der Stimme.

»Moment, Moment. Ich habe mir auch noch die Ausleiher angeguckt. Drei Männer. Der erste heißt Michael Weber. Genannt Mike. Sohn eines GIs und einer Deutschen. Hat, halt dich fest, in der US-Botschaft im Sicherheitsdienst gearbeitet.«

»Echt jetzt?« Holm zog die Augenbrauen hoch.

»Was sein Status gerade ist, konnte ich leider nicht herausbekommen.«

»Mit schönen Grüßen von Rimson & Pryce? Das passt zu gut, um wahr zu sein«, sagte Holm skeptisch. Was nicht verhinderte, dass Wenner Pharma in seinem Kopf für eine Gedankenlänge zum satten Spionagefall auswuchs.

»Trotzdem meine Nummer eins. Er ist nämlich später auch noch zum Ostbahnhof gefahren.«

»Wow!«

»Dann habe ich Paul Buttkereit für dich im Angebot. Feuerwehrmann. Mit Neigung zu windigen Nebenverdiensten.«

»Interessant.«

»Und ein Christoph Jessen. Leichenbestatter. Hat sein eigenes Geschäft. Oder wie sagt man bei Bestattern?«

Holm musste lachen.

»Na, ich glaube kaum, dass jemand – wer auch immer – Schönbaum in ihren eigenen vier Wänden umbringt und dann noch den freundlichen Herrn vom Bestattungsinstitut bestellt.«

»Deshalb ist er auf Platz 3 meiner Hitliste.«

Storch reichte Holm einen Computerausdruck. Namen, Adressen, Kontaktdaten.

»Bei denen müsst ihr weitergraben.«

Holm stand auf und klopfte seinem alten Freund auf die Schulter.

»Das werden wir, Storch. Noch heute Nacht! Genial hatte ich schon gesagt, oder?«

Storch lachte erleichtert.

»Ich meine, macht doch Sinn, dass sie zur Tarnung einen Mietwagen nimmt, um von der Bildfläche zu verschwinden.«

Holm nickte nachdenklich, während Storch die Bürotür aufschloss.

»Das macht verdammt viel Sinn, mein Held. Ich muss jetzt los.« Er trat in den Flur, in dem ihn harter, wummernder Gangster-Rap in Empfang nahm.

Storch lächelte, stolz und verlegen zugleich.

»Du, ähm, einer meiner Jungs bräuchte etwas Rechtsbeistand.«

»Nimm den besten, den du kriegen kannst«, rief Holm über die Schulter und rannte zu seinem Wagen, er musste zur Talkshow zurück bei Wenner sein, damit seine Abwesenheit nicht auffiel. Rasend schnell spielte er alle Eventualitäten durch. Die Unwahrscheinlichkeiten. Was, wenn die beiden Alten sie völlig auf den Holzpfad brachten?

Egal, rief seine innere Stimme, als er in seinen Wagen sprang.

Du hast drei Namen, um Schönbaum aufzutreiben.

Drei Möglichkeiten, um dem Spuk ein Ende zu bereiten.

Drei Schuss. Nicht mehr und nicht weniger.

Eins steht fest. Wir feuern sie ab. Alle drei.

20.21 Uhr

Sylvie Liebig hing an den Lippen der Rechtsanwältin. Was würde sie sagen? Was würde die Spezialistin für Patientenrechte sagen? Wie war noch mal ihr Name? Was hatte ihre Schwester gesagt, bevor sie gefahren war, um am Morgen wiederzukommen. Charlotte irgendwas? Wie auch immer: Sophie konnte kein Prozess der Welt wieder lebendig machen. Doch die Vorstellung davon, die Schuldigen zur Rechenschaft zu ziehen, bewahrte Sylvie Liebig vor einem Nervenzusammenbruch. Da war sie sich sicher.

Deshalb hatte sie keine Minute warten wollen. Geschweige denn eine ganz Nacht. Auf dem Sofa zu sitzen, allein mit ihrer Trauer, die durch ihr Innerstes ätzte, allein mit Jo, der einfach keine Hilfe war, allein mit den Selbstzweifeln, den stummen Vorwürfen und den letzten Bildern von Sophie – Blut spuckend und leblos –, allein mit all den Taschentüchern um sich: Sie hätte es nicht ertragen.

Sie hatten der Rechtsanwältin alles erzählt. Wie Sophie krank geworden war, die Besuche beim Hausarzt, die Medikation, die Augenringe, Sophies Kollaps, das Krankenhaus.

Das Ende.

Die Anwältin war um die fünfzig, brünett, hatte eine spitze Nase und katzenhafte Augen, die in dem gewöhnlichen Gesicht selbstsicher strahlten. Für sich gewonnen hatte sie Sylvie Liebig aber mit ihrer Art. Obwohl sie längst Feierabend hatte, hörte sie genau zu. Ohne Hast, Nachdruck oder Gefühlsduselei. Sylvie Liebig hatte eine Überdosis an Mitgefühl bekommen. Sie konnte nichts mehr damit anfangen. Keiner konnte sich nur annähernd ausmalen, wie es in ihr aussah. Niemand. Absurderweise hatte der Chef von Wenner Pharma sie am ehesten berührt, mit seinem unaufdringlichen Besuch.

»Können Sie etwas für uns tun?«, hörte sie Jo fragen.

Die Anwältin sortierte offensichtlich noch die geballten Informationen.

»Irgendetwas«, sagte Sylvie Liebig leise.

»Die Materie ist sehr komplex. Ein klassisches Fehlverhalten der beteiligten Ärzte lässt sich auf den ersten Blick nicht erkennen.«

Lass uns nicht hängen. Lass uns bitte nicht hängen.

»Der Totenschein führt Sophies Tod auf eine natürliche Ursache zurück. Das heißt, es wird nicht von Amts wegen ermittelt«, erklärte die Anwältin.

Hoffnung. Ich brauche nur einen Funken Hoffnung, bettelte Sylvie Liebig innerlich.

»Gegen Wenner anzutreten, halte ich im Moment für sehr gewagt. Wenner ist groß und mächtig. Starke Rechtsabteilung. Die hetzen Ihnen eine Armee von Topanwälten auf den Hals. Verwickeln Sie in spitzfindige Detaildiskussionen, die Jahre dauern können. Jahre.«

Sylvie Liebig sah Jo an. Der knickte schon ein. War fertig, bevor es anfing. Wieder spürte sie diese Wut auf ihn in sich aufsteigen.

»Und ob Ihre Rechtsschutzversicherung das alles trägt, daran habe ich meine Zweifel. Nur, um das auch erwähnt zu haben.«

Sylvie Liebig sah noch einmal zu Jo hinüber. Er erwiderte ihren Blick nicht.

»Was ist mit einer Obduktion?«, platzte es aus ihr heraus. »Auf unsere Kosten?«

»Was?«, fragte Jo. Sie wusste, dass er sie jetzt ansah. Dieses Mal war sie es, die ihren Blick von ihm abwandte. »Geht das überhaupt?«, fragte er die Anwältin.

Sie räusperte sich. »Privatsektionen sind durchaus möglich«, antwortete sie knapp. »Aber, Frau Liebig, das ist eine sehr weitreichende Frage.«

»Inwiefern?«, fragte Sylvie Liebig bissig.

»Ist Ihnen klar, was eine Obduktion bedeutet?«

»Ich glaube schon«, antwortete sie.

»Bei allem Respekt: Ich glaube nicht«, sagte die Anwältin bestimmt.

»Wenn Sie uns nicht helfen wollen, dann sagen Sie es einfach.«

»Frau Liebig, wollen Sie wirklich, dass ihre Sophie von Hals bis Hüfte aufgeschnitten wird? Dann werden Haut und Fett auseinandergeklappt. Die Rippen durchgesägt ...«

Sylvie Liebig spürte Sophies Rippen an ihren Fingerkuppen. Erinnerte sich an ihr gemeinsames Spiel.

»Der Rechtsmediziner schneidet Herz und Lunge heraus. Schneidet alles in Scheiben. Zieht die Kopfhaut über das Gesicht von Sophie. Sägt den Schädel auf.«

»Genug!«, schrie Jo Liebig, den es nicht mehr in seinem Sessel hielt. »Ich will das nicht!«

»Wie viel kostet so eine Privatsektion?«, fragte Sylvie Liebig ungerührt. Die Anwältin sah sie lange an, bevor sie antwortete: »Um die 200 Euro. Nach Gebührenordnung. Plus toxikologische Untersuchungen in Ihrem Fall.«

»Willst du sie wirklich zerstückeln lassen, Sylvie?« Jo klang nicht wütend. Er klang fassungslos.

»Gibt es Fristen?«, fragte Sylvie Liebig die Anwältin.

»Bei Mord nein. Vor der Beerdigung würde Sinn machen, wenn Sie sie nicht auch noch exhumieren lassen wollen.«

Alle schwiegen.

»Was meinen Sie denn, Frau Witting?«, fragte Jo. »Es hört sich so an, als ob Sie uns empfehlen würden, die Sache auf sich beruhen zu lassen.«

Die Anwältin sah sie beide an.

»Für diese Entscheidung ist es viel zu früh. Ich glaube, Sie sollten erst einmal schlafen. In Ruhe trauern. Und abwarten, was ans

Tageslicht kommt. Speziell über Validolor. Es ist überall in den Medien.«

Jo nahm den Kopf in beide Hände.

»Ich kann nicht mehr klar denken«, sagte er.

»Ich bin dafür, dass ...«, setzte seine Frau an.

»Sag das nicht!«, fuhr Jo sie so unerwartet an, dass sie zusammenzuckte. »Wir hören jetzt auf damit. Und schlafen eine Nacht drüber.«

Lass es so stehen, Sylvie, sagte sie zu sich selbst und stoppte die Worte, die ihr auf der Zunge lagen. Unsere Ehe war vorher kaputt. Sie ist auch morgen noch kaputt. Das darf Sophies Schicksal nicht in den Schatten stellen. Das hat meine Maus nicht verdient.

Die Anwältin reichte ihr eine kalte, feste Hand und Jo eine Visitenkarte. Er brachte sie zur Wohnungstür. Sylvie Liebig hörte, wie die beiden an der Tür tuschelten. Sollten sie nur. Sie kriegte, was sie wollte. Ob mit oder ohne Jo.

21.12 Uhr

Ein Security-Typ, ein Feuerwehrmann und ein Leichenbestatter. Immer wieder nahm Holm Storchs Papier vom Beifahrersitz und las die drei Namen, die sie vielleicht zu Sandra Schönbaum führen würden. Michael Mike Weber, Paul Buttkereit und Christoph Jessen.

Er hatte auf eine Winzigkeit gehofft. Jetzt hatte er eine Namensliste. Drei Schuss. Und hoffentlich einen Volltreffer.

Mist! Er war so in Gedanken versunken, dass er es erst jetzt bemerkte. Er war in einen Stau gefahren. Ein Unfall blockierte seinen Weg. Und hinter ihm standen die Wagen prompt Schlange. Er wählte Lauras Nummer.

»Wird es knapp?«, fragte sie direkt.

»Ich komme leider zu spät. Unfall. Gibt es etwas Neues?«

»BILD weiter bei 70 zu 30. Wir haben einen Haufen Anfragen beantwortet. Tendenz pro Wenner.«

»Irgendetwas von der Kontrollbehörde?«

»Sind wohl nicht die schnellsten.«

»Ansonsten?«

»Bei Bork sind noch diese Schauspielerin, Sina Soundso, die medikamentenabhängig war und ein Buch darüber geschrieben hat.«

»Bringt uns Zeit«, antwortete Holm.

»Und der Krüger aus dem Gesundheitsministerium.«

Krüger war Staatsekretär, ein erfahrener Mann, ausgleichend. Sie halten den Ball so flach es geht, schloss Holm, den Minister behalten sie in der Hinterhand. Als Eskalationsstufe.

»Dann läuft es auf ein Duell zwischen unserem Prof und Rosenthal hinaus.«

»Das mögt ihr großen Jungs doch«, sagte Laura. »Und wie war es bei Storch?«

»Wir haben über Autos geredet.«

»Dafür lässt du hier alles stehen und liegen?«

»Wo soll ich gleich hinkommen?«, wechselte Holm das Thema.

»In den Sitzungsraum.«

»Geht's nicht etwas intimer?«

»Kannst du vergessen. Die machen ein kleines Happening daraus. Beamer, Leinwand. Alle kommen.«

»Verschone mich«, stöhnte Holm.

»Öztürk hat es wohl vorgeschlagen. Beratung in Echtzeit. Schnellstmögliche Reaktion.«

Breit lächelnd betrat Holm zwanzig Minuten später den Sitzungsraum. »Wie im Kino! Schöne Idee.« Mit einem Blick sah er, dass die Schauspielerin irgendetwas Unwichtiges aus ihrer persönlichen Leidensgeschichte erzählte.

»Je später der Abend«, antwortete von Granditz gut gelaunt.

Holm beugte sich kurz zu ihm hinunter und fragte leise: »Was machen eigentlich die Wühlmäuse?«

Die Frage verdarb dem Justiziar schlagartig die Laune.

»Reina weilt in den USA«, sagte er leise, »leider außer Reichweite«.

»So ein Pech.« Holm nickte von Granditz zu, kniff aber den Mund zusammen.

»Kurze Wege, dachten wir«, erklärte Hansen ihm zur Begrüßung. Holm setzte sich auf den freien Platz neben Laura. »Und?«, fragte er sie leise.

»Pari pari. Bork ist natürlich mit Validolor und der Aktualität eingestiegen. Die bekannten Vorwürfe. Hat der Prof ordentlich pariert. Seit die anderen dran sind, plätschert es so dahin.«

Holm nickte ihr zu und konzentrierte sich auf die Leinwand.

Nina Rosenthal trug ein enges rotes Kleid. Sehr sexy, aber vielleicht auch etwas zu offensiv. Steymann hingegen trug einen gedeckten Anzug. Eine elegante Erscheinung, graues volles Haar. In Topform.

Jetzt wandte Bork sich Rosenthal zu: »Kommen wir zurück zu Validolor. Frau Rosenthal, Sie haben sehr früh Skandal geschrien. Wodurch halten Sie das für gerechtfertigt?«

Es wurde ganz leise im Sitzungsraum.

»Ich kämpfe für ein Gesundheitssystem, in dem es um die Patienten geht. Gerade auch um die kleinsten unter ihnen. Und nicht allein um Profit.«

»Dieses hehre Ziel«, setzte der Moderator nach, »wird vermutlich jeder in diesem Land unterschreiben. Aber im konkreten Fall hat Wenner Pharma ziemlich schnell versprochen, die Produktion zu überprüfen.«

»Die ist nach meiner Kenntnis übrigens sauber«, warf Steymann ein.

»Dann haben wir auch das in dieser Sendung erfahren. Also, Frau Rosenthal. Wenner überprüft die eigene Arbeit. Die Behörden wissen auch noch nicht genau, was los ist. Nur Sie sind sicher, dass dieses Schmerzmittel für den Tod von Sophie verantwortlich ist. Weil nur sein kann, was in Ihr Weltbild passt?«

»Genau!«, rief Schneider vom Tisch mit den Lachshäppchen. Holm sah Laura an. Bork erhöhte die Temperatur. Würde er ihnen den Gefallen tun und Rosenthal auseinandernehmen?

»Das hat mit Weltbild nichts zu tun«, antwortete sie. In der Naheinstellung bemerkte Holm, dass sie schneller blinzelte als zuvor. »Medikamente sind die dritthäufigste Todesursache nach Herzkrankheiten und Krebs. Korrekt eingenommene, wohl gemerkt. Mit unserem Verein Pharmawatch verfolgen wir seit Jahren intensiv, wie die Branche agiert und …«

»Ich mache es noch etwas konkreter«, unterbrach Bork sie mit einer gelassenen Geste.

Es folgte ein kurzer Einspielfilm, der zeigte, wie die Demonstration eskaliert war. »Die haben anscheinend alle Bilder besorgt, die sie kriegen konnten«, raunte Laura Holm zu. Holm nickte. Lief doch prächtig.

Kaum endete der Film, setzte Bork nach: »Können Sie sich vorstellen, Frau Rosenthal, dass so etwas die Patienten, vor die Sie sich immer so edel stellen, vielleicht doch abschreckt? Oder gilt: Der Zweck heiligt die Mittel?«

»Das tut er natürlich nicht. Genauso wie eine Schwalbe keinen Frühling macht, wenn wir gerade schon bei Redewendungen sind.« Das brachte ihr einen Lacher beim Studiopublikum. »Einige wenige haben sich danebenbenommen, sie fühlten sich provoziert. Dafür haben wir uns entschuldigt. Das kann aber nicht unseren insgesamt friedlichen Protest in Frage stellen.«

»Soweit ich weiß«, schaltete sich Professor Steymann ein, »haben die Mitarbeiterinnen und Mitarbeiter von Wenner es zu hundert Prozent geschafft, auf Gewalt zu verzichten.«

Dafür bekam er im Studio wie im Sitzungsraum Applaus.

In den Lärm hinein sagte Bork: »Noch ein Ereignis heute lässt mich mit einem Fragezeichen zurück. Schauen Sie selbst.«

Ein Einspielfilm zeigte ein Foto Rosenthals von den Protesten bei Wenner am Vormittag. »Unser Gast, Doktor Nina Rosenthal, sagte heute, ihr reiche das Auftreten des Wenner-Chefs Hansen nicht.« Neben das Foto flog Text ein: »Weil er den entscheidenden Fragen ausweicht. Fragen, die ich habe. Die aber mit Sicherheit auch die Eltern von Sophie haben.«

»Ist das so?«, fragte die Sprecherin des Beitrags. Jetzt erschien ein Foto von Hansen. »Nach seinem privaten Besuch bei der Familie sagte Sophies Vater: ›Der war ganz menschlich. Hat das Herz auf dem rechten Fleck.‹«

Die Regie schnitt vom Film direkt auf Rosenthal in Großaufnahme, und Bork schoss seine nächste Frage ab: »War es ein kluger Schritt, so zu tun, als würden Sie im Namen der Familie sprechen?«

»Habe ich ja gar nicht.«

»Haben Sie doch.«

Auch wenn Rosenthal ihren Kopf geschickt senkte, sah Holm, dass sie schlucken musste.

»Wenn es missverständlich war, tut es mir leid. Aber dieser Besuch, das angeblich zufällige Foto: Das ist doch ein PR-Trick. Den sollten Sie als Medienprofi doch durchschauen!«

»Ich persönlich nehme Herrn Hansen den Besuch ab. Da hat sich ein Bild-Paparazzi drangehängt und fertig.«

»Seit wann ist Bork bei uns auf der Payroll?«, fragte Steadham von Granditz, und alle lachten. Alle außer Holm.

»Und lenken Sie nicht vom Thema ab, Frau Rosenthal«, schaltete sich Professor Steymann wieder ein. »Laut einer Meinungsumfrage finden siebzig Prozent der Menschen die Aktion des Wenner-Chefs gut und menschlich.«

Rosenthal blinzelte noch schneller. Sah nach unten. Suchte nach Argumenten.

»Gutes Briefing«, sagte Steadham über den Tisch zu Holm und Laura.

»Freuen Sie sich nicht zu früh«, erwiderte Holm. Er sah auf die Uhr. Die Sendung lief noch eine ganze Weile. Er holte seine Sanduhr aus der Tasche und stellte sie vor sich auf den Tisch.

»Ich respektiere natürlich die Meinung der vielen Menschen, die dort abgestimmt haben«, sagte Rosenthal. »Meiner Meinung nach war die Frage aber so formuliert, dass …«

»Jetzt sind schon wieder Sie von den Medien schuld, Herr Bork«, ging Professor Steymann dazwischen, dem seine Rolle zunehmend Freude zu bereiten schien.

»Frau Rosenthal«, übernahm Bork, »dass die Pharmabranche nicht perfekt ist, bestreitet hier niemand. Was ich einfach nur von Ihnen wissen will: Machen Sie es sich im konkreten Fall nicht zu einfach?«

»Soweit ich weiß«, ergriff Professor Steymann noch vor Rosenthal das Wort, »gilt in diesem Land die Unschuldsvermutung. Auch für Konzerne übrigens. Mir scheint, es geht leider mehr um Ihre persönliche Medienpräsenz, Frau Doktor Rosenthal, als um die Sache.«

Rosenthal in Großeinstellung. Die Worte prasselten auf sie ein wie Faustschläge. Plötzlich blitzte es in ihren grünen Augen.

»Oh, jetzt wird sie sauer«, flüsterte Laura Holm zu.

»Sie haben sie zu sehr in die Ecke gedrängt«, antwortete Holm.

»Ein paar Mitleidspunkte beim Zuschauer nutzen ihr jetzt auch nichts«, urteilte von Granditz.

»Zwei ältere Männer gegen eine junge Frau – unterschätzen Sie das nicht«, meinte Holm.

»Pssst!«, machte Hansen.

»Wenn ich vielleicht einmal ausreden darf, die Herren«, sagte Rosenthal, und ihre Claqueure im Studio belohnten es mit Applaus, »das ist nett von Ihnen.« Sie setzte sich auf und legte den Kopf in den Nacken.

»Jetzt fährt sie die Krallen aus«, feixte Källström.

»Zunächst einmal bin ich sehr erstaunt, dass ein Professor, der unabhängig sein sollte, hier praktisch den Pressesprecher eines Pharmakonzerns gibt. Eines Pharmakonzerns, zu dem er geschäftliche Beziehungen unterhält.«

»Das haben wir anfangs klar gesagt«, sagte Bork.

»Ich mache kein Geheimnis daraus«, ergänzte Steymann. »Ich bin auch für drei weitere Konzerne tätig. Gerade das beweist meine Unabhängigkeit. Frau Rosenthal verteufelt ja praktisch schon, dass es Kontakt und Austausch gibt. Von solcher Zusammenarbeit profitiert doch am Ende der Patient.«

»Am Ende profitiert der Berater«, konterte Rosenthal. »Sie halten Vorträge. In aller Welt. Fliegen First Class. Ihre Frau fliegt mit. Wie viele Hunderttausende Euro verdienen Sie damit zusätzlich pro Jahr?«

»Guter Rat ist teuer, Frau Rosenthal«, sagte Steymann lässig.

»Pharmakonzerne verstecken sich hinter Ihrem persönlichen Renommee. Wenn der Herr Professor sagt, das Medikament sei ungefährlich, dann wird es schon stimmen.«

»Diese ewige Neiddebatte in Deutschland«, erwiderte Steymann prompt, »ich kann sie nicht mehr hören.« Holm schaute fasziniert auf die Leinwand. Fernsehen ist ein magisches Medium, dachte er. Es verzaubert Steymanns Arroganz in Souveränität. Dagegen wirkt Rosenthals Liebe zum Detail kleinteilig.

»Sie wollten es konkret machen, Frau Rosenthal«, erinnerte der Moderator streng. »Bezogen auf Validolor!«

»Das tue ich sehr gern, Herr Bork.« Sie lächelte. Blinzelte wieder langsamer. Verdammt, sie hat noch etwas im Köcher. Etwas, das sie wieder beruhigt. Was kommt jetzt?

Holm sah schnell zu Laura hinüber. Die zuckte mit den Schultern.

»Nach meinen Informationen wurden bei der Entwicklung von Validolor Ergebnisse klinischer Studien manipuliert.«

Ein Raunen ging durch das Studiopublikum.

»Was?«, rief Holm entsetzt. Hansen, von Granditz, Steadham: Er sah in regungslose Gesichter.

»Und zwar«, fuhr Rosenthal fort, »im großen Stil und systematisch.« Sie setzte eine Pause, um Nachfragen zu provozieren.

»Wer soll das getan haben?«, fragte Bork. »Und haben Sie Beweise für einen so schwerwiegenden Vorwurf?«

»Wenner Pharma hat eine sogenannte CRO beauftragt. Eine Clinical Research Organization. Das sind Auftragsforschungsinstitute, die immer häufiger eingesetzt werden. Gerne auch weit weg von Europa. Schätzungsweise 20 000 Medikamente werden mittlerweile in Schwellenländern getestet. Die Pharmafirmen sparen bis zu vierzig Prozent der Kosten, im Vergleich zur EU oder den USA. Vor allem sind die Kontrollbehörden ganz weit weg. Die CRO, die Wenner Pharma beauftragt hatte, sitzt in Indien. Sie heißt XLR Life Sciences. Arbeitet für mehrere Pharmakonzerne weltweit.«

»Aber die Behörden haben in den vergangenen Jahren mehrfach Skandale aufgedeckt, auch in Indien«, sagte Bork.

Rosenthal lächelte freundlich: »Leider ist das immer nur ein Tropfen auf den heißen Stein. Selbst wenn die Kontrollbehörden wollten, sie haben gar nicht die Mittel, um allen Verdachtsmomenten nachzugehen. Wir sehen immer nur für einen Moment die Spitze des Eisbergs. Dann ist das Thema aus dem Fokus.«

Stille im Sitzungsraum. Holm hielt sie kaum aus.

Steymann rückte seine Krawatte zurecht. Sagte: »Für klinische

Studien gelten hohe Standards. Die sind international verbindlich.« Es klang lahm. Dafür hakte Bork nach: »Sie behaupten also live im deutschen Fernsehen, dass Wenner Pharma Studien in der Produktentwicklung von Validolor gefälscht hat?«

»Das Medikament hätte auf Grundlage dieser Studien niemals auf den Markt kommen dürfen, schon gar nicht für Kinder«, erklärte Rosenthal. »Im Übrigen: Medikamente für die Reichen der Welt an den Armen zu testen, das ist für mich widerlicher Pharmaimperialismus.«

Steymann konnte nicht mehr still sitzen. Verlieh seiner Stimme aber alle professorale Autorität, als er dazwischen ging: »Na, jetzt sind wir ja gleich beim Weltfrieden! Die Menschen sollten sich nicht verunsichern lassen. Gerade wir in Deutschland haben eines der besten und sichersten Gesundheitssysteme der Welt. Wir haben die beste Medizin der Welt.«

»Ich frage noch einmal: Sie können diese schweren Vorwürfe belegen?«, blieb Bork direkt bei Rosenthal.

»Ja, das kann ich«, sagte sie knapp.

Steadham hüstelte. Von Granditz legte beide Hände auf den Sitzungstisch. Hansens Pupillen sprangen über Rosenthals Gesicht, das überlebensgroß auf der Leinwand flimmerte.

»Dann lassen Sie sehen«, forderte Bork und produzierte einen Lacher im Studio.

»Das werde ich. Allerdings nicht in Ihrer Sendung, lieber Herr Bork, sehen Sie es mir nach, sondern in einer eigenen Pressekonferenz von Pharmawatch, morgen um elf Uhr, hier in Berlin.«

»Die letzten zehn Sekunden berechne ich Ihnen als Werbezeit«, scherzte Bork und erntete Applaus.

Im Sitzungsraum hätte man eine Stecknadel fallen hören können.

Holm schlug mit der flachen Hand so fest auf den Tisch, dass seine Sanduhr umfiel.

Hansen war der Erste, der den Blickkontakt zu Holm suchte.

Sag nicht, dass du mich die ganze Zeit hinters Licht führst, Torben E. Hansen. Mir ist schon klar, dass kein Unternehmen der Welt einem PR-Berater sämtliche Geschäftsgeheimnisse auf dem Silbertablett präsentieren wird. Aber wenn stimmt, was Rosenthal behauptet, dann haben sie dich in einen Kampf geschickt, den du nicht gewinnen kannst.

»Würden Sie und Frau May uns alleine lassen?« Holm wollte etwas erwidern, doch Hansen sagte mit Nachdruck: »Bitte!«

Holm schüttelte wütend den Kopf, griff nach seiner Sanduhr und lief aus dem Sitzungsraum, gefolgt von Laura – und Öztürk, die Hansen mit einer Kopfbewegung ebenfalls nach draußen beorderte.

Schweigend gingen sie Richtung Öztürks Büro, als Holms Smartphone vibrierte. Eine Nachricht von Liv. Das fehlte mir jetzt noch, dachte er, ehe er die sieben Worte las, die sie geschickt hatte: *Papa, ich bin schwanger. Meld dich bitte.*

22.15 Uhr

Am liebsten wäre sie sofort aus dem Studio gestürmt. Runter vom heißen Stuhl. Raus aus dem grellen Scheinwerferlicht. Weg von diesem selbstherrlichen Professor. Doch war Nina Rosenthal Profi genug, auf die Rotlichter der Kameras zu achten. Solange eine leuchtete, konnte Fernsehdeutschland noch verfolgen, was im Studio passierte. Und das Live-Publikum sowieso. Sie spürte, wie ihr Gesicht unter dem Make-up glühte. Wie die Haut spannte. Hoffentlich konnte sie sich wortwörtlich auf die Maske verlassen, die ihr eine Mitarbeiterin der Produktionsfirma in mühevoller Kleinarbeit vor der Sendung aufgetragen hatte. Endlich ging das

Rotlicht aus. Sie verlor keine Sekunde und ging, so maßvoll sie konnte, hinter die Kulissen. Jemand nahm ihr Mikrofon und Sender ab und zeigte ihr auf ihre Frage hin den Weg zur nächstgelegenen Damentoilette.

Kaltes Wasser! Aah! Das tat gut! Sie klatschte es sich ins Gesicht, wieder und wieder. Das Make-up zerrann zwischen ihren Fingern. Ihre Wangen waren knallrot. Sie sah sich in die Augen und flüsterte ihrem Spiegelbild zu: »Jetzt musst du liefern!«

Just als sie die Toilette verließ und den kürzesten Weg zur Tiefgarage nehmen wollte, lief sie Professor Steymann in die Arme. Bevor sie reagieren konnte, neigte er sich zu ihr und sagte: »Wenn nur ein Halbsatz nicht stimmt, werden die Sie mit Klagen überziehen. Ihnen ist klar, dass Sie ab sofort die Gejagte sind?«

Sie schwieg.

Und als würde er mit ihr über das Wetter plauschen, fügte er hinzu: »Sie wissen, dass das alles nicht persönlich gemeint ist.«

Wie ist es denn sonst gemeint?

Das wäre ihre normale Antwort gewesen. Sie lag ihr sogar auf der Zunge. Doch irgendetwas hemmte sie daran, den Satz auszusprechen.

»Natürlich«, stammelte sie wie ein Schulmädchen, das beim Rauchen erwischt worden war.

Steymann ließ seine Augen an ihr hinabgleiten, über ihr rotes Kleid. »Schicke Garderobe übrigens.«

Ihr Magen zog sich zusammen. Immerhin konnte sie die Stirn in Falten legen.

»Passt gut zu Ihrem Teint«, schob er nach, tätschelte väterlich ihren Oberarm und betrat seinerseits die Herrentoilette.

Wie angewurzelt blieb sie in dem langen Gang stehen, bis eine Mitarbeiterin mit einem Headset zu ihr kam und sagte, das Team würde sich freuen, wenn sie mit den anderen Gästen und Jonas Bork noch kurz etwas trank. »Und das Catering ist das beste in

Fernsehdeutschland, lassen Sie sich das nicht entgehen«, scherzte sie. Rosenthal konnte nicht verhindern, dass die resolute Frau sich bei ihr unterhakte und sie zu den anderen schleppte. Die Pharmakritikerin lächelte tapfer, entschuldigte sich, sie habe Magenprobleme und gab jedem zum Abschied die Hand. Der Moderator ließ ihre Hand allerdings nicht los.

»Sie segeln sehr hart am Wind. Härter als nötig. Gehen auf Risiko.«

»Anders ist Aufklärung in dieser Branche nicht möglich.«

»Geht es wirklich um Aufklärung, Frau Rosenthal? Oder um Ihren persönlichen Ehrgeiz?«

Sie kniff die Lippen zusammen. Darauf hätte sie so viel zu antworten. Und so wenig.

»Ich bin schon eine Weile dabei«, sagte der Moderator leise, ließ ihre Hand los und kehrte zu den anderen zurück.

Der Fahrstuhl fuhr sie ins zweite Untergeschoss. Viele Frauen hatten Angst an Orten wie Tiefgaragen. Sie nicht. Sie mochte das schummrige Licht. Die Macht der Geräusche. Den Benzinduft. Dazu Wagen aus allen möglichen Städten mit allen möglichen Besitzern, die aus allen möglichen Gründen hier standen. Sie mochte es, seit sie ein Schulmädchen war, sich kleine Geschichten zu den parkenden Autos auszudenken. Die Fantasie spielen zu lassen. Einfach so. Hier unten, auf dem Weg zu ihrem Auto, entspannte sie sich endlich. Und musste ein paar Schritte später schmunzeln. Nina Rosenthal, was ist in deiner Kindheit schiefgelaufen, dass du gerne nachts durch Tiefgaragen läufst?

Und jetzt: Mach dich locker! Stell dir drei schöne Dinge vor. Sie überlegte einen Moment. Marc, der dich mit einer Flasche Champagner zu Hause in Empfang nimmt. Wie du Boldt erreichst, und der gibt dir alle Unterlagen, die du brauchst. Sex mit Marc. Harter Sex. Wie ganz am Anfang, als du ihn neu kennengelernt hattest.

Sie zog ihr Smartphone aus der Tasche. Ihre Absätze klackerten militärisch streng durch das Parkdeck. Dreiundzwanzig Anrufe. Achtundsiebzig SMS. WhatsApp-Nachrichten en masse. Jonas Bork galt nicht umsonst als erfolgreichster Talkshowmoderator im Land, der von Quotenrekord zu Quotenrekord eilte. Die Leute liebten ihn und seine Sendung. Sie steckte ihr Smartphone weg. Sie würde das alles später lesen. Morgen vielleicht. Für den Moment reichte ihr, dass sich nach all der Verkrampfung im Studio ein wohliges Gefühl in ihr breitmachte. Das schöne Gefühl, wahrgenommen zu werden. Gehört. Beachtet.

Sie erreichte ihren Wagen und stieg ein. Sie gefiel sich im Rückspiegel. Sie spürte, wie Klarheit in ihre Gedanken zurückkehrte. Merkte, dass die Gesichtshaut nicht mehr so spannte.

Aber sie musste Markus erreichen! Musste ihn becircen und ihm den Beweis abschwatzen. Sonst war sie erledigt. Sie würde alles tun, was er verlangt.

Sie stockte. Wirklich alles? Selbstverständlich wusste sie um seinen Ruf als Schürzenjäger. Würdest du wirklich alles dafür tun, Nina? Sie schüttelte sich. Halb vor Ekel, halb um den Gedanken loszuwerden. Eins nach dem anderen.

Sie drehte den Zündschlüssel im Schloss und sah über die Schulter, um auszuparken. Aber – was war das? Der Wagen glitt nicht, er rumpelte rückwärts, schwergängig. Sie brachte den Wagen abrupt zum Stehen. Kontrollierte die Handbremse. Alles okay. Hatte sie etwas überfahren? Jemanden? Hektisch löste sie den Gurt und stieg hastig aus dem Wagen. Sie brauchte gar nicht bis zum Heck ihres Autos zu laufen. Sie sah es sofort. Sie hatte einen Platten. Ausgerechnet! Reifenwechseln war nicht gerade ihre Spezialdisziplin.

Eher beiläufig sah sie zum Vorderreifen. Und erstarrte. Der Reifen war ebenso platt wie der Hinterreifen.

Sie spürte ihr Herz wummern. Sah sich um. Ging auf die Beifahrerseite. Verdammt! Wie sie sich gedacht hatte, waren auch diese Reifen platt. Sie schaute sich wieder um – irgendwo brummelte die Lüftungsanlage –, kniete sich dann nieder und strich mit den Fingerspitzen über einen Reifen. Sie konnte nicht genug sehen. Sie stellte die Taschenlampenfunktion an ihrem Smartphone an und hielt es Richtung Reifen. Jetzt erkannte sie sie. Das durfte doch nicht wahr sein! Da. Die Einstiche. Sie sah sie ganz genau.

Jemand hatte ihre Reifen zerstochen. Alle vier.

Sie rannte los. Rannte zu den Fahrstühlen am Ende des Parkdecks. Im Weglaufen schloss sie ihr Auto per Funkschlüssel ab und rannte. Schneller, Nina, schneller! Sie wollte sich nicht umsehen, aber sie tat es. Immer wieder. Nichts und niemand. Die waren bestimmt schon weg. Die! Sie trommelte auf die Taste, die den Fahrstuhl rief, lief vor und zurück, mit dem Rücken zum Aufzug, das Smartphone hielt sie vor sich, als halte sie ein Schwert. Der Fahrstuhl meldete seine Ankunft mit einem schwerfälligen, gleichgültigen *Pling* an. Sie stürmte in die Kabine und prügelte auf die Tür-schließen-Taste ein. In dem Moment hörte sie, wie ein Auto mit quietschenden Reifen aus der Garage fuhr. Für eine Sekunde konnte sie einen Blick darauf erhaschen. Ein dunkles Auto. Weder groß noch klein. Getönte Scheiben. Sie kannte sich mit Marken und Modellen nicht aus. Dann zogen sich die Türen endlich zu, und der Fahrstuhl setzte sich in Gang.

Alles drehte sich. Rosenthal ließ sich mit dem Rücken gegen die Fahrstuhlwand sinken. Waren das die Typen gewesen? Oder nur Angeber, die gerne rasten, selbst im Parkhaus. Denk, Mädchen! Denk schnell! Du musst die Polizei rufen. Natürlich. Den Fernsehleuten Bescheid sagen und die Bullen anrücken lassen. Was sonst? Sie hatte sich fast entschieden, als sie einen Schritt weiter dachte. Und dann? Geht das durch die Presse. Reifen von Pharmakritikerin zerstochen. Wer steckt dahinter? Und diejenigen, die es getan hatten, würden nicht nur ihr eine Warnung zukommen lassen, sondern sie auch noch für ihre Zwecke einspannen: Für ihre Publicity. Jeder in der Pharmabranche würde die Meldung mitbekommen. Und verstehen, was sie bedeutete: Leg dich besser nicht mit Big Pharma an, Idiot!

Als der Fahrstuhl wieder sein müdes *Pling* von sich gab, wusste sie ganz genau, was sie tun würde: Die zerstochenen Reifen nicht melden, sich von Marc abholen lassen und Kontakt zu Markus Boldt aufnehmen. Jetzt erst recht!

Sie verließ das Studio und lief in eine Bar gegenüber.

»Marc, stell keine Fragen, hol mich bitte ab. Sofort!«

»Okay«, sagte er verwirrt. »Du warst großartig«, sagte er.

Sie nannte die Adresse und drückte ihn weg.

Sie bestellte einen Rioja. Während sie am Weinglas nippte, beschlich sie ein Gedanke, ein perverser Gedanke, für den sie sich so sehr schämen mochte, wie sie wollte – er war da: Das alles war gut für ihr nächstes Buch.

Sie musste an die Worte des Moderators denken. Ging es ihr um Aufklärung oder um ihren persönlichen Ehrgeiz? Gegenfrage: Warum schloss sich beides aus?

Der Rioja schmeckte großartig. Sie bestellte ein zweites Glas.

Endlich fuhr Marc vor. Sein Haar war verstrubbelt. Sie musste ihn von der Couch geholt haben. Er sah zu ihr hinüber. Dieser einfühlsame Blick, die hellbraunen Augen, die sinnlichen Lippen, das männliche Kinn. Ich würde mich auf der Stelle wieder in ihn verlieben, sagte sie sich. Eigentlich.

Sie legte zehn Euro neben das leere Weinglas und lief zum Wagen. Sie küssten sich kurz. Dann erzählte sie ihm alles.

»Was?«, rief er erschrocken. »Nina, du musst zur Polizei! Das waren doch nicht bloß ein paar kriminelle Jugendliche.«

»Das wollen die nur«, erwiderte sie kühl.

»Du bist in Gefahr, begreifst du das nicht?«

»Die wollen mich nur einschüchtern.«

Obwohl er fuhr, wandte er die Augen von der Straße und musterte sie. »Ich bewundere dich und was du machst, aber wirklich: Du bist besessen davon. Die bedrohen dich!«

»Das ist mein Weg, Marc. Wenn ich besessen bin, bin ich es. Das bin ganz ich. Zu hundert Prozent.«

»Und ich bin gerade gut genug als Chauffeur?«, fragte er bitter.

Sie sah aus dem Fenster. Hätte sie doch einfach ein Taxi genommen. War klar, dass ihr Gespräch in kürzester Zeit an diesem Punkt angelangte.

»Marc, ich zwinge dich nicht zu einem Leben mit mir.«

»Nein«, antwortete er mit erstickter Stimme, »du zwingst mich jeden Tag zu einem Leben ohne dich.«

22.43 Uhr

Wenner regte Holm gerade nur noch auf. Dubiose Medizin. Dubiose Mitarbeiter. Und nun auch noch dubiose Studien in Indien. Was zur Hölle war hier los? Und dann setzte ihn Hansen noch auf die Wartebank. Unverschämtheit! Wütend stapfte Holm in Öztürks Büro auf und ab. Lauras besorgte Blicke übersah er geflissentlich.

»Die zerschießen uns die ganze Strategie!«, schimpfte er. »Die denken, denen kann nichts passieren. Egal, wie sehr sie herumdilettieren.«

»Jetzt beruhige dich bitte«, sagte Laura.

»Ich stelle eine einzige Bedingung. Eine! Und die verarschen mich.«

»Ist doch nicht das erste Mal«, unternahm Laura einen weiteren Versuch, Holm zu bremsen.

»Ich gehe zu Hansen, sobald die fertig sind.«

»Tu das nicht. Schon gar nicht, wenn du so sauer bist.«

»Pah!«, machte Holm.

Öztürk steckte ihren Kopf zur Tür herein: »Die Besprechung ist wohl zu Ende.«

Holm verließ den Raum ohne ein weiteres Wort.

Hansen konnte sich auf etwas gefasst machen! Wenn Wenner etwas zu verbergen hatte, dann musste er allerspätestens jetzt damit herausrücken. Danach war es ohnehin zu spät.

Ohne anzuklopfen, rauschte er ins Vorzimmer. Erst lächelte die Büroleiterin, Alexa Klee, ihn noch kokett an, doch als sie bemerkte, dass er so gar nicht zum Flirten aufgelegt war, stand sie auf. »Herr Hansen ist beschäftigt, bitte …«

Holm schob sich an ihr vorbei und platzte in Hansens Büro.

»Ach, Herr Holm, ich wollte Sie gerade sowieso rufen«, sagte der CEO in einem Ton, als wolle er sich zum Stadionbesuch verabreden.

»Wollen Sie meine Kündigung schriftlich – oder reicht sie auch mündlich?« Holm reckte sein Kinn dem Chef von Wenner Pharma entgegen.

»Ich kann nachvollziehen«, sagte Hansen leise, »dass Sie den Eindruck haben, wir würden uns nicht an Ihre Konditionen halten«.

Holm schwieg.

»Ich entschuldige mich dafür. Und gelobe Besserung. Allerdings hat uns diese Anschuldigung auch kalt erwischt. Ich habe eben den Auftrag erteilt, mit allen Beteiligten in Sachen Indien zu sprechen. Morgen früh liegt ein Bericht vor, zu dem Sie uneingeschränkten Zugang bekommen. Außerdem wird Ihnen Doktor Otto, unser Forschungsleiter, persönlich zur Verfügung stehen. Er wird am besten wissen, wie wir Frau Rosenthal den Wind aus den Segeln nehmen können.«

»Die zerschießt uns gerade im Alleingang die Strategie. Und

Sie wollen mir erzählen, dass Sie keine Ahnung haben, was los ist?« Holm stierte ihn an.

»Wenner ist ein internationaler Großkonzern. Wenn Sie jemanden finden, der alles weiß, was in diesem Unternehmen passiert, sagen Sie Bescheid.«

»Halten Sie mich nicht hin. Sind Ihre Studien zu Validolor gefälscht – ja oder nein?«

»Das ist ein absurder Vorwurf.«

Holm taxierte Hansen.

»Bei allem Respekt, Herr Hansen: Das reicht mir nicht!«

»Trotzdem sind Sie immer noch hier«, sagte der CEO gelassen.

»Damit das so bleibt, müssen Sie schon mehr auf das Vertrauenskonto einzahlen.«

»Da finden wir was«, sagte Hansen. Er zog eine Schublade auf und nahm aus einem Holzkasten zwei Zigarren heraus. »Die helfen manchmal zu entspannen.«

Holm musste lächeln.

»Kubanisch?«

»Si, señor«, antwortete Hansen. Er holte einen Zigarrenschneider hervor und knipste fachmännisch die Spitzen ab. »Na kommen Sie, Herr Holm«, sagte Hansen und zog eine Schiebetür in der Glasfront auf. Sie traten heraus. Betrachteten die Lichter Stadt. Rauchten eine Weile in Ruhe.

»Das Vertrauenskonto«, eröffnete Hansen ihr Gespräch von neuem. »Was wollen Sie wissen.«

»Woher hat Rosenthal die vermeintlichen Beweise?«, dachte Holm laut. »Aus Indien, von Rimson & Pryce oder von Wenner selbst«, beantwortete er selbst seine Frage. »Indien lässt sich gut verteidigen. Rimson schon wesentlich schwieriger, solange wir Frau Schönbaum nicht auftreiben können.«

»Richtig heikel wird es, wenn es jemand von uns wäre. Wollen Sie das sagen, Herr Holm?«

»Beschäftigen Sie irgendjemanden, der schon einmal etwas geleakt hat? An Behörden, Pharmakritiker, Journalisten? Einen Whistleblower?««

Hansen überlegte.

»Mir fällt nur ein Name ein.«

»Wie lautet der Name?«

»Markus Boldt.«

»Aber der wurde wahrscheinlich entlassen.«

»Nein, er wurde versetzt. Sein Zugang zu vertraulichen Dokumenten minimiert. Und eine Karriere in diesem Haus ist ihm nicht mehr möglich.«

»Mit dem will ich morgen früh auch reden.«

Hansen nahm einen tiefen Zug, ehe er weitersprach.

»Wissen Sie, am wahrscheinlichsten ist, dass wir das alles Rimson & Pryce zu verdanken haben. Die haben Schönbaum gekauft. Und Indien ins Spiel zu bringen ist der nächste Schachzug von denen. Alles passt zusammen.«

Holm nickte nachdenklich. Schönbaums Geheimkonto, das Laura und er immer noch für sich behielten, sprach natürlich auch dafür, keine Frage.

»Was wissen Sie über die Wenner-Strategie?«, fragte Hansen unvermittelt.

Holm verstand die Frage nicht, erzählte aber, was er aus den Krisensitzungen wusste – und von Werner gehört hatte: die Strategie der kleinen Märkte. Wachstum durch große Marktanteile in überschaubaren Segmenten und offensives Marketing weltweit.

Hansen lächelte in sich hinein.

»Sie haben mehr Informationen, als ich angenommen habe.«

»Ich kenne da jemanden, der jemanden kennt«, sagte Holm.

»Bei denen ist genau die Botschaft angekommen, die wir gestreut haben.«

»Gestreut?«

Hansen sah Holm jetzt ernst an.

»In Wirklichkeit haben wir die großen Märkte weiter im Visier. Entwickeln heimlich, still und leise ein sehr vielversprechendes Medikament. Einen Blockbuster.«

»Aha«, machte Holm. Er hatte keine Ahnung, worauf Hansen hinauswollte.

»Die EU-Politik versucht seit Jahren, im Bereich Kinderarzneien voranzukommen. Es sollen mehr Medikamente speziell für Kinder entwickelt werden. Die Körper von Kindern funktionieren teilweise ganz anders als die von Erwachsenen. Ihnen einfach weniger von der Erwachsenenmedizin zu geben ist weit verbreitet, stützt sich aber mehr auf Erfahrung als auf saubere Nachweise. Bei all dem hat die EU allerdings nur herzlich wenig Erfolg. Die verdeckte Aufgabe von Validolor ist es, uns als Musterschüler zu positionieren.«

»Ein Herz für Kinder.«

Hansen nickte. »Und ein Türöffner zu den Herzen der Entscheider.«

»Damit man Ihnen bei der Zulassung von anderen Medikamenten wohlgesinnt ist.«

»Das würde ich nicht dementieren. So unter uns.«

»Hübsche Doppelstrategie. Wie viele Leute wissen das?«, fragte Holm.

»Wirklich wissen: keine zehn. Vermuten werden es vielleicht ein paar mehr.«

Und nun gehörte Holm dazu. Das konnte man wohl einen Vertrauensbeweis nennen.

»Falls diese Information bei Rimson & Pryce gelandet sein sollte, geht es nicht um irgendeine x-beliebige Krise, die wir besser oder schlechter meistern können. Die unserem Image mehr oder weniger schaden kann. Dann kennen die unsere Karten. Dann wollen die uns am Boden sehen. Dann sind wir *all in*, Herr Holm!«

Was für eine Schlacht. Was für ein Szenario. Holm brauchte einen Moment, um seine Gedanken zu sortieren.

»Jetzt verstehen Sie vielleicht besser«, erklärte Hansen, »warum alle etwas … nervös sind. Argwöhnisch. Vorsichtig.«

Holm zögerte.

»Ich würde mich freuen«, sprach Hansen ruhig weiter, »wenn wir auf dieser Grundlage weiterarbeiten könnten«.

Wirkliche Antworten zu Validolor hatte er nicht bekommen. Vertrauen schon.

»Na gut«, sagte Holm schließlich, »aber ich muss alles wissen, sobald Sie es wissen, sonst verzocken wir uns.«

»Dann warten wir den Bericht ab und was Doktor Otto sowie Herr Boldt beisteuern können.«

»Sobald der Bericht vorliegt, muss alles sehr schnell gehen.«

»Selbstverständlich.«

»Legt Rosenthal wirklich nach, wird die Politik in das Thema einsteigen. Die Börse wird verrücktspielen. Alle Stakeholder.«

»Ich kann es mir ausmalen.«

Na gut, sagte sich Holm, ich lasse mich darauf ein. Und würde gerne auch noch etwas loswerden. Er gab sich einen Ruck.

»Ich möchte auch etwas auf mein Vertrauenskonto einzahlen.«

»Aha?«, machte Hansen überrascht.

»Wir haben heute Nachmittag ein Geheimkonto von Schönbaum gefunden. Darauf waren 50 000 Euro, die von einer Briefkastenfirma kamen.«

»Mann, warum haben Sie das nicht früher gesagt?«, murmelte Hansen ärgerlich.

»Von Granditz hat mich an die enge Leine genommen. Seine Leute sollten sich um Schönbaum kümmern.«

»Und schon waren Sie in der Zwickmühle.«

»Ja«, sagte Holm kleinlaut.

Hansen nahm einen tiefen Zug.

»Umso mehr gilt, was wir gerade besprochen haben.«

»Ich verliere nur ungern ein Risiko aus den Augen«, versuchte Holm sich zu erklären.

»Belassen wir es dabei«, sagte Hansen.

Einen Moment lang standen sie still da, rauchten und sahen in die Ferne.

»Eine Maßnahme würde ich allerdings schon jetzt ergreifen«, sagte Holm leise.

»Und zwar?«

»Schicken Sie jemanden nach Indien. Einen Libero.«

»Zur Aufklärung?«

»Sagen wir, Wenner will jederzeit handlungsfähig bleiben.«

Hansen überlegte.

»Doktor Otto, unseren Forschungsleiter?«

»Nicht hoch genug.«

»Von Granditz? Falls es um Vertragsfragen geht?«

»Besser Steadham. Falls es um Medienauftritte geht.«

Hansen konnte sich ein verschwörerisches Lächeln nicht verkneifen. »Verstehe. Ich spreche gleich mit Steadham.«

»Sehr gut.«

»Und wo wir dabei sind, Herr Holm: Nina Rosenthal. Wie können wir die einfangen?«

Holm schüttelte den Kopf.

»Überhaupt nicht. Überzeugungstäterin. Plus großes Ego. Mal Erfolg zum Quadrat. Sparen Sie sich die Mühe.«

»Wir können nicht zugucken.«

»Ich sehe nur eine Möglichkeit: Wir müssen auf ihre Glaubwürdigkeit gehen.«

»Mit Dreck werfen? Wenn es sein muss«, sagte Hansen und drückte die Zigarre aus.

Damit war die Unterredung beendet. Schade um die gute Havanna, dachte Holm, die er nicht einmal zur Hälfte aufgeraucht hatte. Mit der konnte er wohl schlecht durch Wenner spazieren und rumpaffen.

Er verließ Hansens Büro und ging direkt zu dessen Büroleiterin, die nicht aufsah. Kein Ring, keine Familienfotos auf dem Tisch. Er legte eine Hand an ihren Oberarm. »Sorry für eben, Frau Klee!«

»Ich bitte Sie. Diese Sache zehrt an den Nerven von allen. Schon vergessen.« Sie errötete, was Holm nicht entging.

»Danke.« Er blinzelte ihr zu und verließ den Raum. Hansen hatte keinen schlechten Geschmack. Weder bei Zigarren noch bei Mitarbeiterinnen.

Jetzt musste er Laura von Storchs Recherchen berichten. Den möglichen Spuren zu Schönbaum. Den drei Namen. Er fühlte sich müde. Sollte sie die beiden interessanteren Kandidaten unter die Lupe nehmen. Den vom Sicherheitsdienst, Mike Weber, und den Feuerwehrmann, Paul Buttkereit. Blieb für ihn der Leichenbestatter, den er für eine ziemlich sichere Niete hielt. Außerdem würde er Laura bitten, auch Rosenthal zu scannen. Alles bis morgen früh.

Holm hörte in sich hinein. Vielleicht hatte Hansen gerade einen dicken Batzen auf das Vertrauenskonto eingezahlt, aber sie konnten Wenner nicht mehr trauen. Sie waren zu oft in ähnliche Situationen geraten, als dass er sich etwas vormachen wollte: Die Arbeit war in der vergangenen Stunde noch schwerer geworden. Die fein aufgebaute Verteidigungslinie war kaum zu halten. Der Fall konnte völlig aus dem Ruder laufen.

Und damit nicht genug. Vor ihm lag noch der ultimative Höhepunkt des Tages. Er hatte sich mit Liv verabredet. Und würde noch zu ihr fahren, sobald er hier fertig war. Zu seiner schwangeren Tochter.

23.27 Uhr

AAAAAAH!

Sandra Schönbaum schrie.

AAAAAAAHHHH!

Sie schrie so laut sie konnte.

Längst hatte ihr eigener Geruch den der deutschen Eiche verdrängt. Voll und ganz. Ihr Sarg war ein Sarg war ein Sarg. Und keine Hängematte, wie sie sich immer wieder versucht hatte einzureden, damit sie nicht komplett durchdrehte. Ihre Fantasie gab in dieser Sekunde den Versuch auf, sie zu schützen.

AAAAAAAHHH!

Sie schrie nicht, weil sie hoffte, jemand würde sie hören. Dazu war ihr Folterknecht zu professionell. Sie schrie, weil sie es nicht mehr ertrug. Sie hatte lange durchgehalten. Jetzt konnte sie nicht mehr. Ihr Wille zerfiel in seine Bestandteile. Sie würde diesen Sarg nicht mehr verlassen. Und keiner kam, um sie zu retten. Nicht einmal Bob.

AAAAAAAAHHHH!

Bob. Seit Stunden drehte und wendete sie in Gedanken, was die ganzen Fragen zu diesem Boldt und zu der Rosenthal bedeuten konnte. Bob hatte ihr hoch und heilig versprochen, dass ihre Informationen nicht öffentlich würden. Das war ihre einzige Bedingung gewesen. Inzwischen keimten Zweifel in ihr auf. Einerseits konnte sie sich nicht vorstellen, dass er so kaltblütig vorging, dieser wunderbare, einfühlsame und starke Mann. Andererseits konnte sie sich anders kaum erklären, wie Boldt und Rosenthal ins Spiel kamen. Hatte sie sich so in Bob getäuscht? Blinde Liebe? Seit wann war sie so ein kleines, willenloses Mauerblümchen?

Hör auf, dich zu geißeln.

Sieh endlich den Tatsachen ins Auge.

Sie wusste nicht, wo ihr der Kopf stand.

Sie musste etwas tun. Nur was?

Sie boxte und trat den Sarg blindlings. Die Schmerzen, die sie sich selbst zufügte, spornten sie nur weiter an. Sie waren nichts im Vergleich zu den Schmerzen, die dieser Irre für sie auf Lager hatte. Da war sie sich sicher.

ÄÄÄCH!

Mehr kam nicht mehr heraus. Er hatte sie. Spielte Katz und Maus mit ihr. Und das Spiel konnte nicht mehr lange dauern. Bob, Boldt, Rosenthal. Das war alles zu konkret, um ihr noch viel Zeit zu lassen. Aus und vorbei, der Traum vom Glück.

Sie hatte die Schlüssel gar nicht im Schloss gehört. Seine Schritte eilten auf sie zu. Viel schneller als sonst. Er schlug auf den Sarg. Trommelte mit beiden Händen darauf.

»Du bist nicht artig, Sandra.«

Er fing an, sie zu duzen. Dieser widerliche Kerl.

»Und du bist nicht stubenrein. Tss, tss!« Er lachte leise. Dann hörte sie, dass er sich am Sarg zu schaffen machte. Ließ er sie doch raus? Und wenn es nur für fünf Minuten war, um – sauber zu machen?

Metall traf auf Metall. Es klang so, als schraubte er etwas los – oder fest.

Plötzlich bemerkte sie, dass es im Sarg noch dunkler wurde, als es ohnehin schon war. Sie hörte seinen Atem auf der anderen Seite der Eichenwand. Ganz nah. Könnte sie die Hand ausstrecken, würde sie ihn berühren. Der Gedanke machte sie rasend: Sie würde ihm die Augen auskratzen. Ihm ins Gesicht beißen. Ihm mit beiden Händen den Hals zudrücken. Egal, wie sehr er sich wehrte. Egal, wie sehr seine Augen um Gnade winselten. Egal.

Sie boxte gegen die Eichenwand, dort, wo sie seinen Kopf gerade vermutete. Er lachte nur. Und schlug zurück.

Lachen konnte einen so erniedrigen.

Es wurde noch dunkler. Was zum Teufel machte er?

Oh, mein Gott! Bloß das nicht!

Er verschließt die Löcher!

»Nein, bitte!«, schrie sie, »lassen Sie mich nicht ersticken.«

Er lachte wieder leise in sich hinein. Ging auf die andere Seite.

Nun werkelte er dort herum. Endlich konnte sie das Geräusch ausmachen: Sie kannte es aus ihrem Garten. Wenn sie den Gartenschlauch auf das Gewinde des Wasseranschlusses schraubte, klang es ganz genau so.

Es wurde noch dunkler.

»Bitte, nein!«, wimmerte sie und begann unwillkürlich, nach Luft zu schnappen. Verlor alle Energie. Die letzte Hoffnung. Den Glauben.

Es wurde totenschwarz.

»So«, sagte er. Sie hörte seine Stimme gedämpft. Als trüge sie einen Kopfhörer, der Schall schluckt.

»Bist du so weit, Sandra?«, rief er und klopfte zweimal auf das Holz. Genau über ihrem Gesicht.

Schnappatmung. Schweiß. Ein erstickter Schrei.

Sie hörte ein Zischen.

Das klang wie … Gas? Gas!

Er musste Schläuche angeschlossen haben.

Dieses Nazi-Schwein!

Gut, dass sie ihm nichts verrat…

Sie verlor das Bewusstsein.

0.39 Uhr

Holm stieg die Treppen zu Livs WG hinauf. Vierter Stock ohne Fahrstuhl. Er hatte ihr eine hübsche Wohnung in Kreuzberg kaufen wollen. Kernsaniert. Klein, aber fein. Sie hatte dankend abgelehnt. Wollte auf eigenen Beinen stehen. Was auch immer. Dass er die Wohnung trotzdem erworben hatte, als Kapitalanlage – und für den Fall, dass sie irgendwann vernünftig wurde –, verschwieg er ihr.

Nach den ersten zwei steilen Altbautreppen war er außer Atem. Auf den steilen Altbautreppen spürte er auf einmal einen Kloß im Hals wegen des Gesprächs, das auf ihn wartete. All diese Stufen zu erklimmen war so ziemlich das Letzte, was er am Ende dieses Tages noch brauchte. Am liebsten hätte er sie angerufen und nach unten bestellt. Doch das widersprach seinem Plan für dieses Gespräch. Ein Problemgespräch, wegen der Schwangerschaft, wenn es gut lief. Ein Beziehungsgespräch, wegen allem, wenn es nicht so gut lief.

Der Plan war das Beste, was ihm nach diesem anstrengenden Tag noch eingefallen war. Ein Plan, auf den er keinesfalls stolz war. Von dem er nicht einmal Laura erzählen würde. Der aber, trotz allem, das beste Ergebnis versprach. Das beste Ergebnis aus seiner Sicht.

Als er die letzten Stufen nahm, zog Liv schon die Tür auf.

»Nicht mehr in Form?«, frotzelte sie, als sie sein schweres Atmen hörte.

»Nur ein langer Tag.« Er schaute sie an. Sie sah aus wie immer. Fröhlich, frech und jung. So jung. Was hatte er auch erwartet? Ein großes Babylogo auf ihrer Stirn?

»Aber das Beste hast du dir ja zum Schluss aufgehoben«, meinte Liv.

»Es ging wirklich nicht früher, tut mir leid«, antwortete er pflichtschuldig.

Sie führte ihn in die Wohnküche und bot ihm einen Kaffee an, der schon länger in einer Thermoskanne auf einen Abnehmer gewartet hatte. Dann setzte sie sich gegenüber, zog die Knie an und beobachtete ihn, während sie in ihre Teetasse blies. Sie sah Helena so ähnlich. Ihrer Mutter. Es ist nicht nur das Aussehen, korrigierte Holm sich, sondern auch der ganze Habitus. Wie sie sich bewegt.

Jedes Mal versetzte ihm diese Situation einen Stich. Nie fand er Worte dafür. Behielt es für sich. Warum sollte er Liv damit belasten?

»Wie geht es dir?«, begann er mit der Frage, die er sich für den Einstieg zurechtgelegt hatte. Betont alltagsmäßig.

»Oh«, machte Liv, »gar keine Vorwürfe?« Sie musterte ihn skeptisch. Er lächelte sie liebevoll an.

»Für Aufklärung ist es wohl ein bisschen zu spät, oder?«

»Da hast du Recht«, sagte Liv.

»Also?«, hakte Holm nach. »Komm, erzähl mal.«

Sie verlor etwas ihre Scheu, das merkte er.

»Es … es klingt blöd. Aber es war ein Unfall.«

»Das kann passieren«, erwiderte er ruhig und frei von Ironie.

»Mit meinem Freund. Ben. Na ja, Ex-Freund, genauer gesagt.«

»Der, den du mir eigentlich noch vorstellen wolltest?«, fragte er mit einem milden Lächeln.

»Sobald du das nächste Mal danach gefragt hättest«, antwortete sie – und erinnerte ihn daran, dass er sie schon lange nicht mehr angerufen hatte.

»Wie weit bist du?«

»In der sechsten Woche.«

»Komisches Gefühl, was?«

Er sah die Überraschung in ihren Augen. Reichte wirklich schon etwas Aufmerksamkeit, um die Distanz zwischen ihnen zu überwinden? Und warum tat er sich sonst so schwer damit, wenn sie miteinander sprachen oder – was selten geworden war – sich trafen?

»Ja. Irgendwie total unwirklich.«

»So ging es uns damals auch«, sagte Holm.

»Ja?«, fragte Liv.

Holm nickte.

»Und habt ihr … überlegt, was ihr macht?«

»Nein, Liv. Wir wollten dich haben. Von Anfang an.«

»Ich frage ja nur.«

»Ich antworte ja nur.«

Sie nahm ihre Beine herunter, setzte sich richtig hin und legte die Hände auf den Tisch. Sie räusperte sich. Atmete noch einmal durch. Fixierte die Kaffeekanne.

Jetzt kommt's. Sind es Zwillinge?

»Ich muss dir sagen, dass ich zu einem Therapeuten gehe.«

Holm setzte sich auf. Sah sie überrascht an. Denk an deinen Plan, ermahnte er sich selbst – und flüchtete in einen Witz.

»Ich wusste gar nicht, dass die bei Schwangerschaften helfen können.«

»Scherzkeks! Da bin ich schon vorher hingegangen. Wegen – wegen allem.«

»Allem?«

Sie zuckte mit den Schultern.

»Wegen mir. Wegen Mama. Ich sehe das immer vor mir. Werde es nicht los.«

Er nickte verständnisvoll.

»Ich verstehe«, erwiderte er. »Hat sich was angestaut.«

»Wegen dir auch«, schob sie leise nach.

Er musste schlucken. »Wenn es hilft«, antwortete er genauso leise.

Sie nickte gedankenverloren. Schwieg eine Weile. Er zwang sich, die Stille auszuhalten.

»Was soll ich denn jetzt machen, Papa?«, fragte sie schließlich. Und sah zu ihm auf. Ihr warmherziger, hilfesuchender Tochterblick löste seine innere Verkrampfung mit einem Mal, nur ein wenig, doch er konnte es spüren. Konnte spüren, was es hieß, ein richtiger Vater zu sein. Was es heißen könnte, wenn er Liv an sich heranließe. Er streckte seine Hand aus und legte sie auf ihre. Er beobachtete, wie Liv kurz zuckte, dann aber ihre Hand dort ließ, wo sie war.

»Weißt du, Liv, das ist eine so schwere Entscheidung, über richtig oder falsch entscheidest nur du. Ich stehe hinter dir, in welche Richtung du auch immer gehst. Das verspreche ich dir.«

Noch während er sprach, stiegen Liv Tränen in die Augen – und bei seinen letzten Worten sprang sie auf und fiel ihm um den Hals.

»Danke, Papa«, flüsterte sie ihm direkt ins Ohr. Er drückte sie an sich, so gut das im Sitzen ging, und verharrte so, bis sie von ihm abließ. Wie sie vor ihm stand, lachte und weinte Liv zugleich. Die pure Erleichterung. Sein kleines Mädchen.

»Vielleicht«, sagte er, »macht es Sinn, wenn du mal mit Werner sprichst.«

Sie sah ihn fragend an.

»Er ist alt und weise. Hat etwas mehr Abstand. Und er hat dich sehr gern.«

Liv zuckte mit den Schultern.

»Kann ich machen, warum nicht.«

Holm nickte ihr aufmunternd zu.

»Vielleicht ist das gar keine schlechte Idee«, überlegte sie laut.

»Und alles andere findet sich schon.«

Holm zog Liv zu sich und setzte sie sich auf den Schoß. Die Liv, die er kannte, hätte protestiert. Und der Vater, der er sonst war, wäre zu dieser Geste nicht fähig gewesen.

»Irgendwie wusste ich es«, wisperte Liv, »zumindest habe ich es gehofft.«

»Was denn?«
»Wenn es darauf ankommt, bist du für mich da!«
Sie legte ihren Kopf auf seine Schulter. Er streichelte sie. Und dann spürte er, wie Tränen in seine Augen stiegen.

1.55 Uhr

Leyla Öztürk schreckte auf. Sie hatte sich völlig verlegen. Ihr Nacken war so steif, dass sie das Gefühl hatte, sie würde sich einen Wirbel krachend verrenken, wenn sie ihren Kopf einfach nur nach vorne richtete. Mit beiden Händen brachte sie ihn vorsichtig in Normalposition. Ihre Tischlampe brannte noch ein kleines Licht in die Dunkelheit. Sie sah auf die Uhr. Kurz vor zwei. Oh je. Sie erinnerte sich, dass sie bis gegen halb eins mit ihren Spezialisten die sozialen Medien im Auge behalten hatte, dann nur kurz die Beine hochlegen und nachdenken wollte, wie die Dinge nach Rosenthals Vorwürfen für sie standen. Selbst die vorsichtigeren Pharmakritiker kamen aus ihren Löchern. Und die Medien hatten wieder Futter bekommen, um die Geschichte weiterzudrehen. Eine *developing story*. Der Alptraum jedes Kommunikationschefs.

Noch eine Nacht im Büro hatte Öztürk nicht geplant. So spät, wie es inzwischen war, könnte sie auch gleich hierbleiben. Doch ihr Notfallkoffer, den sie immer im Schrank parat hatte, war aufgebraucht. Eine Kommunikationschefin konnte unmöglich mit getragenen Klamotten in den nächsten Krisentag starten. Also musste sie sich wohl oder übel auf den Heimweg machen.

Sie stellte sich an die Fensterseite, die zum Innenhof des Wenner-Bürokomplexes wies, und streckte sich. Ließ den Nacken kreisen.

Plötzlich hielt sie inne. War da was? Da unten. Dritter Stock.

Dort hatten die Topleute der Forschungsabteilung ihre Büros.

Da! Wieder!

Öztürk rieb sich die Augen und starrte auf zwei Doppelfenster. War das nicht Ottos Büro? Oder sein Vorzimmer? Sie tat sich schwer, in der Dunkelheit gleich die Orientierung zu finden.

Vielleicht hatte eines der Fenster auch nur das Mondlicht reflektiert. Oder ein Gerät dort unten hatte aufgeblinkt.

Dann entdeckte sie es wieder. Dieses Mal ganz genau.

Kein Zweifel: Da unten sah sie das Licht einer Taschenlampe durch ein Büro schweben. Ein Einbrecher? Genau an dem Tag, an dem Wenner in die Schlagzeilen geraten war?

Instinktiv machte sie einen Schritt weg vom Fenster.

Spinn jetzt nicht. Aber … wer sonst? Jemand vom Sicherheitsdienst wohl kaum. Was soll ich jetzt machen? Rufe ich die Wachleute, und es ist falscher Alarm, macht Otto mir morgen die Hölle heiß und lässt die Sache garantiert eskalieren, um mich beim Vorstand schlecht aussehen zu lassen. Noch schlechter. Nein, den Wachdienst anzurufen ist viel zu riskant. Verdammt!

Auf Zehenspitzen trat sie wieder näher an die Fensterfront.

Das Licht glitt durch das Büro.

Der Mensch war noch da.

Und wenn das meine Chance ist zu punkten?

Ein Ass im Ärmel konnte nichts schaden. Bei dem Hickhack um Validolor. Außerdem stand sie bei Hansen auf der Abschussliste, keine Frage, so wie der sie schnitt.

Ruckartig wandte sie sich um, stieg in ihre Schuhe und machte sich auf den Weg.

Sie lief den geisterhaft leeren und lautlosen Flur hinunter. Sie wollte schon den Fahrstuhl rufen, als sie ihre Hand zurückzog. Vielleicht gab es einen Komplizen, der Schmiere stand?

Sie stieß die schwere Brandschutztür auf, die zum Treppenhaus führte. Ihre Schritte hallten durch alle Etagen, verloren sich im

Nirgendwo. Zu laut. Sie zog die Schuhe aus und lief auf Strümpfen weiter.

Im dritten Stock angekommen, stellte sie an ihrem Smartphone Klingelton und Vibration aus, tippte 110 ein und platzierte ihren Daumen direkt neben dem grünen Touchfeld. Mit der anderen Hand drückte sie langsam die Klinke hinunter und schob die Tür ein klein wenig auf. Durch den Spalt konnte sie nichts entdecken. Nichts und niemand. Sie stieß die Tür ganz auf und lief zügig an den Fahrstühlen vorbei. Dann bog sie ab und ging auf eine gesicherte Zwischentür zu, die den Bereich, den sie eben noch aus ihrem Büro beobachtet hatte, von den anderen abtrennte. Der Flur mit den Büros der Forscher lag jenseits der Tür im Dunkeln. In einem dieser Räume war der Mensch mit der Taschenlampe zugange.

Öztürk versteckte ihre Schuhe hinter einer Sitzgruppe. Der Schweiß ihrer feuchten Hände lief über ihre Finger auf das Smartphone. Sie wischte es ab. Lauschte an der Tür. Hörte nichts. Als Kommunikationschefin gehörte sie zu den wenigen Mitarbeitern von Wenner, die Zugang zu allen Bereichen hatten.

Sie zog ihren Mitarbeiterausweis hervor und hielt ihn vor ein kleines Kästchen. Es piepte kurz und monoton. Sie atmete tief ein und schlüpfte auf die andere Seite. Horchte. Führte die Tür leise ins Schloss. Ging auf Zehenspitzen die wenigen Meter in dem Gang, der denjenigen kreuzte, in dem der Einbrecher – oder wer auch immer – unterwegs war.

An der Kreuzung angekommen, ging sie in die Knie und lugte um die Ecke. Eine leichte Zwischentür. Keiner, der Schmiere stand. Doch aus einem Büro fiel tatsächlich etwas Licht in den düsteren Flur. Wenn sie es auf die andere Seite schaffte, konnte sie vielleicht sogar einen Blick auf den Einbrecher erhaschen. Und sehen, was der tat.

Traute sie sich das?

Sie tat es einfach. Verriegelte ihr Smartphone, steckte es ein. Legte sich flach auf den Bauch und robbte atemlos auf die andere Seite des Flurs. Rappelte sich auf und schob die Nasenspitze um die Ecke. Da! Sieben, vielleicht acht Meter entfernt sah sie durch die einen Spaltbreit geöffnete Tür eine Silhouette, der Statur nach ein Mann, ganz in Schwarz, eine Baseballkappe tief in die Stirn gezogen. Die Taschenlampe hatte er offensichtlich abgelegt, sie zeichnete einen Strahl durch das Büro. Wie sie von ihrem Büro aus vermutet hatte, handelte es sich tatsächlich um das Vorzimmer ihres speziellen Freundes, des Forschungsleiters von Wenner, Doktor Otto.

Dann hörte sie ein Geräusch. Es kam von dort. Vom Einbrecher. Die Zwischentür dämpfte es. Trotzdem erkannte sie es sofort. Dieses mechanische Surren war einfach zu vertraut. Schließlich hatte sie das gleiche Gerät in ihrer Abteilung. In ihrem Vorzimmer. Einen Reißwolf.

Der Typ schredderte Unterlagen!

Er tat das mit aller Sorgfalt.

Ein Blatt nach dem anderen.

Öztürks Herz prügelte förmlich von innen auf ihren Brustkorb ein. Sie verstand nicht, was sie beobachtete. Konnte vor Aufregung nicht klar denken. Es konnte nur um Validolor gehen. Rosenthals Vorwürfe. Die klinischen Studien.

Der Mann stopfte jetzt die Überreste der Dokumente in eine kleine Tasche.

Auf einmal war er fertig. Würde gleich in ihre Richtung kommen. Es gab keinen anderen Weg hinaus.

Leyla Öztürk hatte nicht mehr die Zeit, um den Flur zu überqueren und durch die Sicherheitstür zu verschwinden, ihr blieb nur ein Ausweg. Sie zog sich zurück, tiefer in den Gang, fort von der rettenden Tür. Sie wandte den Blick nicht von der Stelle, während sie rückwärtsschlich, die Hände an der Wand. Sie platzte vor

Neugier. Nur ein Blick auf das Gesicht. Das würde ihren Mut belohnen. Und konnte Gold wert sein. Ihre Hände erreichten die erste Bürotür. Vorsichtig drückte sie die Klinke hinunter. Abgeschlossen. Sie zog sich weiter zurück. In dem Moment hörte sie die Zwischentür und Schritte. Gleich, jetzt gleich könnte sie den Mann aus nächster Nähe sehen, im Profil. Ihre Hände fassten in eine Öffnung. Eine offene Küche. Na klar! Wie in ihrem Stockwerk auch. Sie huschte hinein, kniete sich auf den Boden und linste um die Ecke.

Verdammt! Der Mann war schon abgebogen und lief auf die Sicherheitstür zu. Sie konnte ihn nur noch von hinten sehen. Umrisse, schwarz in schwarz. Ein Schatten. Nicht groß, nicht klein. Verdammt! Er öffnete die Tür mit einer Magnetkarte und verließ den gesicherten Bereich.

Vorbei!

Öztürk rutschte an der Wand hinunter und fuhr sich mit den Händen über das Gesicht. Sie hatte ihn nicht erkannt. Aber: Er hatte sie auch nicht entdeckt. Puuuh! Das war gut gegangen.

Doch egal, wie schwindelerregend ihr Herz noch immer ihre Brust malträtierte und die Fragen durch ihr Gehirn peitschten, eine Sache war in dem Moment für sie glasklar: Das hier konnte wirklich als Ass taugen. Sie behielt es für sich! Eine kleine Lebensversicherung. Für alle Fälle.

Sie wartete noch etwas. Sie durfte ihre Schuhe nicht vergessen, musste noch einmal ins Büro und dann schnell nach Hause. Etwas Schlaf würde nicht schaden – wenn sie vor lauter Aufregung überhaupt ein Auge zubekam.

Als sie sich auf den Weg zurück machte, dachte sie schadenfroh: Na dann, viel Spaß, Mats Holm!

2.08 Uhr

Holm trat aus Livs Haus und steckte sich eine Zigarette an. Sie schlief tief und fest. Er hatte ihr einen Zettel geschrieben. Und die Tür so leise zugezogen wie möglich. Rauchend ging er zu seinem Wagen, den er aus Parkplatznot zwei Straßenecken weiter abgestellt hatte. Er sah auf sein Smartphone. Die einzige Nachricht, die ihn gerade interessierte, kam von Laura: *Mike und Feuerwehrmann haben nichts mit Schönbaum zu tun. Definitiv. Rosenthal morgen früh. Jetzt mal kurz schnarch.*

Holm verzog das Gesicht. Zwei Nieten bei den Mietwagen. An diesen Security-Typen Mike hatte er sowieso nicht geglaubt. Aber der Feuerwehrmann, Buttkereit, war sein Favorit gewesen. Vor allem hätte ihm ein Treffer erspart, jetzt noch das Bestattungsinstitut von diesem Christoph Jessen aufzusuchen, der dritten Person, die sie auf Sandra Schönbaums Spur bringen konnte. Dass ausgerechnet ein Leichenbestatter dabei geholfen haben soll unterzutauchen, schien ihm eher eine amüsante als eine realistische Vorstellung.

Kann ich den Check auf morgen schieben?, überlegte er. Keine Chance. Nach Rosenthals Frontalangriff spielt die Zeit gegen uns. Bis elf Uhr müssen wir uns vorbereiten. Dann lässt Rosenthal die Katze aus dem Sack. Außerdem lässt sich im Schutz der Nacht genauer hinschauen. Was soll's.

Er schüttelte sich, hievte seine müden Knochen hinters Steuer und gab im Navi die Adresse des Bestattungsinstituts ein. Inhabergeführt. Eine One-Man-Show. Bei Bedarf holte Jessen einen Helfer dazu.

Seit Helena mied Holm privat alles, was mit Tod zu tun hatte. Friedhöfe, Kriegsfilme und solche Orte erst recht. Aber Job war Job. Er schob seinen persönlichen Ballast beiseite.

Nach den Informationen, die Laura ihm geschickt hatte, lag

das Institut auf einem Hinterhof. Jessens Privatadresse war identisch. Er wohnte also über seinem Laden oder in einem Nebengebäude. So ein Bestattungsinstitut wäre eigentlich kein schlechtes Versteck, um blitzartig von der Bildfläche zu verschwinden. Da Schönbaum – nach allem, was wir wissen – auch nicht geflogen ist, könnte es ziemlich ausgebufft sein, die Wenner-Krise einfach mitten in Berlin auszusitzen.

Ein Schachzug, den er ihr nicht zutraute. Diesem Bob Reina von Rimson & Pryce aber durchaus.

Als er die Adresse erreichte, ließ er den Wagen ein Stück weiterrollen, bog in eine Querstraße ab und parkte dort. Aus dem Handschuhfach nahm er vorsichthalber einen Elektroschocker, eine Kappe, die sein Gesicht verbergen würde, und zwei Drähte. Wollen wir mal sehen, wie es bei unserem Herrn der Särge aussieht. Holm steckte sich eine Zigarette an, nahm drei Züge und trat sie auf dem Bürgersteig gleich wieder aus, ehe er den Hinterhof betrat.

Ein Steinhaus. In die Jahre gekommen, aber solide.

Der hört oben garantiert nicht, was unten passiert. Gut! In der Wohnung ist das Licht aus. Der Meister pennt. Sonst alles ruhig. Keine Kameras. Oldschool.

Kam er da irgendwo unauffällig rein? Holm nutzte einige Schatten, um einen besseren Blick zu bekommen.

Da! An der Seite war die Leichenanlieferung. Auf Zehenspitzen schlich er hinüber. Große Metalltür. Altes Schloss.

Holm zog die beiden Drähte hervor, seine Werkzeuge: Hook und Snake.

Er kniete sich vor das Schloss, brauchte keine vierzig Sekunden.

Kein Kratzer, nichts. Er durfte wirklich niemandem erzählen, dass er das Türknacken auf YouTube gelernt hatte. Das Netz war voll mit entsprechenden Videos.

Holm steckte die Drähte weg, zog die Tür einen Spaltweit auf und schlüpfte in das Gebäude. Er wartete einige Sekunden, bis seine Augen sich an die Dunkelheit gewöhnt hatten. Ein muffiger Kellergeruch mischte sich mit einem sterilen Duft. Er musste kurz an Helena denken, verscheuchte die Erinnerungen aber mit aller Macht und tastete sich vor. Links kam ein Raum. Vorsichtig drückte er die Klinke herunter und spähte hinein. Regale, Kartons – ein Abstellraum.

Einige Schritte später stieß er auf einen langen Gang. Es war zu dunkel. Und er wollte sich nicht länger als nötig in dem Gebäude aufhalten. Kurz entschlossen zog er sein Smartphone hervor und aktivierte die Taschenlampenfunktion. Links kamen noch zwei Türen auf jeder Seite. Dann Treppenstufen, die aufwärts führten. Und rechts … Was war das? Er musste zweimal hinsehen, bevor er das Metallgestänge als dürftiges Treppengeländer identifizierte. Ein Geländer, das nach unten führte! Er zögerte.

Sollte er weiter oder nicht?

Wenn du Glück hast, findest du da unten Schönbaum in ihrem Versteck! Quetschst sie aus und ziehst die ideale Kommunikation für Wenner auf, ehe Rosenthal die Indien-Story aufbläst.

Wenn du dummerweise Pech hast, wirst du erwischt.

Aaah, es ist einfach zu verlockend, Schönbaum womöglich da unten zu finden!

No Risk, no Mann, zitierte Holm in Gedanken eine der Weisheiten seines Vorbilds Werner Mühlen. Und schlich zum Geländer. Im Licht der Taschenlampe sah er sechs Stufen. Stieg sie vorsichtig hinunter. Ein paar Meter vor ihm fiel der Strahl der Taschenlampe auf eine weitere Tür. Sie war neuer als die anderen. Massiv. Der Schlüssel steckte.

Holm lauschte an ihr. Nichts zu hören. Mit spitzen Fingern drehte er den Schlüssel im Schloss und drückte die Klinke herunter. Die Tür gab nach. Er atmete durch und zog sie langsam auf, machte drei Schritte und strahlte den Raum ab. Verdammt! Hier standen nur Särge. Helle Särge. Dunkle Särge. Auf kleinen Wagen.

Keine Schönbaum.

Das musste das Lager von Jessen sein. Was man halt so brauchte als Leichenbestatter. Er ging weiter in den Raum. Nichts. Nada. Da stand sogar ein Modell mit Luftlöchern an den Seiten. Er richtete seinen Lichtstrahl darauf und trat näher. Wozu soll das gut sein? Bessere Verwesung? Der Porsche unter den Särgen?

Er ließ eine Hand über den Sargdeckel gleiten. Schöne Eiche. Edle Haptik. Er trommelte mit den Fingern auf das Holz.

Was machte er hier eigentlich? Die ganze Aktion war ein Schuss in den Ofen. Die Wohnung sowieso zu riskant. Und fernab jeder Wahrscheinlichkeit. Blieb nur der Rückzug.

Er wandte sich um und machte sich auf den Weg.

Als er wenig später endlich nach Hause kam, ließ das Adrenalin nach, und Müdigkeit übermannte ihn. Im Schlafzimmer stellte er den Wecker und schrieb Laura auf der Bettkante sitzend: *Leichenbestatter auch negativ. Frühes Frühstück und Besprechung bei mir?*

Er legte das Smartphone weg und griff wie gewohnt nach seinem Cholesterinsenker. Er sah sich die Tablette eine Weile an, bevor er sie einwarf und mit einem Schluck Wasser hinunterspülte.

Bei Sandra Schönbaum waren sie in eine gottverdammte Sackgasse geraten.

So ein Bockmist!, fluchte Holm, fing sich jedoch schnell wieder. Überleg lieber, wie du so schnell wie möglich in die Erfolgsspur kommst. Bevor es zu spät ist.

TAG DREI

4.31 Uhr

Nina Rosenthal lag allein in ihrem Bett. Wann immer der Schlaf das Kommando zu übernehmen schien, jagten wieder Gedanken durch ihren Kopf, stoppten und verhakten sich, änderten einfach die Richtung. Um die Szene, die Marc hingelegt hatte, ging es bestenfalls am Rande. Validolor. Boldt. Ihre Karriere. Diese Themen hatten sie in ihren Fängen. Sorgten für dieses penetrante Kribbeln in der Magengegend. Zum tausendsten Mal, so kam es ihr vor, sah sie zur Uhr auf dem Nachttisch. Mein Gott, die Zeit steht ja fast still, sagte sie sich. Sie drehte sich noch einmal auf die andere Seite. Und wieder zurück. Dann hatte sie die Nase voll. Abwarten war passé. Das machte sie wahnsinnig. Schluss mit dem Versteckspiel. Sie musste handeln. Und sie wusste auch schon, was sie tun würde. Jetzt. Sofort.

Sie riss die Bettdecke von sich, zog sich an und rief ein Taxi. Auf den leeren Straßen dauerte die Fahrt keine zwanzig Minuten. Sie hielten vor einem Einfamilienhaus. Sie rundete großzügig auf. Und wartete, bis das Taxi abgebogen war. Dann lief sie auf die Tür zu und klingelte Sturm.

Sie starrte in die Sicherheitskamera.

»Markus, ich muss mit dir reden. Dringend. Mach schon auf!«

Sie bearbeitete weiter die Klingel.

Rief ihn an.

Redete auf die Kamera ein.

Als das alles nichts brachte, spürte sie Tränen in sich aufsteigen. Und schlug mit beiden Fäusten gegen die Haustür.

Schließlich sah sie ein, dass ihre Aktion hoffnungslos war. Ein verzweifelter Versuch.

Was jetzt? Markus wollte offensichtlich nichts mehr mit ihr zu tun haben. Sie müsste schon hexen können, um in den paar Stunden ihre steile These zu den manipulierten Studien auf anderem Weg belegen zu können. Konnte Doktor Eichen ihr noch einmal helfen, die Ärztin der toten Sophie? Wohl kaum. Tränen liefen über ihre Wangen. Und sie war auch noch selbst schuld daran. Der großkotzige Steymann hatte sie so lange provoziert, bis sie sich hatte verleiten lassen. Sie wollte diese selbstgefällige Maske herunterreißen. Seine Glaubwürdigkeit attackieren. Mit einem Satz.

Der Angriff war zum Bumerang geworden. Und raste auf sie zu. Sieh den Tatsachen ins Auge, sagte sie sich streng: Als Pharmakritikerin bist du erledigt. Der Verein muss ganz neu anfangen. Ohne dich. Und Wenner wird dich mit einer Schadenersatzklage finanziell plattmachen.

Sie durfte sich das alles gar nicht ausmalen.

Plötzlich knackte es. Rosenthal zuckte zusammen. Der Schreck aus der Tiefgarage saß ihr noch in den Knochen. Sie brauchte einen Moment, bis sie begriff, dass es die Gegensprechanlage war. Sie rappelte sich auf. »Markus?« In dem Moment ging der Summer. Mit einer schnellen Bewegung wischte sie sich die Tränen aus dem Gesicht, warf sich gegen die Tür und trat über die Schwelle.

Drinnen war es stockdunkel. Ihre Augen brauchten einen Moment. Da – da hatte sich etwas bewegt. Erst konnte sie nur Schemen ausmachen. Dann erkannte sie endlich, dass einige Meter vor ihr, am Ende des Flurs, eine Frau im Morgenmantel stand. Und sich nicht rührte.

»Hallo?«, flüsterte Nina Rosenthal dem Schatten zu. »Frau Boldt? Tanja Boldt?« Sie hatten sich noch nie getroffen. Markus hatte nur mehrmals von ihr gesprochen.

Eine tiefe, strenge Stimme antwortete: »Ich habe Sie nur hereingelassen, weil ich Sie erkannt habe. Sie waren vorhin im Fernsehen. Die Pharmakritikerin.«

»Ja«, rief Rosenthal erleichtert. »Jaja, das war ich. Entschuldigen Sie bitte vielmals. Es ist eine absolute Notsituation, und ich …«

Sie stockte, als Boldt ruckartig ein Handy in die Luft hielt. »Sie rufen anscheinend schon den ganzen Tag bei ihm an. Ihr Name stand eben im Display.«

»Das stimmt. Ich muss wirklich dringend mit Ihrem Mann sprechen. Ganz dringend!«

Tanja Boldt machte das Licht an, und Rosenthal kniff die Augen zusammen. Markus' Frau war mittelgroß. Schlank. Irgendwie würdevoll. Irgendwie durchschnittlich. Die passte so gar nicht zu ihm, schoss es ihr durch den Kopf.

»Ich dachte, er benutzt dieses Prepaid-Handy nur für seine Affären. Haben Sie etwas mit ihm?«

»Nein«, erwiderte Rosenthal verblüfft. »Nein, ich schwöre bei allem, was mir heilig ist.«

»Steckt Markus in Schwierigkeiten?«, wechselte die Frau das Thema.

Rosenthal stutzte.

»Er ist gar nicht hier?«

Sie sah in eiskalte blaue Augen.

»Sie wissen gar nicht, wo Ihr Mann ist?«

Tanja Boldt schüttelte langsam den Kopf und flüsterte: »Ich dachte, Sie wüssten mehr.«

»Oh, mein Gott!«, rief Rosenthal und schlug eine Hand vor den Mund.

»Dieser Dreckskerl. Der ist abgehauen! Ich spüre es«, stellte Boldt nüchtern fest. Dann löste sich ihre Körperspannung. Ihre Beine gaben nach. Mit einem Satz war Rosenthal bei ihr. Fing sie auf. Machte beruhigend »Schhh«. Rosenthal entdeckte einen Hauch von Dankbarkeit im hageren Gesicht der Frau – bis diese sie abrupt wegstieß. Sie war erstaunlich stark.

Schneidend fragte Tanja Boldt: »Haben Sie ganz sicher nichts mit ihm laufen?«

»Nein, um Gottes willen. Auf keinen Fall! Das ist wirklich rein beruflich.«

»Wenner?«

Rosenthal nickte.

»Die Studien zu diesem Validolor-Zeug, die Sie erwähnt haben?«

Wieder nickte Rosenthal.

»Er hat die Beweise, von denen Sie bei Bork gesprochen haben.«

»Das hat er zumindest behauptet«, gestand Rosenthal.

»Auf was hat er sich da nur eingelassen ...«

Tanja Boldt setzte sich im Schneidersitz auf den Boden. Rosenthal hockte sich neben sie und lehnte den Rücken an die Wand. Auf skurrile Weise, überlegte sie, saßen sie im selben Boot: Alleingelassen vom selben Mann.

»Sie haben sich also in der Sendung zu weit aus dem Fenster gelehnt?«, fragte Boldt.

»Wenn Ihr Mann nicht gerade an *meiner* Haustür klingelt, ja«, antwortete Rosenthal.

»Tut mir leid. Dieser Professor war ekelhaft.«

»Aber erfolgreich«, musste Rosenthal zugeben.

Boldt nickte nachdenklich.

»Sind Sie sicher, dass er ... über alle Berge ist?«, fragte Rosenthal.

»Unsere Ehe stand vor dem endgültigen Aus. Ich hatte ihm eine Gnadenfrist gegeben.« Sie schüttelte bitter lächelnd den Kopf, als könne sie ihre eigene Dummheit nicht fassen. »Er hat um Zeit gebeten. Und versprochen, dass wir ganz neu anfangen.« Tanja Boldts Stimme blieb streng und beherrscht.

»Neu anfangen?«, hakte Rosenthal nach.

»Ja. Woanders. So hörte sich das an.«

Jetzt fiel es Rosenthal wie Schuppen von den Augen.

»Verdammt!«, sagte sie.

Boldt sah sie fragend an.

»Die gefälschten Studien zu Validolor. An mir hätte er nichts verdient, nur sein Gewissen beruhigt. Dann hat er es sich anders überlegt. Und Moral gegen Geld getauscht. Er hat den Beweis an irgendwen verkauft. Spiegel. Stern. Die Konkurrenz!«

Tanja Boldt lachte auf. Es klang erst höhnisch, dann verstört.

»Vielleicht holt er Sie nach?«, machte Rosenthal einen Anlauf.

»Netter Versuch. Danke.«

»Also hat er den Beweis zu Geld gemacht. Durch den Tod des Mädchens ist er vielleicht in Panik geraten, weil er wusste, dass jetzt alles an die Öffentlichkeit kommt – und Wenner ihn früher oder später als Leck ausfindig macht.«

»Plausibler als die romantische Variante, nicht wahr?«, meinte Boldts Frau langsam.

Rosenthal stimmte ihr zu. Beide hingen eine Weile ihren Gedanken nach. Doch dann drängte sich ein Gefühl in ihr in den Vordergrund. Ein Gefühl, das sie gar nicht zulassen wollte. Das trotzdem in ihr keimte: Hoffnung!

Wer auch immer Boldt den Beweis abgekauft hatte, durfte mit einer Veröffentlichung nicht zu lange zögern! Und da sie im Fernsehen erklärt hatte, ihren Manipulationsverdacht gegen Wenner Pharma wegen Validolor in – sie sah auf die Uhr – weniger als sechs Stunden vor Journalisten zu belegen, tickte die Uhr. Wollte man ihr mit einer Exklusiv-Story zuvorkommen, könnte das die Rettung für sie sein! Sie bräuchte keine Papiere mehr in die Kameras zu halten, sondern könnte sofort auf die nächste Welle aufspringen, die gegen Wenner Pharma rollte. Oder war das alles nur Wunschdenken ihrerseits?

Tanja Boldt machte Anstalten, wieder aufzustehen. Rosenthal

tat es ihr gleich. »Alles Gute«, wünschte sie ihr. »Dito«, erwiderte die Frau mit der tiefen Stimme. Rosenthal machte einen Schritt auf Tanja Boldt zu und umarmte sie, ließ von der Frau ab und entschuldigte sich verlegen.

Beim Verlassen des Hauses beschloss sie, einen Teil der Strecke zu laufen. Sie brauchte frische Morgenluft, einen starken Kaffee und eine rettende Idee. Ja, das, was sie gerade in Erfahrung gebracht hatte, was sie sich zusammenreimte, ließ sie an Rettung glauben. Es ist erst vorbei, wenn es vorbei ist. Und so lange werde sie, Nina Rosenthal, ihre Frau stehen.

5.48 Uhr

Holm fiel fast aus dem Bett, als es an der Tür klingelte. Er sah auf die Uhr. Stöhnte. Und hievte sich hoch. Blitzartig war er neugierig, ob Laura etwas über Nina Rosenthal herausgefunden hatte, das ihnen im Fall Validolor weiterhalf. Im Pyjama trabte er die Treppe hinunter und entriegelte das Schloss.

Seine Partnerin lehnte im Türrahmen – in einem modernen, geradlinigen Kostüm, smaragdgrün, der Rock schwankte zwischen noch geschäftsmäßig und aufreizend, die dunkle Strumpfhose betonte ihre sportlichen Beine, die in teuren Schuhen mit Acht-Zentimeter-Absätzen steckten. Make-up, Haare, eine duftende Brötchentüte. Wow!

»Jetzt bin ich wach«, sagte Holm.

»Mats, im Komplimentemachen bist du unschlagbar«, sagte sie und hielt ihm die Titelseite der BILD-Zeitung hin. Dort hieß es in großen Lettern: »Wenner hat Sophie auf dem Gewissen!« Dazu das Foto des Mädchens. Viel kleiner stand *Behauptet sie!* daneben. Ein Pfeil zeigte auf Nina Rosenthals Porträtfoto.

»Der Morgen gehört ihr. Radio, Frühstücksfernsehen, such es dir aus«, sagte Laura und lief an ihm vorbei Richtung Küche. »Ich habe schon eine Weile gearbeitet«, rief Laura.

»Und ich habe bis eben tief und fest geschlafen«, antwortete er, als er ihr in die Küche folgte.

»Klingt nach unfairer Arbeitsteilung.« Laura lächelte. »Zeig mir mal dein Telefon.« Holm reichte es ihr. Sie baute Akku und SIM-Karte aus, untersuchte das Gehäuse und steckte alles wieder zusammen. Dann flogen ihre Finger über das Display, sie raste durch das gesamte Menü. Schließlich warf sie ihm das Gerät zu. »Da ist keine Spionage-App drauf. Über einen Catcher wirst du auch nicht abgehört. Von Granditz' erster Sturm scheint uns in Ruhe zu lassen. Sag es Storch, ihr könnt euch eure Spion-Spielchen für schlechtere Zeiten aufheben.«

»Schön, aber mit Catcher meinst du nicht die Jungs, die sich im Ring verprügeln?«

»Vergiss es, Mats.«

»Ich hätte gerne mal so einen Catcher.«

»Halt den Mund, du Ignorant«, rief Laura, die ihr Lachen nur schwer unterdrücken konnte.

»Na dann. Espresso?«, fragte Holm.

»Wenn du einen nicht zu starken hinkriegst, gern. Bei dem Leichenbestatter gab es nichts zu ernten?«

»Nur Särge.«

»Bei meinen Kandidaten leider auch nicht. Der Feuerwehrmann hatte seinen Schwager dabei. Die waren im Baumarkt. Haben Material gekauft für einen Kaninchenstall. Steht alles auf Facebook.«

Holm musste grinsen und schüttelte nur den Kopf.

»Und Mike arbeitet inzwischen für einen amerikanischen Geschäftsmann. Und hat ihn, mit Abstecher Baumarkt, zum Bahnhof kutschiert.«

»Na super. Das heißt, bei Schönbaum sind wir in der Sackgasse gelandet.«

»Ja«, flüsterte Laura. »Genau wie von Granditz' Spezialisten.«

In Gedanken versunken bereiteten sie ihr Frühstück vor. »Würde ziemlich gut passen, wenn sie Rimson & Pryce heiße Papiere aus Indien verkauft hat.«

»Die die jetzt lancieren, ja. Vielleicht sogar über Rosenthal?«

»Glaube nicht, dass die sich instrumentalisieren lässt.«

»Und wenn sie gar nicht weiß, dass sie Teil eines Spiels ist?«, wollte Laura wissen. »Sie könnte Material von einer anonymen Quelle bekommen oder über einen Mittelsmann.«

»So oder so, Laura, uns bleibt nichts anderes übrig: Wir müssen uns jetzt auf sie konzentrieren. Hast du zu ihr etwas?«

Laura verzog das Gesicht. »Kurz gesagt: Njet.«

»Gar nichts?«

»Keine Schulden. Ordentliche Steuererklärung, sagt Storch. Keine dubiosen Freunde. Ihre Doktorarbeit hat sie offensichtlich selbst geschrieben. Summa cum laude übrigens. Und was dich sicher enttäuschen wird: Ihr Sexleben ist völlig normal, sofern der Pornokonsum ihres Freundes Rückschlüsse zulässt.«

»Was auch immer das heutzutage heißen mag.« Holm konnte sich ein vielsagendes Grinsen nicht verkneifen, wurde jedoch schlagartig wieder ernst. »Also treten wir gleich mit leeren Händen an.«

Laura nickte ihm frustriert zu.

Sie aßen ihre Brötchen und Croissants im Stehen.

»Irgendein Hinweis, was sie gegen Wenner in der Hand hat?«

»Ich habe ihr dienstliches und privates Mailpostfach zwölf Monate zurückverfolgt. Da war nichts.«

»Also ist sie vorsichtig.«

»Auf jeden Fall muss das über persönlichen Kontakt gelaufen sein.«

»Hat sie ihren Kalender online?«

»Nur zum Teil. Und das, was ich durchgesehen habe, ist voll mit Kürzeln, Abkürzungen und Stichworten. Soweit ich da durchblicke, würde ein solcher Termin eher in ihrem Papierkalender stehen. Wobei ich auch das bezweifle.«

»Informanten sind rar. Der Kontakt ist so wertvoll, dass er am besten nirgendwo auftaucht.«

»Sie ist ein echter Profi. Leider.« Laura streckte sich.

»Und dieses Forschungsinstitut von Wenner in Indien, XLR Life Sciences?«

»Tja, wenn Wenner nicht unser Auftraggeber wäre, würde ich sagen: aus den Augen, aus dem Sinn. Die Pharmakonzerne delegieren die heißen Kartoffeln weit weg. Und XLR arbeitet dann noch mal mit Subunternehmern zusammen.«

»Also perfekte Verantwortungsdiffusion. Wenn etwas schiefgeht, hat man von nichts gewusst.«

»Genau.«

»Was ist mit den hohen internationalen Standards, auf die sich hier alle berufen? Gelten die nicht weltweit?«

»Das tun sie. Auf dem Papier zumindest. Nennt sich Helsinki-Deklaration. Da stehen ziemlich detailliert alle möglichen Regeln, wie klinische Studien durchgeführt werden sollen. Und dann hast du Firmen wie XLR, die die totale Dienstleistung anbieten. Die hängen vom nächsten Auftrag ab, mehr als jede deutsche Uni von Drittmitteln. Also läuft alles reibungslos. Geht schneller. Kostet viel weniger Geld. Schmieren und geschmiert werden gehört zum Überleben dazu. Eine Ethikkommission vor Ort muss einem Medikamententest zustimmen? Kein Problem. Patienten müssen aufgeklärt werden? Läuft angeblich über die Ärzte. Die armen Schweine unterschreiben irgendeine Einverständniserklärung mit einem Daumenabdruck, und fertig.«

»Na großartig. Ist wahrscheinlich auch noch rechtssicher.«

»Viele sind einfach auch zu arm, um anders an Medikamente zu kommen.«

»Das alles bringt uns kommunikationstechnisch nicht weiter.«

»XLR hatte im Übrigen das eine oder andere Skandälchen, gehört aber nicht zu den üblichen Verdächtigen.«

»Immerhin«, sagte Holm, »mit einer halbwegs sauberen Weste können wir zumindest ein wenig arbeiten.«

»Und wohl auch mit der ziemlich guten Ausbildung von indischen Ärzten. Wenn die bei Studien mitmachen und Patienten rekrutieren, verdoppeln die übrigens gerne mal ihr Jahresgehalt. Da fragen nicht nur Aktivisten: Was ist, wenn Ärzte Nebenwirkungen nicht melden, damit der Rubel weiter rollt?«

»Das kriegen wir heute alles um die Ohren.«

»Definitiv.«

Holm reichte ihr einen Espresso. Sie nippte daran. »Hmmm! Genau richtig. Wenn du dich jetzt noch in Schale wirfst, könnte ich dich als meinen Mitfahrer akzeptieren.«

»Hab ich so viel Zeit, wie du dir genommen hast?« Er sah noch einmal an ihr herunter.

»Also, ich habe nur zehn Minuten gebraucht!«, rief sie und lachte.

7.17 Uhr

Am liebsten wäre Helmut Steffens aus dieser wanzenverseuchten Lehmhütte gerannt. Fort von dem modrigen Geruch. Fort von den schiefen, dunkelgelben Zähnen der jungen Frau. Den Trauerfalten, die ihr Gesicht zerfurchten. Alt machten. Zehn Jahre älter, als sie war. Weg von ihren Tränen und ihren Worten, die nur sein indischer Mitarbeiter verstand, aber nicht er, der Spiegel-Korrespondent. Steffens war 62 und dieser liebenswerte und gottverdammte Subkontinent die letzte Station seiner ordentlichen Karriere. Er hatte immer rausgewollt, in die Welt, zu den Menschen, bloß keine Büroarbeit und Endloskonferenzen. Ein T-Shirt, eine Weste drüber, dazu eine bequeme Allzweckhose – so fühlte er sich am wohlsten. Auch heute noch, wo seine Haare weiß und karg geworden waren.

Der Grund für seine Wut waren nicht die armen Menschen vor ihm, sondern eine SMS aus Hamburg: »Müssen telefonieren. Eilt. Die V-Story ist in Gefahr! Melde mich gleich.« In Deutschland war es viereinhalb Stunden früher, also gerade mal sieben Uhr. Das konnte nichts Gutes bedeuten.

In Gefahr? Warum das denn ausgerechnet jetzt? Sie waren seit Monaten an dieser komplexen Geschichte dran. An Validolor. Das ach so tolle Schmerzmittel für Kinder. Ohne Nebenwirkungen. Wenn man der Werbung glaubte.

Er musste die Wut herunterschlucken. Ein mitfühlendes Gesicht machen. Und auf Gregors Anruf warten.

Sein Rechercheur war schon vor zwei Monaten hier gewesen, in diesem Dorf, mitten im Nirgendwo. Allein, um kein Aufsehen zu erregen. Der Besuch eines deutschen Reporters hätte sich schnell herumgesprochen. Wahrscheinlich auch bis zu den falschen Leuten. Das konnten sie nicht gebrauchen. Sein Mitarbeiter hatte sich die Geschichte der Eltern angehört, die ihre Tochter verloren hatten. Eine traurige Geschichte, auf die ein aufrichtiger Arzt und Menschenrechtler sie gestoßen hatte.

Steffens kannte alle Details: Vor drei Jahren erkrankte ihre Tochter. Amila. Sie war damals vier Jahre alt. Mandelentzündung. Als es gar nicht besser wurde, machten sie sich auf den weiten Weg in die nächste Stadt, mit dem Bus, ins Krankenhaus. Die Mandeln wurden entnommen. Der Kinderarzt habe sie einen Haufen Papiere unterzeichnen lassen, mit dem Daumen, und habe ihnen Tabletten gegen die Schmerzen gegeben – ein Mittel aus Deutschland, von Wenner Pharma. Die Familie hatte keine Ahnung, dass sie an einer klinischen Studie teilnahm, mit einem Medikament, das sich noch in der Entwicklung befand. Eine Woche später lag Amila tot in ihrer Schlafstelle.

Dieses Mal waren Steffens und ein Fotograf mitgefahren. Sein Rechercheur zeichnete das Interview komplett auf und würde später die wichtigsten Stellen wörtlich übersetzen. Die Geschichte musste wasserdicht sein, jeder juristischen Überprüfung standhalten, sonst würden die Anwälte des Pharmariesen ihn zum Frühstück verspeisen. Ein Foto des fleißigen Reporters mit der Familie würde es auch geben. Na, wenn es sein musste, würde er den Bauch eben für dreißig Sekunden einziehen und ein betroffenes Gesicht machen.

Jetzt konnten sie offen agieren, denn sie hatten inzwischen die Recherchen in Indien abgeschlossen. Mit dem Krankenhaus gesprochen, das von nichts wusste. Mit dem Arzt, der alles bestritt. Mit XLR Life Sciences, dem Forschungsdienstleister, der die Studie durchführte. Auf internationalem Niveau, wie sie auf Anfrage selbstsicher erklärten, nach allen ethischen Vorgaben und mit ausgewählten Topärzten. Aussage stand gegen Aussage. Eine anrührende Mitleidsgeschichte konnte er jetzt schon schreiben. Doch er war auf etwas ganz anderes aus: Er wollte keinen Schnellschuss. Das hier sollte eine ganz große Story werden. Seine Story. Eine Titelstory. Zwölf Seiten im Heft, mindestens. Er wollte das ganze Bild zeichnen: die Machenschaften der Pharmakonzerne. Wie der reiche Westen nicht mehr Länder, sondern Körper kolonialisierte. Mit ihren Studien und Medikamententests. Eine Story, die um die Welt ging. Und die er bis Deutschland zurückführen wollte. Die ganze Kette. Bis zu Wenner. So weit nach oben, wie es nur ging. Ganz konkret. Damit endlich einmal etwas passierte. Nachhaltig.

Natürlich hatte Steffens mitbekommen, dass Validolor gerade in Deutschland in die Schlagzeilen geraten war. Das tote Mädchen. Sie hatten mit Gregor gestern Abend noch darüber am Telefon gesprochen. Und waren zu dem Ergebnis gekommen, dass das ihrer großen Geschichte durchaus helfen konnte. Unter Druck machte Wenner vielleicht Fehler. Die Politik sah genauer hin. Oder Der Spiegel fand doch noch einen Informanten, der die Verbindung von Amila zu Sophie herstellte. Von dem einen zum anderen toten Mädchen.

Auf einmal wollten sie die Geschichte so bald wie möglich. Jetzt war sie heiß. Plötzlich baggerten Teams in Berlin und Brüssel mit an der Geschichte. Das Sagen in diesem Projekt hatte nicht er, sondern Gregor, Gregor Olchowski, mit Anfang 30 schon stellvertretender Auslandschef. Smart, nett, machtgeil. Er war praktisch Steffens' Vorgesetzter, was er, so oft es ging, ignorierte. Allerdings hatte er nicht verhindern können, dass Gregor sich an der Spitze des Projekts installierte, als er die ganz große Geschichte witterte. Steffens hatte das nur zähneknirschend akzeptiert, um später zu merken, dass Gregors Einfluss in Hamburg einiges erleichterte.

Plötzlich wurde die Stimme der Frau noch aufgeregter und höher als ohnehin, sie sprang auf und zog aus dem Papp- und Plastikplanendach einen kleinen Karton. Steffens war sofort bei ihr. Ein Stück Medikamentenschachtel.

Auch wenn er wusste, was das war, kribbelte es ihm in den Fingerspitzen, als er das Logo von Wenner Pharma sah und den Namen des Konzerns las. Die Medikamentennummer darauf gehörte zu Validolor. Das hatten sie rückverfolgt.

Er gab dem Fotografen ein Zeichen und erntete ein kurzes Nicken.

In dem Moment klingelte Steffens' Smartphone. Er machte eine entschuldigende Geste und verließ die Hütte. Hamburg rief an.

»Bist früh auf, Gregor«, begrüßte Steffens seinen Kollegen. »Was ist denn los?«

»Ja, guten Morgen, pass auf, Helmut. Planänderung. Du musst die Story sofort schreiben.«

»Was heißt sofort?«

»Jetzt! Für Spiegel Online.«

»Für Online?« Seine Abscheu war kaum zu überhören. »Wir sind gerade bei der Familie von dem toten Mädchen. Machen die Sache hier rund.«

»Pass auf, Helmut, diese Pharmakritikerin, diese Rosenthal, von der ich dir schon erzählt habe, die hat, nachdem wir telefoniert hatten, bei Bork gesagt, dass die klinischen Studien zu Validolor in Indien manipuliert wurden.«

»Da hat sie wohl Recht«, antwortete Steffens nüchtern.

»Sie will heute um elf Uhr eine Pressekonferenz abhalten. Und Beweise präsentieren! Beweise! Ich habe es eben erst mitbekommen und dir direkt geschrieben.«

»Scheiße!«, rief Steffens so laut, dass einige Dorfbewohner den Kopf zu ihm wandten.

»Ganz genau, Helmut.«

»Mann, ich will die Entscheider drankriegen. Nicht nur mit Schrot auf die böse Pharmaindustrie schießen. Gregor, mit etwas mehr Zeit können wir richtig hinter die Kulisse steigen. Ross und Reiter nennen. Nur dann wird die Story etwas bewirken!«

»Helmut, ich habe totalen Respekt vor dir, das weißt du.«

Aber?

»Aber das Thema kocht heute hoch. Wenn Rosenthal zuschlägt, ist es aus mit deiner Exklusivgeschichte. Die ganze Meute hängt sich dran. Und die Verantwortlichen gehen in Deckung. Verbarrikadieren sich. Und werfen den Schlüssel weg.«

Steffens schwieg.

»Die Welt dreht sich einfach immer schneller, daran können

wir beide nichts ändern. Aber wer sich nicht mitdreht, fliegt vom Karussell.«

»Ich bin zu alt für Drohungen«, knurrte Steffens.

»Was für Drohungen?« Gregor lachte die Spannung zwischen ihnen einfach weg. »Ich will uns doch nur gut aussehen lassen«, fuhr er sanft fort.

»Und die Leute hier? Sind wir denen nicht etwas schuldig?«

»Ich würde die Diskussion gerne beenden. Schreib jetzt einfach. Nur Indien. Schnell. Das Justi muss den Text auch sehen. Wenner darf keinen Millimeter Angriffsfläche finden. Wenn die Rosenthal mit dem Knaller rauskommt, will ich wenigstens als Erster mit Amila auf dem Markt sein. Und den Rest heben wir uns auf. Und ich setze mich dafür ein, dass du dranbleiben kannst. Eine satte Hintergrundgeschichte fürs Heft. Zwei, vielleicht drei Seiten. Und du übernimmst die Federführung für alle Teams. Deal?«

Steffens stöhnte. Als es noch nach einer Titelstory roch, hatte Gregor das Projekt an sich gerissen, und kaum hatte sich die Lage geändert, wurde just das zur Verhandlungsmasse.

»Ich sehe, was ich tun kann.«

»Fein!«, antwortete Gregor. »Und da ihr gerade bei der Familie seid, macht doch noch ein Video. Das bringt Klicks und Traffic.«

Steffens fühlte sich plötzlich alt. Unglaublich alt. Und müde.

»Soll ich jetzt schnell machen oder Videogruppe Punjab?«

»Beides«, sagte Gregor bestimmt und war aus der Leitung.

Steffens sah auf das Display. Der Schnösel hatte tatsächlich aufgelegt. Einfach so.

»Du dummes Arschloch!«, zischte er sein Smartphone an. »Du kleiner Klugscheißer!« Er spürte die Blicke der Dorfbewohner auf sich, schüttelte sich, lächelte den Leuten verlegen zu und ging zurück zur Hütte.

Sein Mitarbeiter kam strahlend auf ihn zu.

»Ich habe sie dazu bekommen, dass sie mit uns zum Grab gehen. Das wird bestimmt sehr emotional.«

Steffens sah seinen eifrigen Rechercheur an. An jedem anderen Tag hätte er ihn gelobt. Doch gerade fühlte er sich wie ein Elendstourist. Einer von der Meute. Einer, der sich die Trauer und die Tränen dieser Leute nahm und deren Hoffnung – und verschwand. Nichts zurückgab. Einfach so. Weil er es konnte.

»Toll«, sagte Steffens tonlos. »Und wenn ihr dabei seid, dreht gleich noch ein Video davon. Und mach ein Interview. Ich fühle mich nicht gut, ich brauche eine Pause.«

»Alles klar«, sagte sein Kollege, ging zur Mutter und hakte sich bei ihr unter. Kopfschüttelnd sah Steffens ihnen hinterher. Vielleicht sollte er doch nächstes Jahr in Frührente gehen. Und den Traffic und die Klicks anderen überlassen.

Ein Bier. Ein schönes eiskaltes Bier, gebraut nach deutschem Reinheitsgebot, das wäre es jetzt. Er hatte keine Ahnung, woher diese Gelüste auf einmal kamen, zumal es noch nicht einmal Mittag war. Träum noch ein wenig von deinem leckeren Bierchen, Helmut, und dann schnapp dir den Laptop und hau in die Tasten.

7.58 Uhr

Holm hasste es, mit leeren Händen vor einen Auftraggeber zu treten. Er machte Laura keinen Vorwurf. Allein die Tatsache, dass sie nichts über Rosenthal gefunden hatten, nahm ihnen jegliche aktive Option. Sie mussten ihr den großen Auftritt lassen. Sie würde den Takt vorgeben. Und die Nachrichten bestimmen. Sie mussten hinterherlaufen, Rosenthals Beweise diskreditieren, nach noch so kleinen Falschaussagen in ihrem Auftritt suchen und diese aufblähen. Kein Weg, der ihm behagte, musste er zugeben, als er mit Laura den Sitzungsraum betrat.

Öztürk wartete schon. Källström, von Granditz und Schneider trafen kurz nach ihnen ein, begrüßten sie knapp mit Handschlag. Als Letzter kam Hansen.

»Guten Morgen. Lassen Sie uns beginnen«, sagte er kurz angebunden, ehe er überhaupt auf seinem Platz saß.

»Herr Steadham kann nicht teilnehmen, weil ich ihn noch in der Nacht gebeten habe, nach Indien zu reisen. Wenn es nötig wird, haben wir jemanden vor Ort, der schnell und effektvoll eingreifen kann. Und wir halten die Sache von uns fern.«

»Angesichts der Lage ist das sinnvoll«, meinte von Granditz.

»Wann wird er dort sein?«, wollte Källström wissen.

Hansen sah Öztürk an. »Sie waren so nett, den Flug zu buchen. Haben Sie die Uhrzeit im Kopf?

»Vierzehn Uhr unserer Zeit«, antwortete sie. Holm hörte ihren Worten an, was sie davon hielt, niedere Dienste für Steadham zu verrichten.

»Unser größtes Problem«, übernahm Hansen wieder die Gesprächsführung, »ist und bleibt heute Vormittag Frau Rosenthal. Die Börse zeigt sich ziemlich nervös. Zu viele unerwartete Nackenschläge auf einmal. So gut auch sonst die Maßnahmen von Herrn Holm und Frau May gegriffen haben, so bereiten wir uns jetzt auf Verteidigung vor. Herr Källström, steht Doktor Otto zur Verfügung?«

»Um halb zehn. Er ist auf einem wichtigen externen Termin.«

»Immerhin. Und Herr Boldt?«, fragte Hansen an Schneider gewandt.

»Leider nein«, antwortete der Personalchef. »Er hat gestern Vormittag seinen Arbeitsplatz verlassen und ist seitdem nicht zu erreichen.«

»Wie bitte?«, fragte Hansen überrascht.

Holm sah Laura lange an. Der Whistleblower war verschwunden?

»Ich fürchte, ich kann nicht mehr dazu sagen«, erklärte Schneider.

»Dann sorgen Sie schnellstens dafür, dass Sie es können!«, forderte Hansen scharf.

»Ich habe mir erlaubt, bereits ein Team auf Boldt umzusteuern«, erklärte von Granditz.

»Gut, danke!«, sagte Hansen, starrte aber beide wütend an.

Verschwindet hier jetzt jeden Tag ein Mitarbeiter, oder was?, wunderte sich Holm. Das gibt es doch gar nicht! Das kann kein Zufall sein. Es muss einen Zusammenhang zwischen Schönbaum und Boldt geben. Haben die Amerikaner sich die Mühe gemacht, gleich zwei Leute bei Wenner zu kaufen? Hat Rimson & Pryce das wirklich nötig? Warum?

»Wie sieht es bei Frau Rosenthal aus? Frau May, Herr Holm, konnten Sie über Nacht etwas finden, womit wir gegen sie arbeiten können?«

Holm holte gerade Luft, um zu gestehen, dass sie in diesem Punkt blank waren – da räusperte sich von Granditz.

»Ich glaube, in dem Fall kann ich etwas beitragen. Unsere Spezialisten waren fleißig.«

»Wir sind gespannt«, sagte Hansen.

»Frau Rosenthal hat es nicht so mit der Buchführung. Ihre Spesenabrechnungen sind unsauber. Ich habe hier ein ganzes Dossier mit internen Unterlagen von Pharmawatch.« Von Granditz tippte auf einen Hefter, den er fein säuberlich vor sich gelegt hatte. »Ergänzend können wir Ihnen, Herr Holm, einige Kommentare zum Verständnis zur Verfügung stellen.«

»Von wem stammen die?«, wollte Laura wissen.

»Von einem Insider. Absolut verlässlich.«

»Also will jemand von Pharmawatch die eigene Geschäftsführerin abschießen?«

»Den Eindruck könnte man haben«, sagte von Granditz.
»Wie ist das?«, fragte Hansen Holm.
»Besser als das, was wir haben.«
Von Granditz lächelte Holm an. Griff dann nach dem Dossier und reichte es praktisch in Zeitlupe über den Konferenztisch. »Mit freundlichen Grüßen vom ersten Sturm.«
»Vielen Dank«, antwortete Holm und gab das Dossier weiter an Laura, die es sofort aufschlug. Die Wenner-Bosse besprachen ein paar Aspekte, die Holm weniger interessierten. Er wartete auf Lauras Reaktion. Nach einer Weile sah sie zu ihm auf und nickte.
»Frau May«, bat Holm, »sollte jetzt mit Frau Öztürk daran arbeiten, die Spesengeschichte schnellstmöglich zu platzieren.«
»Natürlich«, sagte Hansen.
Laura stand sofort auf. Holm flüsterte ihr zu, sie solle sorgfältig sein, der Schuss müsse sitzen. Sie nickte und eilte mit Öztürk aus dem Sitzungsraum.

8.46 Uhr

Ihr Smartphone klingelte schon wieder. Nina Rosenthal brauchte nicht einmal auf das Display zu schauen. Sie wusste, wer sie so dringend sprechen wollte. Alle! Die Medien. Ihr Pressemann. Vor allem aber der Vereinsvorstand von Pharmawatch. Engelbert. Ihm war sie Rechenschaft schuldig. In den sozialen Medien trendete sie seit ihrem Auftritt bei Bork. Hatte über Nacht 7000 neue Likes auf ihrer Facebook-Seite.
Und all diese Menschen würde sie enttäuschen. Sie fühlte sich furchtbar.
Sie hätte gerne in ihr internationales pharmakritisches Netz-

werk gepostet: Habt ihr irgendetwas zu Validolor? In zwei Stunden wartet der mediale Galgen auf mich.

Aber nach ihrem bisherigen Alleingang wäre das eine Blamage sondergleichen gewesen. Eine Bankrotterklärung, die nur allzu schnell aus diesem Kreis durchgesickert wäre.

Verdammt noch mal. Ich habe doch immer eine Lösung gefunden. Sie ging zum x-ten Mal ihr kleines Adressbüchlein mit ihren besten Kontakten durch. Wusste vielleicht die Ärztin von Sophie mehr, Doktor Eichen? Aber dann hätte sie sich garantiert schon gemeldet.

Denk nach, Nina! Denk nach!

Erst jetzt bemerkte sie, dass Marc in der Tür stand. Sie sah zu ihm auf. Er hatte seine lederne Reisetasche über die Schulter gehängt.

»Ich brauche Abstand«, sagte er traurig. »Zumindest für eine Weile.«

»Reisende soll man nicht aufhalten«, erwiderte sie kühl. Kühler, als sie wollte. Sie hatte einfach keinen Kopf für ihn und sein Gejammer. Sie wollte einen versöhnlichen Satz hinterherschieben, da hörte sie schon die Tür ins Schloss fallen. Sie sprang auf. Blieb aber sofort wieder stehen. Weißt du was, Nina Rosenthal: Der haut genau in dem Moment ab, wo du ihn am meisten brauchst. Und du läufst noch hinterher und kriechst vor ihm, weil ein Satz im Ton verrutscht ist? Nee, das machst du jetzt nicht!

Sie zwang sich, ruhig zu bleiben und sich wieder zu setzen.

Hinterherlaufen!

Das war's!

Endlich hatte sie eine Idee!

Da konnte sie hundert Jahre lang in ihrem Adressbüchlein blättern. Harinder Singh stand nicht darin. Doktor Harinder Singh. Ein Mitstreiter aus Punjab. Hatte in Heidelberg Medizin studiert. Ein Meinungsführer. Gut vernetzt. Ein attraktiver Mann, mit dem es zu einem kleinen Seitensprung auf einer Konferenz gekommen war, vor Jahren schon, als es mit Marc noch nicht richtig ernst war. Doch Harinder, den alle »Harry« nannten, hatte mehr gewollt. Sie nicht. Seitdem war sie einer persönlichen Begegnung aus dem Weg gegangen. Ihre Wege hatten sich nicht mehr gekreuzt.

Anscheinend bin ich ziemlich gut im Verdrängen. Dass Harry mir jetzt erst einfällt.

Wenn einer Einblick bei XLR haben konnte, dann er. Sie sah seine unfassbar dunklen Augen vor sich. Die dunkelsten, die sie je gesehen hatte.

Sie brauchte keine zwei Minuten, um seine Kontaktdaten aus dem Netz zu fischen.

Er ging nach dem ersten Klingeln ans Telefon.

»Singh.«

»Hallo«, sagte sie vorsichtig, »hier ist Nina. Nina … Rosenthal.«

Einen Moment lang knisterte es nur in der Leitung. Hatte er direkt aufgelegt?

»Was verschafft mir die Ehre?«, fragte er kühl.

Sie brauchte ihm nichts vorzumachen. Sie fing besser direkt mit der Wahrheit an.

»Du bist meine letzte Rettung. Hoffe ich.«

»Ach ja?« Sie konnte hören, dass der Stachel bei ihm noch tief saß.

Dann holte sie Luft und schüttete ihm ihr Herz aus. Schilderte die Lage. Ließ nichts aus. Er hörte immerhin zu. Stellte keine Fragen.

»Hast du irgendetwas über Validolor«, flehte sie förmlich, »das mich den heutigen Tag beruflich überleben lässt?«

Wieder nur Knistern.

»Harry?«

Er atmete hörbar ein.

»Tut mir leid, Nina. Selbst wenn ich wollte, ich könnte nicht. Ich habe nichts.«

Rosenthal sank in sich zusammen.

»Verstehe«, flüsterte sie.

»Allerdings«, erzählte Harry, »hat mich der Spiegel-Korrespondent hier in Indien dasselbe gefragt. Schon vor zwei Monaten.«

»Ja?«, fragte sie hoffnungsvoll.

»Danach habe ich nichts mehr gehört. Eine Geschichte ist nie erschienen.«

»Tja«, sagte sie, mehr zu sich selbst als zu ihm. »Trotzdem danke, Harry.«

Wieder konnte sie nur dieses leise Knistern hören.

»Was ist aus dir und Marc geworden?«, fragte er unvermittelt.

Sie lachte bitter auf.

»Er hat vor einer Viertelstunde die Wohnung verlassen.«

»Nicht dein Tag, was?«, fragte er.

»Ich danke dir trotzdem. Pass auf dich auf.«

Kaum hatte sie aufgelegt, klingelte ihr Smartphone wieder. Pharmawatch. Engelbert.

Sie hatte bis zum Schluss gekämpft. Sie hatte verloren. Ihr blieb nichts anderes übrig, als dranzugehen. Und zu lügen. So würdig sie konnte.

9.25 Uhr

Hansens Büroleiterin Alexa Klee betrat den Sitzungsraum. Holm hörte auf, seine Sanduhr durch die Finger gleiten zu lassen, und schaute sie erwartungsvoll an.

»Doktor Otto ist jetzt da«, sagte sie zu ihm. »Möchten Sie direkt mit ihm sprechen?«

»Sehr gern.«

Klee wies Holm den Weg in das Büro, in dem der Forschungsleiter von Wenner Pharma wartete.

Holm scannte neugierig den Mann, den er bereits am ersten Tag kennengelernt hatte. Mit geschmeidigen Schritten kam Otto auf ihn zu. Fühlt sich wohl in seiner Haut. Für diese Selbstsicherheit und Gelassenheit war der Händedruck fast zu fest.

»Sie wissen, worum es geht?«, fragte Holm.

»Steadham hat mich ins Bild gesetzt. Sie machen endgültig den Job von Frau Öztürk.«

Holm verbot sich irgendeine Reaktion darauf.

»Wenn ich nicht die Wahrheit erfahre, kann ich Wenner Pharma nicht verteidigen. Ich brauche sie nur als Knetmasse, verstehen Sie?«

»Wie kann ich helfen?«

»Ist in Indien irgendetwas unsauber gelaufen?«

»Auf keinen Fall.«

»Warum sind Sie sich so sicher?«

»Ich habe es persönlich begleitet.«

»Kann XLR ohne Ihr Wissen Daten manipuliert haben?«

»Gegen kriminelle Energie sind wir ab einem bestimmten Punkt natürlich machtlos. Auf uns machte es einen sehr professionellen und seriösen Eindruck. Mit XLR arbeiten ja diverse Konzerne zusammen. Nicht umsonst.«

»Gab es Vorgaben von hier, wie die Studien ausgehen sollten?«

Doktor Otto lächelte.

»Das Forschungsdesign bestimmen wir hier. XLR führt aus. Über allem steht natürlich das Wohl der Patienten.«

»Dann hätte XLR für sich ja wenig Anlass, Studien zu fälschen.«

Otto nahm sich jetzt einen Moment Zeit.

»Die Antwort, die meine Vorgesetzten gerne an dieser Stelle hören würden, dürfte lauten: Das müssen Sie XLR fragen.«

»Aber?«, hakte Holm nach.

»Na ja«, sagte Otto und lehnte sich verschwörerisch zu Holm. »Die hängen vom nächsten Auftrag ab. Eine Motivation gäbe es also schon.«

»Verstehe«, sagte Holm. Das deckte sich mit Lauras Recherchen. »So oder so – was kann Rosenthal für einen Beweis haben? Oder Schönbaum. Oder Rimson & Pryce. Irgendeine Idee?«

»Wissen Sie, Herr Holm: Diese Studien sind sehr komplex. Wissenschaftlich anspruchsvoll. Ich glaube, dass Sie cool bleiben können. Vielleicht haben die gar nichts. Vielleicht haben die ein Dokument, das nur einen Zwischenstand in einem längeren Diskussionsprozess abbildet. Sicher wäre so ein Papier aus dem Zusammenhang gerissen. Womöglich finden sich Papiere, die das genaue Gegenteil sagen. Außerdem halte ich die gute Frau Doktor Rosenthal für ziemlich anmaßend.« Er betonte *Doktor*.

»Warum?«

»Die Dame meint, sie könne diese Materie besser beurteilen als eine Gruppe extrem kompetenter Wissenschaftler, die auf internationalem Niveau Topleistung bringen.«

»Sprechen Sie von sich?«

»Geben Sie mir fünf Minuten mit der Dame, und ich zerlege jeden ihrer Vorwürfe.«

Die Spitze gegen Öztürk. Der Brass auf Rosenthal. Holm gab einem Bauchgefühl nach, als er fragte: »Haben Sie ein Problem mit Frauen?«

»Nein, nur mit Unfähigkeit. Fragen Sie meine Frau.«

»Gut pariert«, sagte Holm und musste lachen. »Darf ich annehmen, dass Sie für mich heute zu erreichen sind.«

»Rund um die Uhr, wenn es sein muss.«

»Klasse. Vielleicht kommen Sie am besten direkt dazu, wenn wir Rosenthals Pressekonferenz verfolgen? Phoenix überträgt live.«

»Kurze Wege, ich verstehe.«

Sie standen auf und gaben sich die Hand.

»Ich lasse Sie wissen, wo wir sein werden.«

Während Holm zu Öztürks Büro lief, dachte er: Den Typen habe ich lieber in meiner eigenen Mannschaft. Wenn er nur halb so gut ist, wie er sich verkauft, kann Rosenthal sich auf einen erbitterten Kampf gefasst machen.

Holm nickte den Damen in Öztürks Vorzimmer zu und ging, ohne anzuklopfen, in ihr Büro.

Laura sah von ihrem Mini-Laptop auf.

»Und hat es etwas gebracht?«

»Er glaubt, er kann sie jederzeit knacken.«

»Nimmst du es ihm ab?«

»Auf jeden Fall habe ich ihn um elf zum Rudelgucken eingeladen.«

»Öztürk kann ihn nicht leiden.«

»Er sie auch nicht. Willkommen im Haifischbecken.«

»Ich habe nur Angst vor Orcas«, sagte Laura beiläufig.

Holm lachte laut auf. »Allein für den Spruch hat sich heute das Aufstehen gelohnt.«

Öztürk und Noll betraten das Büro.

»Der Spesenskandal«, legte die Kommunikationschefin direkt los, »macht die Runde. Alle schreiben von unserem befreundeten Journalisten ab. Der hat mittlerweile auch Faksimile von Unterlagen eingebaut. Sieht sehr massiv aus. Natürlich wundern sich einige über das Timing. Und fragen uns. In wenigen Minuten bläst dpa unser Statement heraus, dann werden wir überall zitiert.«

»Was haben wir herausgegeben?«, fragte Holm vorsichtshalber.

»Wir haben wie besprochen mitgeteilt, dass das eine interne Angelegenheit von Pharmawatch ist, die wir weder bewerten können noch möchten.« Das war die freundliche Variante des schroffen und negativ besetzten Zitats »Kein Kommentar«. Holm und Laura mieden penibel Worte wie kommentieren und Kommentar. Worte lateinischen Ursprungs. Mit viel Autorität. Gerade gegenüber Journalisten, in deren Medienwelt der *Kommentator* noch immer eine herausgehobene Position hatte. Laura nickte ihm zu. Ich habe aufgepasst, sollte das heißen. Er blinzelte ihr ein Dankeschön zu.

»In den sozialen Netzwerken«, schaltete Noll sich ein, »zeigt der Spesenskandal auch seine Wirkung. Ist aktuell eines der Top-5-Diskussionsthemen in Deutschland. Zehntausende liken, teilen oder kommentieren. Die Stimmung ist ins Schwanken geraten. Einige verdächtigen uns offen und stellen sich noch klarer hinter Rosenthal. Es gibt aber auch viele enttäuschte Stimmen. Tenor: Wenn selbst sie sich die Taschen vollstopft, sind Hopfen und Malz verloren. Unterm Strich ist Rosenthal nicht mehr ganz so heilig. Und die Marke Pharmawatch für den Moment beschädigt.«

»Gute Arbeit«, lobte Holm.

Laura sah auf die Uhr: »Nur noch ein bisschen. Dann lässt sie die Katze aus dem Sack.«

»Gucken wir wieder in Kinosaal 1?«, fragte Holm an Öztürk gewandt.

»Meine Leute kümmern sich gerade darum. Ich reserviere Ihnen gute Plätze.«

»Und Doktor Otto bitte auch.«

Öztürk verdrehte die Augen. Holm entschied sich, das zu übersehen. Sie hatten Wichtigeres zu tun.

»Es wird Zeit, dass Sie bei Wenner die Reihen schließen«, sagte Laura in den Raum und sah wieder in ihren Mini-Laptop. Holm blickte kurz zu ihr. Wenn man es so elegant machte, war das natürlich eine andere Sache. Dann durfte man einen Satz dazu anbringen.

11.03 Uhr

Nina Rosenthal wollte nur noch eines verhindern: Dass sie einen Heulkrampf bekam. Es war gekommen, wie es kommen musste. Das Telefonat mit Engelbert, dem Vereinsvorstand. Ihre Beichte. Kurz danach auch noch der erste Bericht zu ihrem vermeintlichen Spesenskandal. Was für ein Witz! Wenner war sich für nichts zu schade. Sie war in Verwaltungsdingen womöglich etwas schludrig, aber sich selbst hatte sie mit Sicherheit nie bereichert. Ganz im Gegenteil. Sie hatte dem Verein sogar noch einen fünfstelligen Betrag gespendet, als ihr Buch so erfolgreich lief.

Jemand anders hätte angesichts der verheerenden Lage vielleicht seine Koffer gepackt, wäre zum Flughafen gefahren und hätte die erstbeste Reise gebucht. Zack und weg. Nur: Das entsprach einfach nicht ihrem Naturell. Sie tickte nicht so. Sie tickte anders. Deshalb saß Nina Rosenthal mit ihrem Lieblingskissen im Arm auf ihrer Couch und schaute Phoenix.

»Wir erwarten mit Spannung die Pressekonferenz von Pharmawatch in Berlin«, sagte der Moderator in die Kamera und fasste den Anlass routiniert zusammen: Rosenthal. Validolor. Talkshow. Verdacht. Belege.

»Bei mir im Studio ist Melanie Gerland von der Patientenorganisation Kindeswohl.«

Ausgerechnet die, schimpfte Rosenthal. Lässt sich von den Konzernen finanzieren und hofieren. Und spielt dafür deren Spiel mit.

»Frau Gerland, lassen Sie uns gemeinsam die Zeit nutzen für einige Hintergründe. Frau Rosenthal setzt in der Validolor-Diskussion auf maximale Öffentlichkeit. Wie ordnen Sie das ein?«

»Ich schätze die Arbeit von Frau Rosenthal und Pharmawatch durchaus. Dieser Medienhype, den sie entfacht hat, gefällt mir allerdings nicht. Die Sache droht ins Hintertreffen zu geraten.

Und ihr Vorwurf lautet ja letztendlich: Wenner Pharma habe die kleine Sophie auf dem Gewissen.«

»Was starker Tobak ist.«

»Absolut. Allein dieser Verdacht ist schon groß genug. Man muss das nicht auf diese Art befeuern.«

Anders wird man nicht gehört, Schätzchen. Rosenthal wusste, warum sie Gerland nicht leiden konnte.

»Auch aus Respekt vor den Eltern von Sophie?«, fragte der Moderator.

»Die Patienten dürfen nicht zum Spielball der Interessen werden. Das sage ich immer wieder. Das sage ich auch heute.«

»Wie ich gerade höre«, sagte der Moderator, »haben wir überraschende Neuigkeiten von Pharmawatch. Wir geben direkt ab nach Berlin.«

Umschnitt auf den Reporter. Hinter ihm ein leeres Podium voller Mikrofone. Und ein ziemliches Gewusel.

»Wie Sie hinter mir sehen«, stieg der Reporter ein, »geht es hier drunter und drüber. Pharmawatch hat nämlich vor wenigen Augenblicken die Pressekonferenz abgesagt! Stattdessen wurde vor einer Minute eine Pressemitteilung verteilt, die es in sich hat. Darin heißt es, die Geschäftsführerin Nina Rosenthal sehe sich außerstande, ihre Behauptungen zu belegen. Sie behaupte, jede Aussage würde den Schutz ihrer Quelle gefährden. Der Vorstand von Pharmawatch sei der Auffassung, dass dieser Standpunkt nicht akzeptabel sei nach Rosenthals schweren Anschuldigungen in der Sendung von Jonas Bork gestern Abend. Deshalb habe man schweren Herzens Nina Rosenthal mit sofortiger Wirkung von allen ihren Aufgaben entbunden.« Der Reporter sah kurz hinunter auf ein Blatt, das die Pressemitteilung sein musste.

»Der Vorstand des pharmakritischen Vereins, Engelbert Rupp, wird wie folgt zitiert: ›Ich kann mir das nur durch Überlastung erklären. Sie war eine überaus engagierte und erfolgreiche Geschäftsführerin.‹«

War. Wie das klang. Als sei sie gestorben. Für Engelbert war sie das wahrscheinlich auch, auf eine gewisse Art.

»Außerdem«, fuhr der Reporter fort, »entschuldigt Pharmawatch sich in aller Form bei Wenner. Das ist die zweite große Überraschung für uns Beobachter. Es gibt auch eine dritte und letzte. In der Mitteilung heißt es, Pharmawatch habe so viele und vielfältige Aufgaben, dass es keinen Stillstand geben dürfe. Man sei daher froh, bereits einen Nachfolger präsentieren zu können.«

Was war das denn? Davon hatte er ihr nichts gesagt! Und überhaupt: Wen wollten sie denn in der Kürze der Zeit aus dem Hut zaubern?

»Der Neue heißt Björn Leitheimer. Er war bisher verantwortlich für Fundraising und Finanzen bei Pharmawatch.«

Björn Leitheimer. Der sich gestern noch kaufen lassen wollte. Den sie rausgeschmissen hatte. Eigentlich.

Sie hörte Worte wie »einstimmig« und »Vertrauen«. Und weinte. Nicht wegen sich. Sondern wegen Pharmawatch. Sie liebte diesen Laden. Hatte für ihn gelebt. Und jetzt folgte ihr dieser …

»Pharmawatch«, berichtete der Reporter weiter, »betont die ausgleichende und besonnene Art von Leitheimer. Damit habe man zu diesem Zeitpunkt genau den richtigen Mann.«

Plötzlich rieselte es ihr wie Schuppen von den Augen. Leitheimer hatte ihre Spesenunterlagen an die Presse durchgestochen!

»Insgesamt macht das einen eindeutigen Eindruck: Pharmawatch macht einen Schnitt. Die schillernde Chefin Nina Rosenthal ist weg. Der Verein will heraus aus dem Rampenlicht und künftig einen ruhigeren Kurs einschlagen. Damit habt ihr im Studio einiges zu besprechen. Ich gebe zurück nach Bonn.«

Rosenthal schaltete den Fernseher aus. Warf die Fernbedienung Richtung Bildschirm. Das reichte! Wenner kam davon. Sie war ihren Job los. Und Marc gegangen.

Sie stand auf und ließ alle Rouleaus im Erdgeschoss herunter. Würde nicht mehr lange dauern, bis irgendwelche Journalisten vor ihrer Tür hausierten. Sämtliche Mailboxen ihres Smartphones, das sie auf lautlos gestellt hatte, quollen über. Sie schaltete es ganz aus. Und setzte sich wieder auf die Couch.

Sie hatte sich selbst gegeißelt. Die öffentliche Demütigung ertragen.

Sie konnte die Korken in der Wenner-Zentrale knallen hören.

Und nun keimte noch Selbstmitleid in ihr auf. Wenigstens das wollte sie unterdrücken.

Und den allerletzten Rest Würde bewahren.

Um nicht zu zerbrechen.

Um sich nicht brechen zu lassen.

Wenn Marc nur da wäre.

Doch er war es nicht. Nicht mehr.

11.36 Uhr

Keiner hatte den Sitzungsraum verlassen. Die Wenner-Bosse standen zusammen und feixten. Hansen sprach angeregt mit Laura. Otto, Schneider und von Granditz steckten feixend die Köpfe zusammen. Källström telefonierte auf Schwedisch, vermutlich mit seiner Familie in Stockholm. Öztürk tippte auf ihrem Smartphone. Sie würde früher oder später die Lage berichten müssen.

Hansens Assistentinnen brachten mehrere Flaschen Moët in den Sitzungsraum. Holm half ihnen, sie zu köpfen. Innerlich war ihm allerdings nicht nach Feiern zumute. Natürlich: Rosenthal war die vermeintlichen Beweise gegen Wenners klinische Studien zu Validolor schuldig geblieben. Die öffentliche Demontage tat Holm beinahe weh, obwohl sie der Feind war. Sie hatten eine Schlacht gewonnen, doch längst nicht den Krieg. Wenn Rosenthal tatsächlich nur aus Rücksicht auf ihren Informanten geschwiegen hatte, lauerte dort ein Problem. Und der Tod des Mädchens blieb mit einem Fragezeichen behaftet. Die Kontrollbehörde BfArM und die Kliniken, die ebenfalls auffällige Krankheitsfälle gemeldet hatten, arbeiteten sehr sorgfältig. Oder ließen sich Zeit, bis der Rauch sich gelegt hatte.

Dazu standen hinter Schönbaum und diesem Boldt definitiv zwei große Fragezeichen. Kommunikationsrisiken.

Alexa Klee, Hansens Büroleiterin, reichte volle Champagnergläser, und als alle versorgt waren, schlug Hansen mit einem Füllfederhalter an sein Glas.

»Liebe Kolleginnen und Kollegen, wir sind vielleicht nicht am Ende dieser Krise. Aber man muss die Feste feiern, wie sie fallen.«

»Genau«, meinte Schneider bestens gelaunt.

»Bei aller Vorsicht«, sprach Hansen weiter, »können wir darauf hoffen, dass die Ereignisse bei Pharmawatch auch einen Wendepunkt in Sachen Validolor bedeuten. Wir haben Hausaufgaben zu machen, die wir nicht aus dem Blick verlieren sollten. Trotz allem ist der Druck doch ein klein wenig geringer geworden. Oder geht das nur mir so?«, fragte er rhetorisch. Alle lachten und lächelten ihm zu.

»Ich danke an dieser Stelle Herrn Holm und Frau May für ihre wertvolle Unterstützung.«

Holm prostete zum Dank Hansen dezent zu, Laura durchaus energischer, wie er mit einem kurzen Seitenblick feststellte. Auch wenn es etwas wehtat, musste er Hansen lassen, dass er in jeder Hinsicht Klasse hatte. »Ganz besonders danke ich Doktor von Granditz. Er stand und steht in dieser Krise dicht an meiner Seite. Ich weiß das sehr zu schätzen.«

Er räumt schon auf. Friedenspfeife mit von Granditz. Wir werden fast verabschiedet. Bin ich übervorsichtig?

»Der Aufsichtsrat hat sich übrigens auch kurz bei mir gemeldet«, rief Hansen und zog sein Smartphone hervor.

»Sie und Ihre Mannschaft können also auch Krise. Gratuliere!«

Jetzt klatschten alle.

»Also: Ich bin stolz auf Wenner Pharma. Stolz auf Validolor. Und stolz auf die Mannschaft. Prost!«

Sie stießen alle miteinander an und tranken.

»Schmeckt nach mehr«, rief Schneider und ließ sich sein Glas nachfüllen.

»Frau Öztürk, wie stehen wir denn da draußen da?«, wandte Hansen sich an die Kommunikationschefin.

»Frau Rosenthal ist komplett diskreditiert. Kaum jemand nimmt ihr die Sache mit dem Informantenschutz ab. Sie hat ihr Blatt überreizt, so kommentieren die ersten Medien und viele Leute auf Facebook. Frau Gerland von der Patientenorganisation Kindeswohl spricht im Fernsehen von einem ›Bärendienst‹ für die kleinen Patienten und von ›Ego-Trip‹.«

»Macht sich doch bezahlt, dass wir die etwas unterstützen«, meinte Källström.

»Vielleicht sollten wir Herrn Bork eine gute Flasche Wein schicken«, schlug Öztürk im Spaß vor, »er hat sie zu diesem Fehltritt gebracht.«

»Und Professor Steymann, der alte Haudegen«, ergänzte von Granditz.

Alle in der Runde schmunzelten.

»Wir haben dazu nur kurz getwittert: ›Wenner bedauert die Irritationen der vergangenen 24 Stunden. #validolor #pharmawatch #neuegeschäftsführung‹«

Das schien den Bossen zu gefallen. Sie nickten Öztürk wohlwollend zu.

»Unser Aktienkurs ist dabei, die Verluste des Vormittags wieder auszugleichen. In ein paar Stunden sollte nicht mehr als eine Delle für die Statistiker übrig bleiben.«

»Fein«, meinte Hansen.

»Und gerade, deswegen war ich auch am Smartphone, haben wir eine weitere sehr gute Nachricht bekommen: Mehreren Kindern, die an BfArM gemeldet wurden, geht es inzwischen besser. Ich bekomme noch Details, aber …«

Der Rest ihres Satzes ging in lautem Jubel der Anwesenden unter. Der Forschungsleiter, Otto, ballte die Fäuste. Von Granditz schlug Hansen auf die Schulter. Schneider und Källström gaben sich high five. Laura stieß Holm in die Seite und lächelte ihn an.

11.42 Uhr

Jan Theiss ließ Marta fahren. Er konnte besser denken ohne Lenkrad in Händen. Und die Leiche, zu der sie fuhren, beschäftigte ihn schon jetzt. Sie beschäftigte die halbe 6. Mordkommission Berlins. Die anderen im Team ließ er vorerst an ihrem anderen Fall weiterarbeiten.

Zum Glück war er früh am Morgen achtzig Bahnen gekrault. Es reichte, um den Kopf kurz frei zu bekommen und die Schwimmerfigur auch mit Anfang vierzig zu halten. Doch immer, wenn er aus dem Wasser stieg, zog er noch tropfend sein Smartphone aus der Schwimmtasche und checkte Anrufe und Nachrichten. Mörder hatten keine Geschäftszeiten. Er hasste es, wenn ein Fall ohne ihn losging. Wie auch immer, in den nächsten Tagen würde er garantiert nicht zum Schwimmen kommen.

»Fällt dir etwas auf?«, fragte Marta gut gelaunt.

»Was denn?«, fragte er.

»Wieder einmal wir beide in einem Wagen.« Sie hatte Recht. Seit einigen Monaten fuhr er häufig mit Marta.

»Nimm es als Kompliment. Für deine Fahrkünste«, sagte er lächelnd.

»Booah! Werd nicht frech. Sonst kannst du laufen, Jan Theiss!«

»Streng genommen passen wir gar nicht in dasselbe Auto«, sagte er, während er sich den Dreitagebart rieb und nachdenklich tat.

»Wie meinst du das denn jetzt?«

»Na ja. Menschlich passt es ja gar nicht. Ich lebe seit meiner Scheidung als Single aus Einsicht, während du gerne *ankommen* möchtest, wie du es nennst.«

»Obwohl wir in unterschiedlichen Lebensphasen sind, sitzen wir in einem Wagen?«

»Außerdem arbeite ich präzise, du instinktiv.«

»Du planschst. Ich mache Taekwondo.«

»Ich bin diplomatisch, du direkt.«

»Seit wann bist du so harmoniesüchtig, *Chef?*«

»Eine Gemeinsamkeit habe ich allerdings doch festgestellt.«

»Gott sei Dank! Ich dachte schon, ich werde zwangsversetzt.«

»Wir glauben beide, den besten Job der Welt zu haben. Vielleicht sitzen wir deshalb in einem Wagen.«

»Gib mir fünf«, rief Marta, und sie klatschten sich ab.

Sie lachten noch über ihre Frotzelei unter Kollegen, als Marta auf einen abschüssigen Schotterweg abbog. »Da vorne ist es«, sagte sie und zeigte durch die Bäume auf ein einstöckiges, dunkelrot und weiß gestrichenes Holzhaus von der Größe einer Lagerhalle unten am Wasser. Ein kleines Waldstück trennte es von einem Lokal, das an einem Vormittag Anfang März kaum Besucher anlockte. Erste Fotografen und Polizeireporter warteten bereits am Flatterband. Theiss ärgerte sich. Warum kein Mensch den Polizeifunk abhörsicher machen konnte, war ihm ein Rätsel.

Sie stiegen aus und gingen wortlos unter dem Flatterband hindurch zum Bootshaus.

Ein Kollege vom Kriminaldauerdienst kam auf sie zu.

»Guten Tag! Da kommen extra die Besten von der Sechsten.«

Theiss lächelte ihn an. Er hatte sich angewöhnt, alle Kolleginnen und Kollegen stets freundlich zu behandeln, unabhängig davon, dass er als Erster Hauptkommissar an Tatorten meist der ranghöchste Polizist war. Und sich zu merken, was sie ihm erzählten.

»Was machen Ihre Jungs?«

»Alles gut. Danke der Nachfrage.«

»Was erwartet uns?«, fragte Marta.

»Eine ziemliche Sauerei. Das Opfer ist männlich. Etwa Mitte 30. Anzug und Krawatte. Wurde ziemlich bearbeitet. Alles voll Blut. Scharfes Messer, schätze ich. Der Wirt des Lokals vom Segelverein da drüben kümmert sich auch ums Bootshaus, wollte nur etwas holen, ist noch Vorsaison, da hat er den Gestank gerochen. Und die Leiche entdeckt. Ganz hinten, unter einer Persenning. Wir nehmen gerade noch seine Aussage auf. Der Tatort ist gesichert. Der Fotograf ist durch. Die Kriminaltechniker sind bei der Textilarbeit.«

»Ist die Leiche identifiziert?«

»In den Innentaschen seines Jacketts war nichts. In die hinteren Hosentaschen haben wir nicht geschaut, weil wir ihn nicht bewegen wollten.«

»Gute Entscheidung, danke. Gehen wir rein«, sagte Theiss, und sie betraten das Bootshaus. Wie auf Kommando begannen alle drei, durch den Mund zu atmen.

»Hallo zusammen«, rief Marta den Kriminaltechnikern in weißen Overalls zu, »lasst euch nicht stören.«

Theiss hatte in seiner Laufbahn hunderte von Leichen am Tatort gesehen. Diese gehörte zu den übleren. Massiv bearbeitet, aus nächster Nähe. Das meiste Blut war getrocknet. Der Tote lag also schon eine Weile hier.

»Da hat jemand gewütet«, sagte Marta leise.

»Und jede Menge Spuren hinterlassen«, antwortete Theiss.

Techniker klebten Stück für Stück die Kleidung des Opfers ab. Wie immer auf der Suche nach winzigen Stofffasern auf dem Opfer, Haaren oder Hautpartikeln des Täters, die man mit bloßem Auge nicht sehen konnte.

Das Gattertor des Bootshauses knarrte. Theiss freute sich, als er bemerkte, dass Nicola Lemar auf sie zukam. Die Rechtsmedizinerin. Jung, fleißig, schnell. Ein gutes Team war die halbe Miete, das hatte er in all den Jahren gelernt.

»Hallo, Herr Theiss. Grüße Sie, Frau Jablonska!«

»Danke, dass Sie direkt kommen konnten.«

Die Rechtsmedizinerin sah den Technikern kurz zu.

»Seid ihr fertig, Kollegen?«, fragte Marta.

»In dieser Sekunde«, sagte deren Teamleiter, asservierte den letzten Klebestreifen und stand auf.

Sogleich beugte Lemar sich über die Leiche.

»Zur Anwendung kam eine breite Klinge. Ein Filetiermesser oder so etwas. Er scheint langsam ausgeblutet zu sein. Ob er vorher schon tot war oder durch Blutverlust gestorben ist, kann ich erst später klären … Die meisten Einstiche sind im Brust- und Bauchbereich. Einer ging in den Unterleib. «

»Versehen oder Absicht?«, wollte Marta wissen.

Lemar sah kurz zu ihr auf und zuckte mit den Schultern. Dann lehnte sie sich vorsichtig über den Leichnam. In dem Moment stießen zwei weitere Kommissare von Theiss' Team dazu, Möllers und DeLuca, sie nickten kurz allen zu, um nicht zu stören.

»Hier kann ich es noch besser sehen. Dem Einstichwinkel nach würde ich auf einen Linkshänder tippen.« Sie machte die Bewegung nach.

»Oder eher auf eine Linkshänderin.«

»Eine Frau?«, fragte Marta nach.

»Vermute ich. Auf jeden Fall jemand, der deutlich kleiner ist. Er ist um die eins fünfundachtzig. Wenn ich die Höhe der Verletzungen richtig sehe, müsste die Täterin – oder der Täter – aufgrund der Armhebel ein ganzes Stück kleiner gewesen sein.«

»Ist das hier der Tatort – und der Täter hat nur noch die Plane drübergezogen?«, fragte Marta.

»Kann ich nicht sicher sagen. Viel Blut auf ihm, relativ wenig Blut unter ihm. Ich würde von einer Verbringung innerhalb des Raumes ausgehen.«

Lemar hob vorsichtig einen Arm an.

»Die Totenstarre lässt schon wieder nach. Dazu der Verwesungsgeruch. Grob geschätzt ist er gestern in der Mittagszeit gestorben. Ich sehe Schmeißfliegen. Noch ein paar andere Insekten. Bei Bedarf sollten Sie einen forensischen Entomologen einschalten.«

Theiss nickte. Insekteneier und Maden auf – oder in – Leichen zu untersuchen, um mehr über einen Todesfall herauszufinden, wäre nicht seine erste Berufswahl gewesen. Aber die Kollegen konnten beeindruckende Erkenntnisse gewinnen.

»Hier sind Abwehrverletzungen an den Streckseiten der Unterarme«, erklärte Lemar.

»Also hat es einen Kampf gegeben«, folgerte Marta, während Theiss nachdenklich schwieg.

Mit einer Maglite leuchtete Lemar in die starren Augen des Opfers.

»Die Augen sind stark gerötet. Es könnte Reizgas zum Einsatz gekommen sein. Sicher kann ich das erst nach der Autopsie sagen. Die Verletzung an den Ohren sieht nach Tierfraß aus. Wird nichts mit dem Mord zu tun haben. Eher mit einer Ratte.«

Marta zog die Augenbrauen zusammen und rekapitulierte: »Also lockt jemand sein Opfer hierher ins Bootshaus, sprüht ihm

Reizgas ins Gesicht und geht wild auf ihn los. Schleift ihn vielleicht noch nach hinten. Deckt ihn zu. Verschwindet. Starke Emotionen. Richtung Beziehungstat.«

»So in etwa«, sagte Lemar und stand auf. »Aufgrund der vielen Einwirkungen werde ich für die Obduktion etwas länger brauchen als sonst.«

»Vielen Dank! Das ist sehr hilfreich. Wie immer«, sagte Marta und nickte der Rechtsmedizinerin anerkennend zu.

»Ich würde den Körper gerne etwas kippen«, sagte Theiss, der lange geschwiegen hatte. »Nur ein ganz kleines bisschen«, schob er nach.

Seine Kommissare rollten den Toten leicht nach links. Theiss griff nach seiner hinteren Hosentasche, tastete, und schüttelte den Kopf.

»Andere Seite«, befahl er kaum hörbar und tastete wieder die Hosentasche ab. Da! Das fühlte sich richtig an. Er zog ein dünnes Portemonnaie hervor. Und schlug es vorsichtig auf. Zwischen Bank- und Fitnessstudiokarte steckte der Ausweis. Theiss zupfte ihn ganz vorsichtig heraus.

»Markus Boldt. Wohnhaft in Berlin. Jahrgang 81.«

»Dann hätten wir das ja«, sagte Marta in die Runde.

»Schon mal kein Promi«, meinte DeLuca.

»Ist bei der Volksbank«, ergänzte Theiss. Dann zog er behutsam die Karte vom Fitnessstudio hervor. Aber … die Karte gehörte gar nicht zu einem Fitnessstudio.

»Ach du Scheiße!«, flüsterte er. Und las noch einmal, was auf der Karte stand.

»Was denn?«, fragte Marta und lehnte sich direkt über seine Schulter. Und sah einen Mitarbeiterausweis.

»Der hat für Wenner Pharma gearbeitet.«

»Die gerade mit diesem Medikament in den Schlagzeilen sind? Wegen dem toten Mädchen?«

»Genau die.«

»Shit!«

»Wäre ein Zusammenhang möglich?«

»Deren Hauptsitz ist keine Viertelstunde entfernt.«

»Solange es sich nicht ausschließen lässt, geht das Thema auf jeden Fall durch die Decke«, urteilte Theiss.

Er sah seine Kollegen an.

»Okay, Leute. Name und Arbeitgeber gehen auf keinen Fall über den Polizeifunk. Sonst steht hier im Nu die ganze Bagage vor der Tür.«

Alle nickten.

»Solange ein börsennotierter Pharmakonzern im Spiel ist, müssen wir sauberst arbeiten. Akribischer als akribisch. Wir suchen das ganze Bootshaus ab. Quadratzentimeterweise.«

»Können wir mehr Leute haben, damit es schneller geht? Ist ein relativ großer Raum, verwinkelt«, fragte der führende Kriminaltechniker.

»Ich kümmere mich darum«, antwortete Theiss.

»Marta, ruf in der Zentrale an. Wir ziehen die anderen vom alten Fall ab. Das hier hat höchste Priorität. Ich will einmal den Rundumschlag: Sie sollen seine Konten checken. Das Umfeld. Und die nächstgelegenen Mobilfunkmasten. Wer war gestern zwischen 8 Uhr und 14 Uhr im Einzugsgebiet? Sobald wir die Listen haben, sortieren wir nach Prio: Familie und Freunde werden zuerst befragt, dann Wenner-Mitarbeiter, dann einschlägig Vorbestrafte.«

Marta hatte das Smartphone schon am Ohr.

»Warte noch. Ich will übers LKA einen Bluthund haben. Dann wissen wir schnell, wo es genau passiert ist. Außerdem soll sich ein Experte für Schleifspuren den Tatort angucken. Ich will ganz genau wissen, was hier abgelaufen ist. Und ein Psychologe soll sich einen Reim auf das Gemetzel und den Hieb in den Unterleib machen. Noch etwas: Das Opfer trägt einen Ehering. Ich will schnellstmöglich einen vorsichtigen Eindruck von der Frau haben. Hausbesuch. Die schlechte Nachricht. Kurz in ein Gespräch verwickeln. Sehen, wie sie ist. Wie sie reagiert.«

»Läuft«, erwiderte Marta und ging ein paar Schritte von der Gruppe weg.

»Und treibt über den Wirt den Besitzer des Bootshauses auf«, spulte Theiss die nächsten Aufträge ab.

»Okay«, sagte Möllers. »Warum liegt hier eine Leiche 24 Stunden lang herum, ohne dass jemand etwas merkt? Und wie kommt man an die Schlüssel? Ist Boldt hier bekannt?«

»Ganz genau. Dann grasen wir die Nachbarschaft ab. In der Nähe wird vermutlich auch das Auto von dem Opfer stehen. Markus Boldt, schreibt sich mit *dt*. Besorgt das Kennzeichen.«

»Geht klar«, kam von DeLuca.

»Ich informiere Ritchie. Verschaffe uns Rückendeckung. Und besorge einen Durchsuchungsbefehl für das Büro.«

»Die bei Wenner werden durchdrehen.« Marta, die wieder zu ihnen gestoßen war, blickte zu Theiss, »vielleicht sollte der leitende Ermittler dort seine Aufwartung machen. So aus politischen Gründen.«

»Wie diplomatisch von dir.«

»Ich lerne jeden Tag dazu«, konterte Marta.

Alle lächelten kurz.

Und machten sich an die Arbeit.

11.48 Uhr

Inzwischen nervte Holm die champagnerselige Stimmung der Wenner-Bosse. Laura hingegen ließ sich von der Ausgelassenheit anstecken. Und von Hansens Charme. Ja und?, zwang Holm sich zu denken. Er selbst würde die Atempause lieber nützen. Sollte er zu Boldt eine neue Recherche starten? Oder versuchen, an Bob Reina von Rimson & Pryce heranzukommen?

In dem Moment vibrierte sein Smartphone.

Eine Nachricht von Werner Mühlen, die aus einem Wort bestand. »Liv!«

Holm entschuldigte sich, ging auf den Flur hinaus und rief Werner an.

»Hey, Werner.«

»Validolor scheint ja ein leichterer Fall für dich zu werden als gedacht.«

»Ich bin noch nicht ganz überzeugt. Aber offensichtlich geht es auch mehreren Kindern besser.«

»Das ist gut. Und ich melde einen Werkstatttermin an.«

»Ist notiert. Wie war das Gespräch mit Liv? Ist sie auf Kurs?«

Werner zögerte einen Moment, bis er mit veränderter, väterlicher Stimme fortfuhr.

»Holm, so genial du im Job bist, so unfähig bist du als Vater!«

»Sagt sie das?«

»Nein, sie findet toll, wie du reagiert hast.«

»Aber?«

Werner zögerte wieder, als ringe er nach den richtigen Worten.

»Diese Schwangerschaft, das Mutterwerden – unabhängig davon, ob sie das Kind bekommt oder nicht –, das wirft sie total zurück auf Helenas Tod.«

Holm schwieg.

»Wusstest du, dass sie zu einem Therapeuten geht?«

»Sie hat es mir verraten, als ich bei ihr war.«

»Holm, sie ist gefangen. In der Vergangenheit. Traumatisiert. Sie wird das alles nicht los.«

Ich doch auch nicht.

Für einen Moment hätte er es gerne ausgesprochen, doch selbst Werner konnte er es nicht gestehen. Der Mut verließ ihn, bevor er richtig da war.

»Es ist an der Zeit. Du musst ihr die Wahrheit über den Tod ihrer Mutter sagen«, forderte Werner schließlich.

»Was soll das bringen?«, fragte Holm scharf.

»Vielleicht kann sie dann loslassen. Ihr Leben nach vorn leben. Ich habe das Gefühl, dass sie instinktiv weiß, dass etwas nicht stimmt.«

»Hast du ihr irgendetwas gesagt?«

»Würde ich dir so in den Rücken fallen?«

»Hört sich fast so an, Werner.«

»Ich habe ihr erst einmal geraten, dass sie mit Storch redet, ist ja ein Profi für Jugendliche mit Problemen.«

»Und er hat ihr mal bei der Schulwahl geholfen, als sie nicht auf mich hören wollte.«

»Genau. Das bringt Zeit. Aber wenn du dich immer weiter weigerst, lässt du mir keine Wahl. Das bin ich Helena schuldig. Und meinem Gewissen.«

Holm überlegte, wie er das alles verhindern könnte. Spontan fiel ihm nichts ein. Er sagte: »Wir müssen später sprechen«, und legte auf.

Auf dem Weg zurück zum Sitzungsraum kam ihm aus der anderen Richtung Alexa Klee entgegen. Er lächelte Hansens engste Mitarbeiterin einen Moment lang an, eine kleine Ablenkung nach diesem desaströsen Telefonat würde nicht schaden. Dann erst sah er, dass sie totenbleich war. Den Tränen nah.

»Gehen Sie bitte vor, Herr Holm«, sagte sie im Flüsterton zu ihm, »das müssen Sie auch hören.«

Er sah sie fragend an, doch sie schob ihn in den Sitzungsraum und lief direkt zu ihrem CEO, um ihm ins Ohr zu flüstern. Hansens Gesichtsausdruck wechselte in einem Augenblick von entspannt zu entsetzt.

Laura kam zu Holm und fragte leise: »Was ist los?«

Er zuckte mit den Schultern.

Hansen räusperte sich, klopfte dann auf den Sitzungstisch und bat alle um Ruhe. Die anderen hatten im Freudentaumel gar nichts bemerkt und wandten sich überrascht Hansen zu.

»Ich bekomme gerade die Information, dass unser Mitarbeiter Markus Boldt tot ist.«

»Was?«, fragte von Granditz.

»Wie bitte?«, brachte Schneider hervor.

»Das kann nicht sein!«, rief Otto.

»Doch. Die Polizei hat ihn gefunden. Nicht allzu weit von hier. Er ist offensichtlich ermordet worden.«

»Mein Gott!« Öztürk schlug eine Hand vor den Mund.

»Der leitende Ermittler ist auf dem Weg in mein Büro und möchte mich ins Bild setzen.«

»Macht es Sinn, dass ich Sie begleite?«, fragte von Granditz.

»Sicher«, sagte Hansen.

Die ausgelassene Stimmung war wie weggeblasen. Wer noch ein Champagnerglas in der Hand hatte, stellte es weg. Hansen, von Granditz und Klee verließen bereits den Raum.

»Kann das etwas mit Validolor zu tun haben?«, flüsterte Laura Holm ins Ohr.

»Ich weiß nicht«, flüsterte er zurück. Vorsichtshalber hielt er dabei die Hand vor den Mund. »Wäre schon großer Zufall, wenn nicht.«

Aber wie passte die Ermordung von Boldt zum Verdacht gegen

Rimson & Pryce? Zum Untertauchen von Schönbaum? Waren sie mit ihrer These von der bösen Konkurrenz aus den USA etwa auf dem Holzweg? Hansen hatte sich bei ihrem Tête-à-Tête klar auf diese Erklärung festgelegt. Holms Bauchgefühl sagte ihm in diesem Moment etwas anderes. Vorsicht, Holm!, wies er sich zurecht, wenn du das zu Ende denkst, macht das einige hier bei Wenner zu möglichen Mitwissern. Oder noch Schlimmerem. Er schüttelte sich.

»Chaostage bei Wenner«, antwortete Laura.

Ja. Die Krise war blitzartig zurück.

Und ja, so könnte eine Seite-eins-Schlagzeile lauten.

Wenn es gut lief.

13.17 Uhr

Ständig kamen neue Spezialisten und abgeordnete Ermittler an und fragten, wo sie sich niederlassen konnten. Die 6. Mordkommission hätte Büros anbauen können. Wer nicht am Fall Boldt arbeitete, konnte sich sonst wo einen Arbeitsplatz suchen. Jan Theiss zog eine große Mannschaft zusammen. An die vierzig Mitarbeiter waren an dem Fall dran. Und wenn Ritchie den Tisch gegenüber belegte, damit sie in dieser Ermittlung die kürzestmöglichen Wege hatten, dann tat sie aus seiner Sicht genau das Richtige. Er hatte wirklich Glück mit dem Team. Eine Staatsanwältin wie Ricarda Tietz machte vieles möglich. Ohne viel Gerede. Ricarda war groß, hager, Kettenraucherin. Wegen ihrer burschikosen Art nannten alle sie Ritchie – zumindest, wenn sie nicht in der Nähe war.

Marta trat an seinen Tisch.

»Endlich mal wieder ein Pfadfindertreffen«, sagte sie auf das bunte Treiben blickend.

»Bei dem Druck will sich niemand ein Versäumnis vorwerfen lassen«, antwortete Theiss achselzuckend. »Wir haben ja auch einen Sack voll Arbeit.«

»Und alle gucken uns über die Schulter.«

»Das Gesundheitsministerium hat bei unserem Innenministerium angerufen. Das wiederum hat beim Polizeipräsidenten angerufen. Seine Stellvertreterin hat mich vorhin direkt eingenordet.« Er rollte mit den Augen.

»Na komm, mit Ritchie auf deiner Schokoladenseite kann doch nichts anbrennen.«

Theiss sah Marta über die Schulter und verzog das Gesicht. Hoffentlich hat sie es nicht gehört, dachte er noch. Da rief die Staatsanwältin bereits: »Für Sie immer noch Ricarda. Oder noch besser Frau Staatsanwältin.«

Marta war so überrascht, dass sie gar nichts erwidern konnte.

»Und wann darf ich denn endlich mit Ihrer Hochzeit rechnen?«, fragte Tietz in voller Lautstärke und produzierte einen Riesenlacher. Martas Ehewünsche – in Abwesenheit eines Kandidaten – hatten sich offensichtlich weit herumgesprochen.

Marta wurde rot und entschuldigte sich kleinlaut bei »Frau Staatsanwältin«.

»Wenn Sie mir noch einen trinkbaren Kaffee besorgen, ist alles vergeben und vergessen.«

»Okay.«

»Sie haben bemerkt, dass ich das Wort *trinkbar* betont habe?«

»Ja, Frau Staatsanwältin.«

»Top!«, sagte Ritchie.

Theiss sah, dass in dem Moment DeLuca und Möllers die Mordkommission betraten.

»Vielleicht verschieben wir die Strafaktion kurz«, sagte Theiss zu Ritchie, »und bringen alle mal auf den Stand.«

»Spielverderber!«, raunte Ritchie ihm zu.

Theiss stand auf und schlug mit einem Löffel an seine Tasse.

»Ich sehe ein paar neue Gesichter: Auch wenn es hier nicht so aussieht, Sie sind alle herzlich willkommen. Wir werden jeden Mann und jede Frau brauchen. Für alle, die gerne in intimer Umgebung arbeiten, werden wir später noch ein paar Einzelzelte an der Fensterfront aufstellen.«

Alle grölten und klatschten Beifall. Immer schön, wenn der Warm-up-Gag funktioniert, sagte sich Theiss. Mehr zu lachen wird es auch nicht geben, bis dieser Fall gelöst ist.

»Ich bin Jan Theiss und leite die Ermittlungen. Staatsanwältin Tietz dürfte jedem ein Begriff sein. Ansonsten machen Sie sich bitte untereinander bekannt, wo nötig.«

Theiss trat an die Wand hinter ihm. Marta und Möllers hatten Fotos, Leitfragen, Teamzuordnungen und Zeitpläne fein säuberlich aufgehängt.

»Die Basics, Ergebnisse zur Tatortbegehung und die erste Einschätzung der Rechtsmedizin hat Marta Jablonska schon herumgeschickt. Ich weiß, dass Sie immer Ihr Bestes geben: Deshalb erinnere ich Sie nur an die maximale Publicity, die uns in diesem Fall sicher ist. Die Journalisten fänden es zu schön, wenn der Mord an einem Wenner-Mitarbeiter mit diesem Validolor und dem toten Mädchen aus Tegel zusammenhinge. Sie erinnern sich alle, dass die Pressearbeit unser Pressesprecher macht?«

Alle nickten, schwiegen oder lächelten.

»Exzellent. Dann legen wir los. Schnelle Briefing-Runde. Was ist der Stand am Tatort?«

»Der Schleifspurexperte ist bei der Arbeit. Er berichtet am Nachmittag. Die Kriminaltechniker gehen für den Rest rein, sobald er fertig ist, und liefern dementsprechend später. Die Leiche wurde in die Rechtsmedizin gebracht.«

»Die Obduktion«, schaltete Theiss sich ein, »läuft gerade. Frau Lemar ruft an, sobald die Kollegen fertig sind.«

»Ich habe mit dem Besitzer des Bootshauses gesprochen und auch noch mal den Wirt befragt, der ja die Leiche gefunden hat: Es ist noch absolute Vorsaison. Dazu die Kälte. Da kommen kaum Leute, und schon gar nicht vormittags. Trotzdem wird das Bootshaus morgens auf- und abends zugeschlossen. Das gehört seit Jahren für den Wirt zum Tagesablauf. Dass er selbst rübermusste, passiert einmal im Monat, meint er.«

»Das muss ja der Täter gewusst haben«, meinte Marta.

»Ich habe mir die Nummern der häufigsten Besucher geben lassen. Die klappern wir ab.«

»Kann also jeder kommen und gehen, und die meiste Zeit ist da kein Mensch«, fasste Theiss zusammen.

»Genau«, übernahm Möllers. »Deshalb ist auch niemandem in der Umgebung etwas Verdächtiges aufgefallen. Bei zwei Wochenendhäuschen ein paar Hundert Meter weiter haben wir niemanden angetroffen. Wir klären gerade, ob die Besitzer überhaupt in der Nähe waren.«

Theiss: »Noch in Verbindung mit dem Tatort. Haben wir schon etwas aus dem Textillabor?«

»Ja«, sagte Marta, »praktisch auf dem ganzen Leichnam befanden sich rosafarbene Fasern.«

»Die Farbwahl spricht wohl eher für eine Täterin.«

»In Berlin weiß man das nicht so genau«, rief einer dazwischen, und einige lachten.

»Vielen Dank für den obligatorischen Schwulenwitz«, sagte Theiss. »Der hat Sie für den nächsten Scheißjob qualifiziert, den ich zu vergeben habe.«

Der Mitarbeiter wurde knallrot.

»Die Detailanalyse läuft noch. Könnte zu einer Sportjacke gehören.«

»Also, wo auch immer und bei wem auch immer rosa Kleidungsstücke auftauchen, stellen Sie sie sicher.«

Er sah in die Runde. Einige nickten. Einige machten Notizen. Alle waren bei der Sache. Bei den großen Fällen, das war seine Erfahrung, brauchte er niemanden zu motivieren. Diese Männer und Frauen waren nicht zufällig Polizisten, Ermittler oder Kommissare geworden. Sie hatten Jagdinstinkt. Wollten den Fall lösen. Den Mörder schnappen.

»Dann kommen wir zum Opfer: Markus Boldt. Jahrgang 81. Keine Vorstrafen. Seit der Ausbildung bei Wenner, zuletzt im Bereich Personalstrategie eingesetzt. Was die Tat angeht, sind Sie alle im Bilde. Und die Fotos hier an der Wand sprechen für sich, denke ich. Wie sieht es mit seinen Konten aus?«, fragte er in Richtung eines der Finanzermittler.

»Boldt hat ein eigenes und eines mit seiner Frau, eine Art Haushalts- und Urlaubskonto. Wir sehen keine Auffälligkeiten. Keine dubiosen Ein- oder Ausgänge. Er hat auch keine Schulden. Zahlt brav Steuern. Dauerauftrag für die Miete ihres kleinen Hauses. Sauber.« *Konten: sauber*, schrieb Theiss an die Fall-Wand.

»Was wissen wir über sein Auto?«

»Wir haben es in der Nähe gefunden. Ein 3er BMW. Drei Jahre alt. Wir haben keine Hinweise auf das Date im Bootshaus gefunden.« Theiss hängte ein Foto des Wagens auf.

»Wir haben die Bilder der Überwachungskamera an der Tiefgaragenausfahrt von Wenner durchgesehen. Er ist gestern um 10.37 Uhr aus der Tiefgarage gefahren.« Der Screenshot kam zum parkenden Auto.

»Wir dürfen annehmen, dass er direkt zu dem Treffen gefahren ist, geparkt hat und zum Bootshaus gegangen ist. Also war er etwa um 11 Uhr dort.«

Marta ergänzte die Angaben auf dem Zeitstrahl.

»Dass er während der Arbeitszeit einfach so verschwindet, niemandem etwas sagt und nirgendwo ein Vermerk zu finden ist, lässt uns annehmen, dass der Termin wohl privater Natur war.«

»Oooh«, machten einige anzüglich. Theiss lächelte geduldig, während Marta übernahm: »In seinem Büro haben wir nichts gefunden. Der Computer wird noch untersucht. Es laufen noch Befragungen von Mitarbeiterinnen und Mitarbeitern, die regelmäßig mit ihm gearbeitet haben. Die erste Aussage lautete, er habe seine Macken gehabt, aber gute Leistungen gebracht. Wir erfahren noch mehr vom Personalchef. Ansonsten ist man natürlich total begeistert, dass wir da auch noch auftauchen.«

»Wir arbeiten sauber und korrekt«, gab Theiss entschlossen seine Linie vor, »aber ohne Samthandschuhe anzuziehen, nur weil es Wenner ist.«

»Ihr kommt gerade von seiner Frau, oder?«, fragte DeLuca zwei altgediente Kollegen vom Kriminaldauerdienst.

»Genau. Sie hat es gefasst aufgenommen. Dachte, er hätte sie verlassen. Sie hatten Eheprobleme. Anscheinend ist er fremdgegangen. Sie wollte die Trennung. Er hat sie bekniet, ihr noch Zeit zu geben. Die Frist lief bald aus.«

»Sehr interessant«, sagte Ritchie.

»Wie war sie als Person?«, wollte Theiss wissen.

»Ein stiller, aber starker Typ. Verletzter Stolz. Irgendwie schon traurig. Aber auch kühl, würde ich sagen. Undurchdringlich.«

»Seh ich genauso«, ergänzte sein Kollege.

»Trauen wir ihr solch eine Tat zu?«, fragte Theiss geradeheraus.

Die beiden sahen sich an.

»Wenn sie explodiert, möglich.«

»Ich würde es auch nicht ausschließen.«

»Wie groß ist sie?«

»Meine Frau ist eins siebzig. Frau Boldt ist etwas kleiner.«

»Das heißt, ihre Größe passt in das Ad-hoc-Profil von der Rechtsmedizin«, sagte Marta. Und Theiss nickte.

»Wurde ihr Handy zur Tatzeit an einem Sendemast in der Nähe registriert?«

»Nein, so einfach ist es leider nicht. Da wir einen relativ großen Zeitraum abgefragt haben, gab es Tausende von Treffern. Auffällig sind zwei Pharmareferenten von Wenner, die zur Tatzeit in dem Bereich unterwegs waren. Wir checken das gerade. Ansonsten brauche ich noch Verstärkung, um die Nummern zu überprüfen.«

»Freiwillige?«, fragte Theiss. Zwei Kollegen meldeten sich.

»Vielen Dank. Haben wir irgendjemanden vergessen?«

Keiner meldete sich zu Wort.

»Okay. Wir warten die Obduktion ab. Die Befragungen bei Wenner. Und die genaueren Ergebnisse aus dem Textillabor. Danach würde ich gerne Frau Boldt persönlich kennenlernen.«

Ritchie sagte: »Wenn die Anhaltspunkte sich verdichten, besorge ich noch einen Durchsuchungsbefehl für das Haus der Boldts.«

»Okay, Leute. Hier sind die nächsten Jobs. Wir nehmen die Frau unter die Lupe. Den Freundeskreis. Tut so, als wärt ihr vor allem an ihrem Mann interessiert, damit sie keiner vorwarnt.«

An Ritchie gewandt fragte er: »Haben wir genug, um sie zu observieren?«

»Im Moment würde ich vorschlagen, dass Sie zu ihrer Sicherheit einen Wagen vor die Haustür stellen.«

»Auch gut, DeLuca, organisierst du das?«

»In Arbeit, Chef.«

»Dann die vage Spur Wenner: Der Personalchef steht um 14 Uhr zur Verfügung. Die sind immer noch wahnsinnig unter Druck wegen der Vorwürfe gegen dieses Validolor.«

»Hat meine Tochter auch schon genommen«, sagte ein Kollege.

»Tja, der Totenschein ist wohl auch auf eine natürliche Todesursache ausgestellt, haben die sehr betont«, bemerkte Marta.

»Konzentrieren wir uns auf unseren Fall«, forderte Theiss. »Lasst euch bei Wenner unbedingt die Personalakte zeigen. Und im Zweifel auch die der Pharmareferenten. Wer Kapazitäten frei hat, meldet sich umgehend bei den Kollegen Jablonska oder Möllers. Ich wünsche uns allen Glück. Auf gute Zusammenarbeit. Lassen Sie uns den Mörder schnappen!«

»Oder die Mörderin«, sagte Marta leise. »So viel Gleichberechtigung muss sein.«

14.21 Uhr

Holm lief ein kalter Schauer den Rücken hinunter. Angewidert verzerrte er das Gesicht. Öztürk musste wegschauen. Laura, die ehemalige Polizistin, hingegen schien regelrecht zu studieren, was sie auf dem Monitor sah: Die B.Z. war an exklusive Leichenfotos vom Tatort gekommen. Starre Augen. Ein Schädel überzogen von einer dunklen Kruste aus getrocknetem Blut.

Holm überflog den kurzen Artikel mit dem Titel *Blutrausch im Bootshaus*. Zahlreiche Messerstiche. Gemetzel. Opfer Markus B., Wenner-Mitarbeiter. Zusammenhang mit Validolor?

Andere Schlagzeilen hießen *Was ist los bei Wenner?* oder *Eiskalter Messer-Mörder*.

Ein zappeliger Fernsehreporter meldete sich live, das Flatterband im Rücken, in einigem Abstand war das Bootshaus im Anschnitt zu sehen. Die Polizei untersuche nach wie vor intensiv den Tatort. Sie habe inzwischen einen größeren Radius abgesperrt. Wie er aus Kreisen der Ermittler höre, sei der Mord wahrscheinlich am Vortag passiert. In der Mittagszeit. Ein Spürhund habe den Tatort untersucht, und mehrere Anwohner in der Nachbarschaft seien befragt worden. Die Polizei ermittle in alle Richtungen. Eine Spur könne möglicherweise zu Wenner führen. Denn der Tote, Markus B., habe ausgerechnet für den Konzern gearbeitet, der gerade wegen der toten Sophie unter Druck geraten sei und in den Schlagzeilen stehe. Aus Polizeikreisen habe der Reporter allerdings vernommen, dass die Umstände am ehesten auf eine Beziehungstat hinwiesen.

Öztürks Smartphone klingelte unaufhörlich. Sie ging nicht dran. Vor dem Tor parkten schon wieder die ersten Schnittmobile und Satellitenwagen. Kameras filmten jedes ein- und ausfahrende Polizeifahrzeug.

»Herr Holm«, sagte sie, »ich muss Ihnen etwas verraten. Im Vertrauen.«

Was kommt denn jetzt noch?, fragte Holm sich und sah kurz zu Laura hinüber. Sie musterte Öztürk mit diesem Blick. Diesem Polizistenblick.

»Herr Boldt und Herr Noll haben früher zusammen im Marketing gearbeitet. Produktmanagement.«

»Aha?«, machte Holm.

»Warum hat Noll nichts dazu gesagt?«

»Und …« Öztürk schluckte, »sie bewarben sich auf denselben Posten. Noll stieg auf, Boldt nicht. Was er extrem persönlich genommen haben muss, wie Andy mir erzählt hat. Bis das Gerücht die Runde machte, Boldt habe etwas mit Nolls Frau angefangen. Um sich zu rächen.«

»Ach du Schande!«, flüsterte Laura. »Wenn die das aufgewärmt haben, dann …«

In dem Moment stürmte Noll in das Büro: »Leyla, haben wir nicht irgendetwas, was wir der Meute vorwerfen können? Die rennen uns die Bude ein. So etwas habe ich noch nicht erlebt. Im Netz brodelt die Gerüchteküche über.«

Öztürk sah Holm an.

Nolls Gesicht schimmerte blass. Er versuchte, cool zu wirken, seine Hände ruhig zu halten, still zu stehen, aber Holms Instinkt konnte er damit nicht täuschen. Der ist ja völlig durch den Wind. Und seine innere Stimme flüsterte: Noll war zur Tatzeit nicht an seinem Arbeitsplatz! Hat ein Motiv! Holm schob seinen Verdacht beiseite. Der musste warten.

»Wir bleiben bei unserem Statement«, entschied er. »Wir unterstützen die laufenden Ermittlungen der Polizei uneingeschränkt. Unsere Gedanken sind bei den Hinterbliebenen.«

»Jeden Tag ein toter Mensch. Das geht nicht lange gut«, sagte Laura nachdenklich.

»In beiden Fällen, Frau May, ist unklar, ob das ursächlich etwas mit Wenner zu tun hat«, zischte Öztürk. »So lange gilt die Unschuldsvermutung. Insbesondere, da Sie auf unserer Payroll stehen!«

Laura verschränkte die Arme vor der Brust und wollte gerade erwidern, als Holm dazwischenging: »Wenn wir hier in diesem Raum die Nerven verlieren, wird das Wenner am meisten schaden«, sagte er mit Nachdruck. Gezicke konnten sie jetzt überhaupt nicht gebrauchen.

»Fakt ist, der Mord hält Wenner definitiv in den Schlagzeilen. Das ist mieses Timing für uns, lässt sich aber nicht ändern. Wir haben zu diesem Zeitpunkt wenig Einflussmöglichkeiten. Wir können nur hoffen, dass die Polizei schnell Ergebnisse erzielt, mit denen wir arbeiten können.«

»Ich weiß«, Öztürk schien nun sichtlich kleinlaut. »Es überschlägt sich alles nur so. Und Markus war ja nicht Ihr Kollege. Seine arme Frau.«

Öztürk spielte ihnen den Ball zu. Um zu sehen, ob Noll auf das Gespräch einstieg oder sich bedeckt hielt.

»Sie kannten Boldt persönlich?«, fragte Laura sofort nach.

»Ja, natürlich«, sagte Öztürk.

»Warum haben Sie das nicht früher gesagt?«

»Mich hat keiner gefragt«, gab Öztürk kühl zurück. Das Seminar *PR und Pokerface* musste sie mit Bravour bestanden haben.

»Wir hatten alle viel zu tun«, schlichtete Holm. »Wie war er? Was müssen wir wissen?«

»Ein guter Mann. Wusste immer, worauf es hier ankam. Allerdings ziemlich eigenwillig.«

»Hatte er etwas mit Validolor zu tun?«

»Ich sehe keine Verbindung zu seiner Arbeit in der Personalstrategie.«

Noll schüttelte auch den Kopf.

»Allerdings …«, fuhr Öztürk vorsichtiger fort, »was ich jetzt sage, darf diesen Raum nicht verlassen: Er hat vor Jahren eine Abmahnung bekommen.«

»Weswegen?«, fragten Holm und Laura gleichzeitig.

»Er hat sensible Informationen nach draußen gegeben. War damals noch im Marketing.«

»Hat Ihr CEO uns schon gestern verraten«, sagte Holm. »Geben Sie uns Details.«

Sein stiller Vorwurf brachte Öztürk kurz aus dem Konzept, ehe sie fortfuhr: »Das war eine einmalige Sache. Eine Art Jugendsünde. Er wurde strafversetzt. Hatte keinen Zugang mehr zu vertraulichen Informationen. Danach wurde es komplett ruhig um ihn.«

»Ich habe das direkt mitbekommen«, sagte Noll, »er konnte froh sein, dass Wenner ihn nicht entlassen hat.«

»War das damals in der Presse?«, fragte Holm.

»Nein, natürlich nicht«, antwortete Öztürk.

»Dann finden die Journalisten es nicht in den Archiven. Das bringt uns etwas mehr Zeit, bis sie es herausbekommen.«

»Spätestens, wenn Wenner es der Polizei sagt, wird es nicht lange dauern«, meinte Laura. »Und, bämm, sind wir in Erklärungsnot!«

»Entschuldigung«, sagte Noll leise dazwischen und sah von seinem Smartphone auf.

»Jetzt nicht«, sagte Holm barsch, der im Büro auf- und abging.

Sie brauchten eine schnelle Idee. Wenner durfte diese Information natürlich nicht verheimlichen. Was tun? Denk nach, Holm. Komm schon!

»Entschuldigung«, sagte Noll noch einmal, »aber das müssen Sie unbedingt wissen.« Er ging zum Platz von Öztürk und rief die Spiegel-Online-Seite auf.

»Die klinischen Studien zu Validolor«, sagte er abgehackt, »bereits in der Testphase soll ein indisches Mädchen ums Leben gekommen sein. Der Spiegel war bei der Familie. In einem Dorf. Am Grab. Foto von der Medikamentenschachtel. Der behandelnde Arzt weist alles von sich. Forschungsdienstleister XLR gibt keinen Kommentar.«

Holm rieb sich mit beiden Händen übers Gesicht und überließ es Laura, sich hinter Noll zu stellen und den Artikel mit eigenen Augen zu sehen.

»Kritische Zitate von indischen Organisationen zu jüngsten Geschäftspraktiken von XLR. Hintergründe zu klinischen Studien. Ich zitiere: ›*Pharmakonzerne, die ihre eigenen Medikamente testen, unter dem Deckmantel des Geschäftsgeheimnisses, da wird der Bock zum Gärtner gemacht. Systematisch. Und alle, die etwas daran ändern könnten, hängen mit drin.*‹ Die Politik, na klar, die Ärzte, die Wissenschaftler. Ein Absatz Rundumschlag. ›*Das System ist kränker als die meisten Patienten*‹, schreibt er noch. Link zu Sophie. Viele Fragen an Wenner. Schlusssatz: ›*Zwei tote Mädchen – ein gemeinsamer Wenner?*‹«

Noll sah vom Bildschirm auf.

»Ach du heilige Scheiße!«

»Diese Schweine! Die haben uns noch nicht einmal angefragt!«, rief Öztürk empört.

»Die wollten schnell veröffentlichen, damit ihnen keiner zuvorkommt«, sagte Holm. »Uns nicht die Chance geben, ihre Story kaputtzumachen.«

»Die Fragen schlagen hier bestimmt in Kürze auf«, sagte Laura. »Noll, haben Sie bei der Produkteinführung irgendetwas davon mitbekommen? Es ist mir egal, ob Sie es uns bisher verschwiegen haben. Ich muss *jetzt* die Wahrheit wissen!«

»Ich höre zum ersten Mal davon«, antwortete Noll wie aus der Pistole geschossen. »Validolor wurde uns intern wirklich immer als Spitzenprodukt vorgestellt. Keine Probleme. Keine Komplikationen.«

»Und Sie haben offensichtlich auch nicht genauer nachgefragt?«, bohrte Laura nach.

»Warum sollte ich?«, verteidigte sich Noll.

»Ja, warum sollten Sie auch«, sagte Holm bissig.

»Und jetzt?«, fragte Noll.

Holm zog seine Sanduhr aus der Hosentasche.

»Setzen Sie Ihre besten Leute an den Artikel«, sagte Laura, »stellen Sie jeden einzelnen Buchstaben auf den Kopf. Wir brauchen nur einen einzigen Angriffspunkt, um die gesamte Berichterstattung in Frage zu stellen.«

»Und wir brauchen dringend Steadham«, dachte Holm laut. »Ist er schon gelandet?«

Öztürk sah auf die Uhr. »Seit ein paar Minuten«, sagte sie bleiern.

Holm klatschte in die Hände. »Los, los, los! Keine Schockstarre hier! In der PR gibt es immer eine Chance, das Schlimmste zu verhindern! Wir müssen nur noch härter dafür arbeiten. Alles klar?« Laura und Noll nickten ihm zu. Öztürk starrte auf die Tischplatte vor sich.

»Frau Öztürk?«

Sie brauchte einen Moment, bis sie zu ihm aufsah.

»Herr Holm?«

»Schreiben Sie bitte ein Memo an die Runde. Und Doktor Otto soll den Artikel bitte genau unter die Lupe nehmen. Wollen wir mal sehen, was er draufhat.«

Öztürk griff zeitgleich zu Smartphone und Tastatur.

»Herr Noll, ich will die Details zur Boldt-Abmahnung, das Wichtigste auf einer Seite.« Er nickte und lief aus Öztürks Büro.

Holm gab ihm etwas Vorsprung, ehe er mit seiner Partnerin folgte.

»Laura, ich will wissen, was die Polizei weiß. Am besten in Echtzeit. Und …«

»… ich finde heraus, wo Noll gestern Vormittag war.«

»Genau!«, flüsterte Holm. »Wenn er es war, hat es nichts mit Validolor zu tun. Dann hat er nur eine private Rechnung beglichen. Das können wir einfacher verteidigen.«

»Ich checke seinen Kalender. Frage Hansen, ob er uns die Videobänder der Tiefgarage überprüfen lässt.«

»Bestens«, erwiderte Holm und bog zur Raucherkabine ab. Dort angekommen, fokussierte er sich auf die eine Idee, die er im Köcher hatte: Er *musste* Hansen dazu bekommen, dass Steadham diese indische Forschungstruppe XLR auseinandernimmt. Bevor es andere tun.

15.09 Uhr

Jan Theiss las die letzten Zeilen des Spiegel-Online-Artikels über Wenner, auf den Marta ihn aufmerksam gemacht hatte. Bei denen ging es ja drunter und drüber. Allerdings sah er keinen Grund, vom Kurs abzukommen. Er hielt sich an Fakten. Beweise. Und die sprachen eine klare Sprache. Zumal die Pharmareferenten von Wenner, die zur Tatzeit in der Nähe des Tatorts gewesen waren, nachweislich gemeinsam in einem Lokal gegessen hatten.

Marta kam zu ihm an den Tisch. »Frau Boldt ist jetzt da.«

»Dann ist ja angerichtet«, sagte Ritchie und erhob sich von ihrem Platz. Sie würde während der Vernehmung hinter dem venezianischen Spiegel stehen. Sie verließ sich ungern auf die Videoaufnahme.

»Also los«, sagte Theiss zu Marta, und sie gingen zum Verhörraum 2.

Als er sich Tanja Boldt gegenübersetzte, musterte er sie genau. Die Kollegen vom KDD hatten ganz Recht. Da war Trauer, aber er nahm auch Selbstbeherrschung wahr – in ihrer aufrechten Haltung, wie sie die Hände zusammenlegte, dieser klare Blick.

»Frau Boldt, Ihnen ist bewusst, dass wir Sie als Verdächtige vernehmen werden?«

»Ja.« Die Tiefe ihrer Stimme überraschte ihn.

»Sie haben den Kollegen gesagt, dass Sie derzeit keinen Anwalt konsultieren möchten? Korrekt?«

»Das ist korrekt.«

»Wussten Sie von Affären Ihres Mannes?«

»Ja.«

»Und?«

»Und was?«

»Was machte das mit Ihnen?«

»Ich wollte ihn verlassen. Er bat um eine letzte Chance. Einen Neuanfang. Jetzt ist er tot.«

»Allein am Arbeitsplatz hatte er zwei bestätigte Kontakte zu Frauen. Mindestens.«

»Ich will das nicht genauer wissen.«

Theiss sah zu Marta hinüber.

»In Ihrem Ausweis steht«, übernahm sie direkt, »Sie seien eins achtundsechzig groß. Trifft das zu?«

»Ja.«

»Wie würden Sie Ihren körperlichen Zustand beschreiben?«

»Wie meinen Sie?«

»Na, gehen Sie bestimmten Sportarten nach? Sind Sie untrainiert? Durchtrainiert? Kräftig?«

»Yoga. Ich mache täglich Yoga. Ein bisschen Fitnessstudio. Auf Ausdauer. Nicht auf Kraft. Ansonsten: normal, würde ich sagen.«

»Sind Sie Links- oder Rechtshänderin?«

»Linkshänderin.«

»Welche Schuhgröße haben Sie?«

»38.«

Jetzt übernahm Theiss wieder.

»Besitzen Sie rosafarbene Kleidungsstücke?«

»Ja. Und?«

»Laut einer Mitarbeiterin ihres Fitnessstudios tragen Sie dort oft eine rosafarbene Sportjacke. Eine Ihrer Freundinnen hat das bestätigt.«

»Die wurde mir neulich geklaut.«

»Wann neulich?«

»Vor ein paar Tagen.«

»Wo?«

»In dem Fitnessstudio.«

»Und haben Sie den Diebstahl gemeldet?«

»Bei der Polizei?«

»Oder wenigstens im Fitnessstudio?«

»Ich habe alles abgesucht. Die Jacke war weg. Was sollte das bringen?«

»War ja anscheinend so etwas wie Ihre Lieblingsjacke, wenn Sie sie so oft getragen haben.«

»Sie war praktisch.«

»Und Sie haben nicht mal Ihrer Freundin erzählt, dass die Jacke weg ist?«

»Es war mir peinlich, dass sie mir vor der Nase geklaut wurde. Ich wollte die gleiche noch einmal kaufen.«

»Wollten Sie das?«, fragte Theiss ungläubig.

»Warum fragen Sie mich das alles?« Boldt klang das erste Mal gereizt.

Theiss nickte seiner Kollegin zu, die daraufhin Fotos vom Tatort aus einer Mappe zog. Sie breitete einige vor Tanja Boldt aus.

Die Verdächtige sah sich die ersten Fotos an, verzog getroffen und angeekelt das Gesicht und drehte sich weg.

»Warum quälen Sie mich damit?«

Tanja Boldt schwieg.

»Die Klinge der Tatwaffe war 24 Zentimeter lang und am Schaft vier Zentimeter breit. Das wissen wir aufgrund dieses Einstichs.«

Marta legte ihr das entsprechende Foto vor.

»Hier ist das Messer voll in den Bauchraum Ihres Mannes eingedrungen und am Rücken ausgetreten. Der Schaft hat die Hämatombildung verursacht.«

Tanja Boldt schaute weg. Schluckte.

»Bei den meisten Hieben ist das Messer nicht ganz eingedrungen. Bei der Wut, bei dem Blutrausch, der sich bei 34 Einstichen entwickelt haben dürfte, ist das erstaunlich. Entweder war ein schwacher, kleiner Mann am Werk. Oder, was wahrscheinlicher ist, eine durchschnittliche Frau.«

Theiss ließ das erst einmal wirken, ehe er fortfuhr.

»Wie man auf den nächsten Fotos sehen kann, gehen die Einstichwunden etwas von links nach rechts. Der Täter – oder die Täterin – hat das Messer mit der linken Hand geführt.«

Tanja Boldt konnte nicht auf das Foto blicken, das Marta ihr hinlegte.

»Aufgrund der Eintrittswinkel kommt die Rechtsmedizin, normalen Wuchs der Gliedmaßen vorausgesetzt, auf eine Körpergröße des Täters zwischen 1 Meter 65 und 1 Meter 70.«

»Auf der Leiche«, übernahm Marta, »haben wir diverse Fasern gefunden, die mit dem bloßen Auge nicht zu sehen sind. Sie sind rosa.«

»Im Bootshaus haben unsere sorgfältigen Kollegen außerdem einen halben Schuhabdruck an einer lehmigen Stelle am Eingang gefunden. Wurde mit Schotter bedeckt. Die Kollegen haben ihn freigelegt. Der Abdruck stammt von einem Schuh mit der Größe 38.«

Zuerst bebten Tanja Boldts Lippen, dann ihr ganzes Gesicht, die Schultern und schließlich der ganze Körper.

Gesteht sie jetzt?, fragte sich Theiss sofort.

»Ich war das nicht«, schluchzte die Frau vor ihm. Er hatte das oft genug gehört, auch von Frauen.

»Unsere Kollegen haben auch zahlreiche Hautpartikel auf dem Toten gefunden. Haben Sie etwas gegen einen DNA-Test? Oder müssen wir den erwirken?«

Sie weinte jetzt ungehemmt, schüttelte den Kopf, was Theiss allerdings nicht zu deuten wusste.

»Frau Boldt, wo waren Sie gestern zwischen 10:30 Uhr und 12:30 Uhr?«, wollte Marta wissen.

»Zu Hause«, brachte die Verdächtige zwischen Tränen und Schluchzern hervor. »Um 11 mache ich jeden Tag Yoga. Dusche danach.«

»Kann das jemand bezeugen?«, hakte Marta nach.

»Nein.«

»Frau Boldt«, sagte Theiss, auf einmal sanft, »Sie haben ein Motiv. Sie passen eins zu eins in das Täterprofil. Der DNA-Test ist gerichtsfest. Und Sie haben kein Alibi.«

Tanja Boldt gab sich einen Ruck, rieb die Tränen aus ihrem Gesicht und fuhr sich durch die Haare. Sie sah sich alle Fotos an, die Marta vor ihr ausgebreitet hatte, schaute auf und sagte: »Ich war das nicht!«

16.22 Uhr

Wenner versinkt im Chaos lautete die Überschrift ganz oben auf der meistgeklickten Medienseite Deutschlands. Die Autoren der BILD rührten in den wenigen Zeilen alles zusammen, was vorlag und inzwischen durchgesickert war: die toten Mädchen und Validolor. Den ermordeten Mitarbeiter und seine Abmahnung. Rosenthals abrupte Demission konnte nun auch kein Zufall mehr sein.

Damit haben wir, stellte Holm fest, die BILD-Zeitung gegen uns. Er hatte gehofft, dass sie etwas länger bei der einmal eingeschlagenen Richtung bleiben würden – und Hansen samt Wenner in Schutz nähmen, bis die Sachlage klar war. Jetzt verließen die BILD-Leute sich offensichtlich auf ihr Gespür für Gewinner und Verlierer. Und bissen sich fest.

Ein Chefreporter hatte schon mehrfach Öztürk persönlich angerufen. Zwei junge Journalistinnen aus dem Investigativressort schickten umfassende Fragenkataloge. Daneben wirkten die zwölf Fragen des Spiegel geradezu übersichtlich.

Nicht gut, resümierte Holm, gar nicht gut.

Unterdessen besetzten die Fernsehleute den Tatort und das Wenner-Tor mit immer größeren Teams und prominenteren Reportern. Die Talkshows standen Schlange. Wollten Hansen persönlich. Live im Studio.

Noll verteilte die jüngsten Aufträge in der Abteilung. Öztürks Kopf hielten allein ihre beiden aufgestützten Arme aufrecht. »Er hat mein Memo immer noch nicht geöffnet«, bemerkte sie mit einem verlorenen Blick auf ihr Mail-Programm.

Holm sah zu Laura, die in einer Ecke an ihrem Laptop saß. Sie schien seinen Blick zu spüren, blickte zu ihm auf und zwinkerte. Sie musste etwas über Nolls Ausflug herausgefunden haben!

»Es ist außer Kontrolle«, stellte Laura fest.

»Wir müssen zu Hansen«, entschied Holm.

»Sagen Sie ihm … Sagen Sie ihm irgendwas«, sagte Öztürk reglos.

»Keine Sorge«, meinte Laura, ehe Holm sie zur Ordnung rufen konnte. Sie eilten über den Flur.

»Noll ist gestern um 10.29 Uhr aus der Garage gefahren«, flüsterte Laura ihm zu, »und um 12.33 Uhr zurückgekehrt.«

Holm nickte. Das passte.

»Wo er dazwischen war, bleibt sein Geheimnis.«

»Sollen wir sein Smartphone abhören?«, fragte Laura, »du weißt ja, ich bräuchte sein Gerät nur für ein paar Minuten.«

Holm zog die Augenbrauen zusammen und wägte das Risiko gegen die Chancen ab. »Warten wir noch ab, was Hansen zu bieten hat«, sagte er.

»Macht Sinn«, erwiderte Laura und öffnete die Tür zum Vorzimmer des CEO.

Hansens so souveräne Büroleiterin, Alexa Klee, saß zusammengesunken auf ihrem Platz, ihre Augen waren gerötet und verquollen.

»Das ist doch alles kein Zufall, Herr Holm? Der Mord und das mit Validolor, das muss doch irgendwie zusammenhängen?«

Holm brauchte einen Moment, um festzustellen, was an Klee anders war als sonst. Er erlebte sie zum ersten Mal ganz menschlich. Traurig. Verletzbar. Nicht mehr wie eine sphinxhafte Torwächterin.

»Wir wissen es nicht«, erklärte Holm mit ruhiger Stimme. »Die Kripo wird den Mordfall hoffentlich schnell lösen.«

»So lange müssen wir uns auf unsere Jobs konzentrieren«, sagte Laura.

Klee nickte tapfer. Flüsterte: »Markus war so ein netter Mensch.«

Holm legte eine Hand auf ihre Schulter, wünschte herzliches Beileid und betrat dann das Büro des CEO.

Hansen sah von seinen Unterlagen auf.

»Ach, Herr Holm«, sagte er erfreut, stand auf und bot ihnen einen Platz an seinem Besprechungstisch an.

»Die Medien sind nicht mehr zu halten, Herr Hansen. Wir sind total in der Defensive. Laufen hinterher. Werden getrieben.«

»Spiegel, BILD, Süddeutsche, Fernsehen, einfach alle«, sagte Laura.

»Dafür haben wir sie beide doch geholt. Gegen die Meute.«

»Ich weiß, aber das ist kein Kommunikationsproblem mehr.« Er war sich nicht sicher, ob er zu Hansen durchdrang.

»Wir tun, was wir können, Herr Holm. Reden mit allen Stakeholdern. Beschwichtigen. Bitten um Geduld. Fordern Vertrauen. Erinnern an all die Arbeitsplätze. Unsere Verdienste. Versprechen Fakten. Beteuern unsere Unschuld. Der Gesundheitsminister hat mich eben fast eine halbe Stunde in den Senkel gestellt. Direkt nach dem Aufsichtsratsvorsitzenden.«

»Mit Verlaub: Reden hilft nur, wenn die Botschaft stimmt.«

Holm bemerkte, wie Laura der Atem stockte. Entschuldige bitte, dachte er, aber ich bin gerade nicht in Stimmung für diplomatische Schleifchen um meine Sätze.

»Und wie müsste diese Botschaft lauten?«, fragte Hansen sehr ruhig.

»Wir müssen schleunigst zwei Schritte auf einmal machen. Trennen Sie sich von XLR in Indien. Steadham kann das dort direkt durchziehen. Wir spielen das medial aus. Und Sie geben eine Revision in Auftrag. Extern. Rollen die Entwicklung von Validolor auf.«

»Wir könnten«, übernahm Laura, »eine Webseite einrichten und dort die Fakten einspeisen. Transparenz und Handlungsfähigkeit.«

Hansen überlegte für seine Verhältnisse ungewohnt lange. Schließlich hob er abwehrend die Arme. Doch bevor er etwas sagen konnte, trat von Granditz nach einem kurzen Klopfen ein.

»Tanja Boldt sitzt in Untersuchungshaft!«, rief er in den Raum.

»Seine Frau?«, fragte Hansen verblüfft.

»Hat sie gestanden?«, wollte Laura wissen.

»Bisher nicht. Die Rede ist allerdings von einer dichten Indizienkette.«

»Na immerhin!« Hansens Stimmung hellte sich schlagartig auf.

Holm atmete tief durch. Dann konnten sie Nolls Geheimnis erst einmal auf sich beruhen lassen. Sie hatten sowieso alle Hände voll zu tun.

Von Granditz schlug ihm im Vorbeigehen auf die Schulter.

Der alte Mann hat Kraft, das muss ich ihm lassen. Freu dich doch einfach über die Geste, sagte er sich, als Hansens Smartphone klingelte.

»Steadham!«, rief er, »ein Facetime-Anruf.«

»Gut angekommen, Herr Steadham? Bei mir sind von Granditz, Holm und Frau May.« Noch während Hansen sprach, sah Holm Steadhams gehetztes Gesicht. Die Augen glitten immer wieder nach rechts und links.

»Hallo an alle. Herr Hansen, hier ist der Teufel los!«

»Wo hier?«

»Bei XLR. Ich hatte mir gerade die Geschäftsleitung vorgeknöpft. Richtig Druck gemacht. Da kamen hier Kontrolleure von der EMA an. Unangekündigt. Wie aus heiterem Himmel.«

»Europäische Arzneimittel-Agentur«, erklärte Hansen kurz Laura und Holm, während Steadham weitersprach.

»Eine Deutsche, ein Franzose. Mit offiziellem Auftrag. Die müssen direkt nach den Studien zu Validolor gefragt haben. Der Geschäftsführer nimmt sie gerade in Empfang. Und jetzt sehen Sie sich das an!«

Steadham drehte sein Smartphone dem Raum zu. Mitarbeiter

riefen aufgeregt durcheinander. Einer riss Unterlagen aus Akten und stopfte sie in seinen Rucksack. Ein anderer hackte auf seinen Computer ein und druckte etwas aus.

Steadham richtete die Smartphone-Kamera wieder auf sein Gesicht.

»Herr Hansen, was soll ich machen? Soll ich auf die Kontrolleure zugehen?«

Hansen sah kurz zu Holm. Dann zu von Granditz.

»Kündigen Sie mit sofortiger Wirkung sämtliche Aufträge, die wir bei XLR haben. Wenn die Ihnen juristisch kommen, begründen Sie das mit den unhaltbaren Zuständen, die Sie vorgefunden haben.«

Von Granditz nickte ihm bestätigend zu.

»Holm bringt Sie dann …«

»Oh, *shit*!«, flüsterte Steadham. »Die Kontrolleure kommen rein. Haben sich nicht aufhalten lassen. Die sehen das alles.« Steadham sprang auf und schaltete sein Smartphone aus.

»Jetzt haben Sie, was Sie wollten, Holm«, sagte Hansen frustriert.

»Ich hätte es nicht vorgeschlagen, wenn ich nicht davon überzeugt wäre«, antwortete Holm. »Wenn Steadham den Cut hinbekommt und die Kontrolleure überzeugt, dass Wenner zu den Opfern gehört, dann punkten wir gerade.«

»Wenn«, erwiderte Hansen leise, »sind das außerordentlich teure Punkte.«

Von Granditz räusperte sich.

»Wir sollten überlegen, ob wir den Eltern dieser Amila für ihren Verlust eine Entschädigung anbieten, selbstverständlich ohne Anerkennung von Rechtsschuld. Alles vertraglich geregelt, inklusive Klausel zur Schweigepflicht.«

Laura blieb für einen Augenblick der Mund offen stehen. Von Granditz war wirklich schnell im Kopf. Und eiskalt.

16.53 Uhr

Hatte die Polizei also die gute Frau Boldt eingebuchtet. Er konnte nicht anders, als sich kurz selbst zu gratulieren. Gut gemacht, mein Lieber! Dein Plan geht auf.

Er fragte sich, wie viele Menschen wohl in Gedanken schon einmal einen Mord durchgespielt haben. Ganz konkret. Wann? Wo? Wie? In der Küche vor dem Besteckkasten gestanden und sich gefragt haben, welches Messer wohl das beste für ihre Zwecke sein würde. Jemand anderen minutiös ausgekundschaftet haben. Kurzum: Einen Plan schmiedeten. Er konnte sich vorstellen, dass die allermeisten schon bei den ersten Gedanken an so etwas die Nerven verloren. Er glaubte weniger, dass es am Gewissen der Leute lag. Menschen waren hochentwickelte Tiere. Instinktbehaftet. Triebgesteuert.

Nein, die meisten Menschen hatten einfach zu viel Angst davor. Und von dem Entschluss, es zu tun, über die Planung, wie man es durchführte, bis hin zur wirklichen Tat, war es ein umso längerer Weg. Er war ihn gegangen. Er bereute es nicht. Im Gegenteil. Die meiste Energie musste er gerade darauf verwenden, niemandem sein Hochgefühl zu zeigen.

Theiss. Sein Gegner. Wirkte eigentlich ganz fähig. Intelligent. Diese Dreitagebärte waren eine Unsitte, na gut, ansonsten hätte er ihm aber definitiv mehr zugetraut. Beinahe enttäuschte ihn die Leistung des Kommissars. Schließlich stand es im Moment zwei zu null für ihn. Er hatte einen Mord begangen. Und jemand anderem in die Schuhe geschoben.

Vielleicht spielte Theiss auch nur so gut, wie es sein Gegner zuließ.

Wie auch immer, am Sonntag beim Golf würde er sicher mehr erfahren von Polizeioberrat Bensch, seinem Flight-Partner. Über Theiss. Den Mord. Und die Mörderin.

Das alles war kein Grund, unvorsichtig zu werden. Andere Ereignisse hielten ihn hellwach. Dass Kontrolleure der EMA plötzlich in Indien auftauchten, hatte ihn tatsächlich überrascht. So schnelles Handeln hätte er der Europäischen Arzneimittelagentur gar nicht zugetraut. Oder die Zeiten änderten sich, und die Pharmabranche bekam doch etwas mehr Gegenwind. Zum Glück war Steadham an Ort und Stelle. Seine Blutgrätsche konnte noch Gold wert sein. Das bewertete er genauso wie Öztürk in ihrem Memo.

Und solange niemand eine Spur von Sandra Schönbaum fand, blieb es auch an dieser Front ruhig. Ob sie nun auspackte oder nicht. Das konnte er erst einmal dem Fachmann überlassen.

Das einzige Problem, das ihm wirklich Kopfzerbrechen bereitete, hieß Leyla Öztürk. Wer konnte schon ahnen, dass sie ausgerechnet in der vergangenen Nacht im Büro schlafen würde, um dann auch noch im richtigen Moment aufzuwachen – und dass sie sogar die Eier hatte, der Sache nachzugehen. Vielleicht hatte er sie unterschätzt. Was gefährlich war. Denn sie wusste jetzt von der Schredderaktion. Dass die mit Validolor zu tun haben musste, konnte sie nicht beweisen. Dass sie es sich zusammenreimte, war schlimm genug. Sein Mann hatte so getan, als habe er sie nicht bemerkt. Damit hatte er sich überdurchschnittlich clever verhalten. Das drängte Öztürk nicht in die Ecke. Ließ ihr Raum. Raum, um Fehler zu machen. So fand er es bemerkenswert, dass sie niemanden über die Schredderei informiert hatte. Das ließ sich noch wunderbar ausspielen, falls nötig.

Mehr brauchte es derzeit nicht. Die Polizei ging ein und aus. Die Journalisten standen scharenweise vor der Tür. Und für Schnellschüsse war er sowieso nicht zu haben. Eine Umschreibung für Eile, die ihnen ein Dozent an der Universität eingebläut hatte, lautete: steigende Fehlerwahrscheinlichkeit. Und Fehler würde er sich nicht leisten.

17.39 Uhr

Steadham kam in den Fernsehnachrichten noch besser, als Holm sich erhofft hatte. Beim Briefing via Skype war der Innovationschef von Wenner noch etwas nervös gewesen, aber jetzt spulte er sein Statement vollkommen natürlich herunter. Es klang weder unsicher noch auswendig gelernt, als er sagte: »Wir legen hohe Maßstäbe an die Qualität unserer Produkte und an unser ethisches Verhalten. Das gilt auch für unsere Partner. Wie wir festgestellt haben, genügt das Forschungsinstitut XLR gegenwärtig nicht diesen Anforderungen. Viel eher müssen wir einsehen, dass wir trotz aller Controllingmaßnahmen von XLR hintergangen wurden. Deshalb haben wir die gesamte Zusammenarbeit mit sofortiger Wirkung beendet.«

Genau wie die Ad-hoc-Meldung, die sie als börsennotiertes Unternehmen herausgegeben hatten, ließ Steadhams Aussage selbstverständlich Fragen offen. Machte Wenner seinen Dienstleister XLR einfach zum Sündenbock? Hatte bei Wenner niemand etwas von den Machenschaften gewusst, ja, sie vielleicht sogar gesteuert? War es Zufall, dass ein hoher Wenner-Vertreter und EMA-Kontrolleure praktisch zeitgleich bei XLR aufgetaucht waren?

Um diese Fragen beantworten zu können, benötigte Holm zwei Dinge: Mehr Zeit. Und eine Grundsatzentscheidung der Wenner-Spitze.

»Die brauchen ja eine Ewigkeit«, sagte Laura, die ungeduldig auf- und abging.

Holm hingegen lag lang ausgestreckt auf Öztürks Ledersofa.

»Uns läuft die Zeit davon«, insistierte Laura. »Wenn wir nicht nachlegen, sieht das aus wie ein verzweifelter Befreiungsschlag.«

»Ich weiß doch!«, sagte Holm, »und Hansen und Co wissen das auch. Hauptsache, die ringen sich zu irgendeinem Ergebnis durch. Eine Hängepartie wäre für uns das Allerschlechteste.«

In dem Moment warf Öztürk die Tür auf und rief: »Validolor bleibt auf dem Markt.«

»Was?«, fragte Laura. »Das ist das genaue Gegenteil unserer Empfehlung. Und die Einschläge kommen immer näher.« Holm setzte sich auf und zog seine Schuhe an.

»Es war eine knappe Abstimmung.«

»Mit welcher Begründung?«, hakte Holm nach.

»Die Geschäftsleitung weist ausdrücklich von sich, dass auch nur ein Wenner-Mitarbeiter von den kriminellen Machenschaften bei XLR gewusst hat.«

»Ist zurückweisen gleich wissen?«, fragte Laura scharf.

»Es wurde offensichtlich viel hinter den Kulissen telefoniert«, sprach Öztürk einfach weiter. »Die Spitze der Europäischen Arzneimittelagentur wartet erst einmal ab, was die Kontrolleure berichten. Sie gibt heute noch eine Pressemitteilung heraus, in der sie Wenners Kooperationsbereitschaft würdigt. Gut, dass Steadham dort war.«

»Das hilft uns wenig«, meinte Laura enttäuscht.

»Na ja, das Ganze geht in den zuständigen Ausschuss für Humanarzneimittel. Und am Ende entscheidet die EU-Kommission.«

»Und das dauert Wochen, wenn nicht Monate. Wenner spielt auf Zeit«, folgerte Holm.

»Der CEO verlässt sich darauf, dass zu Validolor mehrere Studien in der Entwicklungsphase durchgeführt wurden. Sollten diejenigen von XLR manipuliert sein, greifen die anderen nach wie vor. Und da wir sie auch ins Zulassungsverfahren eingebracht hatten, ist alles korrekt.«

»Das ist doch völlig inkonsequent«, rief Laura. »Sie bekommen das da draußen um die Ohren. Nicht nur von den Medien!«

»Sie wollen wirklich auf einem Bein durch die Krise humpeln?« Holm schüttelte verständnislos den Kopf. »Ist Ihnen klar, dass gerade beim Spiegel die Telefone heißlaufen? Die werden gefüttert mit Informationen, Interna, was auch immer. Wenn Rimson & Pryce die Finger im Spiel hat, werden die ihre nächsten Trümpfe einsetzen.«

»Wenner rennt ins offene Messer!«

»Oder wir haben uns nichts vorzuwerfen, und Rimson hat sein Blatt ausgereizt«, meinte Öztürk kühl.

»Wie wahrscheinlich sieht das gerade aus?«, rief Laura und stützte die Hände in die Hüften.

»Ich kann Ihnen nur die Entscheidung mitteilen. Wir geben eine entsprechende Meldung heraus. Sie sollen daraufschauen, bevor wir sie rausblasen.«

»Na toll«, bemerkte Holm. »Sind wir zum Text-TÜV degradiert worden?«

»Wenn ich an meinen Arbeitsplatz dürfte.«

Sie ließen Öztürk allein zurück und traten auf den Flur.

»Gehen wir in mein Büro«, sagte Holm. Laura folgte ihm und flüsterte: »Diese Salamitaktik von denen geht mir langsam auf die Nerven.«

Holm betrat die Raucherkabine und steckte sich eine Kippe an.

»Na komm, Mats, gib mir auch eine«, sagte Laura und zwängte sich zu ihm.

»Wenn ich gewusst hätte«, ergänzte sie mit einem Lächeln, »dass das auch eine Kuschelkabine ist, wäre ich schon früher unter die Raucher gegangen.«

Holm zwinkerte ihr kurz zu und blies einige Ringe an die Decke.

»Und jetzt?«, fragte Laura ratlos.

»Im besten Fall sind wir am Grund der Story angekommen. Wenner steckt noch ein paar Prügel ein. Handelt Deals mit Betroffenen aus, wie von Granditz es vorgeschlagen hat. Schiebt dann noch Studien für Validolor nach und sorgt dafür, dass Gras über die Sache wächst.«

»Und im schlimmsten Fall?«

»Wollen sie uns dumm sterben lassen.«

»Tja, und wie, meinst du, stehen die Wetten?«

Holm nahm einen tiefen Zug.

»Lass uns nicht ins Glücksspiel einsteigen. Denen schwirrt so der Kopf, die wissen gerade nicht, was sie machen sollen. Wir helfen ein bisschen nach. Graben auf eigene Faust weiter. Wenn wir wissen, was Sache ist, können wir den größten Schaden vielleicht noch abwenden und endlich eine Kommunikation aufziehen, die länger als ein paar Stunden hält.«

»Ist nur wieder einmal haarscharf an unserem Auftrag vorbei«, gab Laura zu bedenken.

»Muss ja keiner mitbekommen«, meinte Holm und sah sie an.

»Ich grabe gerne«, meinte Laura schließlich. »Wo soll ich anfangen?«

»Dieses Mal nehme ich den Spaten.«

»Aha?«, machte Laura.

Holm lehnte sich zu ihr vor und flüsterte: »Ich will Rosenthal treffen.«

»Wie bitte, wen?!«, rief Laura.

Holm lächelte nur. »Inzwischen glaube ich: Sie hätte bei Bork nie blind gepokert. Irgendetwas ist schiefgegangen. Aber sie weiß mehr.«

»Und du meinst, ausgerechnet dir verrät sie es?«

»Ich gebe mich als Journalist aus.«

»Glaube nicht, dass sie heute noch einen treffen möchte.«

»Werner kannte da jemanden, der sie gut kennt.«

»Kannte? Was heißt *kannte*?«

»Ich habe heute Abend ein Date mit der bezauberndsten Ex-Pharmakritikerin des Landes.«

Laura sah ihn fassungslos an.

»Na komm, ist nicht das erste Mal, dass wir den Feind aushorchen.«

»Aber noch nie in einem Eins-zu-eins-Gespräch. Das ist viel zu riskant!«

»*Wäre* zu riskant, wenn wir nicht mit dem Rücken zur Wand stünden. Wir müssen so schnell wie möglich verstehen, wer mit wem unter einer Decke steckt! Nur dann können wir kommunikativ noch retten, was zu retten ist.«

Sie zögerte.

»Variante eins«, sagte Holm unbeirrt, »Schönbaum verkauft Infos an Rimson & Pryce. Die sorgen dafür, dass ein paar kniffige Fakten bei Rosenthal landen. Boldt wurde wirklich von seiner Frau erledigt und ist außen vor.«

»Okay«, gab Laura sich geschlagen und stieg in die Überlegungen ein, »oder Variante zwei: Rosenthals Quelle war Boldt. Sie hat sich in der Talkshow auf ihn verlassen, da war er aber schon tot. Von wem hatte Boldt die Infos?«

»Von Rimson & Pryce.«

»Und die haben es von Schönbaum.«

»Die Amis wussten, wem sie was stecken müssen, damit die Sache in Gang kommt.«

»Einem Mann mit Gewissen.«

»Den sie kaltstellen, bevor er merkt, dass er instrumentalisiert wurde und auch auf sie losgeht. Seine Frau ist unschuldig.«

Sie sahen sich an.

»Also haben wir zwei Möglichkeiten, in denen alle Puzzlesteine zusammenpassen«, meinte Laura nachdenklich.

Holm drückte seine Zigarette aus.

»Da wir Boldt nicht befragen können, Rimson nicht befragen dürfen und Schönbaum nicht finden, ist Rosenthal unsere einzige Option, um weiterzukommen.«

»Okay, ich gebe mich geschlagen, ich sehe es ein«, sagte

Laura. Trotzdem machte die Aktion sie nervös, das sah Holm ihr an.

»Ich muss nach Hause und mir einen Bart ankleben. Schaltest du mein Profil heiß?«

»Thomas Schmidt?«, fragte sie kopfschüttelnd.

»Yepp.« Er drückte seine verdutzte Partnerin an sich und lief zu den Aufzügen.

»Mats!«, rief sie ihm hinterher.

Er blieb stehen und sah zu ihr zurück.

»Ich drücke dir die Daumen!«

Er machte ein Victory-Zeichen, lächelte sie an und eilte weiter den Wenner-Flur hinunter.

18.25 Uhr

Liv mochte Storch. Hatte ihn schon immer gemocht. Ihre erste Erinnerung an ihn stammte aus ihrer Kindheit. Wie sie vor Freude kieksend ihre Schokoeis-Hände in den Himmel streckte und Storch, auf dessen Schoß sie saß, einen klebrigen Kuss auf die Wange schmatzte. Und die Schokohände klatschten auf das Sakko ihres Vaters. Einen so gerührten, so verliebten, so schutzlosen Holm hatte sie nie wieder gesehen.

Das war lange her.

Dennoch graute ihr vor der Begegnung mit Storch. Vielleicht gerade weil sie ihn mochte, fühlte sie sich mehr als unwohl.

Gleich würde sie das Jugendzentrum betreten. Ein großes Mädchen ... verwirrt, elternlos, schwanger. Sie zog einige Blicke auf sich. Einer pfiff auf den Fingern, was sie mit einem milden Lächeln quittierte.

»Liv, mein Gott!« Storch kam auf sie zu. »Eine richtige ...«

»Frau?«

»Dame, wollte ich sagen!«

Sie strahlte ihn an. »Du siehst eher nach einer kurzen Nacht aus.«

»Sehr kurz«, gestand er, »aber wie geht es dir, Liv?« Storch zog sie zu einem ruhigen Tisch in einer Ecke des Raums.

»Alles unheimlich. In mir wächst was. Und ich bin so unsicher, was ich machen soll.«

»Hat Werner mir erzählt«, sagte Storch mitfühlend.

»Er meinte, du könntest mir vielleicht noch besser helfen, alles klarzukriegen. Wegen deiner Erfahrung. Mit deinen Jugendlichen und so.«

Die Betonung lag auf *und so*. Deine Jugendlichen haben echte Sorgen. Wurden verprügelt, seit sie denken können. Mussten sich um fünf Geschwister kümmern, weil die Eltern fertig waren. Unfähig. Oder fort. Das kannst du dir gar nicht vorstellen, Liv Holm. Doch er lächelte sie voller Zuversicht an.

»Die Sache mit der Schule haben wir damals doch auch ganz gut hinbekommen.«

»Ja, daran habe ich mich auch erinnert. Tut mir leid, dass ich nur auftauche, wenn ich ein Problem habe. Anscheinend bist du so weit von mir und meinem Vater weg, dass ich gut mit dir reden kann.«

»Wenn ich helfen kann, tue ich das gerne.«

Er legte seine Hand auf Livs.

»Wie hat eigentlich dein Vater reagiert?«, fragte er verschwörerisch.

»Fantastisch!«, rief sie. »Er steht zu mir, egal, wofür ich mich entscheide.«

Storch freute sich über diese Nachricht, das sah sie. Schließlich kannte er ihren Vater schon ewig und konnte sich offensichtlich, genau wie sie, auch eine andere Reaktion vorstellen.

»Die ganze Sache hat ihn mir näher gebracht … so nah wie

lange nicht. Vielleicht bleibt das so, wenn ich das Kind behalte?«

Jetzt sah er sie komisch an, durchdringend. Hatte sie etwas Falsches gesagt?

»Willst du es von Anfang an als Geisel nehmen?« Er zeigte auf ihren Bauch.

Schockiert starrte sie ihn an. »Jetzt verstehe ich, warum Werner mich zu dir geschickt hat. Du nimmst kein Blatt vor den Mund!«

»Tut mir leid. Es kam etwas härter raus, als ich wollte.«

»Nein, schon okay. Ist sogar gut, wenn du Klartext redest. Dieses ganze Mutterding gerade«, sagte Liv, »löst bei mir einiges aus. Erinnerungen. Meine eigene Mutter. Du weißt schon.«

»Finde ich gut, dass du dir professionell helfen lässt.«

»Ich muss das endlich verpackt kriegen.«

»Ja, du Arme. Ich würde heute noch alles tun, was ich kann, um dir zu ersparen, was damals passiert ist.«

»Das geht ja nicht mehr«, erklärte Liv erstaunlich aufgeräumt, wie sie fand. »Aber ich versuche, noch einmal alles zusammenzubekommen. Zu ordnen.«

»Du warst noch so klein.«

»Wie hast du meine Mutter damals erlebt?«

»Ganz normal«, sagte er. »Sie war gut drauf. Hat dich vergöttert.«

»Hatte sie vielleicht Streit mit meinem Vater?«

Sie schoss die Frage einfach raus. Sie hatte sich vorgenommen, die Fragen, die sie an ihren Vater hatte, bei Storch abzuladen. Sie würden schon bei ihrem Vater landen.

»Nein!«, sagte Storch, »und danach … war er fix und fertig. Hat sein ganzes Leben geändert. Das weißt du ja alles.«

»Vor allem hat er den Job gewechselt, meinst du. Um mich hat er sich nicht viel mehr gekümmert als vorher.«

»Gesteh ihm die Trauer zu, Liv. Aber du hast Recht, irgendwann hätte er mehr für dich da sein sollen.«

»Stattdessen eine neue steile Karriere.«

»Was soll ich sagen, Liv.«

»Warum hat er den Job gewechselt?«

Zack! Meine nächste Frage an Papa. Was ist das? Sehe ich da ein winziges Flackern in deinen Augen, Storch?

»Du stellst deine Fragen wie dein Vater«, sagte er und lachte.

So kommst du mir nicht davon, mein Lieber.

»Ich meine, er war doch gut als investigativer Journalist. Ihr wart ein erfolgreiches Team. Und weil eine Geschichte schiefgeht, macht er praktisch den entgegengesetzten Job, und du wirst Sozialarbeiter? Selbst Werner konnte mir nicht sagen, was da los war. Jetzt frage ich dich, Storch.«

Sie sah ihn an. Blinzelte nicht. Fixierte ihn.

»Diese Story und der Selbstmord deiner Mutter – das kam ja praktisch gleichzeitig. Für deinen Vater war das unerträglich. Und mir hat der Fehlschlag einfach den Stecker gezogen. Der Anwalt hat mich ein Vermögen gekostet. Unsere Reputation war pfutsch. Und von irgendetwas musste ich leben. Dein Vater hat sich, glaube ich, das eine oder andere nicht verziehen. Handwerkliche Fehler. Recherchefehler.«

»Was für Fehler?«, insistierte sie.

»Oh, Mann, Liv, das ist über dreizehn Jahre her.«

»Ich habe den Artikel besorgt. Es ging um Waffengeschäfte mit Libyen. Korruption im Verteidigungsministerium.«

»Du hast dich aber gut vorbereitet«, sagte er.

»Ich will dir ja nicht die Zeit stehlen. Und immer wiederkommen.« Sie sah ihm an, dass es in seinen Ohren wie eine Drohung klang. Gut. Das sollte es auch. Es *war* nämlich eine Drohung.

»Über solche Details solltest du am besten noch einmal mit deinem Papa sprechen. Jetzt, wo er für dich da ist, würde ich die Chance nutzen.«

Jetzt, wo er für dich da ist. Die Worte hallten in ihr nach. Auf einmal verflog ihre Angriffslust. Ihr Wissenwollen. Storch hatte Worte für etwas Schönes in ihrem Leben gefunden.

»Meinst du?«, fragte sie nach.

»Warum nicht?«

»Das Ganze ist vermintes Gelände. Schon immer gewesen. Er hat mir jedes Mal klargemacht, dass er darüber nicht reden will.«

»Wann denn, wenn nicht jetzt? Er wird Opa. Ich finde, er schuldet dir etwas«, sagte Storch und lächelte sie an.

»Darf ich dich zitieren?«, fragte Liv schnell, und sie lachten ausgelassen.

Storch hatte Recht. Sie musste unbedingt mit ihrem Vater reden. Das ging so nicht weiter. Der Opa in spe musste endlich reinen Tisch machen. Und ihr die Wahrheit sagen. Das verdiente sie.

Nein, dachte Liv: Ich brauche die Wahrheit. Dringend.

19.32 Uhr

Die Journalisten mussten die Belagerung von Nina Rosenthals Haus vor Stunden aufgegeben haben. Weit und breit war niemand zu sehen. Die Rollläden waren unten. Das Haus dunkel.

Er fuhr ein Stück weiter, bog ab und parkte erst dann am Straßenrand. Er prüfte noch einmal sein Äußeres: Der üppige Bart, der ihn modisch erschienen ließ, saß. Die Kontaktlinsen, die seine Augenfarbe von Dunkelbraun zu Blau veränderten, hatte er eingesetzt. Er trug ein braunes Cord-Sakko, dazu ein blaues Hemd, eine getragene Marken-Jeans und halbhohe Lederschuhe. Er nahm seine Umhängetasche und zog den Trageriemen beim Aussteigen über die Schulter.

Natürlich hatte Laura Recht, dass seine Aktion extrem gewagt war. Er gab nur nicht gerne zu, wenn er mit seinem Latein am Ende war. Fast am Ende. Jetzt folgte er seiner inneren Stimme, die flüsterte: Du hast ein gutes Gefühl für Rosenthal entwickelt. Weißt, wie du sie ansprechen musst. Wie du sie gewinnen kannst in ihrem Ausnahmezustand.

Holm klingelte. Es dauerte einen Moment, bis sie die Tür öffnete. Nina Rosenthal. Auch wenn sie verheult aussah und weniger schick als bei ihren Auftritten: Ihre Ausstrahlung packte ihn sofort. Er hatte sie im Fernsehen gesehen. Bei der Demo durchs Fernglas beobachtet. Als er direkt vor ihr stand, fand er sie noch attraktiver. Und brauchte den Moment, in dem sie die Tür ganz öffnete, um sich auf seine Rolle zu konzentrieren. Der erste Eindruck bestätigte ihn darin, eine Idee davon zu haben, welchem Typ Mann Rosenthal sich in dieser Situation an diesem Tag anvertrauen würde. Darauf setzte er.

»Herr Schmidt?«

»Hallo, Frau Rosenthal.«

Sie ließ ihn eintreten und sah ihn, trotz allem, neugierig an. Er bedankte sich gleich dafür, dass sie sich überhaupt Zeit für ihn nahm. »Ich weiß ehrlich gesagt gar nicht, warum ich das tue. Ich schulde Engelbert keine Gefallen mehr.« Werner hatte das Treffen über ihren – ehemaligen – Vereinsvorsitzenden eingefädelt.

»Manchmal ist das Beste, was man machen kann, einfach mit einem wildfremden Menschen zu reden.« Holm wusste gar nicht, wo das herkam, als er es aussprach. »Es ist leichter, offen zu sein.« Er musste sich zusammenreißen.

Nina Rosenthal stutzte, sah ihn forschend an und bat ihn schließlich, Platz zu nehmen.

»Mit offen meinen Sie ehrlich?«, fragte sie. Direkt. Misstrauisch.

»Mit offen meine ich offen.«

Sie taxierten sich.

»Entweder, Herr Schmidt, haben Sie sich ein paar kluge Sätze für den Einstieg zurechtgelegt …«

»Oder?«

»Oder Sie sind etwas anders als Ihre Kollegen.«

Holm lächelte sie an. Überließ ihr, sich für das eine oder andere zu entscheiden. Und kam zur Sache: »Ihnen ist klar, dass ich kein Fachjournalist bin. Mich reizen große Storys. Andere Blickwinkel. Ich glaube, dass es eine Geschichte gibt, mit der ich die Mainstream-Verurteilung von Ihnen gegen den Strich bürsten kann.«

»Wie kommen Sie darauf?«

»Ihr Auftritt bei Bork …«

»Hat mir wohl das Genick gebrochen.«

»Sie sind nicht der Typ, der mit ungedeckten Schecks operiert. Sie gehen nur kalkulierbare Risiken ein.«

»Tut gut, das zu hören. Aber wie kommen Sie darauf?«

»Na ja«, Holm lächelte, so schüchtern er konnte. »Ich habe mich mit Ihnen beschäftigt.«

»Soso«, antwortete sie, ohne diese unglaublich grünen Augen von ihm zu lassen.

»Wann immer Sie im Leben hätten bluffen können, haben Sie es nicht gemacht. Nicht bei der Doktorarbeit, nicht bei Pharmawatch, nicht mal bei der Steuererklärung.«

Sie setzte sich auf.

»Wie kommen Sie an meine Steuererklärung?«

»Vielleicht bin ich tatsächlich etwas anders als meine Kollegen.« Holm legte seinen ganzen Charme in den Satz.

»Steht gar nicht auf Ihrer Webseite«, antwortete sie.

»Sollte es das?«, fragte er lächelnd.

»Sie haben allerdings meine Spesenabrechnungen vergessen.«

»Erstens haben Sie so viel Kohle in diesen Verein gebuttert, dass Sie sich im Zweifelsfall nur Ihr eigenes Geld wiedergeholt hätten. Abgesehen davon sind Spesenabrechnungen der Klassiker, um Mitarbeiter loszuwerden.«

»Funktioniert ja auch«, sagte Rosenthal bitter.

»Also?«, fragte er.

Sie zögerte. Allein das war schon ein Erfolg! Sie zog in Betracht, ihm mehr zu erzählen.

»Ich spare mir alle Versprechen, die meine anderen Kollegen in diesem Moment sicherlich aufzählen würden«, sagte er sanft.

Sie musste lachen. »Das ist auch besser so. Ich kann diese Heuchelei nicht ertragen.« Trotzdem bohrte sie nach: »Warum wollen Sie gegen den Strom schwimmen?«

»Ich freue mich einfach, wenn ich den Mächtigen ab und an zwischen die Beine treten darf. Das wirkt so befreiend.«

»Sie hatten sich wohl doch nur ein paar kluge Sätze für den Start zurechtgelegt«, sagte sie ernst, doch ihre Augen lächelten ganz leicht, das sah er. Mit jedem Satz wich ein winziges bisschen Anspannung aus ihrem Gesicht. Die hochgezogenen Augenbrauen sanken unmerklich herab. Die Muskulatur ließ den Wangen mehr Spiel. Die Mundwinkel lockerten sich.

»Den Krieg haben Sie verloren, Frau Rosenthal. Sie können nur noch die Geschichtsschreibung beeinflussen. Und warum sollten Sie das nicht tun?«

Rosenthal lachte auf. Musterte ihn wieder.

»Ich brauche einen Wein. Rot oder weiß?«, fragte sie auf dem Weg in die Küche.

»Solange Sie es nicht mischen«, antwortete Holm. Sie lachte wieder. Gleich hatte er sie. Es klappte. Sie wollte reden!

Sie kam zurück, reichte ihm ein Glas Rotwein und fragte: »Wie viel Zeit haben Sie?«

»So viel Sie wollen«, sagte er. Er zog Block und Stift aus seiner Tasche und hörte ihr zu.

19.46 Uhr

Immer wieder kamen Kollegen zu Theiss und verabschiedeten sich. Er bedankte sich mit Handschlag. So schnell, wie das Ermittlungsteam angeschwollen war, schrumpfte es auch. Die Spezialisten hatten ihre Arbeit erledigt. Von den Kriminaltechnikern hatten sie einen vorläufigen Bericht, der sehr aussagekräftig war. Und die Verdächtige hatten sie aus dem Verkehr gezogen.

Sein Team hatte nichts Entlastendes gefunden. Alles passte zusammen. Der Arbeitsplatz von Markus Boldt war unauffällig. Sein Verhalten an dem Tag auch. Bis er verschwand. Er hatte übliche Jobtermine gehabt, in einer Arbeitsgruppe gesessen. In seiner Abteilung hatte er keine Konflikte, wie alle befragten Kolleginnen und Kollegen unisono zu Protokoll gaben. Er hatte dienstliche Mails verschickt und empfangen. Alles sachlich, normal. Das Gleiche galt für sein Diensthandy. Selbst sein Privathandy, das sie im Auto gefunden hatten, half keinen Millimeter weiter.

Theiss ließ nach der rosafarbenen Jacke suchen. Sie mussten feststellen, ob Tanja Boldt Schuhe besaß oder besessen hatte, die zu dem halben Abdruck im Bootshaus passten. Die Tatwaffe fehlte. Das bekamen sie auch mit der kleinen Truppe hin. Zumal der DNA-Abgleich Tanja Boldt schwer belastet hatte: Die Hautpartikel und zwei Haare auf dem Leichnam ihres Mannes stammten von ihr. Das musste passiert sein, als sie ihn in Rage niedermetzelte.

Vermutlich hatte sie im Haus einen Beweis dafür gefunden, dass er sie weiter betrog. Sie hinhielt. Für dumm verkaufte. Der Neuanfang war nichts als eine Lüge gewesen. Enttäuschte Hoffnung hatte schon viele Menschen zu schlimmen Taten bewogen. Sie wollte ihn zur Rede stellen. Sofort. Und unter vier Augen. Treffpunkt Bootshaus. Sie nahm ein Filetiermesser mit. Was Vorsatz bedeutete. Kaum hatte der DNA-Test auf dem Tisch gelegen, hatte Ritchie ihm kumpelhaft auf die Schulter geklopft und war nach Hause gegangen.

Marta stand vor der Wand, an der ihre gesammelten Ermittlungsergebnisse hingen. Offensichtlich ging sie in Gedanken noch einmal den ganzen Fall durch.

Sehr sorgfältig, Frau Jablonska. Gibt noch einen Pluspunkt.

Als er sah, dass Vuk mit einem Laptop unter dem Arm auf ihn zukam, setzte er sich gleich auf. Goran Vukovic, Spitzname Vuk, hatte sich eingehend mit dem halben Schuhabdruck im Bootshaus beschäftigt. Wenn er Marke und Modell hatte, würde das die Suche stark eingrenzen.

Theiss winkte Marta heran.

»Schlechte Nachrichten«, sagte Vuk ohne Umschweife, »hier passt etwas nicht ins Bild.«

»Ernsthaft?«, fragte Marta fassungslos.

»Ich zeige es euch an meinem Rechner.« Er stellte den Laptop auf dem Tisch von Theiss ab und klappte ihn auf. »Das ist der Schuhabdruck an dieser lehmig-weichen Stelle am Eingang des Bootshauses, den die Kollegen von der KT gefunden haben. Wie ihr wisst, haben sie den Abdruck dann mit der Pinzette freigelegt.« Er zeigte auf Detailfotos vom Tatort auf seinem Bildschirm. »Der Abdruck ist vergleichsweise tief. Wegen des weicheren Untergrunds.«

»Also hatte die Person Schwung?«, folgerte Marta.

»Ja, schon ganz gut.« Vuk erlaubte sich ein kurzes Lächeln. »Der Abdruck ist hinten tiefer als vorne. Um etwa dreieinhalb Millimeter. Alle genauen Daten schicke ich mit dem Bericht.«

»Das heißt?«, fragte Theiss.

Vuk stand auf. »Der Eingang vom Bootshaus.« Er spielte den Täter. »Sie warten auf Ihr Opfer. Es kommt. Sie schlagen zu.« Er hieb ein unsichtbares Messer in die Luft. »Aus irgendeinem Grund weichen Sie plötzlich zurück. Weil Blut spritzt. Oder das

Opfer einen Schritt auf Sie zukommt. Weil Sie jeden Kontakt vermeiden wollen. Der Täter macht praktisch einen Stemmschritt nach hinten.« Er machte es ihnen vor.

»Und das Körpergewicht«, sagte Theiss, »landet mehr auf der Hacke als auf dem Fußballen, so dass der Abdruck dort tiefer ist.«

»Genau. Wir haben also die Geschwindigkeit des Stemmschritts, die Konsistenz des Bodens und die Tiefe des Abdrucks. Und wenn wir das alles durch einige Programme am Rechner jagen, können wir Rückschlüsse auf das Körpergewicht des Täters schließen.«

Theiss hielt den Atem an. Er ahnte, was jetzt kam. Verdammt! Marta stöhnte.

»Die Person muss zwischen achtzig und achtundachtzig Kilo wiegen.«

»Und Tanja Boldt kommt höchstens auf siebenundfünfzig, achtundfünfzig Kilo.«

Vuk nickte.

»Wie sicher ist das Ganze?«, fragte Theiss.

»So sicher, dass Sie dem nachgehen müssen, wenn Ritchie vor Gericht nicht Probleme bekommen soll.«

»Was ist, wenn der Abdruck nichts mit dem Mord zu tun?«, fragte Marta. Theiss zog die Mundwinkel herunter. »Dann müssen wir Ritchie erklären, warum wir den Abdruck erst in die Vernehmung von Boldt einführen – und sobald uns die Fakten unserer eigenen Experten nicht mehr passen, wieder herausnehmen.«

»Hatte Boldt einen fünfundzwanzig Kilo schweren Rucksack auf? Wohl kaum! Also suchen wir eine dickliche Person um die eins fünfundsechzig?«

Vuk zuckte mit den Schultern.

»Auch wenn es uns gerade nicht schmeckt«, sagte Theiss, »hervorragende Arbeit von euch, Vuk! Und schönen Feierabend.«

»Danke, ich gebe es an alle weiter. Und viel Erfolg!«

Theiss und Marta warteten, bis Vuk seinen Laptop wieder unter den Arm geklemmt hatte und fortging.

»Das stellt alles auf den Kopf«, sagte Marta. »Wir können bei null anfangen.«

»Und stehen mit leeren Händen da«, meinte Theiss. »Müssen den Tatort noch mal untersuchen. Noch genauer. Das ganze Bootshaus, innen und außen. Müssen jeder DNA-Spur nachgehen, die wir noch aus dem letzten Winkel kratzen. Und das werden Hunderte sein, von denen kaum welche in unserer Datenbank sein dürften. Was heißt, dass wir sämtliche Segler zur Speichelprobe antreten lassen dürfen. Unter ihnen sind bestimmt auch ein paar Leute, die sich an höherer Stelle beschweren. Ganz zu schweigen davon, wie wir mit Wenner umgehen sollen.« Theiss fluchte.

»Vor allem haben wir gar keinen anderen Verdächtigen, Jan.«

Theiss überlegte. Das passte alles nicht zusammen. Aber es musste passen! Fakten logen nicht. Sie mussten das fertige Puzzle auseinandernehmen und neu zusammensetzen. Bis alle Teile ihren richtigen Platz hatten.

Marta schüttelte energisch den Kopf.

»Wir haben tausend zu eins Beweise dafür, dass es Tanja Boldt war. Sie lügt wie gedruckt. Wir brauchen nur eine plausible Erklärung für diesen dämlichen Schuhabdruck. Oder besser noch: Wir konzentrieren uns darauf, die Tatwaffe zu finden. Und deren Verbindung zu Boldt zu beweisen.«

Er wollte ihr gerade schon zustimmen. Da dämmerte es Theiss. In Sekundenbruchteilen baute sich in seinem Kopf eine neue Theorie auf. Flogen die Puzzlesteine an andere, neue Plätze. Bis am Ende keines übrig blieb.

Er lächelte Marta an.

»Und was wäre, wenn Frau Boldt die Wahrheit sagt?«

»Was???« Marta lachte erst völlig ungläubig. Doch als sie erkannte, dass er es ernst meinte, sah sie ihn an, als habe er vorgeschlagen, den Rest der Ermittlung nackt zu bestreiten. Völlig nackt.

21.07 Uhr

Holm schrieb Laura erst eine Nachricht, als er wieder in der Wenner-Zentrale eintraf: *Mein Büro. In fünf.*

Er hatte die Zigarette gerade angezündet, als seine Partnerin mit schnellen Schritten zu ihm kam.

»Ich dachte schon, du übernachtest bei ihr.«

»Keine schlechte Idee«, antwortete Holm. »Wie läuft es hier?« Er wusste, dass sie vor Neugier platzte. Da konnte er sie noch etwas auf die Folter spannen, schließlich hatte er gute Nachrichten mitgebracht.

»Drunter und drüber«, antwortete Laura. »Aber erzähl endlich von deinem Date!«

Er gönnte sich noch einen tiefen Zug.

»Jaja, mach es nur spannend«, maulte Laura. Er blies den Rauch aus. »Komm schon, wie war sie drauf?«

»Traurig, aber gefasst. Extreme Ausstrahlung«, sagte er nüchtern.

»Und weiter?«, forschte Laura.

»Sie hat viel vom medizinisch-industriellen Komplex erzählt. Wie die Pharmabranche auf jeder Stufe, bei jeder Interessengruppe die Finger im Spiel hat. Ganz alltäglich. Standardgeschäft. Bis ganz oben in der Nahrungskette.«

»Und wie sieht es nach ihrer Revolution aus?«

»Totale Transparenz. Was Studiendaten angeht, Verflechtungen, Interessenkonflikte von Ärzten oder Politikern. Die Konzerne sollen unabhängige Forschung mitfinanzieren, damit Profit in der Phase keine Rolle spielt.«

Laura runzelte die Stirn.

»Medikamente, die nachweislich nicht nutzen, kommen schneller vom Markt als bisher. Schwarze Schafe müssen persönlich und strafrechtlich belangt werden. Marketinglügen will sie hart bestrafen. Und da die Deutschen überversorgt sind und viel öfter als andere zum Arzt rennen, diskutiert die Gesellschaft permanent, wie viele Medikamente wir eigentlich brauchen – und nehmen wollen.«

»Klingt nicht gerade nach Realpolitik.«

Holm zuckte mit den Schultern.

»Sie wollte Pharmawatch zu einer Art Greenpeace der Pharmakritik ausbauen. Den Verein richtig kampagnenfähig machen. Alles ein bisschen Robin-Hood-mäßig.«

»Was hast du dazu gesagt?«

»Dass grüne Strumpfhosen bestimmt gut zu ihren Augen passen.«

»Oh, bist du widerlich.« Laura konnte sich ein Grinsen nicht verkneifen.

Er legte den Kopf schief. »Sie fand es originell. Im Vergleich zu dem, was sie sonst hört.«

»Und dann hat sie dir ihr Herz ausgeschüttet.«

Holm lächelte Laura an. »Boldt war tatsächlich ihr Informant.«

»Echt? Das ist ja der Wahnsinn!«

»Sie haben sich getroffen. Er hat ihr von Validolor erzählt. Er könne beweisen, dass die Studien getürkt seien. Dass es Probleme bei der Entwicklung von Validolor gegeben habe, die unter den Teppich gekehrt wurden.«

»Oh, Mann!«

Holm lehnte sich vor und flüsterte: »Er hat versprochen, dass er ihr *einen* wichtigen Mann bei Wenner liefern könne. Mit den Dokumenten, die er habe.«

»Wen?«

Holm zuckte mit den Schultern.

»Hat sie ihm geglaubt?«

»Sie hielt ihn für verlässlich. Wie wir gesagt haben: Mann mit Gewissen, der es nicht mehr ausgehalten hat.«

»Und dann?«

»Hat sie ihn nicht mehr erreicht. Kam bei ihm schon mal vor. Er hatte ja wohl ein kompliziertes Privatleben.«

»Wer hat das nicht«, antwortete Laura schnippisch.

»Tja, jetzt ist er tot.«

»Und bei Bork hat sie den Druck nicht mehr ausgehalten?«, vermutete Laura.«

»Ja, ihr Fehler«, bestätigte Holm.

»Gibt es eine Verbindung zu Schönbaum?«

»Konnte ich nicht so direkt fragen, aber sie hat sie nicht erwähnt.«

»Was hält sie von Rimson & Pryce?«

»Die bösesten Buben der Branche.«

»Deren Spiel sie vielleicht unfreiwillig mitgespielt hat.«

Laura überlegte. Er ließ ihr etwas Zeit. Zog an der Zigarette, als sein Smartphone klingelte. Öztürk. Er drückte sie weg. Dann klingelte Lauras Gerät. Sie drückte den Anruf auch weg.

»Also gibt es tatsächlich einen Link von XLR zu Wenner. Und wir haben das Schlimmste noch vor uns!«

»Ja«, sagte Holm, »aber wenn das alles so ist, wie Rosenthal sagt, dann haben wir einen Einzeltäter. Eine einzige Person, die an der richtigen Stelle sitzt.«

»Wir können das Problem kommunikativ isolieren. Es ist nicht systemisch. Ein Mensch und dessen kriminelle Energie. Bei allen Maßnahmen, Antikorruptionsprogrammen und

Compliance-Vorschriften, dagegen ist kein Unternehmen gefeit.«

»Genau! Vergiss Schönbaum. Vergiss Rimson und Co.«

»Das heißt, wir können den Schaden bei Wenner begrenzen.«

»Wenn Hansen mitzieht. Und mutige Entscheidungen trifft.«

»Und sind wir sicher, dass nicht er derjenige ist?«

Holm schüttelte den Kopf. »Läuft doch alles streng hierarchisch hier. Wenn er es wüsste, wüssten es alle unter ihm in der Kette auch.«

»Also halten wir uns an ihn?«

In dem Moment kam Öztürks Stellvertreter, Andy Noll, über den Flur gerannt.

»Da sind Sie beide ja!«

Sie sahen ihn verwundert an.

»Kommen Sie schnell! Die Mutter ist im Fernsehen!«

Beide machten fragende Gesichter.

»Die Mutter von dem toten Mädchen! Von Sophie!«

Holm schnippte seine Zigarette in den Aschenbecher, und sie rannten in Öztürks Büro.

Kaum stürzten sie in den Raum, fasste Öztürk zusammen, was die Mutter bisher erzählt hatte. »Bis jetzt ging es um Sophies Krankheitsverlauf, die Stunden im Krankenhaus – und um Hansens Besuch. Tränendrüse pur.«

»Passt ja zu Isabelle Bergmann«, meinte Laura. Die erfolgreiche Moderatorin hatte den Ruf, sehr einfühlsame bis gefühlsduselige Interviews zu führen.

Die Mutter sprach leise, beherrscht, mit Tränen in den Augen. In der Hand hatte sie ein Taschentuch. Ihr Name wurde eingeblendet. Sylvie Liebig.

»Das ist noch nicht alles«, sagte Isabelle Bergmann, »Sie und Ihr Mann haben dann eine sehr schwerwiegende Entscheidung getroffen.«

»Lauter!«, befahl Holm.

Sylvie Liebig sammelte sich, atmete durch, schaute auf ihre Hände.

Die Moderatorin tastete sich etwas vor, um der Mutter zu helfen, darüber zu reden: »Sie wollten nicht mit der Ungewissheit leben, nicht wahr? Der Sache auf den Grund gehen.«

»Ach du Scheiße«, sagte Laura.

»Der Todesursache«, sprach Bergmann beschwörend ruhig weiter.

»Das bin ich meiner kleinen Maus doch schuldig«, flüsterte Liebig.

Bergmann nickte verständnisvoll. Aufmunternd.

Zum Publikum gewandt erklärte sie: »Ich glaube, es gibt Momente im Leben, die wünscht man niemandem. Darüber hier im Fernsehen zu reden, wo alles noch so frisch ist, das schafft nur eine wahnsinnig starke Person.« Sie schaute wieder zu ihrem Gast. Berührte ihre Schulter.

Langsam hob Sylvie Liebig den Kopf. Sah zur Moderatorin.

»Ich wollte wissen, ob das Medikament schuld ist«, wisperte sie. »Deshalb haben wir heute früh eine private Obduktion machen lassen.«

»Was???«, rief Noll.

»Ohoh!«, machte Laura.

Öztürk schüttelte nur den Kopf.

Das wird ein Wirkungstreffer, dachte Holm. Egal, was herausgekommen ist.

»Dabei ist herausgekommen …« Liebigs Stimme versagte. Isabelle Bergmann reichte ihr ein Glas Wasser. Sie trank einen Schluck.

»Zunächst wurde ein Schnelltest durchgeführt. Die Ärzte haben Morphin gefunden.«

»In welches der Körper bestimmte Schmerzmittel verwandelt, ganz einfach gesagt«, erklärte Bergmann. Und sprach ruhig weiter, als Liebig wieder nach Worten rang. »Zu diesen Schmerzmitteln gehört auch Validolor. Allerdings kann Morphin in hohen Dosen sogar tödlich wirken.«

»Ja.«

»Der erste Befund sagt aber noch nichts darüber aus, ob eine Vergiftung vorliegt.«

»Genau. Dafür braucht es eine aufwändigere Analyse. Ich bin den Pathologen sehr dankbar, dass das so ungewöhnlich schnell ging und wir das Ergebnis am Abend hatten.«

Sylvie Liebig musste schlucken, bevor sie mit leiser, monotoner Stimme weitersprach.

»Der Morphingehalt war sehr hoch. Zu hoch. Das ist die wahrscheinlichste Todesursache.«

Die Regie schnitt auf schockierte Gesichter im Publikum.

»Und wie kam so viel Morphin in den Körper von Sophie?«, lenkte Bergmann ihren Gast zum nächsten Punkt.

»Am wahrscheinlichsten durch das Validolor«, sagte Sylvie Liebig.

Bergmann ließ diese Bombe beim Publikum wirken, ehe sie weiterfragte.

»Wie erklären das die Pathologen?«

»Das müsste genauer untersucht werden. Wenn ich es richtig verstanden habe, macht ein bestimmtes Enzym beim Stoffwechsel aus dem Wirkstoff Morphin.«

»Gegen die Schmerzen.«

»Ja, nur gibt es auch Menschen, die einen ultraschnellen Stoffwechsel haben. Dadurch können bedenklich hohe Morphinspiegel entstehen. Die führen zur Vergiftung. Das Kind kann nicht mehr … Sophie konnte nicht mehr … nicht mehr atmen.«

Sylvie Liebig brach in Tränen aus.

Öztürk schaltete den Fernseher aus und ließ die Fernbedienung auf ihren Tisch fallen.

Keiner regte sich.

»Das war's«, sagte Noll leise.

»Davon haben Sie bestimmt auch noch nichts gehört, nicht wahr, Noll? War ja alles tutti, als Sie die fette Kampagne für Validolor aufgezogen haben!« Laura schnauzte Noll richtig an. Ließ Druck ab. Er stieß sich von der Tischkante, an der er gelehnt hatte, ab und stellte sich mitten in den Raum.

»Das ist ja alles sehr bewegend«, sagte er mit ruhiger Stimme, »aber wir müssen es checken. Informieren Sie die Runde, Frau Öztürk. Und ich will eine Einschätzung von Otto. Und von Professor Steymann. Kann da was dran sein? Vielleicht hat Steadham etwas Neues? Und halten Sie die Presse hin. Das Thema ist schon Teil der internen Untersuchung, wir hoffen, bald mehr zu wissen. Blabla.«

Holm gab Laura ein Zeichen, und sie gingen ins Vorzimmer.

»Wie sollen wir Wenner da noch rausboxen?«, sagte Laura entmutigt. »Diese Morphinsache wird ja nachprüfbar sein …«

»Nicht aufgeben, Laura! Produkthaftung ist schwierigstes Terrain für die Opfer. Für uns hat sich gar nicht so viel geändert: Wir müssen Boldts Beweis finden! Der uns zum Verantwortlichen für das Ganze führt!«

»Vielleicht hat derjenige selbst Boldt aus dem Weg geräumt?«

»Die Polizei scheint sich ja sicher zu sein, dass es seine Frau war.«

»Ich hatte nur nicht vor, filetiert zu werden, Holm.«

»Check Markus Boldt aus.«

»Das hat die Polizei doch längst gemacht.«

»Wollen wir uns auf die verlassen?«

»Ja, in dem Fall schon, da ist mit Sicherheit eine kleine Armee im Einsatz, so hoch, wie die Geschichte hängt«, antwortete Laura, und Holm ließ sich überzeugen. »Aber kann die Witwe mehr wissen?«

»Die sitzt in U-Haft. Und Rosenthal war letzte Nacht bei ihr.«

»Sie hat gesagt, sie wisse nichts.«

Sie überlegten eine Weile.

Natürlich hatte Laura Recht. Es wurde extrem eng für sie. Der Auftritt der Mutter. Ihre Anschuldigungen. XLR. Der brutale Mord. Wenner Pharma wurde durchgeschüttelt wie noch nie. Und Holm verlor dadurch endgültig die *message control*. Die Kontrolle über das Thema. Den Spin, den Dreh, mit dem es dargestellt wurde. Den Einfluss auf die Diskussion. Auf die Agenda der Medien. Die Meinungsbildung. Auf den Rahmen, in dem Validolor diskutiert wurde. Verdammt!

In dem Moment hatte er eine Idee.

»Ich hab was Besseres. Wir warten noch eine Weile, ob Otto oder der Prof ein Kaninchen aus dem Hut zaubern. Wenn nicht, gehen wir zu Hansen. Sagen ihm die Wahrheit. Was Rosenthal gesagt hat. Er soll uns an den gesamten internen Schriftverkehr, E-Mails, Aktennotizen etc. ranlassen, den es zu Validolor gibt. Egal, wie geheim. *Alles*. Wir suchen den Beweis da, wo er herkommt – und nicht mehr da, wo er gelandet sein könnte.«

»Wobei das verdammt viel Arbeit sein wird«, gab Laura zu bedenken.

Das konnte er nicht leugnen. Ihm fiel allerdings auch kein anderer Weg ein. Sie mussten Boldts Beweise finden, die sie zu der Person führen würden, bei der alle Fäden zusammenliefen!

Oder wir hoffen darauf, überlegte er, dass genau diese Person unter dem massiven Druck, der sich immer weiter aufbaut, einen entscheidenden Fehler begeht. Aber Hoffnung, dachte Holm, ist in unserer Branche etwas für Verlierer.

22.23 Uhr

Theiss saß neben Möllers auf dem Boden, beide hatten ihre Rücken an die Fall-Wand gelehnt. Ihnen gegenüber kauerten Marta und DeLuca. Theiss wusste, dass es in seinen Mitarbeitern genauso arbeitete wie in ihm. Leider mit demselben Erfolg: nämlich gar keinem. Sie grübelten und schwiegen. Dieser vermaledeite Schuhabdruck!, fluchte Theiss bei sich, bringt meine saubere Ermittlung komplett durcheinander. Es ist zum Mäusemelken.

Marta sprang auf.

»Also, kommt, fassen wir noch einmal zusammen: Wir vermuten bei dieser Theorie eher, dass der Täter männlich ist. Er geht extrem planvoll vor. Hat Tanja Boldts rosafarbene Sportjacke geklaut. Vermutlich auch Schuhe von ihr. Er ist darauf aus, Boldt zu ermorden und seine Frau als Täterin dastehen zu lassen. Er weiß einiges über Polizeiarbeit. Er trägt im Bootshaus die Sachen der Frau des Opfers. Vermeidet es, selbst Spuren zu hinterlassen. Macht den Tatort absichtlich zu einem Paradies für die Spurensicherung.«

»Motiv könnte Eifersucht sein«, sagte DeLuca. »Vielleicht einer der Ehemänner der Wenner-Sekretärinnen, mit denen Boldt eine Affäre hatte. Er bittet um Aussprache. Macht sich während des Mordes klein. Hat keinen Blutrausch, sondern will es nur so aussehen lassen.«

»Dummerweise haben beide Ehemänner ein wasserdichtes Alibi für die Tatzeit. Sie waren arbeiten. Das bestätigen mehrere Kollegen.«

»Es könnte weitere Geliebte geben. Und noch mehr Partner.«

»Hat für mich doch eher mit Wenner und dem Medikament zu tun. Immerhin hat er schon einmal Informationen geleakt«, bemerkte Möllers.

»Wenn wir schon mit den ganz großen Verschwörungstheorien anfangen und Wenner etwas vertuschen möchte«, meinte Theiss generyt, »dann würden die wohl einen usbekischen Auftragsmörder einfliegen, der Boldt ausschaltet und wieder verschwindet.«

Er tat diese Richtung mit einer Handbewegung als Unsinn ab.

»Ein Komplize oder eine Komplizin im Bootshaus scheidet aus. Sonst hätten unsere Spurenleute das rekonstruiert.«

»Wir müssen es doch irgendwie eingrenzen können«, rief Marta rastlos.

»Wir haben überhaupt nichts«, sagte Möllers völlig frustriert. DeLuca kratzte sich am Kopf.

»Versetzen wir uns in den Täter«, sagte Theiss. »Was ist das für einer? Wie geht es dem gerade? Warum hat er es getan?«

Marta murmelte: »Ich bin sehr gerissen. Ziemlich intelligent. Habe Spezialkenntnisse. Bin gut gebildet. Will mich nicht erwischen lassen. Bin noch nie erwischt worden.«

»Erwischt werden nur Idioten«, übernahm DeLuca. »Ich habe einen raffinierten Plan ausgeheckt. Und ich war cool genug, ihn umzusetzen. Nervenstark. Skrupellos.«

»Gerade fühle ich mich bestätigt. Adrenalin pur. Habe Überlegenheitsgefühle. Die Dummköpfe von der Polizei sind mir auf den Leim gegangen.« Möllers kniff die Lippen zusammen.

»Alles läuft genau so, wie ich es will«, fuhr Marta fort. »Ich bleibe im Verborgenen. Und keiner kennt mein Motiv.«

Seine Kommissare verfielen wieder in dieses rasende Schweigen. Zermarterten sich ihre Köpfe. Theiss konnte ihnen keinen Vorwurf machen. Sie gaben alles, genau wie er. Nur war eines auch klar: Fanden sie nicht schnellstmöglich einen Ansatzpunkt für konkrete Ermittlungen, war der Zug bald abgefahren. Plötzlich kam ein Satz, der gerade gesagt worden war, zurück in sein Bewusstsein. Und hakte sich fest. Er sprang auf.

»Wie war das Letzte, Marta?«

»Keiner kennt mein Motiv?«

»Nein, nein, davor.«

Marta sah ihre Kollegen an.

»Meinst du: Alles läuft genau so, wie ich es will«, fragte DeLuca.

»Genau!«, rief Theiss. »Das ist sein Schwachpunkt!«

»Wie?« Marta schaute ihn fragend an. Die anderen standen nun ebenfalls auf und blickten gespannt auf ihren Chef.

»Es muss etwas passieren«, sagte Theiss, »das er nicht erwartet. Das er nicht will. Das seinen Plan durchkreuzt.«

»Und das wäre?«

»Wir lassen Tanja Boldt frei«, entschied Theiss.

»Wieso das denn?«, rief DeLuca.

»Das lässt Ritchie nie zu«, meinte Marta.

Theiss hob abwehrend die Hände. »Wir bleiben mit einem Team an ihr dran. Und lassen zur Presse durchsickern, dass wir glauben, nicht genug Beweise zu haben. Ohne Tatwaffe kein Prozess.«

»Und das soll ihn aus der Reserve locken?«

»Womöglich will er uns den Gefallen tun und sie platzieren. In der Nähe vom Bootshaus. Bei ihr zu Hause. Im Fitnessstudio.«

»Du machst sie zum Lockvogel, ohne dass sie es weiß?« Möllers rollte mit den Augen.

»Wir können nicht mit ihr kooperieren, sie ist immer noch verdächtig«, verteidigte sich Theiss.

»Will sie verschwinden, schnappen wir zu – und wissen zumindest, dass der Schuhabdruck doch mit ihr zu tun hat«, schloss Marta.

»Was meint ihr?«, fragte Theiss.

DeLuca nickte langsam. Möllers rieb sich mit beiden Händen über den Kopf, ehe er »Ja!« murmelte.

Sie sahen Marta an.

»Jungs, war doch praktisch meine Idee!«, rief sie. »Jan hat es nur ausgesprochen.«

Sie lachten laut, etwas Galgenhumor konnte nicht schaden.

Hoffentlich bringt uns das weiter. Sonst sind wir blank. Und morgen früh steht der Polizeipräsident persönlich auf meinen Fußspitzen und macht mich rund. Theiss schüttelte sich, griff zum Smartphone und rief Ritchie an.

23.18 Uhr

Hansen schüttelte energisch den Kopf.

»Vollkommen ausgeschlossen, Herr Holm!«, sagte er.

Holm stützte sich auf Hansens Tisch und lehnte sich zu dem CEO. »Doktor Otto hält die Vorwürfe für Unsinn. Professor Steymann ist nicht zu erreichen. Wir *müssen* das Dokument finden, das Boldt das Leben gekostet hat. Den Einzeltäter! Dann haue ich Sie raus. Versprochen!«

»Ich habe das schon verstanden«, sagte Hansen ruhig, »und weiß Ihr Engagement zu schätzen. Dass Sie Frau Rosenthal diese Informationen entlockt haben, ist eine außergewöhnliche Leistung, die wir honorieren werden.«

»Mich interessiert die Krise, nicht die Kohle!«

»Holm, Mann, sehen Sie das denn nicht? Rosenthal will sich reinwaschen! Gehen Sie ihr nicht auf den Leim.«

»Tue ich nicht!«

»Herr Holm! Es ist nicht so leicht, mal eben aus der Kommunikation über ein Medikament in der Entwicklung richtig schlau zu werden. Ganz abgesehen davon, dass wir von Tausenden Seiten reden. Sie verlangen sehr viel von mir. Zu viel!«

»Es muss ja irgendwie eindeutig sein, was da drinsteht!«

Holm stierte Hansen an. Konnte nicht verstehen, warum er den einzig verbliebenen Schritt nicht gehen wollte. Schwächelte.

»Nein!«, sagte Hansen kühl. »Und ich wäre froh, wenn ich Ihnen das nicht schriftlich geben müsste.«

»Aber …«, setzte Laura an, als Alexa Klee den Kopf zur Tür hereinsteckte.

»Entschuldigung, Herr Hansen! Herr von Granditz wollte, dass Sie es sofort erfahren.«

»Was gibt es denn?«

»Die Polizei entlässt in diesen Minuten Tanja Boldt.«

»Warum?«, fragte Laura, noch bevor Hansen etwas sagen konnte.

»Anscheinend ist die Staatsanwaltschaft nicht so überzeugt von dem, was die Kommissare gegen sie in der Hand haben. Wir wissen es vorab. Demnächst geben Polizei und Staatsanwaltschaft eine gemeinsame Presserklärung heraus.« Sie zuckte mit den Schultern.

»Womit es auch an der Front wieder brennt.« Der CEO stöhnte und ließ sich in seinen Sessel fallen. Zum ersten Mal wirkte er resigniert.

»Wir hatten ja alles besprochen, Herr Hansen«, sagte Holm schnell, »und halten uns natürlich an Ihre Vorgaben.«

»Danke«, antwortete Hansen, »ich muss jetzt telefonieren.«

»Wenn Sie uns brauchen, melden Sie sich einfach.«

Sie verließen das Büro des CEO. Kaum waren sie in sicherer Entfernung, flüsterte Laura: »Denkst du an einen Hausbesuch?«

»Exakt«, antwortete Holm. »Aber weil die Polizei wieder einen Tatverdächtigen sucht, quetschen wir zuerst Noll aus!«

Er hastete zum Büro des stellvertretenden Kommunikationschefs von Wenner.

»Machen wir *good cop, bad cop*?«, fragte Laura.

»*Bad cop* reicht völlig«, erwiderte Holm grimmig und schob sein Kinn vor.

Er warf die Bürotür auf, ging auf Noll zu, der überrascht vom Bildschirm aufsah, und riss ihn aus dem Drehstuhl.

»Hey!?«, machte Noll hilflos.

Holm presste ihn gegen die Wand.

»Haben Sie Markus Boldt getötet?«

»Was?«

»Wo waren Sie gestern zwischen halb elf und halb eins?«

»Das geht Sie nichts an!«

Holm stieß ihn hart gegen die Wand.

Öztürk kam wegen des Lärms in das Büro. Laura legte einen Zeigefinger auf die Lippen, zog Öztürk in den Raum und schloss die Tür hinter ihr.

»Reden Sie, Noll!« Holm presste die Kiefer zusammen, um ihn nicht anzuschreien. »Oder ich hole die Polizei. Lasse Ihre Frau befragen zu ihrer Affäre mit Boldt. Stelle Ihr ganzes Leben auf den Kopf.«

»Dann brauchen Sie hier nicht länger auf höhere Posten zu schielen«, fuhr Laura ihn an. »Ist das klar, Mann?«

Zu ihrer Überraschung lächelte Noll jetzt. Er lächelte milde.

»Das können wir, glaube ich, verhindern«, sagte er. Holm ließ nicht von seinem Kragen ab.

»Ich war in der Röhre.«

»Wie bitte?« Laura traute ihren Ohren nicht.

»Ich habe eine MRT machen lassen. Von meinem Herz. Verdacht auf Durchblutungsstörungen. Herzwandnarben. Das ganze Programm. Ich habe wochenlang auf den Termin gewartet.«

Holm lockerte seinen Griff.

»Oh, Gott! Warum hast du nichts gesagt, Andy«, wisperte Öztürk.

»Weil ich hier sofort ausgemustert worden wäre«, sagte er nüchtern. »Aber es sieht besser aus als gedacht.«

»Können Sie das alles belegen?«, hakte Laura nach.

»In meinem Schrank sind einige Aufnahmen«, sagte Noll, »wollte sie nicht meiner Frau zeigen, hier ist der Schlüssel.«

Holm war inzwischen klar, dass der Mann nicht log. Verdammt! Laura schloss den Schrank auf, suchte kurz und zog ein Dossier hervor. Sie schlug es auf und überflog die Unterlagen.

»Das passt alles«, sagte sie matt.

»Dann haben wir wenigstens Gewissheit«, erwiderte Holm und lief aus dem Büro, ohne Noll eines Blickes zu würdigen. Er hörte, wie Laura sich bei ihm entschuldigte.

Als sie neben Holm trat, flüsterte sie: »Wäre ja auch zu einfach gewesen.«

»Wir müssen sofort mit Frau Boldt reden, du fährst«, sagte Holm, der Niederlagen – und waren sie noch so klein – hasste wie die Pest.

Als sie losfuhren, erzählte Laura, dass Werner sie zwischendurch angerufen habe. Wegen Liv. »Verschone mich!«, fuhr Holm sie schroff an. Sie schwiegen den Rest der Fahrt.

Das Haus der Boldts lag in einer ruhigen Nebenstraße. Allein die Straßenlaternen warfen etwas Licht auf die Fassade, die ansonsten völlig im Dunkeln lag.

»Ist sie woanders hin?«

»Möglich«, sagte Holm. Er stieg aus und ging zum Haus. Laura folgte ihm.

»Klingeln?«, fragte Laura leise.

»Lass uns einmal auf der Rückseite schauen«, meinte er.

»Vielleicht hat sie auch ein Schlafmittel genommen.«

»Na, hoffentlich nicht von Wenner«, sagte Holm. Er klang bitter.

Sie gingen an Mülltonnen und Garage vorbei und stiegen über einen halbhohen Zaun in den kleinen Garten. Betraten die Terrasse. Plötzlich hielt Laura Holm fest. Legte einen Finger auf die Lippen. Und zeigte auf die Terrassentür. Sie bewegte sich ganz leicht vor und zurück. Zugluft. Die Tür war nur angelehnt!

»Eins-eins-null?«, flüsterte Laura. Doch Holm bedeutete ihr, draußen zu warten. Er ging unbeirrt auf die Tür zu und drückte sie auf.

»Frau Boldt?«, rief er leise. Er ging mehrere Schritte in die dunkle Wohnung. »Entschuldigung. Sind Sie hier?« Er machte die Taschenlampe an seinem Smartphone an. Und leuchtete den Raum ab. Auf der einen Seite: Sitzgruppe, Fernseher, Wohnzimmer. Auf der anderen Bücherregal, Esstisch und – ein Gesicht! Das auf ihn zustürzte und ihn niederschlug. Eine Faust aufs Kinn, die andere direkt hinterher, knapp unter die Brust, auf den Solarplexus. Sofort setzte Schwindel ein, Übelkeit, Holm ging zu Boden. Brachte nichts heraus. Der Mann sprang bereits auf die Terrasse.

So als habe er einen Schalldämpfer auf dem Kopf, hörte Holm ein Handgemenge. Schläge. Ein Schrei. Lauras Schrei! »Laura!«, wollte Holm rufen, doch nur ein unartikulierter Laut verließ seine Lippen. Holm versuchte, sich aufzuraffen, sackte aber stöhnend wieder auf den Boden.

Jemand kam durch die Terrassentür. Zu ihm. Instinktiv wollte er flüchten. Bis er einen festen Griff an seiner Schulter spürte.

»Ruhig, Holm! Ich bin's nur.«

Laura drehte ihn vorsichtig auf den Rücken.

»Abgehauen?«, brachte er hervor.

»Nein«, sagte Laura. »Frauenpower.«

Sie lächelte ihn an.

»Sobald du wieder kannst, können wir ihn ausquetschen. Ich habe ihn durchsucht. Kein Ausweis. Keine Dokumente, kein Stick, keine Fotos. Gefunden hat der nichts.«

Langsam kam Holm wieder zu sich, atmete ein paar Mal durch und machte Anstalten aufzustehen. In dem Moment hörten sie von der Vorderseite des Hauses das Türschloss.

»Scheiße«, flüsterte Laura. Das Flurlicht fiel unter der Tür hindurch.

Noch ehe Laura ihren Partner richtig auf den Beinen hatte, um zu flüchten, ging die Tür auf. Holm sah, wie eine schmale Frau hereinkam, und hörte sie aufschreien.

»Keine Angst, Frau Boldt!«, sagte Laura. »Wir wollten nur mit Ihnen reden. Da hat uns ein Einbrecher angegriffen.«

Die Frau starrte sie nur an.

Mit ruhiger Stimme und langsamen Bewegungen erklärte Laura, für wen sie arbeiteten, warum sie hier waren und was sich zugetragen hatte. Sie zeigte ihren Ausweis vor und begleitete die ängstlich dreinschauende Frau auf die Terrasse. Holm folgte ihnen mühsam.

Der Mann war k.o. Seine Hände an gusseiserne Terrassenstühle gefesselt. Wenn Holm physisch dazu in der Lage gewesen wäre, hätte er Laura gesagt, dass sie einfach unglaublich war.

»Das ist der Einbrecher«, sagte Laura zu Tanja Boldt. »Kennen Sie den Mann?«

Sie schüttelte den Kopf und ging direkt wieder ins Haus. Holm sah sich den Kerl genauer an. Durchtrainiert. Kantiges Gesicht. Durchschnittlich. Bis auf die wulstige Narbe an seiner Oberlippe. Nie gesehen.

Dann fiel der Groschen bei ihm.

Der erste Sturm!

Von Granditz hielt den kurzen Draht zur Polizei. Wollte die Wenner informieren, rief sie bei ihm an. Er bekam alle Informationen als Erster.

Das konnte einzig und allein bedeuten, dass von Granditz ebenfalls hinter Boldts Beweis her war. Auf eigene Rechnung. Um ihn verschwinden zu lassen!

Von Granditz hatte seinen Handlanger in Panik hergeschickt, als er erfuhr, dass Boldts Frau entlassen wird. Damit der noch ungestört suchen konnte.

Verdammt, das könnte passen …

Holm ging zu den beiden Frauen ins Haus. Laura spielte mit

offenen Karten. Sie erklärte, dass sie die Kommunikation von Wenner unterstützten. Dass sie sie für unschuldig hielten, der Mörder aber irgendetwas mit Wenner zu tun haben müsse und ihr Mann – nach allem, was sie wussten – den entscheidenden Beweis gegen Validolor in Händen gehalten hatte.

Tanja Boldt hörte schweigend zu. Schlang dann die Arme um sich und sagte mit erschöpfter Stimme: »Ich habe keine Ahnung. Bitte gehen Sie beide jetzt sofort. Das ist der schlimmste Tag in meinem Leben. Und ich möchte, dass er zu Ende ist.«

Holm wollte nachfragen, doch Laura hakte sich bei ihm unter. »Natürlich, Frau Boldt. Unser Beileid.«

Die Frau nickte nur einmal mechanisch.

»Und was sollen wir mit dem Typen machen?«

»Schaffen Sie ihn von meinem Grundstück.«

»Polizei?«

»Nach heute bin ich denen nichts schuldig.«

»Sagen Sie mal, haben Sie denen von Frau Rosenthals Besuch erzählt?«

Sie presste die Lippen aufeinander. »Die haben nicht danach gefragt.«

»Und Sie dachten nicht, dass Sie das entlasten könnte?«

»Wenner würde Markus in den Schmutz ziehen. Mit Hilfe von Leuten wie Ihnen.«

Nach dem, was er in den vergangenen Tagen erlebt hatte, konnte Holm ihr schwerlich widersprechen.

»Ich hoffe, Sie können schlafen«, sagte er nur noch. Da ließ Tanja Boldt bereits die Rollläden herunter.

»Wohin mit dem Kerl?«, fragte Laura.

»Am liebsten würde ich ihn ans Tor von Wenner ketten.« Der Typ war schwer wie ein nasser Sack. Holm musste sich zusammenreißen. Er wollte sich nicht zweimal am selben Tag vor seiner Partnerin blamieren.

»Laura, ich glaube, von Granditz hat ihn geschickt. Der ist auch hinter dem Beweis her.«

Laura stockte der Atem. »Wow! Du meinst wirklich, er ist unser Mann?«

»Auf jeden Fall hätte ich gern aus erster Hand die Bestätigung, dass von Granditz den Auftrag erteilt hat. Im Gegenzug vergessen wir, die Polizei zu informieren.«

»Und er hier behält seine Lizenz«, schloss Laura.

»Yepp«, brachte Holm hervor, der sich an dem Kerl abmühte. Laura warf einen schlaffen Arm des Mannes über ihre Schulter und half Holm.

»Wie hast du das Vieh nur plattgemacht?«, fragte er.

»Sagen wir: Du haust Frauen wie Rosenthal um. Und ich solche Männer.«

»Wir sind ein super Team, was?« Holm schwitzte und keuchte.

Laura lachte, nahm Holm – an ihrem Wagen angekommen – den Mann ganz ab und ließ ihn auf die Rückbank fallen.

So, von Großkotz, dachte Holm grimmig. Dann zieh dich mal warm an!

0.11 Uhr

Jan Theiss kam gerade zur Haustür herein, als sein Smartphone klingelte. Möllers. Hatte die Observation von Tanja Boldt etwa schon Früchte getragen?

»Ja, hallo.«

»Wir sind in Boldts Straße. Hier passieren merkwürdige Dinge.«

»Was ist denn los?«

Möllers schilderte, wie die Verdächtige mit dem Taxi heimgefahren sei und ihr Haus durch die Vordertür betreten habe. Wenig später hätten ein Mann und eine Frau einen Bewusstlosen aus Boldts Garten geschafft und ihn zu ihrem Wagen geführt. Dort hätten sie ihn, soweit Möllers und seine Kollegin es sehen konnten, befragt, ehe sie ihn auf die Straße schubsten. Er ist zu seinem Auto und abgedampft.

»Und die kamen wirklich aus *ihrem* Garten?«, fragte Theiss.

»Ja, Chef«, sagte Möllers. »Es kommt auch noch besser. Wir haben beide Kennzeichen überprüft.«

»Aha«, machte Theiss. Möllers neigte dazu, seine Berichte nicht mit dem Allerwichtigsten zu beginnen. Dafür war er zuverlässig und gründlich. Besser als umgekehrt.

»Der Wagen der beiden ist zugelassen auf eine Laura May. Wir haben sie identifiziert. Sie ist selbst gefahren.«

»Was wissen wir über sie?«

»Sie arbeitet bei einer kleinen PR-Agentur, die sich auf Krisensituationen spezialisiert hat. Eine Feuerwehr, die die Medien ruhig hält.«

»Genau das, was Wenner gerade brauchen dürfte«, dachte Theiss laut.

»Beim Mann sind wir uns nicht hundertprozentig sicher, müsste aber ihr Chef und Partner sein: Mats Holm.«

»Noch nie gehört.«

»Ist wohl eine diskrete Branche. Genau wie die von dem anderen Mann. Der arbeitet für Ingendaay und Partner.«

»Die Wirtschaftsdetektei?«

»Genau. Ein Ex-Polizist. Genau wie May übrigens.«

»Na, da bieten sich uns ja tolle Karrieremöglichkeiten.«

»Die beiden haben den Detektiv beim Einbrechen erwischt und überwältigt, als Boldt nach Hause kam?«

»Sieht so aus.«

»Die können ja nicht alle für Wenner arbeiten, oder? Und was wollten sie im Haus?«

»Etwas, das mit dem Mord zu tun hat, denke ich«, vermutete Möllers. »Oder mit diesem Validolor. Dann führt die Spur doch zu Wenner.«

»Wenn nicht mit dem Mord *und* Validolor«, meinte Theiss nachdenklich.

»Sobald du das laut sagst, steht dir unser Polizeipräsident auf den Füßen.«

»Ja.« Theiss lachte. »Das stimmt. Aber im besten Fall haben wir jemanden, den wir bisher noch nicht auf der Rechnung hatten, aus der Ruhe gebracht.«

»Absolut, Chef.«

»Hat Boldt telefoniert?«

»Nein. Alles ruhig bei ihr. Kein Licht.«

»Sie hat nicht einmal die 110 angerufen?«

»Nein. Wahrscheinlich ist ihr Bedarf für heute gedeckt. Ich könnte es ein bisschen verstehen.«

»Wir weiten die Observation aus«, entschied Theiss. »Wenn Ritchie mitspielt. Und der Richter.«

»Dann brauchen wir aber mehr Leute«, merkte Möllers an.

»Ich kümmere mich darum.«

»Sollen wir das Haus verwanzen?«

»Sobald sie morgen das Haus verlässt.«

»Läuft.«

»Ihr habt gute Arbeit gemacht.«

»Immer gern«, antwortete Möllers.

In Theiss' Kopf ratterte es weiter. Wenn PR-Leute und Privatdetektiv gegeneinander arbeiteten, mussten sie wohl auch zwei verschiedene Auftraggeber haben. Wenn diese May und ihr Begleiter, Holm, wirklich das taten, was Möllers sagte, waren sie von Wenner beauftragt worden. Nur, von wem bekam dann der Detektiv seine Direktiven? Von der Konkurrenz? Und was würde die davon haben? Schließlich musste das Risiko, in einen Mordfall hineingezogen zu werden, doch ziemlich abschreckend wirken. Wenn man nicht ohnehin schon darin verwickelt war. Hatte die Konkurrenz Boldt gekauft? War er ein Maulwurf gewesen? Den Wenner enttarnte. Und dann? Wenner würde niemals ein Blutbad anrichten lassen, um es seiner Frau in die Schuhe zu schieben.

Was dann? Hatte Boldt zu viel gewusst? Wenn der Detektiv einbrach, wollte er etwas entwenden. Etwas, das Wenner gehörte. Oder vielleicht seine Verbindung zur Konkurrenz bewies?

Wie er es auch drehte und wendete: Das passte nicht. Das passte alles hinten und vorne nicht.

Mal sehen, was Ritchie von der ganzen Sache hielt.

0.34 Uhr

In Hansens Vorzimmer brannte ein kleines Licht am letzten Schreibtisch vor seiner Tür. Alexa Klee hielt die Stellung. Sie ging, wenn er ging. Junge Frau, alte Schule.

»Was ist Ihnen denn zugestoßen?«, rief Klee erschrocken, als sie Holms Verletzung sah.

»Hallo, Frau Klee. Nichts weiter … Glauben Sie, der Chef hat eine Lücke in seinem Terminkalender?«

»Probieren Sie es selbst«, sagte sie. Sie lächelte verunsichert.

Holm klopfte vorsichtig an Hansens Tür. Niemand antwortete. Dennoch betrat er, gefolgt von Laura, den Raum.

Hansen saß geschäftig an seinem Schreibtisch, als sei es elf Uhr vormittags. Die Ärmel aufgekrempelt, eine Lesebrille auf der Nasenspitze, Papiere in Händen. Als wäre es einfach nur ein weiterer langer Tag im Büro. Nicht mehr und nicht weniger.

»Ah, Holm. Wenn Sie jetzt noch nicht vom sinkenden Schiff sind, gehören Sie offensichtlich nicht zu den Ratten.« Er lachte etwas schrill und gekünstelt. »Frau May, Sie sehen heute übrigens besonders bezaubernd aus, falls Ihnen das noch niemand gesagt haben sollte.«

»Herzlichen Dank«, sagte sie. Jetzt gönnte Hansen sich auch noch Galgenhumor und verteilte Komplimente. Der CEO stand auf und bot ihnen Plätze an seinem Besprechungstisch an.

Bis sie saßen, beobachtete Holm ihn ganz genau. Er kannte diesen Zustand von Topleuten am Ende einer Hatz nur zu gut. Wurde der Druck brutal groß, einfach erdrückend und unausweichlich, stellte sich bei noch so harten Machern etwas ein, das durch und durch menschlich war, aber Laura und ihm die Arbeit unmöglich machte: Fatalismus. Was passieren würde, würde passieren. Diese Spitzenleute wurden darauf getrimmt, sich nur mit Dingen zu befassen, die sie auch beeinflussen konnten. Sahen sie keinen Weg mehr, widmeten sie sich anderen Dingen. Klappe zu, Affe tot.

Laura legte eine Hand auf Hansens Unterarm. Er ließ es geschehen.

»Wir wissen ganz genau, wie Sie sich fühlen. Ich meine, ehrlicherweise verdienen wir Geld mit Ausnahmezuständen. Und Ihrer ist ein dicker, fetter Ausnahmezustand.« Hansen lächelte sie an, regelrecht sanft. Zum ersten Mal konnte Holm der leichten Flirterei der beiden etwas abgewinnen. In dieser Sekunde war Laura anscheinend die Einzige, die Hansen zurück auf die Brücke hieven konnte.

»Und wir wissen, dass Männer wie Sie es gewohnt sind, die Dinge beeinflussen zu können. Ja, sogar unter Kontrolle zu haben. Wir wissen, dass Sie jeden Tag schwierigste Fifty-fifty-Entscheidungen treffen.«

Holm nickte Hansen aufmunternd an. Bekam aber keine Reaktion. Nicht die geringste.

»Bei Wenner ist irgendetwas Übles im Gange, Herr Hansen.

Sehen Sie es uns nach, aber wir sind zu Frau Boldt gefahren. Haben einen Detektiv erwischt, der das Haus durchsucht hat. Wir konnten ihn auch festsetzen.«

Holm zeigte auf den blutunterlaufenen Riss in seinem Mundwinkel, den Laura im Wagen versorgt hatte. Hansen kniff nur die Augen zusammen.

»Der war von Ingendaay und Partner. Im Auftrag von Heiner von Granditz.«

»Sie wissen doch, dass wir mit dieser Detektei zusammenarbeiten«, antwortete Hansen kraftlos.

»Entschuldigung«, schaltete Laura sich ein, »aber Frau Schönbaum wird sich wohl kaum bei den Boldts aufhalten. Bob Reina erst recht nicht. Da fragen wir uns schon, was er da hat suchen lassen.«

Holm hätte Hansen am liebsten genommen, geschüttelt und gerufen: *Ein Häufchen Elend können Sie auch später noch sein, wenn alles vorbei ist.* Stattdessen sagte er:

»Herr Hansen, von Granditz nutzt den Wenner-Auftrag als Fassade. Für seine Interessen. Er hat bei den Boldts nach etwas suchen lassen! Wir vermuten, nach einem Beweis, der ihn belastet!«

»Bei allem Respekt vor Ihrer Fantasie, das kann ich nicht ernst nehmen.«

»Warum nicht?«, wollte Holm wissen.

»Das sind doch reine Spekulationen auf Basis der Märchen einer geschassten Pharmakritikerin«, sagte Hansen desinteressiert, »vielleicht hat er nach einer Verbindung zu Boldts Quelle gesucht. Und außerdem ist mir nicht entgangen, dass Sie beide sich nicht ausstehen können.«

»Von Granditz kann der Einzeltäter sein, den wir suchen«, beharrte Holm, »und Sie wären wieder im Spiel!«

Hansen atmete schwer aus. Schaute durch sie hindurch, als

seien sie aus Glas. Wer hat dem denn den Stecker gezogen?, fragte sich Holm.

»Sie können ihn zur Rede stellen«, forderte Laura kämpferisch.

Der CEO schüttelte langsam, aber bestimmt den Kopf.

»Wenn Sie keine direkte Konfrontation wollen, dann lassen Sie uns bitte die Studienunterlagen zu Validolor ansehen, am besten die, zu denen auch Schönbaum Zugang hatte. Vor allem die Kommunikation dazu!«, forderte Holm. »Wir finden den Link zu von Granditz!«

Hansen hob eine Hand. Die Geste war längst nicht mehr so dominant wie noch vor einigen Stunden. Ihr fehlte der Schneid, die Bestimmtheit, alles.

»Die Mutter im Fernsehen«, sagte Hansen leise, »das hat den Aufsichtsrat geplättet.«

Er räusperte sich.

»Der Vorsitzende hat für morgen – beziehungsweise heute – um elf Uhr eine außerordentliche Aufsichtsratssitzung einberufen. Das Ergebnis können Sie sich vorstellen.«

Beide nickten betroffen.

»Ich werde die Verantwortung für das Desaster übernehmen. Und vor der Sitzung des Aufsichtsrats meinen Rücktritt erklären. Zumal der Gesundheitsminister, den wir mit aufgebaut haben, mit den Wölfen heulen wird. Und mein Kontakt im Kanzleramt den Kopf einzieht.«

Holm und Laura schwiegen enttäuscht.

»Halten Sie das unter kommunikativen Aspekten für gesichtswahrend, Herr Holm?«

Holm musste schlucken, bevor er antwortete. »Es würde auf jeden Fall Ihre Klasse unter Beweis stellen.«

Laura nickte zustimmend.

»Mir wäre wohl, wenn Sie beide das vorbereiten würden. Auch wenn das nicht Ihre Kernkompetenz darstellt, das ist mir klar.«

Holm wusste nicht, was er dazu sagen sollte.

»Ich denke, ich informiere meine Kollegen um acht Uhr. Dann eine Mitarbeiterversammlung mit direkt anschließender Pressekonferenz.«

»Wollen Sie sich denn wirklich noch der Journaille aussetzen?«, fragte Laura den CEO.

»Dann ist es mit einem Big Bang vorbei«, antwortete Holm für Hansen.

Laura verstummte.

Holm war wie benebelt.

Als sie das Büro verließen, rief Hansen Holm hinterher: »Und lassen Sie sich vernünftig verarzten. Ich kann kein Blut sehen.«

Genau. Mir ist gerade nichts wichtiger als das, du Scherzkeks.

Wir haben verloren.

Sang- und klanglos.

1.06 Uhr

Wie kam die Polizei darauf, Tanja Boldt ziehen zu lassen? Und der größte Witz war die Begründung, die für die Presse wie für Wenner gleich lautete: Die Beweislage reichte der Staatsanwaltschaft nicht. Pah! Hätte er Tanja Boldt auch noch die Tatwaffe unterjubeln müssen? Ein Bekennerschreiben in die Brust ihres Mannes ritzen? Oder was? Aber so arbeiten eben Leute, die ihr Geld nicht hart am Markt verdienen müssen, Cent für Cent, sondern dem Steuerzahler auf der Tasche liegen. Leuten wie ihm. Grau-en-haft!

Das Ganze gefiel ihm überhaupt nicht. Raubte ihm doch tatsächlich den Schlaf. Er lag im Bett. Neben seiner Frau. Wenn sie wenigstens aufhören würde zu schnarchen, dann könnte er klar denken.

Und mit Verlaub: Sollte sein brillanter Plan tatsächlich an der kompletten Inkompetenz solcher Leute scheitern?

Ganz zu schweigen von der Mutter dieser Sophie – was war das für eine Mutter? Erst sprang sie Hansen um den Hals, und dann ließ sie ihre Tochter obduzieren, einfach so, auf private Kosten. Boldt hätte sich seine irrwitzige Erpressung sparen können, wenn er geahnt hätte, dass die Mütter sich heutzutage so verhielten. Und der Vater des verstorbenen Mädchens? Verschwand einfach von der Bildfläche. War das der moderne Mann? Lebten diese Leute flexible Rollenbilder – oder wie nannte das der linksliberale Mainstream? Er konnte diese Fragen mit einem Satz beantworten: Die Welt war einfach völlig verrückt geworden.

Was Validolor anging, würden sie mit allerlei Gegenbeweisen, Nebelkerzen und Expertentum die Mutter des Mädchens schon noch zur Verzweiflung bringen. Zwei, drei Jahre konnten sie die Sache mit Leichtigkeit hinziehen. Wenn das die Mutter nicht zermürbte, dann sicher juristische Spitzfindigkeiten. Druck. Oder das Gefühl, gegen eine Übermacht zu kämpfen. Gegen eine Allmacht.

Die Entlassung von Tanja Boldt war mehr als merkwürdig. Gestand die Polizei einen Fehltritt so schnell ein? Oder waren das die Wohltaten des sogenannten Rechtsstaats für Tatverdächtige? Er hatte nicht damit gerechnet, dass er sich mit solchen Fragen würde befassen müssen.

Wie auch immer. Die alles entscheidende Frage lautete: Hatte dieser Kommissar Theiss mit seiner Truppe eine Spur aufgetan, die am Ende zu ihm führen konnte? Und wie sollte die aussehen?

Er ging zweimal sämtliche Schritte bei der Ermordung von Boldt durch. Wie sehr er alles auch hinterfragte, das Ergebnis lautete: Er hatte fehlerfrei operiert. Eine makellose Tat. Oder … hatte ihn ein spießiger Anwohner beobachtet, als er die blauen Säcke entsorgte? Und hatte selbst nachgeschaut, was darin war? Oder die Müllmänner gebeten, es zu tun?

Quatsch! Die Sachen waren längst in der Müllverbrennungsanlage. Verfeuert. Verschwunden. Unbrauchbar.

Er spürte, wie das Ganze ihn langsam nervös machte.

Kann ich etwas tun, um Frau Staatsanwältin einen ausreichend exquisiten Beweis zu liefern? Und wenn, wie risikobehaftet wäre die Umsetzung? Nein, ermahnte er sich selbst, mach keine Kamikazeaktionen! Die Tatwaffe ist entsorgt. Die Schuhe. Alles.

Er musste bitter lächeln, denn seine Akribie bei der Durchführung des Mordes ließ ihm nun keine Handlungsoption mehr.

Ach komm, versuchte er sich zu beruhigen: Die Polizei tappt im Dunkeln. So sieht es aus! Ruhig bleiben. Nicht mucken. Unauffällig verhalten. Zwei, drei Tage noch. Dann liefen die Ermittlungen sich fest. Der nächste Mord wollte bearbeitet und die nächste Sau durchs Dorf getrieben werden.

Apropos nächster Mord. Jessen sorgte auf sein Geheiß gerade mit verschärften Maßnahmen dafür, dass Sandra Schönbaum endlich auspackte. In Rekordtempo, hatte Jessen ihm versichert. Genauer wollte er es gar nicht wissen.

Nicht, dass Bob Reina oder sonst wer ihm noch in die Parade fuhr. Hielt sie dicht, was er nicht erwartete, hatte er keine Verwendung mehr für sie. Na ja, wenn sie sang, streng genommen auch nicht. Jessen wusste das.

Es war schon absurd. Im Moment waren die beiden Menschen, die ihm am ehesten auf die Schliche kommen konnten, zwei Spezialisten für Krisen-PR. Allerdings würden Holm und May nicht mit weißer Weste aus dem Fall Wenner herausstolzieren. Trotz all ihrer schlauen Tricks und unkonventionellen Methoden fügten sie gerade ihrem Ruf Schaden zu. Denn sie hingen an Hansen, der sie ins Boot geholt hatte. Und Hansen ging gerade unter. Also würde sich auch dieses Problem von allein erledigen.

Er atmete durch. Strich seiner Frau über die Schulter und sagte sanft »Du schnarchst, Liebling.« Sie brabbelte einen unverständlichen Protest und drehte sich vom Rücken auf die Seite.

Nein, er musste den Dingen ihren Lauf lassen. Und sich in der Kunst des Stillhaltens üben. Seine Ausdauer im Nichtstun beweisen. So lange blieb er ein Phantom. Und Phantome wurden nicht erwischt.

1.37 Uhr

Holm legte seine Sanduhr auf die Seite und gab ihr Schwung wie einem Kreisel. Die Sanduhr drehte und drehte sich. Als sie stehen blieb, ließ er sie noch einmal auf dem Tisch rotieren. Im Sitzungsraum warteten sie auf ein Signal von Hansen, um seinen Abtritt durchzusprechen. Und leckten ihre Wunden. Laura streckte ein Bein auf den Tisch und dehnte sich wie eine Balletttänzerin.

Holm zermarterte sich den Kopf. Was hatten sie falsch gemacht? Wie konnte das passieren? Er fand keine befriedigende Antwort. Was ihn nur noch mehr frustrierte. »Scheiße!«, rief er und warf die Sanduhr durch den Raum. Laura kannte ihn auch in dieser Stimmung so gut, dass sie ihn in Ruhe ließ.

Plötzlich fielen ihm seine Pillen ein. Er zog ein kleines Döschen mit den Cholesterinsenkern aus der Innentasche und griff nach einer Flasche Wasser. Wie am Vorabend sah er sich die Tablette genau an. Schließlich legte er sie zurück und trank nur das Wasser.

Sein Handy klingelte.

Hansen? Genervt zog er sein Smartphone aus der Tasche. Es war Storch. Er verspürte herzlich wenig Lust, seinem Freund die Niederlage in allen Einzelheiten zu erläutern. Trotzdem ging er dran.

»Kannst du nicht schlafen, Storch?«

Er hörte ein Atmen. Rascheln.

»Storch?«

»Lasst alles stehen und liegen«, flüsterte Storch. »Ihr müsst sofort herkommen!«

»Was denn? Wohin denn?«

»Zu Jessen!«

»Zu wem?«

»Zu dem Leichenbestatter!«

»Wir sind raus, Storch. Hab ich dir doch geschrieben. Hansen dankt ab.« Holm merkte, wie gereizt er klang.

»Hör mir zu, Holm! Ich habe beim Autoverleih ein kleines Programm im System hinterlassen. Sobald einer unserer drei Kandidaten wieder ein Auto bucht, bekomme ich eine Meldung.«

»Und Jessen hat einen Wagen gebucht. Hammer!«, kommentierte Holm lustlos.

Er hob seine Sanduhr wieder auf und steckte sie in die Hosentasche.

»Zu dieser Uhrzeit, Holm. Das ist unser Mann!«

»Schön, der verhält sich merkwürdig mitten in der Nacht, aber mehr auch nicht. Ich war da. Sie hat sich da nicht verkrochen!«

»Hat sie auch nicht«, Storch holte hörbar Luft, »ich glaube, er hält sie gefangen.«

»Unsinn, da waren nur Särge!«, antwortete Holm tonlos. Storchs Stehvermögen in allen Ehren, aber er wollte nur noch, dass alles vorbei war. Ausschlafen. Zu Werner fahren. Schrauben. Eine Spritztour machen.

»Als ich die Meldung bekommen habe, bin ich direkt zu seinem Hinterhof. Der ist eben vorgefahren. Hatte es sehr eilig. Und er hat so ein komisches Gerät reingetragen.«

»Einen Lügendetektor oder was?« Holm wurde zynisch. Storch würde es verkraften.

»Irgendwas mit schmalen Schläuchen. Keine Ahnung. Aber da läuft was. Jetzt! In diesem Augenblick! Der hat Schönbaum da irgendwo eingesperrt!«

Holm wollte noch deutlicher werden – doch er stutzte.

Schläuche?

Auf einmal sah er es vor sich.

Schläuche!

»Oh, Gott«, flüsterte Holm.

Der komische Sarg.

Der mit den Löchern.

Das waren *Luftlöcher* gewesen!

Und er hatte nicht geschaltet.

Idiot!

»Aaaaah!«, schrie Holm. Er rannte los und Laura hinterher.

»Soll ich die Polizei rufen?«, fragte Storch.

»Auf keinen Fall!«, antwortete Holm heiser. »Ich muss als Erster mit Schönbaum sprechen! Unbedingt!« Er legte auf und rannte noch schneller Richtung Fahrstühle.

Würde von Granditz so weit gehen? Oder hatte Reina sie versteckt gehalten, bis es ihm zu heikel wurde? Egal! Sie durften keine Zeit verlieren. Nicht eine Sekunde. Sonst …

1.41 Uhr

Ganz entfernt hörte Sandra Schönbaum Geräusche. Ihr Kopf dröhnte. Sie fühlte sich völlig verkatert. Ächzte. Dann drang die Erinnerung schlagartig durch. Das Gas!

Dieser Hundesohn, verfluchte sie ihn. Ich habe gedacht, er bringt mich um.

Sie wollte gegen den Sarg boxen, aber ihre Faust gehorchte

nicht. Sie spürte, wie ihr Arm sich lahm hob, nur ein paar Millimeter – und zurücksank.

Sie dämmerte wieder weg. Sie wusste nicht, wie lang.

Die Geräusche. Sie kamen näher.

Auf einmal schöpfte sie Hoffnung. Er hatte sie am Leben gelassen. Sie hatte eine Chance! Wenn sie die Nerven behielt. Und nicht ein Mü von ihrer Geschichte abwich.

Die Geräusche. So nah. Metallisch. Kurz. Rhythmisch.

Plötzlich spürte sie etwas Zugluft am Bauch. Am Bauch? Sie war doch nicht … Sie tastete sich ab. Oh, Gott! Sie war nackt! Nachdem er sie betäubt hatte, musste er den Sarg geöffnet und auch gereinigt haben. Dabei hatte er ihre Sachen entfernt. Sie nackt gesehen. Vielleicht sogar … Stopp! Denk nicht weiter!, befahl Schönbaum sich. Stell dir das nicht vor. Aber ich traue es dem kranken Schwein zu.

Sie musste schluchzen. Weinen. Konnte die Tränen nicht aufhalten.

»Hallo, Sandra.«

Sie zuckte zusammen. So sehr der Sarg die Stimme auch dämpfte, sie erkannte sie sofort. Diese säuselnde, zischende Stimme.

»Dieses Schlafgas ist wirklich sehr zuverlässig. Fast auf die Minute genau. Fein, fein. Dann verlieren wir keine Zeit.«

Sie konnte nur leise stöhnen.

Hörte dann wieder dieses Geräusch. Am Sarg.

Schraub, schraub, schraub.

Wollte er sie schon wieder lahmlegen?

»Der Auftraggeber drängt auf eine Entscheidung«, erklärte ihr Peiniger ruhig. »Und diese Entscheidung fällt jetzt. Das heißt: Du wirst sie fällen.«

»Wie?«, brachte sie hervor. Ihre Zunge wog schwer.

»Entweder ich bekomme ein paar Antworten auf meine Fragen – oder deine Anwesenheit ist nicht mehr weiter vonnöten. Auf diesem Planeten, meine ich.«

»Ich hab doch alles gesagt«, brabbelte sie.

Er schlug mit der Faust auf den Sarg.

»Diese Lügen, Sandra«, sagte er gedehnt. »Diese Lügen haben dich in diese Situation gebracht. Und der Verrat an deinem Arbeitgeber. Wer hat was von dir bekommen?«

»Nichts. Niemand«, flüsterte sie.

»Tss«, machte der Mann. Dann herrschte Stille. Bis er sich wieder bewegte. Sich an irgendetwas zu schaffen machte.

»Ich glaube, in wenigen Sekunden wirst du dir etwas mehr Mühe geben, Sandra.«

Wieder ein Geräusch. Ein anderes. Kein Schrauben. Kein Zischen von Gas. Das hörte sich an wie … wie … Dann spürte sie es. Die Kühle an ihrer Hüfte. Die Feuchtigkeit.

Kaltes Wasser!

Er ließ eiskaltes Wasser in den Sarg laufen!

»Neeeiiin!«, brüllte sie und schlug und trat blindlings vor den Sargdeckel. »Du Arschloch! Du elendes Arschloch!«

»Falsche Antwort«, sagte er nüchtern. Und das Wasser lief weiter langsam durch die Schläuche in den Sarg. Sie spürte es jetzt am Hinterkopf, an den Schultern, an der Seite, den Beinen. Überall.

Das macht er nicht. Das zieht dieser Typ nicht durch. Wie ein Mantra wiederholte sie es für sich. Wieder und wieder, während seine Fragen auf sie einprasselten.

»Hast du Markus Boldt geheime Informationen gegeben?«

»Nein.«

»Welche Informationen hast du ihm gegeben?«

»Keine.«

»Nina Rosenthal?«

»Frau Rosenthal …«

»Und?«, fragte er.

»Frau Rosenthal kenne ich ...«

»Ja?«, rief er und stoppte das Wasser.

Sie zögerte. Versuchte, klar zu denken.

»Sandra, es ist nicht mehr viel Sand in der Uhr.«

»Frau Rosenthal kenne ich ... nur aus dem Fernsehen.«

»Miststück!«, rief er und ließ wieder Wasser in den Sarg laufen. »Gib endlich zu: Du hast dich von den Amerikanern kaufen lassen!«

Sie schluckte. »Nein!«

Das Wasser stieg. Erreichte ihre Ohrläppchen. Ihre Fußgelenke.

Panik! Sie konnte sie nicht mehr bremsen. Sandra Schönbaum zuckte unwillkürlich, stieß gegen die Innenwände des Sargs und brach in ein hysterisches Weinen aus. Ihre Lippen bebten genauso stark wie ihre Hände.

»Wie viel hat Bob Reina dir versprochen? Oder gezahlt?«

»Nichts, Herrgott!«, schrie sie ihre Lüge.

»Was wollten die Amerikaner? Etwas über Validolor?«

»Nein«, winselte sie.

»Strategiepapiere?«

»Ich bin doch nur Sekretärin der Forschungsabteilung.«

»Wollten die etwa wissen, was Wenner in der Pipeline hat?«

»Nein«, wimmerte sie.

Er schlug auf den Sarg.

»Du dummes Ding. Säufst gleich ab, weil der schöne Bobbyboy dich um den Finger gewickelt hat.«

Das Wasser stieg langsam über ihre Schultern und Beine. Benetzte Stück für Stück ihren Bauch. Sie wand sich. Warf den Kopf hin und her. Konnte kaum noch atmen.

»Du hast jetzt noch gut drei Minuten Zeit. Wenn ich mich nicht verrechnet habe.«

Das Wasser war so kalt. So eisig. Ließ sie noch mehr zittern.

»Dann kannst du natürlich noch die Luft anhalten. Wobei, deine Atmung klingt etwas hektisch von hier draußen.«

Sie boxte gegen den Sargdeckel. Schrie.

»Hier ist mein letztes Angebot: Ich gehe noch einmal kurz weg. Wirklich kurz, Ehrenwort. Deine letzte Bedenkzeit, Sandra. Bis gleich.«

Er klopfte auf den Sarg.

Auf einmal Stille.

Das Wasser bedeckte jetzt ihre Brüste. Stieg unaufhaltsam Richtung Kinn. Sie japste nach Luft. Reckte den Kopf hoch. Presste ihn verzweifelt gegen den Sargdeckel und sog in kurzen Schüben die Luft ein und aus. Ein-und-aus. Und-ein-und-aus.

Der macht Ernst! Gleich ist es vorbei.

Nein! Ich will doch leben.

Wenn du redest, bringt er dich auch um. Halt lieber den Mund.

Aber das ist die einzige Chance, dass er es vielleicht nicht tut.

Oder?

Sie gab auf. Nahm wahr, wie etwas tief in ihr zerbrach. Hörte ein Fiepen. Ein scharfes, schmerzhaftes Pfeifen. Tinnitus.

Das Wasser erreichte ihre Wangen. Ihre Ohren. Ihr Kinn.

Einauseinauseinaus.

Ein. Und. Aus.

1.48 Uhr

Holm und Laura schlichen auf Strümpfen zu der Treppe, die hinab zum Sarglager führte.

Du Vollidiot! Wie konntest du das übersehen?

Wenn es zu spät ist, dann ist das deine Schuld!

In dem Moment hörte Holm von unten, wie die schwere Stahltür in Bewegung gesetzt wurde. Mist! Er hielt Laura fest und zog sie zurück, schob sie dann Richtung Seiteneingang, den er – wie beim ersten Mal – benutzt hatte. An der Tür kauerten sie sich in die Dunkelheit.

Schritte auf den Treppenstufen.

Geh hoch, betete Holm. Geh hoch in den Laden, du Dreckskerl! Nicht zum Auto. Nicht hier lang.

Laura bewegte sich. Zog ihre Waffe. Heckler & Koch. 9 Millimeter.

Er legte eine Hand auf ihren Arm. Mach langsam, sollte das heißen.

Schritte kamen näher. Von einer Person.

Verdammt! War sie schon tot?

Die Schritte wurden lauter.

Und … er ging vorbei.

Bemerkte sie nicht.

Er nahm die Stufen zur oberen Etage. Holm zog sein Smartphone aus der Tasche. Als die Tür zufiel, tippte er die Taschenlampe an und wollte Laura »schnell runter« zuflüstern, da lief sie bereits voraus, Pistole und Handylicht in Vorhalte.

Wenn Sandra Schönbaum nicht mehr lebt, schwor Holm sich, quetsche ich diesen Kerl aus. In seiner eigenen Folterkammer!

Sie rannten den kurzen Gang entlang, stürzten die Treppen hinunter, durch die Stahltür.

Holm brauchte einen Moment, um sich zu orientieren. Die Lichtstrahlen ihrer Smartphones irrten durch den Raum, bis seiner den Sarg mit den Schläuchen erwischte.

»Da!«

Mit einem Satz waren sie dort.

Stille! Verdammt!

»Frau Schönbaum?« Holm hätte nach ihr schreien wollen, doch er presste die Worte heraus, damit Jessen sie nicht hörte.

Keine Antwort. Kein Klopfen.

Mit zitternden Fingern öffneten sie die Verschlüsse und stemmten den Sargdeckel mit einem Ruck hoch. Sandra Schönbaum! Nackt. Sie schwamm reglos im Wasser. Tot.

Der Anblick versetzte Holm einen Stich ins Herz.

Laura stöhnte enttäuscht.

Plötzlich riss die Frau die Augen auf.

Laura sprang erschrocken zurück. Konnte einen verblüfften Schrei nicht unterdrücken.

Schönbaums Hände schnellten aus dem Wasser, griffen nach den Seitenwänden. Holm zerrte sie aus dem Sarg.

Sie hustete. Hyperventilierte. Schluchzte. Wich vor ihnen zurück. Auf einmal sah sie ihm in die Augen. Panisch. Verstört. Schlug die Arme um die Brust. Wimmerte. Er machte einen Schritt zurück. Gab ihr mehr Raum. Hob beschwichtigend die Hände. Und dachte: Oh, Gott! Sie hat den Tod gesehen.

»Sssscht«, machte Laura. »Sie sind in Sicherheit, Frau Schönbaum.« Von einem Beistelltisch nahm sie eine Decke, mit der Särge ausgelegt wurden, und reichte sie mit ganz ruhigen Bewegungen Sandra Schönbaum. Die riss ihr die Decke aus den Händen und warf sie sich mit zitternden Händen über die Schultern, krallte und klammerte sich daran fest. War zurück unter den Lebenden. Bis sie an ihnen vorbeistarrte, die Augen aufriss und schrie.

Laura sprang herum und schoss, ohne zu zögern, zwei Mal auf Jessens Schatten.

Ein Schuss saß. Er stöhnte auf. Trotzdem gelang es ihm, die Stahltür zuziehen.

Laura stürzte zur Tür. Zu spät. Der Schlüssel knirschte im Schloss. Ein Geräusch, bei dem Sandra Schönbaum heftig zu zittern anfing.

»Es ist vorbei«, flüsterte Holm und ging langsam auf sie zu.

Sie zitterte weiter. Holm zog sie vorsichtig an sich. Sie ließ es geschehen.

»Kein Handyempfang«, wisperte Laura. »Wir müssen hier so schnell wie möglich raus. Bevor Jessen mit Verstärkung zurückkommt.«

Bei Lauras letzten Worten drängte Schönbaum sich enger an Holm.

Er spürte ihr Zittern, das nicht nachließ.

»Storch wird schon kommen«, flüsterte er.

Seine Gedanken rasten. Wir haben Sandra Schönbaum gefunden. Unversehrt!

Wenn sie sich gesammelt hatte, erfuhren sie vielleicht ein paar Wenner-Geheimnisse. Und das Rätselraten hatte ein Ende.

Holm übergab sie an Laura, ging zur Tür und knipste das Licht an.

1.54 Uhr

Sie hatte es geschafft. Sie lebte! Atmete. Zitterte. Bibberte immer noch von dem eisigen Wasser. Die Frau reichte ihr eine zweite Decke. Eine Sargdecke. Egal. Sie schlang sie sich um die Hüfte.

Klar zu denken war unmöglich. Wie auch, nach all dem? Sie sah ihre Retter an. Sie hatten sie befreit. Aber: Wer sind die beiden?, fragte sie sich, hat Bob Hilfe geschickt? Oder kommen die von der Polizei? Die Polizei. Wenn sie von der Polizei sind, kommt alles heraus. Und du bist geliefert!

Ihre Gedanken ließen sie erschaudern. Sie schluchzte um ihrer selbst willen.

»Ssscht«, machte die Frau erneut.

»Wer sind Sie?«, fragte Sandra Schönbaum leise.

Die Frau sah zu dem Mann hinüber.

Er nickte unmerklich.

»Mein Name ist Laura May. Das ist Mats Holm.«

»Wir arbeiten«, übernahm er, »für Wenner Pharma.«

Für Wenner? Sie verstand gar nichts mehr. Wer war dann der Auftraggeber von diesem Scheusal, das sie entführt hatte? Erniedrigt. Und gefoltert.

»Wir sind PR-Spezialisten«, hörte sie die Frau sagen, »na ja, eigentlich«.

PR? Public Relations? Warum hatte sie dann eine Pistole? Und schoss, ohne mit der Wimper zu zucken. Die logen! Nur fehlte Sandra Schönbaum die Energie, nach Erklärungen zu suchen. Sich etwas zusammenzureimen. Der Horror und die Kälte trübten ihre Sinne.

Die Sache war drei Nummern zu groß für sie. Sie hatte es für Bob getan. Es hatte so einfach geklungen. Wie die Lösung all ihrer Geldsorgen. Wie das große Los. Nachts. Im Bett. Bei der Zigarette danach.

Sie zuckte zusammen.

Weil der Schlüssel im Schloss knirschte.

Schockstarre.

»Storch?«, rief der Mann.

Die Frau mit der Waffe stellte sich hinter die Tür, ihre Pistole beidhändig im Anschlag.

Jemand schob langsam die Tür auf.

»Seid ihr hier?«, fragte eine vorsichtige Stimme.

»Storch, Gott sei Dank!«, rief die Frau und umarmte den Mann. Der passte gar nicht zu denen. Und machte mit Sicherheit keine Öffentlichkeitsarbeit, mit diesem Zöpfchen und den zerschlissenen Klamotten. Sah eher aus wie ein Berufsjugendlicher. Was lief hier?

»Keine Sorge, Jessen ist abgehauen.«

»Vielleicht hat jemand die Schüsse gehört«, meinte Holm.

»Welche Schüsse?«, fragte der Mann mit dem Zopf.

Die Frau hob ihre Pistole.

»Wow«, sagte der Mann leise, während May die Wände abtastete. »Ich glaube, Jessen hat sich eine schalldichte Kammer gebastelt.«

»Schnell raus hier«, sagte Holm. Er griff nach Schönbaums Hand.

Sie zog sie weg. »Wohin bringen Sie mich?«

Sie sah, wie sich seine Züge verhärteten, und wich einen Schritt zurück.

»Ich glaube«, sagte Holm ernst, »Sie schulden uns etwas.«

Fordernde, drohende Männer. Sie ertrug das nicht mehr. Spürte, wie sie wieder anfing zu zittern.

»Nur die Wahrheit«, flüsterte er.

»Bitte, Frau Schönbaum«, sagte May und versuchte ein Lächeln. Sie fiel nicht herein auf freundlich. Auf keinen Fall. Aber die Frau redete weiter auf sie ein: »Wenner geht gerade unter! Das müssen wir verhindern. Und ich glaube, Sie wollten das gar nicht, Frau Schönbaum. Ein charmanter Mann. Das viele Geld. Sie haben sich verführen lassen.«

Warum ging Wenner unter? Was war da draußen bloß los? Jenseits der Stahltür.

Sollte sie versuchen davonzulaufen? Allein der Gedanke reichte, um ihre Beine wegsacken zu lassen.

»Wir wissen, dass Sie 50 000 Euro von Rimson & Pryce bekommen haben«, sagte Holm unnachgiebig.

Sie wissen es!, dachte sie. Einerseits. Andererseits schüttelte sie vehement den Kopf. Er machte ja genau da weiter, wo der andere aufgehört hatte.

Holm zog sein Smartphone hervor, tippte und wischte darauf und hielt ihr das Gerät unter die Nase.

»Ihr neues Konto. 50 000 Euro.« Da war es. Das Geld von Bob! Das Ende ihrer Geldsorgen, zum Greifen nah.

»Wenner wird Sie feuern. Verklagen. Ins Gefängnis stecken lassen.« Er sprach jetzt hart und unbarmherzig.

»Aber vielleicht können wir ein gutes Wort für Sie einlegen, Frau Schönbaum«, sagte May sanft.

»Ganz genau«, stieg Holm darauf ein. »Wir sorgen dafür, dass Wenner Sie nur feuert. Deal?«

Sie zögerte.

»Haben Sie so viel Einfluss?«, hörte sie sich sagen.

»Die 50 000 Euro wird auch niemand zurückverlangen«, schob May nach.

Sie nickte. Ergab sich. Lieferte sich aus.

So kurz vor dem Ziel hatte sie alle Widerstandskraft, die in ihr steckte, aufgebraucht.

»Aber ich verstehe einfach gar nichts mehr.«

»Wofür hat Reina sich interessiert?«, fragte Holm.

»Zuerst für mich.«

»Und dann für Validolor?«

»Nur am Rande.«

Die drei PR-Leute – oder was auch immer sie waren – sahen sich zweifelnd an.

»Wie?«, hakte Laura May nach. »Haben Sie ihm zu Validolor keine Unterlagen geliefert?«

»Nein, habe ich nicht.«

»Auch nicht zu den manipulierten Studien?«, wollte Holm von ihr wissen.

»Welche manipulierten Studien?«, fragte sie.

Wieder sahen die drei sich an, als würden ihre Antworten sie sehr überraschen.

»Was wollte er dann?«

»Es ging … um Wenners Strategie.«

»Kleine Märkte, die maximal ausgeschöpft werden?«

»Ja. Bob wollte wissen, ob das wirklich Wenners Linie ist. Für die Zukunft.«

»Wieso?«

Sie seufzte tief, bevor sie sprach. Sie verriet Bob. Vielleicht würde er es verstehen. Sie wollte nicht ins Gefängnis. Nicht einen Tag.

»Ich glaube, bei Rimson waren sie beeindruckt von Hansens Schachzügen. Validolor hat sie ordentlich Marktanteile gekostet. Aber wirklich Angst hat ihnen gemacht, dass er noch mehr auf Lager haben könnte. Sie auf den großen Märkten angreifen würde.«

Sie starrten sie nur an.

»Und damit lagen sie ja auch richtig«, merkte Schönbaum leise an.

»In diese Strategie sind meines Wissens sehr wenige Menschen eingeweiht«, hielt Holm dagegen.

»Aber ich sitze an der richtigen Stelle. Kenne die Forschung und Produktentwicklung. Außerdem hat Bob präzise Fragen gestellt.«

»Das heißt, Sie haben nicht mit Markus Boldt kooperiert?«

»Nach dem hat mich dieser Irre auch schon gefragt. Ich kenne den Kollegen nur flüchtig, vom Sommerfest. Was ist denn mit ihm los?«

Holm fluchte und wandte sich ab.

»Boldt ist tot«, sagte May, »er wurde gestern brutal ermordet.«

Ermordet? Sie wusste mit dieser Information nichts anzufangen. Empfand kein Mitleid. Nichts. Sie spürte nur Leere. Müdigkeit. Und ihre Knochen. Die Nachwehen des Grauens.

Was ihr blieb, war die ganz leise Hoffnung, dass diese Leute hielten, was sie versprachen, und ein gutes Wort für sie einlegten. Und wenn nicht, würde sie wenigstens noch etwas frische Luft atmen können. Außerdem würde es das Testament, von dem sie geträumt hatte, auch geben. *Feuerbestattung* würde darin stehen. Am besten in Großbuchstaben. FEUERBESTATTUNG!

Ihre Gedanken verloren sich wieder. Ihre Beine sackten kurz weg, doch sie fing sich selbst. Du gehst hier aufrecht raus, aus dieser verfluchten Folterkammer, Sandra, das bist du dir schuldig.

Wie ein kleines Kind zog Laura May sie an der Hand aus dem Raum. Sie ließ sie gewähren.

2.33 Uhr

Holm erzählte atemlos, was sie aus Schönbaum herausbekommen hatten. Hansen hörte ohne Unterbrechung zu. Aber seine Mimik sprach Bände: Erstaunen. Enttäuschung. Wut. Holm konnte jede einzelne Gefühlsregung nur zu gut verstehen.

Der CEO von Wenner ließ die geballten Informationen einen Moment sacken. Schließlich setzte er sich auf.

»Wo ist Schönbaum jetzt?«

»Bei einem Freund.«

Holm betonte es so, dass Hansen keine Nachfragen stellte. Prompt wechselte der das Thema.

»Sie beide sind wirklich ein unglaubliches Gespann.«

»Danke, aber das ist jetzt völlig zweitrangig«, sagte Holm kurz angebunden.

»Gut. Nehmen Sie dieser elenden Verräterin ihre Geschichte etwa ab?«

»Zu siebzig Prozent ja«, erwiderte Laura.

»Und wenn sie lügt«, erklärte Holm, »haben wir einfach nicht mehr genug Zeit, um den Amerikanern auf die Schliche zu kommen.«

»Wie sieht Ihrer Meinung nach also das gesamte Tableau aus?«

Auf die Frage hatte Holm nur gewartet.

»Erstens: Die Amerikaner wollten nur spionieren. Die haben nicht angegriffen, die hatten Angst vor Wenner. Also vergessen Sie den Verdacht gegen Rimson & Pryce. Das ist eine falsche Fährte.«

»Nur weil eine Schönbaum das behauptet?«, fragte Hansen scharf.

»Zweitens«, übernahm Laura, »wissen wir, dass Rosenthals Informant Boldt war. Wenn er wiederum die Infos nicht von Schönbaum hatte, lässt das nur einen Schluss zu: Es gibt noch eine undichte Stelle!«

»Die wir nicht kennen«, murmelte Hansen.

»Genau«, bestätigte Laura.

»Drittens passt alles zusammen zu Rosenthals Aussage vom Einzeltäter unter Topleuten Ihres Konzerns. Bei allem Respekt, Herr Hansen: Mit Validolor wollte jemand Sie treffen. Sie vom Thron stürzen.«

»Und das hat diese Person fast geschafft«, sagte Hansen mehr zu sich selbst als zu ihnen.

»Das ist die Konsequenz, die wir aus allem ziehen. Wir müssen jetzt sofort die Richtung wechseln!«

»Und allen Ernstes von Granditz ins Visier nehmen?«, fragte Hansen. Seine Zweifel waren unüberhörbar.

Holm beobachtete sein Gesicht, sah am minimalen Zucken in Mund- und Augenwinkeln, dass der CEO in Gedanken alles durchging. Abwägte.

»Wenn ich so abtrete, Holm, erlebe ich einen Karriereknick. Wenn ich hier noch eine Schlammschlacht mit meinem Justiziar hinlege, kann ich umschulen. Verstehen Sie das denn nicht?«

»Solange Sie eine Siegchance habe«, antwortete Holm bedächtig, »nur zum Teil.«

»Ahhh«, stöhnte Hansen und raufte sich die Haare. Er ging in seinem Büro auf und ab. Überlegte fieberhaft.

Er leidet richtig. Der wird sich nicht mehr mit dem großen von Granditz anlegen.

»Was ist«, fragte Hansen unvermittelt, »wenn wir Sandra Schönbaum der Presse präsentieren?«

Holm verdrehte nur die Augen.

»Ohne Aufklärung, wer sie entführt hat, würde das alles nur noch schlimmer machen«, antwortete Laura.

»Und wenn wir ihr … ein gutes Zeugnis geben. Eine Abfindung. Würde diese Frau dann nicht sagen, was wir hören wollen?«

Holm starrte Hansen an. Meinte er das jetzt ernst? Verließen ihn unter dem gewaltigen Druck nicht nur Scharfsinn und Urteilsvermögen, sondern auch noch Anstand und Ehre?

»Wir lügen nicht für Sie!« Holm presste die Worte hervor.

Hansen zuckte mit den Schultern.

»Und, Herr Holm, ich kaufe Schönbaums Geschichte ebenso wenig wie Rosenthals. Rimson & Pryce wollten uns plattmachen. Wir konnten uns nicht gut genug wehren. Punkt.«

»Das war's?«, fragte Laura entsetzt.

»Was bleibt sonst?« Hansen reagierte zum ersten Mal barsch auf sie.

»Wir müssen den zweiten Maulwurf finden!«, antwortete Holm.

»In den paar Stunden?«, fragte Hansen ungläubig.

»Holen Sie Ihre Revision ran. Stellen Sie einen Kreis von Verdächtigen zusammen. Assistentinnen an neuralgischen Punkten, unzufriedene Führungskräfte, ausgebootete Forscher. Zu wem hatte Boldt Kontakt? Worum ging es da? Wer hat aus dem Büro oder mit dem Diensthandy bei ihm angerufen? Vielleicht finden wir einen Hinweis, eine Auffälligkeit, irgendwas.«

»Wissen Sie, was der Betriebsrat dazu sagt, wenn ich unsere Kontrollettis mitten in der Nacht auf die Mitarbeiter hetze?«

Holm überhörte den Einwand. »Damit treten Sie von Granditz nicht auf die Füße. Und tun, was ein CEO in dieser Lage tun muss. Liegen wir daneben, ist das morgen vergessen.«

Hansen überlegte einen Moment, winkte schließlich ab und sagte erschöpft: »Na dann, viel Vergnügen.« Der Sarkasmus war nicht zu überhören. »Ich instruiere Frau Klee.«

»Tss«, machte Holm und rauschte kopfschüttelnd aus dem Büro. Wir reißen uns auf gut Deutsch den Arsch für dich auf, und du suhlst dich in Selbstmitleid.

Laura holte zu ihm auf und sagte: »Lass uns nicht mehr um seinen Ruf kämpfen, sondern um unseren!«

»Genau das machen wir«, erwiderte er und drückte seine Partnerin. »Zapf die Polizei an. Du suchst parallel den Mörder von Boldt!«

»In Ordnung!«, antwortete sie entschlossen.

Noch ist die Messe nicht gelesen, Herr von Granditz, sagte Holm sich. Noch nicht!

3.06 Uhr

Das erste Vibrieren drang langsam in seine Träume. Das zweite weckte ihn auf. Beim dritten war er hellwach. Sein Smartphone war im Nicht-stören-Modus. Das Gerät meldete keine eingehenden Anrufe, Mails oder Textnachrichten. Mit einer Ausnahme: Jessen! Er legte seiner maulenden Frau eine Hand auf die Schulter, schnappte sich das Gerät und ging hinüber in sein Arbeitszimmer.

»Haben Sie die Dame geknackt?«, meldete er sich flüsternd.

»Nicht ganz«, antwortete Jessen und berichtete ihm tonlos, ohne Namen zu nennen, was vorgefallen war. Dann verlangte er Geld. Mehr Geld. Jessen, der Folterknecht, brauchte es, um unterzutauchen. Sich neu zu erfinden. Und er forderte es für sein Schweigen.

Er versprach ihm das Geld. Versprach, ihm zu helfen. Legte auf.

Dieser Versager! Hatte Schönbaum nicht zum Reden gebracht. War aufgeflogen. Geflüchtet. Vor diesem Holm und seiner Partnerin. Jessens Beschreibungen passten präzise.

Und dessen Unfähigkeit sorgt dafür, dass ich nun mitten in der Nacht in meinem Arbeitszimmer sitze und alle Szenarien durchspiele. Die Suppe auslöffle, die mir der angeblich beste Verhörspezialist weit und breit eingebrockt hatte. Der Unfehlbare mit der makellosen Bilanz. Pah! Da hätte ich ja gleich Boldt seine Sofortrente finanzieren können!

Nicht aufregen. Konzentrier dich auf die Sache. Ganz cool.

Also, gehen wir es durch: Hat Schönbaum etwas gegen mich persönlich in der Hand, das durch Holm ans Tageslicht kommen kann? Dann hätte sie es den Amerikanern verkauft. Und die hätten es längst an die Medien durchgestochen, um Wenner noch härter zu treffen.

Würde sie ihn jetzt, wo sie frei war, vielleicht verdächtigen? Mit Sicherheit nicht.

So weit, so gut. Allerdings musste er endlich herausbekommen, ob Schönbaum nicht nur Reina, sondern auch Boldt Informationen besorgt hatte. Wenn ja, perfekt. Dann konnte er sich auf Schönbaum konzentrieren. Denn die Alternative war nach wie vor außerordentlich beunruhigend: Ein zweites Leck. Eine zweite Person, die munter Geschäftsgeheimnisse verbreitete. Nur: Solange die Polizei Dauergast bei Wenner war, blieb ihm wenig Handlungsspielraum. Er durfte nicht aus der Deckung kommen.

An der Stelle lauerte die größte Gefahr. Dort – und bei diesem Holm. Wie zur Hölle war der Kerl Jessen nur auf die Schliche gekommen?

Wenn Holm ein Leck fand, war er auch in der Lage, ein zweites zu finden. Tat Holm es schneller als er, war er geliefert.

Erst einmal durfte er jedoch damit rechnen, dass der Herr PR-Gott Schönbaum der Presse zum Frühstück vorwerfen würde. Ein verzweifelter Versuch wäre das. Durchsichtig. Kläglich. Aber er würde Holm eine Weile beschäftigen. Um elf Uhr zog dann der Aufsichtsrat den Stecker, Hansen trat ab, und die Karten wurden neu gemischt. Bis dahin musste er unentdeckt bleiben. Nur noch ein paar Stunden.

Sollte er abhauen? Plötzlich war der Gedanke da. Er konnte Geld auf andere Konten verschieben, sichere Konten in der Schweiz. Und ab durch die Mitte. Aber: Was wurde aus seiner Frau? Seiner Reputation? Seinem studierenden Sohn? Und wo wollte er hin? Er war nicht dafür gemacht, bis zu seinem Lebensende in Costa Rica in der Hängematte zu liegen und von morgens bis abends Daiquiris zu schlürfen.

Quatsch war das! Lächerlich. Und unnötig.

Er würde ganz einfach Folgendes tun: nichts. Punkt.

Er bemerkte, dass er über all diese Dinge ganz in Ruhe nachdenken konnte. Kein Unbehagen. Kein Bauchgrummeln. Kein Nervenflattern. Er musste lächeln. Und sich selbst loben: Du bist nicht nur abgezockt, mein Lieber, du bist richtig kaltblütig. Genau die richtige Mischung für diese Situation. Abgezockt und kaltblütig.

5.49 Uhr

Vier Männer aus der Revision und Alexa Klee saßen mit ihm in Hansens weitläufigem Vorzimmer. Zwei hackten wie wild auf ihre Computer ein und starrten in die Monitore. Die beiden anderen wühlten sich durch Berge von Akten. Wieder schoben Sicherheitsleute zwei Palettenwagen voller Ordner in den Raum. Klee brachte Kaffee und beantwortete Holm alle möglichen Fragen.

Die Revisoren waren fleißig, gewissenhaft und – kein Wunder – vollkommen überfordert. Überfordert mit der außergewöhnlichen Situation, den diffizilen Vorgaben und vor allem dem Zeitfenster. Sie waren es gewohnt, ruhig und gründlich zu arbeiten. Zu prüfen. Und ihre Ergebnisse sorgfältig und vorsichtig zu formulieren. Sie waren es definitiv nicht gewohnt, ständig von einem fremden PR-Mann gefragt zu werden, ob sie schon etwas entdeckt hätten.

Die Zeit verflog. Seine Sanduhr stand mahnend vor ihm. Er überlegte kurz, Otto anzurufen. Vielleicht fiel dem noch eine mögliche undichte Stelle ein. Er sollte ja rund um die Uhr zur Verfügung stehen. Nur war Otto als Chef der Forschungsabteilung von Wenner mit viel zu vielen Eigeninteressen in die Entwicklung von Validolor eingebunden.

Entgegen Hansens Anweisung saß er mit an den Papieren. Klee ließ ihn gewähren, weil wenigstens sie begriff, dachte Holm, warum er es tat. Zum Besten von Wenner.

Er überflog E-Mails gespickt mit Fachausdrücken und Abkürzungen, die meist auf Englisch verfasst waren. Dazu kamen Vornamen, die er schwer zuordnen konnte zu Leuten, deren Posten er von Alexa Klee erfragen musste. Boldt war in der Tat ein fleißiger Mitarbeiter gewesen, rege und gut vernetzt.

Was Holm endgültig verzweifeln ließ, waren die Querverweise in den Mails auf andere Mails, die nicht vorlagen, oder schlimmer noch: auf Diskussionen oder Telefonkonferenzen, die nicht protokolliert wurden.

Holm rieb sich die Augen. Er suchte die Nadel im Heuhaufen. Nur war der Haufen eine Welt für sich. Der zweite Maulwurf ließ sich auf diesem Weg einfach nicht einkreisen. Er musste es sich eingestehen: An dieser Front war er machtlos.

Wenn nur Laura bei Boldts Mörder weiterkäme. Doch ihre Zwischenstandsmeldungen waren wenig aufbauend gewesen. Seit über einer Stunde hatte sie sich gar nicht mehr gemeldet.

»Ich gehe mal zu Frau May«, sagte Holm zu Alexa Klee.

»Haben die Kollegen etwas gefunden?«, fragte sie angespannt.

Er sah sie vorwurfsvoll an und rief: »Klar! Haben Sie nicht meinen Freudenschrei gehört?« Er lief aus dem Raum.

Hatte Laura auch nichts, tun wir Hansen noch den Gefallen, begleiten seinen Abgang, und fertig.

Laura arbeitete im Sitzungsraum. Sie saß an ihrem Laptop. Keine Papiere, keine Ordner. Als sie ihn nicht sofort bemerkte, sagte er: »Dachte schon, du machst Schönheitsschlaf«, und trat zu ihr.

»Mats! Ich wollte dich gerade anrufen.« Zu seiner Überraschung klang sie ganz aufgeregt. Geradezu elektrisiert.

»Was denn?«

»Guck dir das an.« Sie hielt ihm ihren winzigen Laptop vor die Nase. »Die Asservatenliste.«

Er setzte sich zu ihr und sah sie fragend an.

»Von Markus Boldt!«, sagte sie mit Nachdruck. »Schau, alles, was er bei seiner Ermordung bei sich hatte. Fein säuberlich aufgelistet.«

»Taschentuch, Portemonnaie, Auto-Funkschlüssel, Kugelschreiber«, überflog Holm die Liste, »was ist so toll daran?«

Laura lächelte ihn vielsagend an.

»Sag es schnell, bevor mir die Augen zufallen.«

»Schau mal, hier und hier. Er hatte zwei von diesen Funkschlüsseln dabei. BMW und Mercedes.«

»Also fuhr er zwei Wagen«, folgerte Holm.

»Eben nicht«, sagte Laura triumphierend. Holm zog die Augenbrauen hoch.

»Auf ihn ist nur ein BMW zugelassen. Der wurde auch auf einem Parkplatz in der Nähe vom Bootshaus gefunden.«

»Und seine Frau …«

»… hat kein eigenes Auto!«

»Schon wieder ein Mietwagen?«

»Hat Storch gecheckt. Nein. Zumindest nicht auf seinen Namen. Oder den seiner Frau.«

Holm setzte sich auf.

»Zu wessen Auto gehört der Schlüssel?«

»Keine Ahnung. Vielleicht ist es auch sein Versteck? Und wir finden in dem Wagen die Beweise, wer Ross und Reiter war bei der Manipulation an Validolor.«

»Dann hätten wir den Einzeltäter!«

Nicht zu schnell, bremste Holm sich. Er dachte nach.

»Und die Polizei hat das nicht verfolgt? Vielleicht haben die die Beweise schon gefunden, von denen Boldt Rosenthal erzählt hat – und deshalb Boldts Frau aus der Haft entlassen?«

»Wenn ich einem alten Kumpel trauen darf, tappt die Polizei im Dunkeln. Die Durchsuchungen von Boldts Büro, Haus und Auto verliefen ohne Ergebnis.«

»Und wenn sie die Unterlagen in Händen haben, sie aber nicht verstehen? So wie ich eben?«

»Sie wissen ja, dass Validolor gerade ein heißes Thema ist. Sie hätten mit Sicherheit hier nachgefragt. Das hätten wir mitbekommen.«

»Wie kann denen das denn durchgehen?«, fragte er.

»Keine Ahnung. Inzwischen fahren so viele zwei Autos. Und

heute hat sich alles überschlagen. Vielleicht haben die Ermittler es nur kurz überflogen, weil sie bei diesem Mord einen Berg an Beweisen am Tatort gefunden haben. Wahrscheinlich hat sich alles sehr schnell auf Tanja Boldt konzentriert.«

Klang plausibel, das konnte Holm nicht leugnen.

»Und wo würde der Mercedes stehen?«, wollte er wissen.

»Da er mit dem BMW zum Bootshaus ist, dort nicht. Also am ehesten in der Nähe von seinem Haus. Nicht auf der Straße, wenn die Dokumente da drin waren. Möglicherweise in einem Parkhaus.«

»Oder das Auto gehört einer seiner Affären.«

»Das dauert jetzt zu lange, da riskieren wir einen blinden Fleck«, sagte Laura.

»Okay. Der Wagen könnte auch hier bei Wenner stehen, auf dem Parkplatz oder in der Tiefgarage.«

»Meinst du, seine Frau könnte mehr über das Auto wissen?«, fragte Holm.

»Wenn ja, perfekt. Wenn nein, müssen wir sie überreden, wenigstens die Asservaten abzuholen.«

»Dann hätten wir schon mal den Schlüssel.«

»Und grasen alle Orte ab, die uns jetzt eingefallen sind.«

Holm sah Laura in die Augen. Ihm wurde warm ums Herz. Sie standen mit dem Rücken zur Wand, suchten verzweifelt einen Weg, ihre Kommunikation zu retten. Sie hatten die Nacht durchgemacht. Was für eine Nacht! Doch Lauras Blick war wach und hoffnungsfroh.

»Egal, wohin die Spur führt: Laura May, du bist der absolute Wahnsinn!«

»Erzähl mir etwas Neues, Mats«, sagte sie, war aber durchaus geschmeichelt und ließ sich von Holm in den Arm nehmen.

»Selbst ohne grüne Strumpfhosen«, schob er nach.

»Du Mistkerl!« Sie stieß ihm beide Fäuste vor die Brust. »Verschone mich mit Rosenthal!«

Er hielt sie fest und küsste sie sanft auf beide Wangen.

»Und jetzt, Herr Holm?«

»Arbeitsteilung. Du fährst zu Tanja Boldt. Und ich zögere Hansens Seppuku so lange heraus wie möglich.«

Laura sah auf die Uhr.

»Ich besorge unterwegs zwei Croissants.«

»Der frühe Vogel fängt den Wurm«, antwortete Holm, der bereits Hansens Nummer wählte.

TAG VIER

6.38 Uhr

Laura May bewegte sich ein klein wenig zurück. Nicht zu aufdringlich einsteigen, dachte sie. Dann wieder etwas vor. Zu viel Distanz ist auch nicht gut. Sie wusste, dass es auf den einen, winzigen, den ersten Moment ankam, wenn gleich die Tür aufging. Bereit! Sie streckte den Arm aus und drückte auf die Klingel. Boldt stand auf dem Messingschild.

Nichts passierte. Was Laura nicht überraschte. Bei jedem halbwegs normalen Menschen würde ungebetener Besuch zu dieser Uhrzeit Misstrauen auslösen. Bei Tanja Boldt, nach ihrem Horrortag gestern, erst recht.

Sie klingelte wieder. Lehnte den Kopf vor. Und hörte energische Schritte.

Tanja Boldt riss die Tür auf. »Lassen Sie mich in Ruhe! Ich habe Ihnen nichts weiter zu sagen!«

»Aber ich Ihnen«, sagte Laura schnell. »Wir können den Mörder finden!«

Boldt, die gerade dabei war, die Tür zuzuwerfen, erstarrte in ihrer Bewegung.

»Den Mörder Ihres Mannes«, fügte Laura leise hinzu.

Boldt musterte sie skeptisch.

»Lassen Sie mich eine Minute herein, Frau Boldt!«

Die Frau des Toten, die Verdächtige, schüttelte den Kopf.

»Dann muss ich Sie bestechen«, sagte Laura ernst und zog eine Bäckereitüte aus ihrer Tasche. »Zwei Croissants. Frei Haus.«

Boldt konnte sich ein irritiertes Lächeln nicht verkneifen. Schüttelte wieder den Kopf. Aber winkte Laura herein.

Laura erzählte ihr, was sie herausgefunden hatten. Von der

Asservatenliste. Dem Schlüssel. Ihrer großen Hoffnung, damit diesen verdammten Beweis, den ihr Mann gehabt haben musste, zu finden. Und den Mörder dingfest zu machen. Von ihrem Verdacht gegen Wenners Justiziar sagte sie nichts.

Boldt hörte ihr reglos zu. »Das ist alles?«

»Ja«, gab Laura zu.

»Sie haben keine Minute geschlafen«, erklärte Boldt.

»Ich muss wohl meine Make-up-Marke wechseln«, wagte Laura einen Witz unter Frauen, um sofort nachzuhaken: »Dieser Schlüssel kann zum Mörder führen. Und er kann Sie entlasten, Frau Boldt! Ich kann Ihnen überhaupt nichts versprechen. Außer einer Chance.«

»Und der Spuk hätte ein Ende«, flüsterte Boldt.

»Der Spuk hätte ein Ende«, wiederholte Laura.

Boldt starrte ins Nirgendwo des Hausflures. Laura ließ sie. Schwieg. Dann wandte Tanja Boldt sich ihr zu und sagte: »Sie brauchen den Schlüssel.«

Laura nickte ihr erleichtert zu.

7.05 Uhr

Hansens Begeisterung hielt sich in Grenzen. Natürlich tat sie das. Nur was sollte er, Holm, denn machen? Er konnte das vorbringen, was sie hatten: Tanja Boldts Bereitschaft, den ominösen Mercedes-Schlüssel bei der Polizei abzuholen. Einen Strohhalm. Ein Strohhälmchen, in Hansens Augen.

»Herr Holm, Ihr Einsatz ist phänomenal. Ich begreife, warum man Sie den Master of Desaster nennt. Sie tun alles, um eine Katastrophe abzuwenden. Aber das, was Sie mir berichten, macht mir wenig Hoffnung. Freundlich gesagt.«

Er hielt Holm das Morgenbriefing von Öztürk vor die Nase. »Wenner steht am Pranger. In jeder Hinsicht.«

»Ich habe es gelesen.« Holm sah Hansen missmutig an.

»Seien Sie mir nicht böse, Holm, aber selbst wenn Sie diesen Schlüssel bekommen, dann wollen Sie hier durch die Parkdecks laufen und den Türöffner drücken?«

»Geht schnell.«

»Ich bitte Sie. Es ist zu spät, Holm. Ich werde meinen Zeitplan nicht ändern.«

»Mir reicht völlig, wenn Sie uns nicht stoppen, was Ihr gutes Recht wäre als Auftraggeber. Ich bitte Sie nur darum, uns machen zu lassen. Schlimmer kann es doch ohnehin nicht mehr werden. Laura hat Frau Boldt für die Sache gewonnen. Sie ist bereit, die Sachen ihres Mannes sofort bei der Polizei abzuholen. Das gäbe uns etwas Zeit, das passende Auto zu suchen.«

»Frau Boldt weiß aber nichts über Ihren direkten Draht zu mir?«

»Natürlich nicht.«

Hansen überlegte.

»Dann müssen Sie sich weiter aufteilen. Ich will Sie hier haben, Holm. Sie bereiten meine Auftritte inhaltlich vor. Öztürk macht das Organisatorische. Wenn es hinkommt, kommt es hin. Am Ende des Tages ist Wenner wichtiger als Sie oder ich.«

»Einverstanden«, sagte Holm. Es war keine Zeit für Diskussionen. Und die Aufteilung hätte er selbst vorgeschlagen. Sie konnte sogar nützlich sein. Wenn sie endlich das Glück der Tüchtigen hatten.

7.51 Uhr

Laura sah, wie Tanja Boldt das Polizeigebäude verließ, in dem die 6. Mordkommission saß. War es so schnell gegangen? Boldt kam zu ihr und machte ein gequältes Gesicht.

»Sie geben die Sachen nicht heraus.«

»Was?«, rief Laura. »Warum nicht?«

»Sie wollen die Asservaten während der laufenden Ermittlungen dabehalten.«

»So ein Mist!«

»Die Kommissarin war nicht gerade freundlich zu mir.«

»Sie sind in deren Augen immer noch schwer verdächtig, nach dem, was Sie mir eben im Auto erzählt haben.«

Tanja Boldt nickte.

»Und Sie waren wirklich bei einer Kommissarin?«

»Ja. Jablonski oder so ähnlich. Recht jung. Sie hat mir ihre Karte gegeben. Die bewahren die Sachen in ihrem Büro auf. Ist so ein großes. Alles an die Wände gestapelt.«

»Tja, in der guten alten Asservatenkammer stehen nur noch Fahrräder, fürchte ich.«

»Und an einer Wand hingen wieder diese schlimmen Fotos. Von Markus.«

»Die waren wirklich nicht sehr nett zu Ihnen«, sagte Laura und streichelte ihr über die Schulter.

»Und jetzt?«, fragte Boldt mit erstickter Stimme.

Laura überlegte. Ohne den Funkschlüssel waren sie aufgeschmissen. Wie konnten sie nur an ihn herankommen?

»Nicht verzagen, Holm fragen«, sagte sie optimistisch und rief ihn an.

»Und?«, fragte er.

»Die Polizei rückt die Sachen nicht heraus.«

»Scheiße«, rief Holm. »Was soll das denn?«

»Behandeln Boldt weiter wie eine Verdächtige«, sagte sie leise, »keine Geschenke.«

»Und jetzt?«, fragte er.

Laura musste lächeln.

»Das ist mein Text, Mats!«

Schlagartig wurde es leise. Er überlegte. Laura nickte Tanja Boldt zu. Sie wusste selbst nicht, woher sie diese Zuversicht noch nahm, wahrscheinlich hatte sie sich über die Jahre im PR-Geschäft so sehr angewöhnt, positiv zu denken und zu wirken, dass sie es auch in dieser Situation nicht ablegte. Es war ihr in Fleisch und Blut übergegangen.

Plötzlich sagte Mats: »Fahrt Taxi.«

»Sollen wir zu Wenner kommen?«, fragte Laura erstaunt.

»Nein. Fahrt einfach Taxi. Oder noch besser: Kauf einem Fahrer seinen Quittungsblock ab. Die sind oft schon abgestempelt. Und schreib Fahrten auf. Für zweihundert Euro. Mindestens.«

»Wozu denn?«

»Verrat ich dir dann«, sagte er und legte auf.

»Mats Holm, du bist unmöglich!«, rief Laura in ihr Smartphone.

»Was ist denn?«, fragte Tanja Boldt.

»Nichts. Es hat nur seinen Preis, ihn um Rat zu fragen.«

Sie sah sich um. Wo zum Teufel erwische ich das nächste Taxi?

08.03 Uhr

Steadham war der Letzte, der den Sitzungsraum betrat. Eintrat in die düsterte Friedhofsstimmung. Kommt wie aus dem Ei gepellt, dachte Holm. Trotz Reisestrapaze, Jetlag und einem Haufen mieser Nachrichten. Stil haben sie schon, das muss ich ihnen lassen.

Die Wenner-Bosse, Leyla Öztürk und Holm standen auf und begrüßten Steadham kurz.

»*Good job*«, sagte Hansen zu ihm, als er dessen Hand schüttelte.

»Im Rahmen der Möglichkeiten«, antwortete Steadham und machte dazu ein Gesicht, als käme er von einer Wurzelbehandlung.

»Wenn Sie nichts dagegen haben, liebe Kollegen«, eröffnete Hansen das Meeting, »würde ich gerne vor allen Lageberichten, die uns heute Morgen erschüttern, das Wort ergreifen.«

Alle nickten ihm zu.

»Wie Sie wissen, hat der Aufsichtsrat eine außerordentliche Sondersitzung anberaumt. Da es das Einzige ist, was ich gerade noch unter Kontrolle habe«, sagte er mit einer Mischung aus britischem Humor und Understatement, »möchte ich selbst über meinen Abgang entscheiden. Wenner ist größer als jeder Einzelne von uns. Und größer als jede Krise. Wenner wird überdauern. Ich denke, es ist für mich an der Zeit, Verantwortung zu übernehmen.«

Von Granditz wollte etwas einwerfen, doch Hansen hielt ihn mit einer strengen Geste davon ab. Er ist noch einmal der Alte, dachte Holm, reißt sich zusammen, steckt alle verbliebene Kraft in seine letzten Auftritte, die souverän wirken sollen.

»Ich möchte mich bei Ihnen für die vertrauensvolle Zusammenarbeit bedanken. Ich finde, wir haben einiges bewegt. Manches davon war sogar gut für Wenner.«

Er brachte seine Kollegen zum Schmunzeln.

»Nach unserem Meeting werde ich den Aufsichtsrat informieren, dann die Mitarbeiterinnen und Mitarbeiter und im Anschluss die Presse.«

Er hielt inne. Wie Holm ihm empfohlen hatte. Keine lange Rede. Alle am Tisch hatten genug zu tun.

Von Granditz räusperte sich.

»Da ich Ihre Entschlossenheit spüre«, sagte er, »will ich gar keinen Versuch machen, Sie umzustimmen. Ich möchte aber mein Bedauern zum Ausdruck bringen. Auch wenn wir in der einen oder anderen strategischen Frage nicht immer einer Meinung waren, werde ich die Zeit mit Ihnen als gute in Erinnerung behalten.«

»Auf jeden Fall haben schon ganz andere Schweinehunde auf Ihrem Platz gesessen«, versuchte Schneider sich an einem Brustlöser. Keiner lachte.

Källström stand auf und drückte Hansen wortlos an sich. Steadham tat das Gleiche.

»Tut mir leid, Herr Hansen«, sagte Öztürk, als sie ihm die Hand gab.

Holm beobachtete den CEO. Sein Abgang trifft mich, stellte er fest. Trifft mich mehr, als ich gedacht hätte. Wobei, wir haben seit Jahren keinen Spitzenmann mehr in einer Krise verloren. Das ist wirklich bitter. Und, bei allem Ärger in der Nacht, habe ich Hansen vom ersten Moment an gemocht.

8.22 Uhr

Laura rechnete alle Taxiquittungen zusammen, die sie gerade gefälscht hatte.

»218 Euro«, sagte sie zu Tanja Boldt. »Und Sie haben das hier nie gesehen.«

»Sie gehen auf jeden Fall an Grenzen.«

»Das kann ich nicht leugnen«, erwiderte Laura und rief Mats an.

»Wir haben die Taxiquittungen. Datiert auf gestern und heute. Was jetzt?«

»Frau Boldt geht noch einmal zur Polizei. Sie muss das alles erstattet bekommen, von Rechts wegen.

»Das ist denen doch gerade herzlich egal.«

»Na ja, der springende Punkt ist: Es geht aus dem Budget der Behörde.«

»Plus Nervfaktor.«

»Und der Wunsch von Frau Boldt, dass sie für diese Petitesse keinen Anwalt hinzuziehen muss.«

Laura lächelte. Es gab keine Garantie, dass es funktionierte. Aber ansonsten war das ziemlich genial. Einfach und genial.

»Tricksen, tarnen, täuschen«, sagte sie.

»Werner ist auf der anderen Leitung«, antwortete ihr Partner. »Ciao.«

Laura schüttelte den Kopf, wandte sich Tanja Boldt zu und sagte: »Passen Sie auf, wir machen es wie folgt.«

8.48 Uhr

»Werner, ich habe Stress«, sagte Holm, kaum dass er den grünen Hörer angetippt hatte.

»Ich auch, Holm, ich auch.«

Schon hat er mich in der Defensive. Werner würde die Autorität über ihn nie verlieren.

»Ich habe – mit Livs Einverständnis – ihren Therapeuten gesprochen. Und ihn vorher überprüft: Ein kompetenter Mann. Er sagt, Liv sei am Rande einer handfesten Depression. Von entsprechenden Episoden habe sie ihm bereits erzählt. Die Schwangerschaft hat sie etwas belebt. Aber der Mann sagt, die Sache werde auf mittlere Sicht die seelische Belastung erhöhen. Die Stimmungsschwankungen. Egal, ob sie sich für oder gegen das Kind entscheidet.«

»Okay, Werner, wir müssen reden. Einverstanden. Aber ich habe gerade wirklich keine Zeit. Bei Wenner brennt der Baum.«

»Herrgott, Holm, der Aufsichtsrat sägt Hansen gleich ab. Du hast mit Sicherheit alles gegeben, aber der Fisch ist geschuppt.«

Holm schwieg. Erklärungen würden zu lange dauern.

»Dieses Kind hat genug gelitten.«

Das wusste er nur zu gut.

»Und bei ihrem Treffen mit Storch hat sie in der Wunde rumgebohrt. Er fängt an, mir Fragen zu stellen, Holm.«

Verdammt! Was mischten die sich denn jetzt so in seine Familie ein?

»Wenn du ihr nicht die Wahrheit sagst, Holm, dann werde ich es tun.«

»Gib mir Bedenkzeit. Zehn Tage.«

»Du kriegst sieben«, sagte Werner und beendete das Gespräch.

9.07 Uhr

Was für eine krasse Fehlentscheidung! Jan Theiss konnte es immer noch nicht fassen. Das hätte er Ritchie nicht zugetraut. Sie durften zwar diesen Detektiv abhören, der bei Tanja Boldt eingebrochen war, aber nicht May und Holm. Die hätten sich nichts zu Schulden kommen lassen. Im Gegenteil, da sie Frau Boldt vor einem Einbrecher beschützt hatten. Die Abhöraktion würde jeder mediokre Anwalt im Handumdrehen auseinanderpflücken, und alle Beweise wären zunichte. Und als Leute vom Fach würden sie die Sache womöglich noch medial ausschlachten, wie Ritchie ihm dargelegt hatte. Also hatte er die beiden in Ruhe zu lassen. Keine Beschattung, nichts.

Der erfahrene Kriminalist in ihm witterte, dass der Mord doch in einem größeren Zusammenhang stehen musste. Keine billige, plumpe Rache einer Hausfrau war, was auch immer die Indizien sagten. Alle Indizien, bis auf eine.

Und jetzt tauchte diese May bei Tanja Boldt auf. Mit Brötchentüte. Und beide fuhren etwas später bei der Mordkommission vor. Verfolgt von DeLuca.

Boldt wollte die Asservaten ihres Mannes ausgehändigt bekommen. Sie suchten nach etwas, keine Frage.

Nur war die Asservatenliste unauffällig. Die Box mit Boldts Habseligkeiten stand vor ihm. Er griff noch einmal hinein, sah sich genervt die Sachen an. Marta kam an seinen Tisch. Starrte in die Box.

»Das gibt es doch gar nicht!«, schimpfte sie, »nachdem ich die Boldt weggeschickt habe, hat May direkt vor unserer Nase telefoniert«.

»Ich habe es aus dem Fenster gesehen.«

»Und wir durften nicht Mäuschen spielen.«

»Dabei«, sagte Theiss sauer, »bin ich mir inzwischen sicher, dass es wichtige Erkenntnisse bringen würde.«

Für die Ermittlungen. Für meine Ermittlungen, die ins Stocken geraten sind. Nicht vorangehen. Zu scheitern drohen.

Im Notfall würde er Tanja Boldt wieder einkassieren. Und ausquetschen.

Wie passte das alles zusammen?

»Wir übersehen irgendetwas«, murmelte er, griff beiläufig nach der durchsichtigen Tüte mit dem Schlüsselbund und warf sie wieder in die Box. BMW und Mercedes, na klar. In dem Milieu waren sie gerade unterwegs.

Was zum Teufel übersiehst du, Theiss? Cui bono? Wer hat etwas von Markus Boldts Tod? Genauer: Wer hat am meisten davon?

»Ich habe die Boldt jetzt eine Weile warten lassen. Was mache ich mit ihr? Sollen wir die Taxikosten in Kauf nehmen? Inklusive Papierkram, wenn sie wirklich einen Anwalt einschaltet?«

»Nur um sie zu ärgern?« Er rieb sich entnervt das Gesicht. »Gib ihr den Kram. Und behalte sie und diese May im Auge.«

»Sollen wir May nicht einfach schnappen und freundlich befragen? Immerhin verkehrt sie intensiv mit einer Tatverdächtigen«, schlug Marta vor. Ihre Augen blitzten ihn an. Er wusste, dass sie im Verhör große Stärken hatte. Selbst, wenn sie es auf der Straße durchführen musste.

Doch Theiss schüttelte den Kopf.

»Damit die Staatsanwaltschaft mir den Kopf abreißt? Nein, danke.«

Trotzdem muss ich sie anrufen, entschied er. Ich muss Ritchie dazu bekommen, dass wir May und Holm abhören dürfen. Jetzt sofort!

Er griff zum Hörer.

9.13 Uhr

Das Foyer von Wenner war komplett bestuhlt. Für 1500 Menschen. Von allen Seiten strömten Mitarbeiter hinzu. Gleich ist die Hütte voll, dachte Holm, und Hansens Auftritt fällig. Das durfte doch nicht wahr sein.

Die kurzfristig anberaumte Versammlung lockte vermutlich jeden an, der seinen Arbeitsplatz verlassen durfte. Zumal die hausinterne Gerüchteküche seit Tagen brodelte, wie Holm sich lebhaft vorstellen konnte. Da genügte es ihm völlig, ein paar Gesprächsfetzen der Vorbeieilenden aufzufangen.

Hansen war mit allem versorgt. Text. Zeitplan. Dos und Don'ts. Noll testete das Mikrofon. Gab Anweisungen für das Licht.

Ruckelte das Stehpult auf der Bühne zurecht. Währenddessen kümmerte Öztürk sich um die Pressekonferenz, die sie in einem Nebengebäude abhalten wollten, fein säuberlich getrennt von den ganzen Mitarbeitern.

Demnächst würde es hier losgehen. Wenn Laura nicht endlich anrief. Und den Funkschlüssel hatte. Wenigstens den Schlüssel, dann würde er Hansen noch etwas Zeit abschwatzen, um nach dem Auto zu suchen. Nach dem Beweis. Im kleinen Kreis anzukündigen, dass man zurücktreten *wollte,* und tatsächlich zurückzutreten, waren zwei Paar Schuhe. Diesen feinen Unterschied gedachte er auszunutzen, bis es nicht mehr ging.

Er lief hinter die Bühne, nickte Noll zu und betrat einen kleinen Raum, in dem Hansen wartete. Er war allein.

»Sind wir wenigstens ausverkauft?«, fragte der CEO.

»Laura muss sich jeden Moment melden«, sagte Holm.

»Was ist das mit Ihnen, Holm? Selbst meinen Kollegen, die ein paar Jahre mit mir zusammengearbeitet haben, ist es leichtergefallen, von mir abzulassen.«

Holm grinste ihn an.

»Das hat nichts mit Ihnen zu tun, Herr Hansen. Ich verliere einfach nicht gern. Und schon gar nicht unnötig.«

»Schauen Sie, ich falle weich. Halte ein Jahr den Ball flach. Dann findet mein Headhunter schon was Neues. Vielleicht weniger exponiert. Oder Ausland. Wollen Sie dann mein Kommunikationschef werden?«

Holm sah ihn durchdringend an.

9.26 Uhr

Wo blieb die Boldt denn? Geduld gehört definitiv nicht zu meinen Stärken, dachte Laura. Sie ertappte sich dabei, dass sie an einem Fingernagel kaute, was sie umgehend unterließ. Sie steckte ihre Hände ineinander und lief einige Meter vor und zurück. Wie eine Sprinterin, bevor sie sich in den Startblock kniet.

Sie sah auf die Uhr. Verdammt! Die Zeit spielte gegen sie. Weder Hansen noch der Aufsichtsrat würden auf sie warten.

Endlich kam Tanja Boldt aus dem Gebäude, hielt kurz Ausschau nach ihr und lief dann mit schnellen Schritten auf sie zu. Laura sah es erst jetzt: Boldt hatte eine Tüte in der Hand!

»Das hat geklappt!«, rief sie aus einigem Abstand. Sie verfiel in einen leichten Trab. Wurde noch schneller. Die Aufregung hatte endlich auch diese kühle, schmale Frau gepackt. Laura ging ihr mit federnden Schritten entgegen.

»Die Kommissarin ist mit den Quittungen zu ihrem Chef, dann hat sie mir hier alles reingepackt.« Tanja Boldt hielt Laura die Tüte hin und japste leise.

»Schnell zum Auto!«

Sie stürmten los. Stiegen wenig später in den Wagen. Laura grub ihre Hände in die Tüte, zupfte und schob Boldts Habseligkeiten zur Seite – und fand den durchsichtigen Asservatenbeutel mit dem Schlüsselbund. Da war der BMW-Schlüssel. Und da! Der Mercedes-Schlüssel! Sie riss den Beutel auf, zog mit zittrigen Fingern den Bund heraus und sah sich den chrom-schwarzen Kunststoffschlüssel ganz genau an. Der Mercedes-Stern glänzte blitzblank. Instinktiv tastete sie das Gerät ab. Drückte den Türöffner. Den Türverriegler. Und den Knopf für den Kofferraum. Natürlich passierte gar nichts. Im schmalen Kopf saß vermutlich die Funktechnik.

Dann fiel ihr Blick auf den entsprechenden BMW-Schlüssel.

Der war ein ganzes Stück größer. Was überraschte sie daran? Sie sah sich noch einmal den Mercedes-Schlüssel an. Plötzlich hatte sie eine Eingebung. Konnte es so einfach sein? Sie griff an den Kopf des Funkschlüssels. Versuchte ihn einzudrücken, dann zog sie an ihm – und eine Kappe flog durch das Auto. »Huch!«, rief Tanja Boldt erschrocken. Laura überhörte das vollkommen. Denn in ihren Händen hielt sie: einen USB-Stick in Form eines Mercedes-Funkschlüssels!

»Oh, mein Gott«, flüsterte Boldt.

Laura warf sich herum und riss ihren kleinen Laptop aus der Tasche.

Ihr Smartphone klingelte. Mats.

Sie drückte ihn weg.

9.31 Uhr

Die Journalisten wurden langsam unruhig. Einige maulten. Erst wurden sie eiligst für 9.15 Uhr einbestellt, dann passierte nichts. Leyla Öztürk ließ noch mehr Getränke bringen und ein üppigeres Catering. Gab es wenigstens Brot, wenn sich die Spiele verzögerten.

Sven Jacobs von der dpa kam zu ihr, der Agenturjournalist, vor dem sie den Validolor-Skandal kleingeredet hatte. Gerade einmal zweieinhalb Tage war das her.

»Wie lange wird es denn noch dauern?«

Öztürk zuckte entschuldigend mit den Schultern.

»Ihnen würde ich es wirklich sagen, wenn ich es wüsste. Aber die Regie liegt nicht bei mir. Er ist noch bei den Mitarbeitern. Sobald ich etwas weiß, lasse ich es Sie als Ersten wissen.«

»Na gut, aber spätestens in einer Stunde muss ich eine Meldung absetzen, Sie verstehen«, sagte er.

»Das sollte hinhauen«, meinte Öztürk.

»Hat sich ja doch alles etwas anders entwickelt, als es am Anfang den Anschein hatte?«

»Das kann ich nicht leugnen. Solange Sie mich damit nicht zitieren.«

Er mustere sie einige Sekunden lang.

»Wissen Sie eigentlich, wie Sie unter Journalisten genannt werden?«

»Nein«, sagte Öztürk, etwas überrascht vom plötzlichen Wechsel auf eine persönliche Ebene.

»Die Teflon-Türkin. Weil alles an Ihnen abtropft. Man weiß nie, woran man ist.«

»In meinem Job nehme ich das als Kompliment.«

»Wenn Sie meinen«, sagte der Journalist und ließ sie stehen.

Teflon-Türkin. Pah! Die würden sich alle noch umgucken. Öztürk musste viel Energie aufwenden, um nicht zu grinsen wie ein Honigkuchenpferd.

Von Granditz hatte sie spät am Abend angerufen und auf fürsorglich gemacht. »Kleine Vorwarnung, Frau Öztürk, Hansen wird stürzen. Und Sie mitreißen.« Der Heuchler. Von Granditz hatte sie bei erster Gelegenheit fallen lassen wie eine heiße Kartoffel, das würde sie nicht so schnell vergessen. Also hatte sie ihr Ass gezogen, von der Schredderaktion in der Forschungsabteilung erzählt, die sie heimlich beobachtet hatte – und dann ihre zuverlässigsten Pressekontakte aufgezählt. Die Drohung, sich an diese zu wenden, musste sie gar nicht mehr aussprechen. Von Granditz erklärte, sie solle die Aktenvernichtung bloß für sich behalten, Wenner könne kein bisschen mehr Krise gebrauchen, er werde sehen, was sich machen lässt. Das hieß: Mit etwas Glück konnte sie ihren Posten behalten – oder würde weich fallen. Nach den vergangenen drei Tagen waren das glänzende Aussichten.

Während sie ihr Smartphone durch ihre Hände gleiten ließ, als sei sie tatsächlich eine ungeduldig wartende Kommunikationschefin vor einer wichtigen Pressekonferenz, dachte sie: Das Einzige, was sich für mich geändert hat, ist, dass ich nie wieder das naive Mädchen zwischen den harten Bossen sein will. Keiner darf so mit mir umspringen wie Hansen.

Und jetzt könnte der sich endlich mal blicken lassen und abdanken. Sie würde schließlich noch einen Haufen Arbeit damit haben, ihm feucht nachzuwischen.

9.34 Uhr

Laura konnte es nicht fassen. Sie startete das Video noch einmal. Das war nicht von Granditz.

Nicht Steadham.

Schon gar nicht Källström.

Nicht Schneider.

Zu sehen war Doktor Bernd Otto!

Der Chef der Wenner-Forschung.

Laura sah Tanja Boldt an.

»Ist das die Stimme von Ihrem Mann, Frau Boldt?«

»Ja«, antwortete sie mit tränenerstickter Stimme.

»Er hat Otto erpresst und es heimlich gefilmt!«

»Ja.«

Sie stoppte das Video, ging zurück ins Menü und wählte die zweite Datei, die auf dem Stick war, aus. Eine Bilddatei. Der Scan einer E-Mail ploppte auf. Eine Anweisung von Doktor Bernd Otto an den Chef von XLR in Indien. Auf Englisch stand da:

Wir müssen Validolor ab sofort mit größter Sorgfalt behandeln. Werden die Aspekte, die Sie mir mitgeteilt haben, publik, schadet das der Zulassung und Vermarktung von Validolor. Wir müssen das mit der Stoffwechselproblematik unbedingt geschickt verpacken. Ich halte die Herausforderung aber für lösbar. Wir sollten NICHT mehr schriftlich darüber kommunizieren. Ich lasse eine Telko organisieren.

Das war der Beweis!

Diese Mail war so gut wie unmissverständlich. Dazu brauchte man kein Experte zu sein. Gesunder Menschenverstand reichte völlig.

Mail und Video zusammen waren der Killer. Sie belasteten den Forschungsleiter von Wenner schwerstens.

Doktor Bernd Otto musste der Einzeltäter sein, von dem Boldt Rosenthal erzählt hatte. Nach dem sie gesucht hatten.

»Es tut mir leid, Frau Boldt, dass Sie das erfahren müssen.«

Sie konnte nichts erwidern.

»Vielleicht«, flüsterte Laura, »ist er diesen Weg für Sie gegangen.«

Tanja Boldt schüttelte nur den Kopf, als blieben die Tränen so in den Augen und liefen nicht heraus.

Laura griff zum Smartphone.

»Warum gehst du nicht dran? Ich kann Hansen keine Minute länger aufhalten.«

»Kannst du doch!«, sagte Laura. Und berichtete ihm in drei Sätzen, was sie herausgefunden hatte.

»Und Otto wollte den Verdacht auf Frau Boldt lenken?«

»Hat vielleicht sogar mit einer Erpressung gerechnet, nachdem klar war, dass Reina Schönbaum anzapft. Hat sich vorbereitet. Was auch immer. Auf jeden Fall haben wir unseren Einzeltäter!«

»Ach du Scheiße! Hansen kommt aus dem Raum und will auf die Bühne. Ich muss ganz rüber!«

»Halt ihn auf!«

»Bin schon auf dem Weg.« Sie hörte das Gebrummel einer ungeduldig wartenden Menge.

»Tschuldigung«, sagte Holm. »Lassen Sie mich bitte durch.«

»Fang ihn ab!«, rief Laura. Wir können doch nicht den Beweis in Händen halten – und Hansen tritt nichtsahnend ab.

9.37 Uhr

»Entschuldigung.«

»Bitte.«

»Darf ich.«

Holm tankte sich durch die wartende Menge. Hansen betrat die erste von drei Stufen auf die Bühne. Das Raunen der Menge schwoll an.

»Herr Hansen«, rief Holm jetzt.

Der Noch-CEO reagierte nicht. Es war einfach viel zu laut.

In dem Augenblick tauchte wie aus dem Nichts Alexa Klee auf und legte Hansen eine Hand auf die Schulter. Er blieb auf der Treppe stehen, senkte seinen Kopf zu ihr. Hörte ihr zu, nickte, umarmte sie. Sie sah fix und fertig aus.

»Herr Hansen!«, schrie Holm. Einige drehten sich irritiert nach ihm um. Holm hasste es, in der Menge aufzufallen.

Da wandte Klee ihren Blick in seine Richtung. Und er signalisierte ihr, Hansen festzuhalten.

Sie reagierte blitzschnell, griff nach ihrem Chef und zeigte in Holms Richtung.

Ihm fiel nichts Besseres ein, als mehrfach auf sein Smartphone zu zeigen und auf den Raum, in dem Hansen gewartet hatte.

Hansen zuckte schauspielreif mit den Schultern ins Publikum, das mit einem Lachen reagierte. Er machte eine entschuldigende Geste, bat mit zwei Fingern um etwas Zeit und verließ die Bühne.

»Das war knapp«, rief Holm ins Smartphone, »aber er ist von der Bühne«.

»Halleluja!«, rief Laura. »Was mache ich mit dem Video? Wir stehen vor der Polizei.«

Holm überlegte, bereits auf den letzten Metern zu Hansen.

»Nein«, sagte er schließlich.

»Nein?«, rief Laura konsterniert.

»Ich will keine Verbindung zu uns. Und auch nicht Zeuge werden. Da laufen uns die Kunden davon.«

»Was dann?«

»Spiel es auf einem sicheren Weg ans Fernsehen. Die Nachrichtensender. Schnell und anonym.«

»Breaking News?«

»Exakt«, sagte Holm und drückte den Anruf weg.

Er ging die verbliebenen drei Schritte auf Hansen zu und flüsterte ihm ins Ohr. Der CEO zog ihn in den Raum und schloss die Tür hinter ihnen.

10.09 Uhr

Nina Rosenthal saß auf ihrer Couch und konnte nicht fassen, was sie im Fernsehen sah. Das überstieg ihre kühnsten Fantasien. Wie musste es nur zugehen bei Wenner Pharma, dass so etwas möglich war? Ein Erpressungsvideo war aufgetaucht! Heimlich aufgenommen. Zu sehen war der Forschungsleiter von Wenner, Doktor Otto. Natürlich erkannte sie Markus' Stimme aus dem Off. Sie sah das Video jetzt zum dritten Mal. Dauerschleife. Wieder kam der Moderator auf das Dokument zu sprechen, das ihnen anonym zugespielt worden sei. Diese fast unverblümte E-Mail von Otto musste der Beweis sein, den

Boldt ihr avisiert hatte. Um sich dann für eine Erpressung zu entscheiden.

Dieser Dummkopf! Die Gier hatte ihn umgebracht. Der verzweifelte Versuch, mit dem Geld aus der Erpressung seine Ehe zu retten. Einen Neuanfang zu schaffen. Sie musste an Boldts Witwe denken. Wie furchtbar. Sie empfand großes Mitgefühl für die Frau. Ihr Mann wurde ermordet. Sie festgenommen. Am Ende entpuppte sich ihr Mann nicht nur als notorischer Fremdgänger, sondern auch noch als Erpresser. Ein Erpresser, der auf den Falschen getroffen war.

Und wie hatte dieser Otto das alles angestellt? Wenn er es selbst getan hatte. Wie konnte man einen Menschen nur so gnadenlos zurichten?

Dann kam in ihr eine ganz naheliegende Frage auf: Was bedeutete das alles für sie selbst? Würde sie rehabilitiert werden? Wenn nicht von Pharmawatch, dann wenigstens von der Fachszene? Zum Glück hatte sie, mehr zum Zeitvertreib, mit Notizen für ein neues Buch angefangen. Nach ihrem unrühmlichen Abgang rechnete sie zwar nicht damit, dass der Verlag ihre Version der Geschichte bringen wollte, doch ihr half es, sich die Dinge von der Seele zu schreiben. Details. Begebenheiten. Solange die Erinnerung noch frisch war. Aber jetzt, in dieser Sekunde, wendete sich das Blatt. Sie war Teil eines Krimis gewesen. Mittendrin.

Nina Rosenthal ertappte sich bei einem merkwürdigen Gedanken: Sie hätte gerade gerne eine Hand gehalten. Nicht die von Marc. Sondern die von Thomas Schmidt. Dem einfühlsamen wie geheimnisvollen Journalisten, dem sie am Abend zuvor das erste Mal in ihrem Leben begegnet war.

10.12 Uhr

In Hansens linker Hosentasche, das wusste nur Holm, steckte der Zettel mit den Stichworten für seinen Rücktritt. Zum Glück blieb er dort. Hansen sprach zu den Mitarbeiterinnen und Mitarbeitern, als habe er nie etwas anderes vorgehabt, als die kriminellen Machenschaften eines Einzelnen zu geißeln. Das käme in den besten Familien vor. Und nun auch bei Wenner, das sei die bittere Wahrheit. Er sei jedoch zuversichtlich, dass diese Wunden heilen werden. 99,99 Prozent von Wenner brauche keine Arznei.

Holms Smartphone vibrierte.

»Hansen redet gerade zu den Mitarbeitern«, flüsterte er Laura zu.

»Was sagt er?«

»Das Richtige.«

»Wie immer.«

»Eben rief noch die Polizei an. Dieser Theiss direkt bei von Granditz. Der war stinksauer.«

»Und was hat von Granditz geantwortet?«

»Dass die interne Untersuchung gerade Verdachtsmomente gegen Otto gebracht hätte, da sei es schon im Fernsehen gewesen. Alles sei so schnell gegangen. Er habe ihn gerade selbst anrufen wollen.«

»Mein Name ist Hase, ich weiß von nichts.«

»Hält uns aus dem ganzen Schlamassel heraus«, meinte Holm nüchtern.

»Und ich gehe nicht in die Unternehmensgeschichte ein.«

»Hansen wird dir ein Denkmal setzen.«

»Wenigstens *ein* Gentleman in meinem Umfeld.«

Holm lächelte.

»Wie geht es Frau Boldt?«

»Hab sie bei einer Freundin abgesetzt. Und komme jetzt rein. Ich will ja nicht die PK verpassen.«

»The show must go on.«

»Und wo steckt Otto?«

»Der Sicherheitsdienst hat ihn hier bei Wenner nicht mehr angetroffen.«

»Ich glaube kaum, dass er weit kommt«, meinte Laura.

Holm hoffte, dass sie Recht behielt. Je schneller sie ihn hatten, desto schneller würde dieses Drama ein Ende finden.

10.26 Uhr

Dieses Arschloch!, fluchte Doktor Bernd Otto. Dieses riesengroße Arschloch! Wenn ich könnte, würde ich Boldt gleich noch einmal umbringen. Aber dieses Mal langsam und noch qualvoller.

Er raste an der Grenze des Erlaubten aus Berlin.

Boldt hatte ein Video von ihm aufgenommen? Mit einer Geheimkamera? Dieser hinterhältige Wurm!

Und seine Ansage an XLR – die hatte er doch vernichten lassen?

Also hatte sie sich jemand schon zuvor beschafft.

Wer hatte Boldt das Papier zugespielt?

Er fuhr Richtung Polen. Wenn er das schaffte, konnte er mit seiner eisernen Reserve, die auf dem Beifahrersitz lag, in Osteuropa untertauchen.

Überhaupt: Boldts Affären bei Wenner. Das war kein Zufall. Dieser Verräter, diese Ratte, diese erbärmliche Existenz war absichtsvoll vorgegangen. Um an Informationen zu kommen. Um sich zu rächen. Sie hätten ihn damals feuern sollen!

Ein Polizeiwagen schob sich hinter ihn. Folgte ihm. Ohne Blaulicht.

Vielleicht Zufall?

Er gab etwas mehr Gas.

Verdammt! Ein zweiter Wagen. Ein dritter. Immer noch kein Blaulicht. Sie hatten ihn im Visier.

Er fuhr jetzt noch auffälliger. Überholte gewagt.

Es dauerte noch ein paar Sekunden. Dann wurde ihm klar: Polen kannst du vergessen.

Deinen Job.

Dein Leben.

Nur einen einzigen Joker hatte er noch auf der Hand. Und den würde er jetzt zücken. Er brauchte nicht einen Wimpernschlag für die Entscheidung. Er musste die Cops nur noch ein paar Hundert Meter in Schach halten.

Da kam die Stelle, die er für seine Zwecke brauchte.

Er verriss das Lenkrad und raste von der Brücke. Damit es nicht als Selbstmord behandelt wurde. Sondern als ein Unfall. Damit die Lebensversicherung zahlte. An seine Frau und seinen Sohn.

Er durchbrach Schutzzaun und Brückengeländer, als wären sie aus Pappe.

Es war komisch. Als er hinabstürzte, war er ganz klar. Frei. Friedlich. Gleich war alles vorbei.

In der längsten Sekunde seines Lebens wollte er an seine kleine Familie denken. Doch vor seinem geistigen Auge erschienen die Fotos der beiden Mädchen. Sophie. Und Amila. Das Letzte, was er vor sich sah, war der blutüberströmte Markus Boldt.

Dann rammte sein SUV mit der Wucht von 160 Stundenkilometern nach einem vierzig Meter langen Sturzflug in eine Baumgruppe, brach mehrere Stämme um wie Mikadostäbe, ehe er an Durchschlagskraft verlor. Ein mächtiger Ast rammte durch die Windschutzscheibe, bohrte sich mit einem stumpfen, hölzernen Bersten durch Ottos Hals und Zahnreihen. Er zerschmetterte alle sieben Halswirbel. Der Kopf kippte auf die rechte Schulter, allein gehalten von einem seitlichen Muskelstrang. Der Wagen fing Feuer, und die Flammen erreichten seinen Körper lange vor allen Rettungskräften.

11.04 Uhr

Otto war tot. Von der Brücke geflogen, als die Polizei ihn jagte. Wahrscheinlich ein Fahrfehler, so lauteten die ersten Meldungen. Die Löscharbeiten der Feuerwehr dauerten an.

Holm stand ganz hinten, hinter allen Kameras und Journalisten. Er war nicht stolz auf den folgerichtigen wie zynischen Gedanken, der ihm durch den Kopf ging, während die völlig überlaufene Pressekonferenz von Leyla Öztürk eingeleitet wurde. Der Krisenretter in Holm dachte: Im Prinzip war der Tod von Otto perfekt. Es gab einen Sündenbock. Für Boldt. Für die manipulierten Studien. Für die toten Mädchen. Für alles. Ein Einzeltäter. Die Flucht war sein Geständnis. Der Todessturz seine Strafe.

Der Aufsichtsrat sah das offensichtlich genauso. Der Vorsitzende hatte Hansen sein Vertrauen ausgesprochen. Und die Sondersitzung abgesagt.

Laura riss Holm aus seinen Gedanken, als sie sich bei ihm unterhakte.

»Gutes Timing«, sagte er.

»Ich stehe nicht so auf Vorspiel«, antwortete sie, während sie sich einen Überblick verschaffte.

»Oh, der Polizeipräsident.«

»Gute Idee, oder?«

Sie lächelte ihn an.

In dem Moment übernahm Hansen.

»Zunächst muss ich mich auch noch einmal persönlich entschuldigen, dass Sie warten mussten. Aber die Ereignisse haben sich heute Vormittag überschlagen. Natürlich stehen wir bei Wenner vollkommen unter Schock im Angesicht dieser Tragödie. Erpressung und Mord in unserem Unternehmen, unter Kollegen von uns: Die Abgründe, die sich da auftun, lassen uns sprachlos zurück. So viel kriminelle Energie bei einzelnen unserer Mitarbeiter hätte ich mir niemals vorstellen können. Und doch: So erschüttert und fassungslos ich als Mitarbeiter von Wenner bin, möchte ich als Mensch Frau Boldt und Frau Otto mein aufrichtiges Mitgefühl aussprechen. Und ich glaube, ich tue das im Namen aller Wenner-Mitarbeiter. Wenn sie uns brauchen, werden wir da sein.«

Er senkte für ein, zwei Sekunden den Kopf. Öztürk und auch der Polizeipräsident taten es ihm gleich. Die Fotografen drückten die Auslöser. Ein Klappern und Rattern schwoll an und ebbte wieder ab, als Hansen den Kopf hob.

»Wie groß die Schuld ist, die unser ehemaliger Forschungschef auf sich geladen hat, werden die Ermittlungen der Polizei sicher auch im Detail klären. Ich freue mich, dass unsere internen Untersuchungen zumindest teilweise dazu beigetragen haben, dass die traurige Wahrheit ans Licht gekommen ist.«

Holm stieß Laura mit dem Ellbogen an.

»Wir stehen Ihnen, lieber Herr Präsident, weiter uneingeschränkt zur Verfügung. Sie können bei der lückenlosen Aufklärung der Vorfälle voll und ganz auf uns zählen.«

Der Polizeipräsident bedankte sich mit ausgiebigem Nicken.

»Ich will hier aber auch wiederholen, was ich eben zu unseren Mitarbeiterinnen und Mitarbeitern gesagt habe: Wenner ist zu 99,99 Prozent intakt! Wenner wird wieder ganz gesund. Aus eigener Kraft. Trotzdem müssen wir Lehren ziehen. Ein *Weiter so* wird es mit mir nicht geben. Was passiert ist, darf nicht noch einmal passieren. Ich möchte hiermit ein Programm ankündigen, durch das wir noch mehr Checks und Sicherheiten implementieren werden, von A bis Z. Alles kommt auf den Prüfstand. Bei Wenner und bei jedem einzelnen unserer Dienstleister.«

Hansen schaute ernst und selbstbewusst in die Reihen der Journalisten. Ein Blitzlichtgewitter ergoss sich über ihn.

Wenner werde in dieser Frage nicht im eigenen Saft schmoren, fuhr Hansen fort. Oder mal kurz eine Unternehmensberatung ins Haus holen. Man denke an ein Leitungsteam für diesen Prozess, in dem neben Wenner-Mitarbeiterinnen und -Mitarbeitern auch unabhängige Experten Platz haben sollten. Inklusive Pharmakritikern. Oder einer Pharmakritikerin, schob Hansen mit einem vielsagenden Blick nach. Die Journalisten lachten leise. Viele tuschelten den Namen Rosenthal.

»Verstehen Sie das bitte nicht als einen PR-Trick von uns. Sondern als ausgestreckte Hand. Wir wollen besser werden. Zum Wohle der Patienten, das für uns über allem steht. Und genau aus diesem Grund nimmt Wenner mit sofortiger Wirkung Validolor freiwillig vom Markt.«

Ein Raunen ging durch die Menge der Journalisten. Blitzlichtgewitter.

»Allerdings tun wir das mit einem einzigen Ziel: Wenner wird alles unternehmen, um die Behörden und die Verbraucher von der Sicherheit unseres Medikaments zu überzeugen. Wir glauben, dass die Manipulationen aus falschem Ehrgeiz veranlasst wurden. Andere Studien und Anwendungsbeobachtungen, die wir zu Validolor durchgeführt haben, bestätigen uns in dieser Auffassung. Was auch immer nötig ist, es wird geschehen. Wenner wird wieder auf Kurs kommen. Wir werden gestärkt aus dieser Krise hervorgehen. Vielen Dank.«

Ich hätte mir für den Moment mehr Demut gewünscht, beurteilte Holm den Auftritt, aber das wird sich schon im großen Rauschen verspielen.

Hansen lehnte sich zurück, und Öztürk übergab an den Polizeipräsidenten.

»Vielen Dank, Frau Öztürk. Ja, es ist sicherlich außergewöhnlich, dass ich als Polizeipräsident hier auftrete. Wir haben kurz entschlossen gesagt, dass das für alle Beteiligten das Beste sein würde. Gerade für Sie als Medienvertreter. Außergewöhnlich ist auch der Anlass. Und außergewöhnlich gut war und ist die Zusammenarbeit, auf die ich als Gast hier zuerst kommen möchte, ehe ich Ihnen den Stand der Ermittlungen berichte. Was auch immer Sie in den vergangenen Tagen über Wenner gehört oder gelesen – oder selbst publiziert – haben«, sagte er verschmitzt, »Fakt ist: Wenner Pharma hat umfassend mit der Polizei kooperiert. Es gab einen engen Informationsaustausch. Ich kann nur sagen, dass Wenner sich vorbildlich verhalten hat, und danke stellvertretend Herrn Hansen.«

»Hinterher ist immer Eierkuchen«, flüsterte Laura ihrem Partner zu.

»Umarme die Gewinner, und du gehörst dazu«, antwortete Holm.

12.33 Uhr

Laura hatte das Gefühl, einer pubertierenden Klasse acht im Schullandheim zuzusehen und nicht den Topleuten eines Pharmakonzerns. Im Sitzungsraum von Wenner wurde gescherzt. Öztürk verlas breit grinsend ein Zitat des Gesundheitsministers, das gerade über dpa lief: »Wenner Pharma zieht meiner Meinung nach die richtigen Konsequenzen aus dieser Tragödie. Dann ist aber auch gut. Es geht schließlich auch um den Pharmastandort Deutschland.«

Die Umstehenden applaudierten.

Mats hatte Hansen dazu bekommen, Sandra Schönbaum zu verschonen. Der Arbeitsvertrag wurde in beiderseitigem Einvernehmen aufgelöst. Sie unterschrieb eine teure Unterlassungserklärung sowie eine Schweigevereinbarung.

Laura sah, wie Hansen sich an seinen Mitarbeitern vorbeischob. Wie auf Knopfdruck kamen von Granditz, Steadham, Källström und Schneider dazu.

»Wir sind umzingelt«, sagte sie zu Mats. Alle lachten.

»Darf ich ein letztes Mal fragen, wie Sie die Lage einschätzen?«, bat Hansen.

»Sie sind über den Berg«, erklärte Mats. »Auf einmal wird das Krisenmanagement von Wenner gelobt. Alle Parameter normalisieren sich, auch Ihr Aktienkurs. Was mit den Mädchen passiert ist, muss die Zeit zeigen. Alles schrumpft zu einer unfassbaren Verbrechensgeschichte zusammen.«

»Sie werden sich in den nächsten Tagen dazu weiter kritische Fragen wie in der Pressekonferenz anhören müssen«, übernahm Laura, »aber das Interesse wird rückläufig sein. Heute und morgen werden Sie alles Mögliche über Herrn Otto erfahren, da empfehlen wir Zurückhaltung.«

»Die Krise klingt also ab«, sagte Hansen feierlich.

Laura nickte ihm zu.

»Nun«, setzte der CEO an, »ich würde ja gerne sagen, dass ich traurig bin, dass Sie beide uns jetzt wieder verlassen werden. Aber in Anbetracht der Umstände …« Hansen machte eine Kunstpause, die alle zum Lachen einlud.

»Scherz beiseite. Wir alle wissen, was wir Ihnen beiden schuldig sind. Na, streng genommen weiß ich es vielleicht noch etwas besser als die anderen.« Hansen produzierte den nächsten Lacher. Laura mochte seine Art wirklich. Intelligent, geistreich, seriös. Genau wie Mats, flüsterte plötzlich eine andere Stimme in ihr, die sie gleich in ihre Schranken verwies.

»Frau May, Herr Holm, das war überragende Arbeit. Wie … wie nannte man Herrn Holm noch mal in der Fachwelt?«, fragte er gespielt von Granditz.

»The Master of Desaster.«

»Ja also, an Ihrem Image müssen Sie noch arbeiten. Ihr Ruf wird Ihnen nicht annähernd gerecht.«

Die Runde spendete leise Beifall.

»Und da Taten immer mehr als Worte sagen, darf ich Ihnen das hier überreichen«, sagte Hansen und zog einen Umschlag aus der Innentasche.

Mats öffnete ihn. Darin war einfach nur ein gefaltetes weißes Blatt, auf dem stand: 100 000 Euro. Ihr Partner ließ Laura einen Blick auf das Blatt werfen. Sehr ordentlich.

»Sind Sie sicher?«, hakte Mats nach. »Das ist ausgesprochen großzügig für zwei, drei Tage Einsatz.«

»Wissen Sie, Herr Holm, wir zahlen in diesem Fall nicht nach Arbeitsstunden, sondern nach der Größe des Problems, das gelöst wurde. Und wir alle sind uns einig, dass es angemessen ist.« Steadham nickte Laura anerkennend zu. Källström auch.

»Wir wissen das zu schätzen. Vielen Dank, meine Herren«, sagte Mats.

»Und wir kommen gerne wieder!«, erklärte Laura.

»Gott bewahre!«, rief Hansen und streckte ihr augenzwinkernd die Hand aus. Sie verabschiedeten sich, und Laura war froh, als sie endlich im Fahrstuhl standen. Sie liebte Siege. Sie brauchte sie zum Atmen. Die Siegesfeiern überließ sie gerne anderen. Genau wie Mats.

12.49 Uhr

Als sie aus dem Foyer von Wenner traten und zum Auto auf dem Außenstellplatz liefen, fühlte Holm sich leicht. Schwebend. Und er sah Laura an, dass es ihr genauso ging. Der magische Moment am Ende ihrer Jobs. Wenn der Rauch sich legte, sie mehr gewonnen hatten als verloren. Die durchgemachte Nacht würde sich später melden, am frühen Abend, wenn die Chemie sich wieder einpendelte.

»Lust auf ein mondänes Mittagessen?«

»Ich habe einen Bärenhunger«, rief Laura aufgekratzt.

»Diese Häppchen machen nur Lust auf mehr«, witzelte Holm. Sie hatten den Wagen fast erreicht, als Holm bemerkte, dass Tanja Boldt auf sie zukam. Was will die denn hier?, fragte er sich. Boldt schritt schnurstracks auf sie zu. Laura verlangsamte ihr Tempo, und Holm passte sich notgedrungen an.

»Hallo!«, rief Frau Boldt und winkte ihnen freundlich zu. Sie wirkte erstaunlich aufgeräumt, dafür, dass sie vor Kurzem erfahren hatte, dass ihr Mann wegen einer Erpressung ermordet worden war.

»Frau Boldt, was machen Sie denn hier?«

»Ich wollte zu Ihnen«, sagte sie.

»Das ist ja nett«, antwortete Laura.

»Nachdem ich im Fernsehen gesehen habe, dass alles vorbei ist mit diesem Otto und der Pressekonferenz von Herrn Hansen, war ich mir sicher, dass Sie da irgendwann herauskommen. Und ich mich bedanken kann.«

»Das ist ausgesprochen freundlich von Ihnen«, meinte Holm, »zumal Sie so eine emotionale Achterbahn hinter sich haben.«

»Eigentlich müssten wir uns bei Ihnen bedanken, Frau Boldt. Ohne Ihr Vertrauen wären wir nicht an den Schlüssel gekommen. Und auf Ottos Spur.«

Tanja Boldt lächelte verlegen.

»Ich vertraue Ihnen wirklich, Frau May. Ihnen beiden. Sie haben immer mit offenen Karten gespielt. Und Sie haben mich aus diesem Albtraum gerettet.«

Tanja Boldt holte jetzt, etwas umständlich, eine Klarsichthülle aus ihrer Tasche.

»Am Morgen, bevor Markus zur Arbeit gefahren ist … an dem Tag, der im Bootshaus endete, da hat er mir zu Hause das hier gegeben.«

»Aha«, machte Laura.

»Was ist das?«, wollte Holm wissen.

»Ein Wenner-Papier. Ich verstehe das alles nicht richtig. Aber er hat gesagt, ich soll es gut verstecken.«

»Das haben Sie auch gemacht«, sagte Holm und sah sich die behelfsmäßig glatt gestrichenen Blätter an. Sie mussten zerknittert und zerknüllt gewesen sein. An einem schmutzigen Ort. Holm rümpfte innerlich die Nase.

»Na ja, die Blätter passten nur so in den Beutel von meinem Staubsauger.«

»Da hätte der Einbrecher gestern aber lange suchen können«, meinte Laura. Holm nickte ebenfalls anerkennend. So viel Raffinesse hätte er ihr gar nicht zugetraut.

»Markus hat gesagt, das sei eine Art Lebensversicherung.«

»Darf ich mal, bitte?« Holm nahm ihr die Klarsichthülle aus der Hand.

»Haben Sie das der Polizei erzählt?«, fragte Laura.

»Keine Polizei, hat er gesagt. Egal, was passiert. Und als die mich verdächtigt haben, bin ich in Panik geraten und dachte, diese Unterlagen reiten mich noch tiefer rein. Verstehen Sie?«

»Hätte ich auch gedacht«, sagte Laura. »Und was ist das?«, wandte sie sich an Holm.

»Das ist das Protokoll einer Sondersitzung der Wenner-Geschäftsleitung. Nur für den internen Gebrauch.« Die Teilnehmerliste stimmte mit der ihrer Krisenrunden überein: Hansen, von Granditz, Steadham, Källström, Schneider. Nur Öztürk war nicht dabei gewesen. Der kleinste Kreis hatte getagt.

Laura zog die Augenbrauen hoch.

»Woher hat er das?«

»Er war in der letzten Nacht noch unterwegs.«

»Ich ahne auch, bei wem er war«, sagte Holm und zeigte auf das Kürzel des Protokollführers.

»AK. Das muss Alexa Klee sein!«

»Das heißt, sie war das zweite Leck?«, fragte Laura.

Holm nickte langsam.

Unfassbar! Sie hatte ihm die halbe Nacht seelenruhig dabei zugeguckt, wie er versuchte, ihr auf die Schliche zu kommen. Hansens Büroleiterin hatte bei den Ermittlungen der Polizei keine Rolle gespielt. War nicht befragt worden. Warum auch?

Jetzt weiß ich auch, warum die so fertig war, als seine Ermordung bekannt wurde. Hatte sie nicht sogar von *Markus* gesprochen? War mit ihm per Du. Ich habe gedacht, das wäre Kummer um einen Kollegen gewesen. Aber wahrscheinlich hatte sie ihn geliebt, hatte beweisen wollen, dass sie alles für ihn tun würde, wirklich alles, wenn er nur nicht zu seiner Frau zurückkehrte.

»Frau Boldt, hatte Ihr Mann ein Verhältnis mit Alexa Klee?«, fragte Laura.

»Ich habe den Namen noch nie gehört«, antwortete sie.

Holm überflog die Zeilen, mit einem ziemlich miesen Bauchgefühl. Er blätterte um.

Da!

Ein Absatz zu Validolor!

»Die GL nimmt die Komplikationen in einer klinischen Studie zu Validolor zur Kenntnis. Bitte an Innovation/Forschungsabteilung, mit der CRO in Indien eine Wenner-konforme Lösung zu finden. Die GL beschließt, an Zeitplänen für Entwicklung, Zulassung und Marketing festzuhalten.«

Das war's.

Er las es noch einmal.

Wenn man genug Vorwissen hatte, war das erschreckend eindeutig. Holm presste die Kiefer zusammen, schüttelte den Kopf, musste absurderweise lachen. Mit der freien Hand fuhr er sich durch den Nacken. Schließlich hielt er Laura das Blatt hin und zeigte auf den Absatz. Als sie gelesen hatte, rief sie: »Ach du Scheiße! Die ganze Geschäftsleitung hat es gewusst!«

Holm sah in Tanja Boldts fragende Augen. Er konnte sie nicht anlügen. Er wollte nicht. Schon gar nicht für Wenner Pharma.

»Das ist ein Vermögen wert, Frau Boldt«, erklärte Holm, »wenn Sie das an die Presse verkaufen oder …«

Sie hob rasch und vehement beide Hände.

»Er hat mich belogen und betrogen. Und jetzt ist er auch noch ein Erpresser! Hat seine letzten Ideale verraten. Ich will diesen Mann nur noch vergessen. Und nichts mit seinen Machenschaften zu tun haben. Gar nichts! Deshalb bin ich hier. Ich bitte Sie, Herr Holm! Sie werden wissen, was Sie damit zu tun haben.«

Er konnte es noch gar nicht fassen. War sprachlos.

Hansen hatte sie nach Strich und Faden belogen.

Vom ersten Moment an.

Und seine Vorstandskollegen waren mit im Boot.

Das schrie nach Rache!

Aber lancierten sie das Dokument in den Medien, machten sie ihren außergewöhnlichen PR-Erfolg zunichte. Und bei Wenner würden sie ahnen, woher der Wind wehte.

Ließen sie das Dokument verschwinden, würde der Fall Wenner ihren Ruhm zwar mehren, aber die Bosse kamen ungeschoren davon. Das wäre mit Sicherheit eine *Wenner-konforme Lösung*.

Laura sagte zu Tanja Boldt: »Das bringt uns in eine ziemliche Zwickmühle.«

»Aber einen Weg da herauszufinden ist doch Ihr Beruf«, antwortete Boldt.

Das war verdammt entwaffnend.

»Ich erwarte nichts von Ihnen beiden. Was auch immer Sie damit machen ist für mich okay.«

Holm sah Laura an, das Papier, dann wieder Laura.

»Na gut«, sagte er und steckte das geheime Protokoll ein.

»Wir können Ihnen wirklich nichts versprechen«, betonte Laura.

Tanja Boldt umarmte sie beide zum Abschied kurz, schlug das Angebot aus, sie irgendwo abzusetzen, und ging aufrecht vom Wenner-Parkplatz.

»Mir ist der Appetit vergangen«, meinte Holm.

»Zum Kotzen«, sagte Laura.

Holm zündete sich eine Zigarette an. Laura wollte auch eine. Sie drehten sich zum Hauptgebäude von Wenner um. Holm schaute hinauf zur obersten Etage. Vor einer Viertelstunde hatten sie noch dazugehört. Die überstandene Krise begossen. Den Sieg mitgefeiert. Den Sieg, den die Wenner-Bosse ihnen beiden zu verdanken hatten.

20.57 Uhr

Es klingelte. Wer konnte das sein? Marc vielleicht? Wohl kaum. Der hat einen Schlüssel. Nina Rosenthal sah an sich herab. Seit dem Morgen kommst du nicht aus den schlabbrigen Joggingklamotten heraus. Egal, dachte sie, was sie allerdings drei Sekunden später revidierte, nachdem sie im Spion Thomas Schmidt entdeckt hatte.

Ausgerechnet er sollte doch nicht einen falschen Eindruck von ihr bekommen. Er klingelte wieder. Sie musste … Sie konnte ganz schnell … Wenn er kurz wartete, würde sie …

»Ich habe Ihren Schatten am Spion gesehen, Frau Rosenthal.«

Du bist so dämlich, Mädchen!, schimpfte sie mit sich selbst. Sie verwuschelte ihr Haar und öffnete die Tür.

»Entschuldigung, ich bin gerade beim Sport«, log sie.

Er lächelte sie an. Mit diesem Lächeln, das ihr schon gestern gefallen hatte. Und heute immer noch. Sogar noch mehr.

»Herr Schmidt, hallo! Die Ereignisse bei Wenner sorgen für Nachfragen, nehme ich an?«

Er hatte sich in Schale geworfen. Sah umwerfend aus. Schick und sportlich. Absolut geschmackvoll. Ein teurer Geschmack. Sie konnte nicht anders, sie strahlte ihn an.

»Dieses Mal habe ich etwas für Sie dabei«, sagte er.

»Was denn?«, fragte sie neugierig.

»Die Wahrheit.«

Sie sah ihn verständnislos an.

»Und eine Flasche Rotwein.« Er zog sie hinter dem Rücken hervor.

Sie wusste nicht, was sie sagen sollte. Dieser Mann verwirrte sie. Mit dem, was er sagte. Was er tat. Wie er war.

»Den kann man natürlich auch ganz gut an der Tür trinken.« Verdammt, er flirtete mit ihr. Gestern hatte er sich bedeckt gehalten. Aber gerade flirtete er definitiv mit ihr. Mit ihr im sexy Jogger.

»Entschuldigung, kommen Sie doch herein. Wie nett!« Sie lächelte und bat ihn ins Wohnzimmer.

»Schwitzen Sie nicht so schnell?«, fragte er.

»Wie bitte?«

»Sie sagten, Sie wären beim Sport.«

»Ja, Gehirnjogging«, sagte sie so lässig sie konnte.

Er zog eine Augenbraue hoch und lächelte.

»Ihr Geschenk«, sagte er und zog einen Schnellhefter aus seiner Umhängetasche.

Na, romantisch war das ja nicht gerade. Da konnte der gute Herr Schmidt noch zulegen.

Sie schlug den Hefter auf. Sie brauchte einen Augenblick, um sich zu orientieren. Danach blieb ihr die Luft weg.

»Wie kommen Sie an ein geheimes Vorstandsprotokoll von Wenner?«

»Unwichtig«, sagte Schmidt knapp.

Sie begann zu lesen. Ab dem Wort Validolor verschlang sie jede Zeile. Als sie durch war, musste sie sich erst einmal hinsetzen.

»Es ist also so wertvoll, wie ich angenommen habe?«, fragte Schmidt vorsichtig.

»Das ist eine Bombe!«, rief Rosenthal. Und sie hatte das Gefühl, dass sie noch untertrieb.

»Also war bei Otto nicht Schluss.«

»Nein.«

»Es ging bis oben. Und wieder zurück«, schlussfolgerte Schmidt.

»Viele von uns Pharmakritikern behaupten das immer gerne. Weil ja alles so hierarchisch sei in diesen Unternehmen. Ich sehe zum ersten Mal einen Beweis.«

»Sie können das Papier haben.«

Sie sah ihn an, als nehme er eindeutig die falschen Medikamente.

»Benutzen Sie es. Treffen Sie Wenner, so hart Sie können.«

»Ich meine, Ihr Vertrauen ist wirklich toll. Aber ist Ihnen klar, was für eine große Story Sie mit diesem Dokument schreiben können?«

»Natürlich«, entgegnete er.

»Und wieso tun Sie es nicht?«

»Ich glaube, Leute wie Sie sind wichtig. Damit es wenigstens etwas Gegengewicht gibt zu den Wenners dieser Welt. Und hiermit«, er zeigte auf den Hefter, »sind Sie bald wieder im Spiel.«

»Ja aber …«

Er ließ sie ihren Gedanken gar nicht erst aussprechen.

»Daneben ist es unwichtig, ob ich ein paar Tausend Euro mehr oder weniger auf dem Konto habe.«

Dieser Typ war unglaublich. Jetzt sah er sie auch noch so spitzbübisch an. Zugleich männlich. Markant. Sie konnte nicht anders. Sie zog ihn an sich und küsste ihn. Er erwiderte ihren Kuss. Sie verspürte Neugier. Echte Neugier. Und Lust stieg in ihr auf. Pure Lust. Sie schob sich auf ihn. Doch urplötzlich stieß er sie von sich, sprang auf, murmelte mit hochrotem Kopf eine Entschuldigung und lief aus ihrem Haus.

Was war denn das?, dachte sie enttäuscht. Hatte sie etwas falsch verstanden? Wohl kaum. Sie hatte doch gespürt, wie er zunächst ihren Kuss erwidert hatte. Pass auf, am Ende ist der verheiratet und hat vier Kinder. Ach, Männer … Irgendwie fand sie aber auch süß, dass er auf einmal so verlegen geworden war. Wahrscheinlich ging es ihm einfach nur zu schnell. Ja, so musste es sein, das würde zu dem Mann passen, den sie kennengelernt hatte. Mit ungebrochener Lust und Freude spürte sie seine schönen Lippen auf ihren und die kurze Begegnung ihrer Zungen. Aufgeschoben ist nicht aufgehoben, sagte sie sich, und schlug den Hefter auf, um den Text noch einmal in Ruhe zu lesen.

SECHS TAGE SPÄTER

10.20 Uhr

Holm stand weit hinter der Trauergemeinde im Sichtschutz eines Baumes. Er konnte die Worte des Pastors nicht verstehen. Der Wind trug sie fort von ihm. Holm entdeckte drei Fotografen, die ihre Bilder mit langen Teleobjektiven schossen. Nur noch drei.

Holm beobachtete den Vater von Sophie, Jo Liebig, wie er dastand, den Rücken gebückt, den Kopf gesenkt, eine Hand ungelenk an der Hüfte seiner Frau.

Die Mutter, Sylvie Liebig, trug eine riesige Sonnenbrille, die ihr halbes Gesicht verdeckte. Holm sah vor sich, wie sie Hansen damals vor dem Haus umarmt hatte. Damals. Keine zehn Tage war es her. Und doch kam es Holm vor wie eine halbe Ewigkeit.

Als sie den Sarg ins Grab hinabließen, diesen aberwitzig kleinen, anklagenden Sarg, rückte das Foto von Sophie, das ihn von Anfang an berührt hatte, in sein Bewusstsein. Drei Tage war es durch die Medien gerauscht. In diesem Moment brannte es sich ein für alle Mal in Holms Gedächtnis. Er schickte Sophie zwei Sätze zu, die nur für sie bestimmt waren. Dann wandte er sich um und verließ den Friedhof.

Werner wartete in dem 300 SL, den sie in den vergangenen Tagen flottgemacht hatten.

»Alles okay?«

Holm starrte Werner nur bitter an, bis der den Motor startete und den Oldtimer wortlos aus der Stadt lenkte. Er machte das Radio an. Das Inforadio vom rbb. Harte Nachrichten.

Während der ganzen Schraubertage war die Stimmung zwischen ihnen gedämpft gewesen. Der Grund dafür war Liv. Und Werners Ultimatum. Holm hatte nur noch einen Tag Bedenkzeit, allein: Er hatte einfach keinen Plan. Kam er Werners Forderung nach und erzählte Liv alles über den Selbstmord ihrer Mutter, dann würde sie daran zerbrechen, erst recht, wenn sie in so labilem Zustand war. Und er hätte sie für immer verloren.

Werner hatte eine Bilderbuchstrecke durch Brandenburg ausgewählt. Spielte mit dem Gas. Ließ das Schmuckstück von Automobil aufheulen und vorschnellen. Unter anderen Umständen hätte Holm das größte Freude bereitet, ihn entspannt. Doch er nahm das alles wie durch eine Wand aus Watte wahr. Sah auf seine Uhr. Stellte sein Smartphone auf lautlos. Und hing weiter seinen schwermütigen Gedanken nach.

Saß er die Galgenfrist aus, würde Werner – daran hatte er keinerlei Zweifel – seine Drohung wahr machen und Liv reinen Wein einschenken würde. Dann blieb ihm nur, Werners Aussagen zu kompromittieren. Freund hin oder her, Holm wusste, dass er das konnte. Schaltete er in den Profi-Modus, würde Werner nicht mehr sein als eine Schachfigur. Und jemand, den er mal gut gekannt hatte. Alles in ihm sträubte sich gegen diesen kalten Gedanken. Er wollte Werner nicht verlieren. Sein Vorbild, dem er so viel verdankte. Seinen Freund.

Holm hing dazwischen. War gefangen. Jedes Handeln oder Nicht-Handeln hatte katastrophale Folgen. Er war schon kurz davor gewesen, mit Laura über die Sache zu reden. Er hatte den richtigen Moment abgepasst und dann kein Wort herausbekommen.

»Wie wäre es mit dem zweiten Frühstück?«, fragte Holm.

Werner stoppte den Wagen eine Viertelstunde später vor einer Gaststätte, die Holm für eine Rast vorgeschlagen hatte, und tätschelte das Lenkrad.

»Die nächste Runde fährst du, schweigsamer Mann«, sagte Werner und stieg aus.

Holm achtete darauf, ihm den Platz anzubieten, der freie Sicht auf den Fernseher bot. Lautlos lief N24. So wie Holm es bestellt hatte.

Werner machte sich gerade über sein Essen her – Spiegeleier, Rostbratwürste und Kartoffeln mit Speck –, als Holm aus dem Augenwinkel sah, dass es jetzt so weit war. Er widmete sich seinem Bio-Joghurt mit Waldfrüchten.

»Schau mal«, rief Werner wenige Sekunden später. Auf dem stummen Bildschirm war neben dem Moderator ein Wenner-Logo zu sehen, darunter hieß es: Neue Vorwürfe gegen Wenner-Spitze.

»Können Sie bitte schnell den Ton anmachen«, rief Werner der Wirtin zu. Er legte sein Besteck auf den Teller.

»... schwerer Vorwurf: Die Wenner-Spitze habe von den manipulierten Studien zu Validolor gewusst. Ja, die Manipulationen sogar regelrecht angewiesen. Das behauptet Doktor Nina Rosenthal, die selbst Opfer des Validolor-Skandals wurde und ihren Posten als Geschäftsführerin von Pharmawatch räumen musste, da sie Anschuldigungen gegen Wenner nicht belegen konnte. Anscheinend hat sie dazugelernt: In einem YouTube-Video hält sie ihren Beweis gleich in die Kamera.«

Die Regie schnitt auf den Einspieler, der mit einer Naheinstellung auf dem geheimen Vorstands-Protokoll begann.

»Man wird ja aus Schaden klug«, sagte Nina und lachte gewinnend. »Deshalb starte ich meinen Channel *Pillencheck* mit einem internen Geheimpapier von Wenner Pharma.«

Das Zitat wurde eingeblendet. Und Nina im Anschluss live interviewt. Werner hörte reglos ihren Ausführungen zu, bis der Moderator sich bei ihr bedankte. Man bemühe sich um ein Statement von Wenner Pharma.

Holm wusste, dass er sie nicht länger sehen durfte. Sie wollte mit ihm schlafen, er seine Tarnung aufrechterhalten. Für diesen Abend hatte er sich noch ein letztes Mal mit ihr verabredet, dann würde Thomas Schmidt von der Bildfläche verschwinden. Es versetzte ihm einen Stich in der Brust, scharf und tief, aber es würde das Beste sein. Für ihn. Für Nina. Für sie beide. Was war auch die Alternative? Immer weiter lügen? Oder gar die Wahrheit verraten?

Werner musterte Holm.

»Nina Rosenthal lässt diese Bombe platzen, und du sitzt hier seelenruhig?«

»Der Job ist für uns abgeschlossen.« Holm zuckte mit den Schultern. Na komm, Werner, du hast doch schon Lunte gerochen.

»Rosenthals Wiederauferstehung. Per YouTube. Just am Tag der Beerdigung des Mädchens. Und du hast dein Smartphone vorhin ausgestellt.«

Holm lächelte. Und sah in Werners Augen, wie er die ganze Geschichte durchschaute.

»Sie hat das Papier von euch!«, rief Werner.

»Ich weiß von nichts«, antwortete Holm.

Werner saß mit offenem Mund vor ihm. So getroffen hatte er ihn noch nie gesehen.

»Wenn das jemand spitzkriegt, wirst du nie wieder einen Auftrag bekommen. Du kannst doch nicht einen Kunden ans Messer liefern?«

»Meines Wissens ist Wenner außerordentlich zufrieden mit unserer Arbeit. Sie haben auch schon das Honorar überwiesen. Nur sind wir im Moment leider mit einem anderen Fall beschäftigt.«

Werner sah ihn lange an und nickte schließlich traurig, ziemlich unwillig, doch er nickte.

»Wenn du beweisen wolltest, dass du deinen Freund und Mentor in Fragen wie diesen nicht mehr brauchst, ist die Botschaft angekommen.«

Er nahm sein Besteck wieder auf und aß, als sei nichts gewesen.
Diese Schlussfolgerung traf Holm ins Mark. So war es doch gar nicht gemeint! Oder etwa doch – wegen Liv?
Seine inneren Stimmen verfielen in Schweigen.

11.33 Uhr

Laura nahm ihre übliche Joggingstrecke. Und ging in Gedanken alles durch. Die Bombe war geplatzt. Hoffentlich wusste Mats, was er tat. Er spielte mit dem Feuer. Und mit den Gefühlen von Nina Rosenthal. Wobei Letzteres ihr ziemlich egal war, solange er schnellstmöglich die Finger von ihr ließ. Das hatte sie ihm geraten. Rosenthal war zu gefährlich fürs Geschäft.
Plötzlich lief ein Mann neben ihr, einfach so. Er sah gar nicht so schlecht aus. Also ließ sie ihn gewähren. Er passte sich ihrem Laufschritt an, und sie liefen im selben Rhythmus. Dann schaute er frech herüber. Na, da wusste jemand aber, was er wollte.
»Mein Name ist Jan«, sagte er.
»Laura«, antwortete sie mit einem geschmeichelten Lächeln. Beim Joggen hatte sie noch nie einer angesprochen.
»Ich wollte mich bedanken«, sagte er.
»Wie bitte?«
»Ich arbeite bei der Kripo«, sagte er. »Mordkommission.«
Laura sah ihn an. Er meinte es ernst.
»Oh«, sagte sie.
»Ich war der leitende Ermittler im Fall Markus Boldt. Und Sie haben den Fall gelöst, nicht wahr.«
Laura verstummte. Was wurde das? Von Flirt zu Verhör in dreißig Sekunden?
»Ich weiß einiges über Sie, Laura May.«

»Was wollen Sie von mir?« Sie verschärfte das Tempo. Er hielt mit.

»Sie haben den Einbrecher erwischt, als Tanja Boldt nach Hause kam.«

Verdammt! Sie hatten die Boldt weiter verdächtigt und beschattet!

»Morgens standen Sie wieder auf der Matte.«

»Ist das verboten?«

»Und auf einmal war Frau Boldt ganz heiß auf die Asservaten ihres Mannes.«

»Interessant«, schnaufte Laura. Ihr Tempo war jetzt so hoch, dass es beiden das Sprechen schwer machte.

»Sie waren mit ihr bei uns. Vor unserer Haustür. Ich habe Sie gesehen.«

Ihr Puls hämmerte in ihrem Kopf.

»Ich habe beantragt, die Telefone von Ihnen und Herrn Holm zu überwachen.«

Davon war sie so überrascht, dass sie kurz strauchelte, ehe sie ihn anstarren musste.

Wenn er mitgehört hat, weiß er alles. Alles! Und wir sind ruiniert.

»Leider hat die Staatsanwältin nicht mitgespielt.«

Laura fiel ein Stein vom Herzen. Er ahnte alles, konnte aber nichts beweisen. Das wurmte ihn, seine professionelle Eitelkeit. Darum hatte er sie hier abgepasst und nicht ins Präsidium zitiert.

»Ich bin auf zwei Dinge neugierig.«

»Auf was denn?«

»Auf die Lösung des Rätsels. Und auf Sie.«

So sehr sie auch außer Atem war, sie musste lachen.

»Was die Lösung des Rätsels angeht: Ich weiß wirklich nicht, wovon Sie sprechen.«

»Schade«, brachte er zwischen zwei Atemzügen hervor; es klang, als habe er nichts anderes erwartet.

»Und was mich betrifft: Erstens bin ich total langweilig und zweitens in festen Händen.«

»Ist das ein Grund oder ein Hindernis?«

»Suchen Sie es sich aus.«

»Ich hätte Sie für eine bessere Lügnerin gehalten, Laura.«

Sie rannte noch schneller, sprintete regelrecht, bis er nicht mehr mitkam.

11.47 Uhr

Die Berichterstattung nahm schnell Fahrt auf. Öztürk wies die neuerlichen Vorwürfe als haltlos zurück. Experten wurden befragt, wie Rosenthals Vorwürfe einzuordnen seien. Über dpa lief ein Statement von Professor Steymann, der Validolor vehement verteidigte. Holm sah, dass ein Anruf kam. Wieder Hansen. Dritter Versuch. Er steckte das Gerät ein.

»Was glaubst du, wie das ausgeht?«, fragte Werner.

Holm zuckte mit den Schultern.

»Sie werden sich verantworten müssen. Ihre Anwälte werden alles tun, um einen öffentlichkeitswirksamen Prozess zu verhindern. Höhere Zahlungen an Betroffene. Zugeständnisse an die Behörden. Warnhinweise im Beipackzettel. Einschränkung der Zulassung. Vielleicht taucht ein Papier auf, dass das Gegenteil aussagt.«

»Sie kommen also davon?«

»Mit ein paar blauen Flecken.«

»Was für die Allmächtigen ja schon mal was wäre«, meinte Werner.

»Ich würde sie gerne im Knast sehen«, sagte Holm wütend. »Und wenn es für ein paar Monate ist.«

»Du verbringst zu viel Zeit mit der Rosenthal, Herr Master of Desaster.«

»Solange es uns nicht trifft, nehmen wir alles Mögliche in Kauf.«

»So ist der Mensch, Holm. Bequem und egoistisch.«

Er wollte etwas erwidern, doch in dem Moment kündigte der Moderator an, dass Sophies Mutter Sylvie Liebig sich nach der Beerdigung geäußert habe. Er erkannte gleich die riesige Sonnenbrille wieder, die sie eulenhaft erscheinen ließ. Um Fassung ringend sagte sie leise in die Mikrofone, die ihr hingehalten wurden: »Wissen Sie, Sie können ihren Job verlieren. Sie können ihre Ehre verlieren. Sie können eine Liebe verlieren. Und Sie stehen immer wieder auf. Und das Leben geht immer weiter. Ihr Kind, das verlieren Sie nur einmal. Darüber sollten alle, die in dieser Branche arbeiten, einmal nachdenken.«

Er sah das Foto von Sophie vor sich. Dasjenige, das ihm an die Nieren ging.

Die Worte hallten in ihm nach. Wurden lauter. Intensiver.

Dann sah er Liv vor sich, sein kleines Mädchen, in den Armen von Helena. Pure Unschuld.

Liebigs Worte berührten Holm auf ungeahnte Weise. Drangen durch bis zu seiner Seele. Öffneten dort eine kleine Tür, die fast vierzehn Jahre lang unangetastet vor sich hin gerostet hatte. Die er hatte rosten lassen.

Augenblicklich wusste er, was er als Nächstes tat. Er entschuldigte sich bei Werner, der ihm »viel Glück« wünschte und milde lächelnd die Hand reichte. Holm ging zur Theke und bestellte ein Taxi.

Auf der ganzen Strecke spornte er den Fahrer an, schneller zu fahren. Ich muss es loswerden, forderte er von sich, solange ich den Mut in mir spüre. Solange ich bereit bin, demütig vor Liv zu treten.

Er rannte die acht Treppen zu Livs Wohnung hinauf und klingelte schnaufend Sturm. Nichts regte sich. Er klingelte weiter, sein Hemd war schweißnass, bis eine völlig verschlafene Liv ihm aufmachte.

»Papa?«

Als er Liv sah, direkt vor sich, baute sich etwas in ihm auf. Eine Blockade. Sie bremste ihn. Hemmte ihn. Wuchs und wuchs. Von seinem Magen zum Hals zu den Stimmbändern.

»Ich bin schuld am Selbstmord deiner Mutter«, presste er mit aller Macht hervor. Es auszusprechen kostete ihn unglaublich viel Überwindung. Und Kraft. Dann war der Satz in der Welt. Er konnte ihn nicht zurückholen. Ändern. Oder löschen.

Sie sah ihn ungläubig an. Schüttelte sich, als müsse sie erst aufwachen, bevor dieser Satz sie erreichen konnte.

»Ich trage die Verantwortung dafür«, brachte er mit größter Mühe heraus. »Seit dreizehn Jahren, fünf Monaten und elf Tagen.«

Livs Lippen bewegten sich ganz langsam auseinander. Ihr Mund blieb offen stehen.

»Du bist genau wie sie. Deswegen habe ich es nie lange mit dir ausgehalten.«

Er riss sie an sich. Drückte sie fest. Liv hing paralysiert in seinen Armen.

Er flüsterte: »Du bist zu alt und ich zu jung, um immer weiter zu lügen.«

Endlich bewegte sich Liv. Sie schob die Haustür zu. Er ließ sie aus seinen Armen. Ihre Lippen bebten.

Vielleicht weint sie die Tränen, die ich nicht habe.

Seine Tochter schlich in die Küche, setzte sich wie bei seinem vorigen Besuch auf ihren Platz und zog die Beine an. Ein paar

Augen beobachteten ihn über die Knie hinweg. Wie einen Fremden.

»Warum?«, wisperte Liv.

Holm starrte in seine Handflächen. Als hätte er sich wie ein Schüler vor einer Prüfung dort die richtige Lösung notiert.

»Ich war so besessen von der Arbeit«, fing er an, »ich habe deine Mutter, dich, euch zu oft allein gelassen.«

Liv sah ihn an, genau wie er im Taxi befürchtet hatte. Wie eine Richterin. Distanziert. Weit weg. Wie Helena, als es aufs Ende zuging.

Was hast du erwartet, Holm?, fragte er sich.

»Deine Mutter …«, Holm musste sich räuspern, »hatte jemand anderen kennengelernt.«

Livs Augen wurden größer.

»Es war ernst.«

Riesengroße Augen.

»Ich habe es nicht ertragen. Wollte mich rächen.«

»An Mama?«

»Nein. An ihm. Er war ein hohes Tier im Verteidigungsministerium.«

Er sah sofort, dass er kaum weitersprechen musste.

»Euer letzter Artikel«, sagte sie gedämpft. »Waffen an Libyen. Korruption im Ministerium.«

Er nickte.

»Ich wollte ihn treffen. Vernichten«, gestand Holm kaum vernehmbar. »Helena zeigen, auf wen sie sich eingelassen hatte. Sie zurückgewinnen.«

»Der damalige Staatssekretär?«, riet Liv. »Florian Kellermann?«

»Heute Innenminister«, antwortete Holm. »Als sie begriff, dass ich alles wusste und was ich getan hatte, da …«

Liv legte ihre Stirn auf den Knien ab. Holm sah nur noch ihre Haare.

»Wer weiß davon?«, fragte Liv still.

»Nur Werner. Und Storch ahnt es wahrscheinlich.«

»Laura?«

»Nein.«

Liv schwieg. Schwieg lange. Und rührte sich nicht. Holm sah nur, wie ihr Rücken sich mit jedem Atemzug hob und senkte. Hob und senkte.

»Ich verstehe, wenn du mir nicht verzeihen kannst«, flüsterte er. »Ich bitte dich trotzdem darum. Ich will einen Weg finden, um …« Er verstummte, als Liv sich aufrichtete. Sie sah ihm direkt in die Augen und sagte ruhig: »Es ist besser, wenn du jetzt gehst.«

Er konnte ihrem Blick nicht standhalten. Schaute weg. Starrte auf die Küchenzeile. Erhob sich. Als er die Tür hinter sich zuzog, hörte er einen erstickten Schluchzer von der anderen Seite. Ganz nah und so unerträglich fern.

Es tat weh.

Es tat weh, ihr so wehzutun.

So unbeschreiblich weh.

Eine halbe Ewigkeit hatte er sich vor diesem Moment gedrückt. Er hatte gehofft, Erleichterung zu spüren. Erleichterung darüber, dass es endlich raus war. Ausgesprochen. Egal, wie sie reagierte. Doch er spürte nur, wie er in eine Leere glitt, in ein Loch, als er sich schwerfällig die Treppen hinunterschleppte. Draußen angekommen bemerkte er, wie er in der Hosentasche die kleine Sanduhr krampfhaft festhielt. Mit aller Kraft. Er zog seine Hand hervor. Die Knöchel schimmerten weiß.

Ich halte mich an ihr fest. An Helenas Sanduhr. Sie hat sie mir geschenkt, als es schon zwischen uns kriselte. Ich habe es nicht richtig verstanden. Wollte nicht verstehen. Lieber verdrängen. Mein Ding machen. Immer weiter.

Ein quälender Gedanke blieb unausweichlich, und endlich ließ Holm seine innere Stimme diesen Gedanken laut aussprechen:

Ich habe es nicht über das Herz gebracht, Liv die *ganze* Wahrheit zu sagen.

Bitte vergib mir, Helena.

Die Worte in seinem Kopf zogen ihn noch tiefer in dieses dunkle, schwarze Loch.

Nach der Krise war vor der Krise.

So war es immer gewesen.

Und so würde es auch bleiben.

Vielleicht, schlich sich etwas Versöhnliches ein, stimmt trotzdem das Sprichwort – und Zeit heilt alle Wunden.

Ich warte darauf.

Er zwang sich, seine Hand zu öffnen. Hob dann die Sanduhr an seinen Mund und küsste sie, küsste sie fest, mit geschlossenen Augen.

Dank

Mein Dank gilt drei kritischen Pharma-Experten, die mir bei meinen Recherchen sehr behilflich waren: Wolfgang Becker-Brüser vom Arznei-Telegramm sowie Peter Sawicki, dem ehemaligen Leiter des Instituts für Qualität und Wirtschaftlichkeit im Gesundheitswesen (IQWiG), und Jörg Schaaber von der BUKO Pharma-Kampagne.

Darüber hinaus danke ich dem Rechtsmediziner Carsten Babian von der Universität Leipzig für seine fachkundige Unterstützung.

Ich danke dem wunderbaren Team in der Agentur Copywrite: Felix Rudloff, Vanessa Gutenkunst und Lisa Volpp, Caterina Kirsten für die präzise Textarbeit und meinem Agenten Georg Simader für unermüdlichen Einsatz.

Für ihr Vertrauen in Mats Holm und Laura May danke ich meiner Lektorin Maren Kröger und Verlagsleiterin Regina Kammerer.

Melanie Raabe

Die Falle

Thriller

352 Seiten, btb 71417

Sie kennt den Mörder ihrer Schwester.
Dieses Buch ist für ihn.

Die berühmte Bestsellerautorin Linda Conrads lebt sehr zurückgezogen. Seit elf Jahren hat sie ihr Haus nicht mehr verlassen. Als sie im Fernsehen den Mann zu erkennen glaubt, der vor Jahren ihre Schwester umgebracht hat, versucht sie, ihm eine Falle zu stellen – Köder ist sie selbst.

»Liebe, Spannung, Tiefgang und ein Hauch von Stephen King: Von all dem steckt etwas in dieser großartigen Geschichte.«
Stephan Bartels, Brigitte